Leonardo Padura

Ein perfektes Leben

Das Havanna-Quartett: »Winter«

Aus dem kubanischen Spanisch von
Hans-Joachim Hartstein

Unionsverlag

metro – Spannungsliteratur im Unionsverlag,
herausgegeben von Thomas Wörtche

Die spanische Erstausgabe erschien 2000 unter
dem Titel *Pasado perfecto* bei Tusquets Editores, Barcelona.
Deutsche Erstausgabe

Die Übersetzung aus dem Spanischen wurde
unterstützt durch die Gesellschaft zur
Förderung der Literatur aus Afrika, Asien
und Lateinamerika e.V. in Zusammenarbeit
mit der Kulturstiftung PRO HELVETIA.

Im Internet
Aktuelle Informationen,
Dokumente, Materialien
www.unionsverlag.com

3. Auflage 2003

Rieterstrasse 18, CH-8027 Zürich
Telefon 0041-1-281 14 00, Fax 0041-1-281 14 40
mail@unionsverlag.ch

Umschlagfoto: Robert Polidori
Druck und Bindung: GGP Media, Pößneck
ISBN 3-293-00315-X

Leonardo Padura

Ein perfektes Leben

metro

Für Lucía, mit Liebe und Untergründigkeit

Die Ereignisse, von denen in diesem Roman berichtet wird, sind nicht real, auch wenn sie es sein könnten, wie die Realität selbst gezeigt hat. Jede Ähnlichkeit mit realen Ereignissen und Personen ist demnach nichts als bloße Ähnlichkeit und ein beharrliches Streben der Realität. Niemand darf sich deshalb von dem Roman gemeint fühlen. Niemand auch darf sich von ihm ausgeschlossen fühlen, falls er auf ihn anspielt.

Leonardo Padura

Winter 1989

Er drehte sich um.
»Seid still!«, schrie er.
»Wir haben nichts gesagt«, sagten die Berge.
»Wir haben nichts gesagt«, sagten die Himmel.
»Wir haben nichts gesagt«, sagten die Überreste des Schiffes.
»Dann ist es ja gut«, sagte er. »Verhaltet euch weiter still!«
Alles war wieder normal.

Ray Bradbury, *Träumen vielleicht*

nichts mehr besitzen
zwischen Himmel und Erde als
mein Gedächtnis, als diese Zeit ...

Eliseo Diego, *Testamento*

1

Noch bevor er darüber nachdenken konnte, wusste er, dass es das Schwierigste sein würde, die Augen zu öffnen. In den Pupillen die Helligkeit des Morgens auszuhalten, die in den Fensterscheiben funkelte und das ganze Zimmer mit ihrem blendenden Licht überzog. Und sodann zu erleben, wie man durch den unumgänglichen Akt des Augenaufschlagens zulässt, dass sich im Schädel eine schwammige Masse bildet, bereit, bei der kleinsten Körperbewegung einen schmerzhaften Tanz aufzuführen. Schlafen, vielleicht träumen, sagte er zu sich, dieselben einschläfernden Worte, die er schon fünf Stunden zuvor gemurmelt hatte, als er, eingehüllt in den düsteren Geruch seiner absoluten Einsamkeit, aufs Bett gefallen war. Verschwommen sah er sein Bild im Halbdunkel vor sich, das Bild eines reuigen Sünders, der vor der Kloschüssel kniete und nicht enden wollende Sturzbäche von bernsteinfarbenem, bitterem Erbrochenen von sich gab. Doch das Klingeln des Telefons durchbohrte wie Maschinengewehrsalven seine Ohren und marterte sein Hirn, das durch diese ausgefeilte, beharrliche, wirklich brutale Foltermethode weich geklopft wurde. Er ging das Wagnis ein. Hob kurz die Augenlider und musste sie wieder schließen. Schmerz drang durch die Pupillen, und er hatte nur den einen Wunsch: zu sterben. Und die furchtbare Gewissheit, dass sein Wunsch nicht in Erfüllung gehen würde. Er fühlte sich sehr schwach, zu kraftlos, um die Arme zu heben und sie eng um seine Stirn zu legen und so die bei jedem bösartigen Klingeln drohende Explosion abzuschwächen; aber er beschloss den Schmerz zu bezwingen und hob einen Arm, öffnete die Hand und schaffte es, sie um den Telefonhörer zu schließen, ihn anzuheben und auf die Gabel fallen zu lassen und auf diese Weise den segensreichen Zustand der Stille wieder herzustellen.

Er hätte gerne über seinen Sieg gelacht, doch auch das gelang ihm nicht. Er wollte sich davon überzeugen, dass er wach war, konnte sich dessen aber nicht sicher sein. Sein Arm hing wie ein abgebrochener Ast auf einer Seite des Bettes herunter. Er wusste, dass aus dem Dynamit, das in seinem Kopf lagerte, Bläschen sprudelten und jeden Moment eine Explosion drohte. Er hatte Angst, eine nur allzu bekannte und immer wieder vergessene Angst. Er hätte gerne gejammert, aber seine Zunge hatte sich in den Tiefen der Mundhöhle aufgelöst. In diesem Augenblick startete das Telefon die zweite Offensive. Nein, nein, verdammte Scheiße, nein, warum? Ja, ja, stöhnte er und hob die Hand zum Hörer. Mit den Bewegungen eines eingerosteten Lastkrans brachte er ihn an sein Ohr und ließ ihn dort liegen.

Zuerst Stille. Stille ist ein Segen. Dann die Stimme, eine harte, herrische und, wie er meinte, Furcht einflößende Stimme.

»Hallo, hörst du mich?«, glaubte er zu hören. »Mario, hallo, Mario, hörst du mich?« Und er hatte nicht den Mut zu sagen, nein, nein, ich höre nichts und will auch nichts hören, oder einfach nur: falsch verbunden.

»Ja, Chef«, murmelte er schließlich, doch vorher musste er tief einatmen, um seine Lungen mit Luft voll zu pumpen, musste seine beiden Arme dazu zwingen, sich in Richtung Kopf zu bewegen, und seine Hände, gegen die Schläfen zu drücken, damit sich die Schwindel erregende Karussellfahrt in seinem Hirn verlangsamte.

»Hör mal, was ist los, he? Was ist mit dir los?« Das war keine Stimme mehr, das war ein unbarmherziges Gebrüll. Erneut atmete er tief ein, wollte ausspucken. Seine Zunge fühlte sich an, als wäre sie dicker geworden, oder aber es war gar nicht seine Zunge.

»Nichts, Chef, ich habe Migräne. Oder erhöhten Blutdruck, was weiß ich …«

»Hör mal, Mario, nicht schon wieder! Wer hier erhöhten Blutdruck hat, das bin ich, und hör auf, mich Chef zu nennen! Was hast du?«

»Wie gesagt, Chef, Kopfschmerzen.«

»Kleiner Schelm heute Morgen, was? Also, hör mir mal gut zu: Mit deiner Morgenruhe ists vorbei.«

Ohne an die Konsequenzen denken zu wollen, öffnete er die Augen. Wie er vermutet hatte, schien die Sonne in die Fenster, und alles um ihn herum war leuchtend hell und warm. Draußen hatte die Kälte vielleicht nachgelassen, und möglicherweise war es sogar ein schöner Morgen; ihm jedoch war nach Weinen zu Mute oder nach etwas, das dem ziemlich nahe kam.

»Nein, Alter, bitte nicht, tu mir das nicht an. Das ist mein freies Wochenende. Hast du selbst gesagt. Erinnerst du dich nicht?«

»Es *war* dein freies Wochenende, mein Lieber, *war*. Wer hat dich gezwungen, zur Polizei zu gehen?«

»Aber warum ich, Alter? Dir steht doch 'n Haufen Leute zur Verfügung«, hielt er dagegen und versuchte sich aufzurichten. Die schwammige Hirnmasse stieß gegen seine Stirn, und er musste die Augen schließen. Restübelkeit stieg aus seinem Magen auf, und ein stechender Schmerz zeigte ihm das dringende Bedürfnis zu urinieren an. Er biss die Zähne zusammen und tastete nach den Zigaretten auf dem Nachttisch.

»Hör mal, Mario, ich hab nicht die Absicht, darüber abstimmen zu lassen. Weißt du, warum du dran glauben musst? Nun, weil ich es so will, darum. Also, reiß dich zusammen und steh auf!«

»Du machst nur Spaß, oder?«

»Hör auf, Mario ... Ich bin schon mitten in der Arbeit, verstehst du?«, warnte die Stimme, und Mario verstand, dass er mitten in der Arbeit war. »Pass auf: Donnerstag, also am Ersten, wurde eine Vermisstenanzeige aufgegeben, einer der Chefs aus dem Industrieministerium ist verschwunden, verstehst du?«

»Ich bemühe mich ja zu verstehen, ich schwörs dir.«

»Dann bemüh dich weiter und schwör nicht leichtfertig. Die Ehefrau hat um neun Uhr abends Anzeige erstattet, wir haben eine landesweite Suche gestartet, aber der Mann bleibt verschwunden. An der Sache ist was faul. Du weißt, auf Kuba gehen Chefs im Range eines Vizeministers nicht einfach so spurlos verloren«, fügte der Alte in besorgtem Ton hinzu. Der andere, Mario, der es endlich geschafft hatte, sich auf die Bettkante zu setzen, versuchte die Situation aufzulockern: »In meiner Tasche ist er nicht, wirklich nicht.«

»Mario, jetzt reichts!« Die Stimme war wieder die alte. »Der Fall liegt inzwischen bei uns, in einer Stunde erwarte ich dich hier. Wenn du erhöhten Blutdruck hast, gib dir 'ne Spritze und mach dich auf die Socken.«

Er entdeckte das Zigarettenpäckchen auf dem Boden. Das erste freudige Ereignis an diesem Morgen. Das Päckchen war platt getreten und bot einen traurigen Anblick, doch er sah es voller Optimismus an. Er ließ sich von der Bettkante gleiten und setzte sich auf den Boden. Die jämmerliche Zigarette, die er mit zwei Fingern aus dem Päckchen fischte, kam ihm wie eine Belohnung für seine ungeheure Anstrengung vor.

»Hast du Streichhölzer, Chef?«, fragte er ins Telefon.

»Was soll das denn jetzt, Mario?«

»Ach, nichts. Was rauchst du heute?«

»Das errätst du nie!« Nun klang die Stimme zufrieden, genüsslich. »Eine Davidoff, Geschenk von meinem Schwiegersohn zum Jahreswechsel.«

Den Rest konnte er sich ausmalen: Der Alte betrachtete das rippenlose Deckblatt seiner Havanna, atmete den feinen Rauch ein und passte auf, dass die eineinhalb Zentimeter, die den vollkommenen Rauchgenuss garantierten, nicht abfielen. Gott sei Dank, dachte Mario.

»Heb eine für mich auf, ja?«

»Ich denke, du rauchst keine Zigarren. Kauf dir an der Ecke ein Päckchen Populares und komm her.«

»Ja, ja, schon gut ... Übrigens, wie heißt der Mann?«

»Warte ... Ah ja, Rafael Morín Rodríguez, Leiter der Import-Export-Abteilung im Industrieministerium.«

»Moment mal«, sagte Mario und sah auf die unappetitliche Zigarette, die zwischen seinen Fingern zitterte, was nicht unbedingt nur auf den Alkohol zurückzuführen war. »Ich glaub, ich hab dich nicht richtig verstanden. Rafael, und wie weiter?«

»Rafael Morín Rodríguez. Hast dus notiert? Gut! Dir bleiben jetzt noch genau fünfundfünfzig Minuten, dann bist du in der Zentrale«, sagte der Alte und legte auf.

Hinterhältig wie zuvor die Übelkeit stieg ein Rülpser auf und ließ einen säuerlichen Rumgeschmack im Mund des Ermittlungsbeamten Teniente Mario Conde zurück. Auf dem Boden, neben der Unterhose, sah er sein Hemd liegen. Langsam kniete er sich hin und kroch auf allen Vieren zu der Stelle, bis er einen Ärmel zu fassen kriegte. Er grinste. In der Brusttasche fand er Streichhölzer. Endlich konnte er die Zigarette, die zwischen seinen Lippen feucht geworden war, anzünden. Er inhalierte den Rauch, und nach der rettenden Entdeckung der zerdrückten Zigarette war dies das zweite Glücksgefühl des Tages, der mit Maschinengewehrfeuer, mit der Stimme des Alten und einem fast vergessenen Namen begonnen hatte. Rafael Morín Rodríguez, dachte er. Er stützte sich mit beiden Händen auf die Bettkante und stellte sich auf die Beine. Dabei wanderten seine Augen zum Regal, auf dem Rufino, der Kampffisch, mit morgendlicher Energie seine endlosen Runden in dem runden Aquarium drehte. »Was ist passiert, Rufo?«, murmelte er und besah sich die Bescherung seines jüngsten Schiffbruchs. Er überlegte, ob er die Unterhose wegräumen, das Hemd auf den

Bügel hängen, seine alte Jeans glatt streichen und die Ärmel seines Jacketts auf rechts ziehen sollte. Später. Er versetzte der Hose einen Tritt und ging ins Bad, wo er sich daran erinnerte, dass er schon seit einer Ewigkeit pinkeln musste. Im Stehen beobachtete er, wie der kräftige Strahl in der Kloschüssel schäumte wie frisch gezapftes Bier. War es aber nicht, denn der beißende Uringestank stach sogar ihm in die unempfindliche Nase. Als die letzten erleichternden Tropfen ins Wasser fielen, fühlte er sich so schlapp in Armen und Beinen wie ein ausgeleierter Hampelmann, der sich nach einem ruhigen Plätzchen sehnt. Schlafen, vielleicht träumen, dachte er, wenn ich das doch nur könnte.

Er öffnete das Toilettenschränkchen und suchte die Schachtel mit den Duralginas. In der vergangenen Nacht war er nicht in der Lage gewesen, eine zu nehmen, und nun bereute er dieses unverzeihliche Versäumnis. Er legte drei Tabletten auf die Handfläche und ließ Wasser in ein Glas laufen. Dann warf er die Tabletten in seinen durch die Kotzerei geschundenen Rachen und trank Wasser hinterher. Er schloss das Schränkchen, und im Spiegel zeigte sich ihm das Bild eines Gesichtes, das ihm entfernt bekannt und zugleich unverwechselbar vorkam. Der Teufel, dachte er und stützte sich mit beiden Händen aufs Waschbecken. Rafael Morín Rodríguez, murmelte er, und nun fiel ihm auch wieder ein, dass er eine große Tasse Kaffee brauchte, um nachdenken zu können, und dazu eine Zigarette, die er nicht hatte. Er beschloss, all seine bekannten Sünden unter der stechend kalten Dusche zu büßen.

»Verdammte Scheiße, so ein Mist«, seufzte er, als er sich aufs Bett setzte, um sich die Stirn mit der wärmenden chinesischen Heilsalbe einzureiben, die ihm das Leben stets erträglicher machte.

Mit Wehmut, die ihm schon etwas zu vertraut zu werden begann, betrachtete El Conde die Hauptstraße seines Viertels, die überquellenden Mülltonnen, die Pizza-Pappen, die der Wind mit sich forttrug, das unbebaute Grundstück, auf dem er Baseball spielen gelernt hatte und das jetzt der Autowerkstatt an der Ecke als Müllhalde diente. Wo lernen die Jungen heutzutage Baseball spielen? Der Morgen war wunderbar mild, so wie er es vorausgefühlt hatte, und er genoss es, mit dem Kaffeegeschmack im Mund durch die Straßen zu wandern; doch da sah er den überfahrenen Hund mit dem zerquetschten Kopf, der neben dem Bordstein vor sich hin faulte, und er dachte, dass ihm immer die schlimmsten Dinge auffallen mussten, sogar an einem Morgen wie diesem. Er beklagte das Schicksal des unglücklichen Tieres, das ihn schmerzte wie eine Ungerechtigkeit, die zu beseitigen ihm nicht möglich war. Schon seit ewigen Zeiten, seit dem langen Todeskampf des alten Robin, hatte er keinen Hund mehr. Er hatte das Versprechen, sein Herz nie wieder an ein Tier zu hängen, gehalten, bis er sich für die schweigsame Gesellschaft eines Kampffisches entschied, den er immer wieder Rufino nannte – nach seinem Großvater, dem Züchter von Kampfhähnen –, Fische ohne Ticks und ausgeprägte Persönlichkeit, die er, wenn einer starb, durch ein gleichartiges Exemplar ersetzen konnte, das wiederum Rufino getauft und in dasselbe Aquarium gesperrt wurde, wo es stolz mit seinen verschwommen blauen Kampftierflossen umherschwamm. Er hätte es gerne gesehen, wenn die Frauen ebenso problemlos gekommen und gegangen wären wie diese Fische ohne Vergangenheit. Doch Frauen und Hunde waren so furchtbar anders als Fische, selbst Kampffische, und zu allem Übel konnte er bei Frauen kein Abstinenzgelübde ablegen, wie er es hinsichtlich der Hunde so standhaft erfüllte. Am Ende, so ahnte er, würde er sich noch einem Schutzverein für streunende Hunde und Männer mit fatalem Hang zu Frauen anschließen.

Er setzte sich die dunkle Brille auf und ging zur Bushaltestelle. Ihm fiel auf, dass das Aussehen des Viertels wohl seinem eigenen glich: eine Landschaft nach einer verheerenden Schlacht. Und er spürte, dass die empfindsamste Stelle seines Gedächtnisses Risse bekam. Die sichtbare Realität der Straße unterschied sich allzu sehr von dem rosaroten Bild seiner Erinnerung, einem Bild, von dem er sich inzwischen fragte, ob es wirklich real war oder er es möglicherweise den nostalgischen Erzählungen seines Großvaters verdankte. Oder ob er selbst es ganz einfach erfunden hatte, um die Vergangenheit zu ertragen. Man darf nicht sein ganzes verdammtes Leben lang grübeln, sagte er sich, und er bemerkte, dass die milde Morgenwärme die Tabletten dabei unterstützte, dem, was in seinem Kopf war, wieder Gewicht, Stabilität und ein paar elementare Funktionen zu verleihen. Er nahm sich vor, derartige Alkoholexzesse in Zukunft zu vermeiden. Seine Augen brannten vor Schlafmangel. Er kaufte sich Zigaretten, und dann spürte er, wie der Rauch den Kaffeegeschmack ergänzte und er wieder zu einem Menschen wurde, der in der Lage war zu denken und sogar sich zu erinnern. Da bereute er seinen Wunsch, sterben zu wollen, und um sich das Gegenteil zu beweisen, lief er zum Bus, der unbegreiflicherweise fast leer war. Das ließ ihn ahnen, dass das neue Jahr absurd begann. Doch das Absurde besitzt nicht immer die Freundlichkeit, sich im Gewande eines am Morgen fast leeren Busses zu präsentieren.

September 1972

Es war erst zwanzig nach eins, doch alle waren bereits vollzählig versammelt, nicht einer fehlte. Sie hatten sich in Grüppchen aufgeteilt, rund zweihundert Schüler, die man an ihrem Äußeren erkennen konnte. An dem Gitterzaun unter den riesigen Hibiskusbäumen standen die aus dem Varona-Viertel, seit langem Herren dieser beliebtesten Ecke, der mit dem meisten Schatten. Für sie bedeutete der Wechsel in die Oberstufe nichts weiter, als von ihrer Sekundarschule die Straße zu überqueren, und schon waren sie da. Sie redeten laut, lachten, hörten Elton John aus einem voll aufgedrehten Transistorradio Marke »Meridian«, das den Sender WQAM aus Miami tadellos empfing. Bei ihnen standen die hübschesten Mädchen. Keine Frage.

Die aus Párraga, großspurig und unverschämt, standen in der prallen Septembersonne mitten auf dem Roten Platz, und ich wette, dass sie nervös waren. Ihre Angeberei machte sie misstrauisch, sie gehörten zu jenen Typen, die Unterhosen mit Beinansatz tragen, für alle Fälle. Ein Mann ist ein Mann, alles andere ist Schwuchtelkram, sagten sie und hielten sich ein weißes Taschentuch vor den Mund. Sie sprachen so gut wie nie, und die meisten von ihnen trugen Kleidung und Haarschnitt nach der letzten Mode und benahmen sich großkotzig. Aber ihre Mädchen waren wirklich nicht schlecht, wahrscheinlich gute Salsa-Tänzerinnen, die leise miteinander tuschelten, so als wäre es ihnen etwas unheimlich, zum ersten Mal in ihrem Leben so viele Leute zu sehen. Die aus Santos Suárez waren anders, machten einen vornehmeren Eindruck, fleißiger, hellhäutiger, sauberer und ordentlicher als alle andern, was weiß ich. Sie sahen aus wie Streber, Kinder von einflussreichen Papas und Mamas. Die aus Lawton dagegen glichen denen aus Párraga. Sie waren fast genauso arrogant und blickten auf alles verächtlich herab, und sie hielten sich ebenfalls ein weißes Taschentuch vor den Mund. Sogleich kam mir der Gedanke, dass sich die beiden Gruppen in Sachen Großspurigkeit Konkurrenz machen würden.

Wir anderen, die aus den Vorstadtvierteln, waren am schwersten einzuordnen. Die Clique um den verrückten Loquillo, Potaje, Ñáñara und diese Leute sahen aus wie die aus Párraga, wegen des

Haarschnitts und der modischen Klamotten; andere glichen denen aus Santos Suárez: Pello, Mandrake, Ernestico und Andrés, vielleicht auch wegen der Kleidung; andere wiederum denen aus dem Varona, auf Grund ihrer Selbstsicherheit und der Selbstverständlichkeit, mit der sie redeten und rauchten. Und ich, ich sah neben Andrés und dem Hasenzahn wie ein richtiger Blödmann aus, war bemüht, alles mitzukriegen, und suchte in der fremden, mir unbekannten Menge das Mädchen, das ich mir als Freundin vorstellte. Brünett sollte sie sein, mit langem Haar, schönen Beinen, möglichst peppig, aber nicht zu peppig, denn sie sollte mir im Landschulheim die Wäsche waschen und so. Und natürlich kein feines Dämchen durfte sie sein, klar, damit sie mir nicht mit Ficken-ist-nicht und so kommen würde. Kurz und gut, ich wollte sie nicht gleich heiraten. Hoffentlich eine aus La Víbora oder Santos Suárez, die ließen immer tolle Partys steigen, und bis nach Párraga oder Lawton wollte ich dafür nicht pilgern. Und was in unserem Viertel so rumlief, interessierte mich nicht, das waren keine peppigen Mädchen, nicht mal kleine Schlampen; zu den Festen nahmen die sogar ihre Mütter mit. Am besten, wenn meine Zukünftige mit mir in derselben Gruppe war, auf der Liste standen mehr Mädchen als Jungen. Fast doppelt so viele, habs kurz überschlagen, auf jeden Jungen kommen 1,8 Mädchen, eine komplette und die andere ohne Kopf oder mit nur einer Brust, sagte der Hasenzahn zu mir, vielleicht die da mit den Schlitzaugen, aber die ist aus dem Varona, die haben alle ihren festen Stecher. Und da schrillte die Klingel, und es öffneten sich an jenem 1. September 1972 die Tore der Oberstufenschule von La Víbora, wo ich so viel erleben sollte.

Wir brannten buchstäblich darauf, in den Käfig zu kommen, wie das am ersten Schultag eben so ist. Als würde der Platz nicht für alle reichen, rannten einige sogar – die Mädchen, klar – auf den

Schulhof, wo sich die verschiedenen Gruppen hinter nummerierten Holzpfählen aufstellen mussten. Ich gehörte zur Gruppe 5, in der sich aus unserem Viertel nur noch der Hasenzahn befand, ein Junge, mit dem ich seit der fünften Klasse zusammen war. Der Schulhof füllte sich. Noch nie hatte ich in einer einzigen Schule so viele Menschen gesehen, wirklich nicht, und ich fing an, mir die Mädchen in unserer Gruppe anzuschauen, um eine Vorauswahl zu treffen. Die Sonne brannte ganz schön, was ich aber nicht merkte, weil ich ja mit der Auswahl beschäftigt war. Dann sangen wir die Nationalhymne, und der Direktor stieg auf das Podium, das im überdachten Eingang aufgebaut war, im Schatten, und begann ins Mikrofon zu sprechen. Als Erstes schärfte er uns ein: Mädchen, der Rock bis über die Knie, mit dem vorgeschriebenen Saum, steht alles auf dem Zettel, den man Ihnen bei der Anmeldung gegeben hat; Jungs, Haare kurz geschnitten, Ohren frei, keine Koteletten, kein Schnäuzer; Mädchen, die Bluse in den Rock gesteckt, mit Kragen, ohne Verzierungen, steht alles auf dem Zettel …; Jungs, normale Hosen, keine Röhrenhosen, keine mit weitem Schlag, das hier ist eine Schule und keine Modenschau; Mädchen, die Kniestrümpfe hochgezogen, nicht auf die Knöchel runtergerollt – wo es ihnen doch so gut stand, sogar die mit dünnen Beinen sahen damit besser aus –; Jungs, beim ersten Verstoß gegen die Schulordnung, schon bei einem einfachen Vergehen, ab vors Comité Militar, das hier ist eine Schule und nicht die Besserungsanstalt von Torrens; Mädchen und Jungs, Rauchen auf den Toiletten verboten, sowohl in den Pausen als auch zu allen übrigen Zeiten. Und dann noch einmal: Mädchen und Jungs … Die Sonne brannte mir jetzt überall auf den Körper, *er* stand ja im Schatten und sprach, und dann kündigte er den Vorsitzenden der Schülervertretung an.

Er stieg aufs Podium und zeigte sein strahlendstes Lächeln. Colgate, hatte der Dünne wohl gedacht, aber da kannte ich den

Dünnen, der hinter mir in der Reihe stand, noch nicht. Als Vorsitzender der Schülervertretung musste der auf dem Podium in der 12 oder 13 sein, später erfuhr ich, dass er in die 13 ging. Er war groß, fast blond, hatte sehr helle Augen – ein treuherziges, leicht verschwommenes Hellblau – und sah wie frisch gebadet, gekämmt, rasiert, parfümiert aus. Trotz der Entfernung und der Hitze machte er einen wachen und sehr selbstsicheren Eindruck, als er seine Rede begann, sich als »Rafael Morín Rodríguez« vorstellte, »Vorsitzender der Schülervertretung an der Oberstufe des Gymnasiums René O. Reiné und Mitglied des Comité Municipal de la Juventud. Ich erinnere mich noch genau an ihn, an die Sonne, von der ich Kopfschmerzen bekam, und an die Gewissheit, dass der Junge auf dem Podium zum Führer geboren war. Er redete sehr lange.

Die Aufzugtüren öffneten sich mit der Langsamkeit eines Vorhangs in einem kleinen Theater. Erst jetzt fiel dem Teniente auf, dass er für diese Szene keine Sonnenbrille benötigte. Seine Kopfschmerzen waren so gut wie weg, doch das vertraute Bild von Rafael Morín wühlte Erinnerungen in ihm auf, die er in den hintersten Winkeln seines Gedächtnisses verschüttet geglaubt hatte. El Conde liebte es, sich zu erinnern. Einen »Erinnerungsfetischisten« nannte ihn der Dünne. In diesem Fall wäre ihm allerdings ein erfreulicherer Anlass zum Erinnern lieber gewesen. Er ging den Korridor entlang. Er hätte lieber geschlafen als gearbeitet. Vor dem Büro des Alten rückte er seine Pistole zurecht, die jeden Augenblick aus dem Hosenbund zu rutschen drohte.

Maruchi, die Sekretärin des Alten, hatte ihren Platz verlassen. Sie frühstückte wohl, wie er aufgrund der Uhrzeit vermutete. Er klopfte an die Glasscheibe der Tür, öffnete und sah Mayor Antonio Rangel hinter seinem Schreibtisch sitzen. Der Alte hörte sich aufmerksam an, was ihm jemand durchs Telefon zu sagen hatte, und ließ seine Zigarre nervös von einem Mundwinkel in den anderen wandern. Mit den Augen deutete er auf die Akte, die offen vor ihm auf dem Schreibtisch lag. Der Teniente schloss die Tür, setzte sich seinem Chef gegenüber und wartete auf das Ende des Telefongesprächs. Der Mayor hob die Augenbrauen, stieß ein knappes »Verstanden, ja, heute Nachmittag« hervor und legte auf.

Dann betrachtete er verstört das malträtierte Ende seiner Davidoff. Er hatte die Zigarre übel zugerichtet. Zigarren sind nachtragend, pflegte er zu sagen, und bestimmt würde diese hier nicht mehr so gut schmecken. Rauchen und jünger aussehen waren seine erklärten Leidenschaften, denen er sich mit fachmännischer Gründlichkeit widmete. Stolz verkündete er sein Alter, achtundfünfzig, wobei er mit seinem faltenlosen Gesicht lächelte und über seinen Fakir-Bauch strich. Seine Uniform war knapp geschnitten, die grauen Schläfen schienen eine jugendliche Laune zu sein. Seine freien Abende verbrachte er zwischen Swimmingpool und Squash-Halle, auch hier mit der Zigarre im Mund. Mario Conde beneidete ihn sehr. Er wusste, dass er selbst mit sechzig Jahren – falls ich überhaupt so alt werde! – ein arthritischer, wunderlicher Greis sein würde, und deswegen beneidete er den Mayor um seine offensichtliche Fitness. Nicht mal husten musste er vom Zigarrenrauchen. Obendrein beherrschte er alle Tricks, die ein guter Chef beherrschen muss: sehr liebenswürdig oder sehr autoritär, je nach Belieben. Das Furchterregendste an ihm war zweifellos seine Stimme. Die Stimme ist der Spiegel der Seele, dachte Mario Conde immer, wenn er auf die Nuancen in Tonfall und Strenge achtete, derer sich der Mayor im Gespräch bediente. Jetzt aber hatte er eine malträtierte Davidoff zwischen den Fingern und ein Hühnchen mit einem Untergebenen zu rupfen, und so griff er auf eine seiner schlimmsten Kombinationen von Stimme und Tonfall zurück.

»Ich will mich mit dir nicht über das von heute Morgen streiten, aber eins sag ich dir, so was lass ich mir nicht noch einmal bieten! Bevor ich dich kannte, war mein Blutdruck normal, und du wirst es nicht schaffen, dass ich an einem Infarkt sterbe. Nicht umsonst schwimme ich regelmäßig und schwitze beim Squash wie ein Affe. Ich bin dein Vorgesetzter, und du bist Polizist, häng dir das übers Bett, damit dus auch im Schlaf nicht vergisst. Beim nächsten Mal gibts was auf die Eier, klar? Schau auf die Uhr, fünf nach zehn! Okay?«

Mario Conde senkte den Blick. Ihm fielen ein paar gute Witze ein, doch er wusste, dass dies nicht der richtige Moment dafür war. Überhaupt war beim Alten nie der richtige Moment, was er sowieso schon oft genug ignorierte.

»Die Davidoff ist ein Geschenk von deinem Schwiegersohn, hast du gesagt, ja?«

»Ja, eine 25er-Kiste zu Neujahr. Aber komm nicht vom Thema ab, ich kenn dich«, und wieder betrachtete er verständnislos das rauchende Etwas, das in den letzten Zügen lag. »Die ist hin ... Also, soeben hab ich mit unserem Industrieminister gesprochen, er macht sich große Sorgen wegen dieser Angelegenheit. Ich glaub, er ist ganz außer sich. Sagt, Rafael Morín sei ein wichtiger Kader in der Ministeriumsspitze und habe mit zahlreichen Unternehmern aus dem Ausland zu tun, und deswegen will er einen Skandal vermeiden.« Der Alte machte eine Pause und zog an seiner Zigarre. »Hier ist alles, was wir bisher zusammengetragen haben«, fügte er hinzu und schob die Akte seinem Untergebenen zu.

Mario Conde nahm die geschlossene Akte in die Hand. Ihm schwante, dass sie eine Art Büchse der Pandora sein könnte, und er verspürte keinerlei Lust, die Dämonen der Vergangenheit aus ihr zu befreien.

»Warum hast du ausgerechnet mich für den Fall ausgesucht?«, fragte er.

Der Alte zog wieder an seiner Zigarre. Er schien auf eine überraschende Erholung der Havanna zu hoffen. Tatsächlich bildete sich eine gleichmäßige, gesunde fahle Asche an der Spitze, und er zog behutsam, gerade so viel, um die Glut nicht ausgehen zu lassen und die empfindliche Einlage nicht zu schädigen.

»Ich werde jetzt nicht wiederholen, was ich dir vor einiger Zeit mal gesagt habe, nämlich dass du der Beste bist oder einen Riesendusel hast und dir alles gelingt. Bilde dir das bloß nicht ein, das ist vorbei, okay? Was hältst du davon, wenn ich dir sage, dass ich dich ausgewählt habe, weil ich es so wollte oder weil ich finde, dass du besser hier aufgehoben bist als zu Hause, wo du immer nur von Romanen träumst, die du nie schreiben wirst, oder weil diesen Scheiß-Fall jeder Blödmann lösen kann. Such dir die Antwort aus und kreuze sie an.«

»Ich entscheide mich für das, was du mir nicht mehr sagen willst.«

»Das ist dein Problem, ja? Und jetzt hör zu: In jeder Provinz wurde ein Beamter mit der Suche nach Rafael Morín beauftragt. Dort hast du die Vermisstenanzeige, die seit gestern erteilten Anordnungen und die Liste der Leute, die dir zur Verfügung stehen. Ich hab dir auch wieder Manolo zugeteilt … Außerdem die Personenbeschreibung des Vermissten, sein Foto und eine Kurzbiografie, die uns seine Frau gegeben hat.«

»In der es heißt, dass es sich um einen untadeligen Menschen handelt.«

»Ich weiß, untadelige Menschen magst du nicht, aber damit musst du leben. Ja, allem Anschein nach ist er ein untadeliger Mann und zuverlässiger Genosse. Niemand hat einen blassen Schimmer, wo er da reingeraten oder was ihm passiert sein könnte.

Ich jedenfalls rechne mit dem Schlimmsten … Aber dich interessiert das wohl überhaupt nicht, was?«, schrie er in plötzlich verändertem Tonfall.

»Hat er vielleicht das Land verlassen?«

»Sehr unwahrscheinlich. Außerdem gab es lediglich zwei Versuche, beide gescheitert. Der Nordwind bläst wie verrückt.«

»Krankenhäuser?«

»Natürlich nichts, Mario.«

»Hotels?«

Der Alte schüttelte den Kopf und stützte sich mit beiden Ellbogen auf den Schreibtisch. Es sah so aus, als langweilte er sich.

»Politisches Asyl in irgendwelchen Pensionen, Stundenhotels, illegalen Kneipen?«

Der Alte lächelte. Ein kaum wahrnehmbares Zucken der Lippe über der Zigarre. »Mach, dass du wegkommst, Mario, aber vergiss nicht, was ich dir gesagt habe: Beim nächsten Mal mach ich dich fertig! Du kriegst ein Disziplinarverfahren an den Hals, wegen ungebührlichen Benehmens gegenüber einem Vorgesetzten.«

Teniente Conde stand auf. Er nahm die Akte in die linke Hand, rückte mit der rechten die Pistole zurecht und deutete einen militärischen Gruß an. Als er sich umdrehen wollte, um das Büro zu verlassen, ließ Mayor Rangel eine weitere Version seiner Kombinationen von Stimme und Tonfall hören, bemüht, ein Gleichgewicht zwischen Überredungskunst und Neugier herzustellen.

»Mario, darf ich dir zwei Fragen stellen?« Er stützte das Gesicht in beide Hände. »Junge, warum bist du zur Polizei gegangen? Verrat mir das endlich, los!«

Mario Conde sah den Alten an, als hätte er nicht richtig verstanden. Er wusste, dass er ihn mit seiner Mischung aus Gleichgültigkeit und Effizienz immer wieder aus der Fassung bringen konnte, und diesen kurzen Moment der Überlegenheit genoss er.

»Ich weiß es nicht, Chef. Seit zwölf Jahren denke ich darüber nach, aber ich weiß es immer noch nicht. Und die zweite Frage?«

Der Mayor stand auf und kam um den Schreibtisch herum. Er strich sich das Uniformhemd glatt, eine Art kurzärmelige Jacke mit Achselstücken und Rangabzeichen, die frisch aus der Wäscherei zu kommen schien. Dann musterte er die Schuhe, die Hose, das Hemd und das Gesicht des Teniente.

»Wo du nun schon mal Polizist bist«, begann er, »wann wirst du dich wie ein Polizist kleiden, he? Und warum rasierst du dich nicht anständig? Schau dich doch mal an, du siehst aus, als wärst du krank.«

»Das waren drei Fragen, Mayor. Willst du darauf drei Antworten?«

Der Alte lächelte und schüttelte den Kopf. »Nein, ich will, dass du Rafael Morín findest. Im Grunde interessiert es mich doch gar nicht, warum du zur Polizei gegangen bist. Und noch weniger, warum du nicht endlich diese verwaschene Hose ausziehst. Was mich interessiert, sind schnelle Resultate. Ich habe es nicht gerne, wenn Minister mir Druck machen«, fügte er hinzu, dann gab er den militärischen Gruß lustlos zurück und setzte sich wieder hinter seinen Schreibtisch, von wo aus er den Teniente hinausgehen sah.

Gegenstand der Anzeige: Verschwinden einer Person
Anzeigenerstatter: Tamara Valdemira Méndez
Privatanschrift: Santa Catalina N° 1187, Santos Suárez, Havanna Stadt
Pers.-Ausweis Nr. 56071000623
Beruf: Zahnärztin
Angaben zum Fall: Am Donnerstag, dem 1. Januar 1989, um 21.35 Uhr erscheint auf der hiesigen Dienststelle die Anzeigenerstatterin (= AE), um das Verschwinden des kubanischen Staatsangehörigen Rafael Morín Rodríguez anzuzeigen, Ehemann der AE, wohnhaft o.g.

Adresse, Pers.-Ausweis-Nr. 52112300565, Hautfarbe: weiß, Haarfarbe: dunkelblond, Augenfarbe: blau, Größe: ca. 180 cm. Die AE erklärt: Nach einer gemeinsamen Neujahrsfeier mit Arbeitskollegen und Freunden kehrten die AE und ihr Ehemann Rafael Morín Rodríguez nach Mitternacht in ihr gemeinsames Haus zurück. Nachdem sie sich vergewissert hatten, dass der gemeinsame Sohn in seinem Zimmer schlief, zusammen mit der Mutter der AE, gingen sie in ihr Schlafzimmer und legten sich zu Bett. Am darauf folgenden Morgen, als die AE aufwachte, hielt sich Rafael Morín Rodríguez nicht mehr im Haus auf, worüber sich die AE zunächst jedoch keinerlei Gedanken machte, da er in der Vergangenheit häufiger das Haus verlassen hatte, ohne sie zu informieren. Gegen Mittag, jetzt bereits etwas beunruhigt, rief die AE verschiedene Freunde und Arbeitskollegen sowie das Unternehmen, in dem ihr Mann arbeitet, an, erhielt aber keinerlei Hinweise auf seinen derzeitigen Aufenthaltsort. Zu diesem Zeitpunkt machte sie sich bereits Sorgen, da ihr Ehemann weder das Privatauto (Lada, amtl. Kz: HA 11934) noch das des Unternehmens (z. Zt. in der Werkstatt) benutzt hatte. Im Laufe des Nachmittags riefen die AE und René Maciques Alba, ein Arbeitskollege des Vermissten, in verschiedenen Krankenhäusern an, ohne Ergebnis, und fuhren dann zu weiteren Krankenhäusern, die sie telefonisch nicht erreichen konnten, jedoch ebenfalls ohne Ergebnis. Um 21.35 Uhr erschienen auf hiesiger Dienststelle die AE und René Maciques Alba, um das Verschwinden von Rafael Morín Rodríguez anzuzeigen.

Wachhabender Beamter: Lincoln Capote, Sargento

Anzeige Nr. 16-0101-89

Leiter der Dienststelle: Jorge Samper, Primer Teniente

Anlage 1: Foto des Vermissten

Anlage 2: Persönliche und berufliche Daten des Vermissten

Weitergeleitet zur Bearbeitung. Dringlichkeitsstufe 1

Polizeidirektion Havanna Stadt

Er sah Tamara vor sich, wie sie Anzeige erstattete, und schaute sich wieder das Foto des Vermissten an. Es war wie ein Köder, der ferne Erinnerungen aufwühlte, Tage, die er vergessen wollte, nostalgische Gräber. Das Foto glänzte, es war wohl erst vor kurzem aufgenommen worden. Doch auch wenn der Mann auf dem Foto zwanzig Jahre alt gewesen wäre, wäre er heute immer noch dieselbe Person. Sicher? Sicher. Er schien immun gegen die Wechselfälle des Lebens, liebenswürdig auch auf Passbildern, frei von Schweiß, Akne und Fett, von der dunklen Bedrohung des Bartwuchses, ausgestattet mit dem gewissen Etwas eines makellosen, vollkommenen Engels. Zurzeit allerdings galt er als vermisst, ein alltäglicher Fall für die Polizei, eine Arbeit für Mario Conde, die dieser lieber nicht hätte erledigen wollen. Was war da los, verdammt noch mal?, fragte er sich beim Verlassen des Büros. Er verspürte keinerlei Verlangen, den Bericht mit den persönlichen und beruflichen Daten des untadeligen Rafael Morín Rodríguez durchzulesen. Vom Fenster seines eigenen kleinen Büros konnte er einen Ausblick genießen, der ihm wie ein impressionistisches Gemälde vorkam: die von uralten Lorbeerbäumen gesäumte Straße, diffuse grüne Flecken im Sonnenlicht, die im Stande waren, das Brennen in seinen Augen zu lindern; eine bedeutungslose kleine Welt, deren Geheimnisse er allesamt kannte und an der ihm jede Veränderung auffiel: ein neues Spatzennest, ein absterbender Ast, die Erneuerung des Laubes, die durch die dunkle Färbung der immergrünen Blätter angekündigt wurde. Hinter den Bäumen eine Kirche mit hohen Gittern und glatten Außenmauern sowie einige nur undeutlich zu erkennende Gebäude. Und schließlich, ganz hinten, das Meer, das man nur als Lichtfleck und als Geruch wahrnehmen konnte. Die Straße war leer und warm und sein Kopf so gut wie leer und ein wenig benebelt. Wie gerne, dachte er, säße er unter diesen Lorbeerbäumen und wäre noch einmal sechzehn Jahre alt, einen Hund an seiner Seite, den er streicheln, und eine Freundin, auf die er warten könnte. Dann, einfach so dasitzend, wäre er rundum glücklich, jede Wette, so glücklich, wie man nur sein kann, was er schon beinahe vergessen hatte. Und vielleicht würde es ihm sogar gelingen, seine Vergangenheit, die ja seine Zukunft wäre, in Ordnung zu bringen und sich auszumalen, wie sein Leben verlaufen werde. Der Gedanke faszinierte ihn, denn dann würde er versuchen, es anders zu gestalten. Jene lange Kette von Irrtümern und Zufällen, die seine Existenz bestimmt hatte, würde sich nicht wiederholen; es müsste eine Möglichkeit geben, sie zu unterbrechen oder wenigstens zu korrigieren und einen anderen Weg, das heißt, ein anderes Leben auszuprobieren. Sein Magen hatte sich inzwischen so einigermaßen beruhigt. Er wünschte sich, den Kopf freizuhaben, um sich in diesen Fall zu stürzen, der ihn in die Vergangenheit führte und ihn aus der friedlichen Willenlosigkeit riss, die er sich fürs Wochenende erträumt hatte. Er drückte die rote Taste der Gegensprechanlage und verlangte, man solle Sargento Palacios zu ihm schicken. Vielleicht, so dachte er, konnte er von Manolo lernen. Zum Glück gab es Leute wie ihn, so dachte er weiter, denen es gelang, die tägliche Arbeitsroutine durch ihre bloße Anwesenheit und ihren Optimismus aufzulockern. Manolo war ein guter Freund, erwiesenermaßen verschwiegen und fleißig, aber ohne Hektik. Mario Conde zog ihn allen anderen Sargentos und den übrigen Ermittlern der Kripo vor.

Er sah den größer werdenden Schatten hinter der Glasscheibe, und dann trat Sargento Manuel Palacios ohne anzuklopfen ein.

»Ich dachte, du wärst noch nicht da«, sagte Manolo und setzte sich in einen der Sessel vor Condes Schreibtisch. »Was für ein Leben, Bruder. Scheiße, du hast heute aber dein verschlafenes Gesicht aufgesetzt!«

»Du kannst dir nicht vorstellen, wie hackevoll ich gestern war.

Furchtbar!« Beim bloßen Gedanken daran zog sich Mario der Magen zusammen. »Die alte Josefina hatte Geburtstag, wir haben mit Bier angefangen, ich hatte welches besorgt, danach gabs zum Essen Rotwein, so 'n scheiß-rumänischen, kam aber gut, und hinterher hat der Dünne 'ne Flasche Añejo geköpft, die er eigentlich seiner Mutter geschenkt hatte. Als der Alte mich heute Morgen anrief, wär ich fast gestorben.«

»Maruchi sagt, der Alte ist sauer auf dich gewesen, weil du einfach aufgelegt hast.« Manolo grinste und rutschte tiefer in den Sessel zurück. Er war gerade mal fünfundzwanzig und hatte Probleme mit der Wirbelsäule. Keine Sitzgelegenheit war für seinen knochigen Hintern geeignet, und er konnte nicht lange stehen, ohne ein paar Schritte zu gehen. Mit seinen langen Armen und dem hageren Körper bewegte er sich wie ein wirbelloses Tier. Von den Leuten, die der Teniente kannte, war er der Einzige, der sich in den Ellbogen beißen und über die Nase lecken konnte. Sein Gang war wie ein Schweben, und wenn man ihn so sah, hielt man ihn für schwächlich, sogar zerbrechlich, und bestimmt für jünger, als er war.

»Der Alte ist nervös«, sagte der Teniente, »er kriegt nämlich auch Anrufe, von oben.«

»Wohl ein schwieriger Fall, was? Mich hat er auch angerufen, höchstpersönlich.«

»Nicht nur schwierig, sondern vor allem heikel. Hier, nimm das mit«, sagte Mario Conde und ordnete die Aktenblätter, »lies das durch, in einer halben Stunde fahren wir los. Ich muss noch darüber nachdenken, wie wirs am besten anpacken.«

»Du kannst schon wieder denken?«, fragte der Sargento und verließ mit seinem federnd leichten Gang das Büro.

El Conde blickte auf die Straße hinunter und lächelte. Ja, er konnte schon wieder denken, und er dachte, dass der Fall eine

Bombe war. Er ging zum Telefon und wählte. Das metallische Klingeln am anderen Ende erinnerte ihn an sein furchtbares Erwachen.

»Hallo«, hörte er eine Frauenstimme sagen.

»Jose, ich bins.«

»Sag mal, mein Kleiner, wie geht es dir heute Morgen?«, fragte die Frauenstimme. Sie hörte sich fröhlich an.

»Frag mich besser nicht! Aber es war doch ein schöner Geburtstag, oder? Was macht der Bär?«

»Ist noch nicht aufgewacht.«

»Manche Leute haben ein Glück ...«

»Sag mal, was ist los? Von wo rufst du an?«

Er seufzte und sah wieder auf die Straße, bevor er antwortete. Die wärmende Sonne stand nach wie vor am blanken Himmel. Ein Samstag, wie er ihn selbst nicht hätte besser machen können. Zwei Tage zuvor hatte er einen Fall abgeschlossen, ein Devisenvergehen, das ihn mit endlosen Fragezeichen zur Verzweiflung gebracht hatte. Eigentlich wollte er am Wochenende bis in die Puppen schlafen. Und jetzt verschwand dieser Kerl!

»Aus dem Brutofen, Jose«, jammerte er. Damit meinte er sein kleines Büro. »Bin in aller Herrgottsfrühe aus dem Bett geklingelt worden. Es gibt keine Gerechtigkeit für uns Gerechte, meine Liebe, ich sags dir.«

»Dann kommst du also nicht zum Mittagessen?«

»Sieht ganz so aus. Sag mal, was muss ich da durchs Telefon riechen?«

Die Frau lachte. Sie kann immer lachen, diese wunderbare Frau!

»Das, was du dir entgehen lässt, mein Junge.«

»Something special?«

»Nein, *nothing special,* aber sehr lecker. Hör zu: die *malangas,* die du mitgebracht hast, gekocht, in Knoblauchsoße, mit viel Knoblauch und bitteren Apfelsinen; die Schweineschnitzel, die gestern übrig geblieben sind, stell dir vor, ich hab sie eingelegt, sie sind so gut wie fertig, und es reicht für zwei pro Kopf; dazu schwarze Bohnen, schön sämig, wie ihr sie am liebsten mögt, wegen des intensiven Geschmacks, und jetzt gebe ich noch einen Schuss argentinisches Olivenöl dazu, hab ich in der Bodega gekriegt. Beim Reis hab ich schon die Flamme klein gestellt, auch den hab ich mit Knoblauch angemacht, so wie dir dein Freund aus Nicaragua gesagt hat. Und dann der Salat: Kopfsalat, Tomaten und Radieschen. Ach ja, das Dessert: geraspelte Kokosnuss mit Käse … Bist du noch dran, Condesito?«

»Ich beiß mich in den Arsch, Jose«, sagte El Conde, und er spürte, wie sich sein angegriffener Magen endgültig erholte. Er schwärmte für reich gedeckte Tische und hätte sein Leben hergegeben für ein solches Menü. Er wusste, dass Josefina das Essen eigens für ihn und den Dünnen zubereitete, und jetzt musste er darauf verzichten. »Hör schon auf, ich hab keine Lust mehr, mit dir zu reden. Weck den Dünnen auf und gib ihn mir. Der alte Säufer soll endlich aufstehen …«

»Sag mir, mit wem du umgehst …«, lachte Josefina und legte den Hörer neben die Gabel.

Er kannte sie nun schon seit zwanzig Jahren, aber auch in den schlimmsten Augenblicken hatte er sie niemals fatalistisch oder am Boden zerstört erlebt. Mario Conde bewunderte und liebte sie, manchmal mehr als seine eigene Mutter, mit der ihn keine so innige und vertraute Beziehung verband wie mit der Mutter von Carlos, dem Dünnen, der nicht mehr dünn war.

»Was ist?«, brummte der Dünne. Seine Stimme klang tief und belegt. Genauso schrecklich, wie die seines Freundes wohl geklungen haben musste, als der Alte ihn geweckt hatte.

»Ich werd dir den Rausch austreiben«, versprach Mario grinsend.

»Scheiße, das hab ich auch nötig, ich bin fix und fertig. Ich sags dir, du Wildsau: Nie wieder so 'ne Sause wie gestern Nacht, das schwör ich dir bei deiner Mutter!«

»Tut dir der Kopf weh?«

»Das ist das Einzige, was mir nicht wehtut«, erwiderte der Dünne. Er hatte niemals Kopfschmerzen, und Mario wusste das. Carlos konnte Unmengen Alkohol trinken, zu jeder Tages- und Nachtzeit, süßen Wein, Rum, Bier, alles durcheinander, er konnte sternhagelvoll sein, aber niemals tat ihm der Kopf weh.

»Also, weshalb ich anrufe ... Heute Morgen hat man mich aus dem Bett geklingelt ...«

»Aus der Zentrale?«

»Aus der Zentrale, ja, wegen eines dringenden Falls. Eine Vermisstenanzeige.«

»Erzähl keinen Scheiß! Ist Baby Jane etwa wieder abgehauen?«

»Red nur so weiter, mein Freund, und ich mach dich fertig. Der Vermisste ist kein anderer als ein Unternehmensleiter im Range eines Vizeministers, und außerdem ist er ein Freund von dir. Er heißt Rafael Morín Rodríguez.« Eisernes Schweigen. Ich hab ihn voll erwischt, dachte Mario. Hat nicht mal »Leck mich am Arsch, du« gesagt. »Dünner?«

»Leck mich am Arsch, du! Was ist passiert?«

»Eben das, vermisst wird er, von der Bildfläche verschwunden ist er, entschwunden wie Matías Pérez mit seinem Heißluftballon. Niemand weiß, wo er ist. Tamara hat am Abend des Ersten Anzeige erstattet, und der Kerl taucht nicht wieder auf.«

»Und man weiß nichts?« Die Ratlosigkeit des Dünnen wuchs mit jeder Frage. Mario stellte sich das Gesicht des Freundes vor. Zwischendurch gelang es ihm, ihn über die Einzelheiten des Falles Rafael Morín zu informieren, soweit sie ihm bekannt waren.

»Und was wirst du jetzt tun?«, fragte der Dünne, als er die Nachricht verdaut hatte.

»Routinearbeit. Hab noch keine Idee. Leute befragen und so, das Übliche eben, ich weiß noch nicht.«

»Sag mal, kommst du wegen Rafael nicht zum Essen?«

»Wo du gerade davon sprichst, sag Jose, sie soll mir meinen Teil aufbewahren, anstatt ihn irgendeinem hergelaufenen Blödmann in den hungrigen Rachen zu werfen. Sobald ich hier fertig bin, komm ich vorbei.«

»Und erzählst mir alles, ja?«

»Und erzähl dir alles. Wie du dir denken kannst, werd ich Tamara besuchen. Soll ich ihr Grüße von dir ausrichten?«

»Neujahrsgrüße, ja, denn heute beginnt ein neues Jahr und damit ein neues Leben. Hör mal, Kleiner, du musst mir auch erzählen, ob sie immer noch so gut aussieht. Du, ich erwarte dich heute Abend.«

»Moment, Moment«, beeilte sich Mario, »wenn du wieder nüchtern bist, denk mal ein wenig über die Sache nach. Später reden wir darüber.«

»Was meinst du, was ich tun werde? Woran werd ich wohl denken? Bis später.«

»Guten Appetit, Bruder.«

»Ich grüß Mama von dir, Bruder«, sagte der Dünne und legte auf. Mario Conde dachte: Das Leben ist beschissen.

Der dünne Carlos ist nicht mehr dünn, er wiegt mehr als zweihundert Pfund und riecht säuerlich wie alle Dicken. Das Schicksal hat seine Wut an ihm ausgelassen. Aber als ich ihn kennen lernte, war er so dünn, dass er jeden Augenblick durchzubrechen drohte. Er setzte sich an das Pult vor mir, neben den Hasenzahn, ohne zu ahnen, dass wir auf diesen Plätzen am Fenster während der gesamten Oberstufenzeit sitzen würden. Er besaß ein furchtbar scharfes Messer, ein Skalpell, mit dem er die Stifte anspitzte. Einmal sagte ich zu ihm: »He, Dünner, leih mir mal das Messer da«, und von dem Tag an nannte ich ihn »Dünner«. Ich konnte ja nicht wissen, dass er mein bester Freund werden und eines Tages nicht mehr dünn sein würde.

Tamara setzte sich zwei Reihen vor den Hasenzahn. Niemand wusste, warum man ihre Zwillingsschwester in eine andere Klasse gesteckt hatte, wo sie doch vorher in dieselbe Schule gegangen waren, denselben Familiennamen und sogar das gleiche bildhübsche Gesicht hatten, nicht wahr? Aber dann waren wir auch wieder froh, denn Aymara und Tamara sahen sich so ähnlich, dass wir vielleicht nie gewusst hätten, wer die eine und wer die andere war. Als der Dünne und ich uns gleichzeitig in Tamara verliebten, hörten wir um ein Haar für immer auf, Freunde zu sein, und es war Rafael, ausgerechnet, der das Problem löste: weder der Dünne noch ich! Er gestand Tamara seine Liebe, und zwei Monate nach Schulbeginn waren die beiden bereits ein Paar, eins von denen, die wie Kletten aneinander hängen, die in den Pausen unzertrennlich sind und die zwanzig Minuten damit zubringen, miteinander zu reden und sich in die Augen zu schauen, Hand in Hand, so weit weg von dem weltlichen Treiben, dass sie sich überall abknutschen. Ich hätte die beiden umbringen können.

Der Dünne und ich aber blieben Freunde und waren nach wie vor in Tamara verliebt. Wir konnten unseren Frust gemeinsam abreagieren, indem wir uns Katastrophen für Rafael ausdachten, ein gebrochenes Bein oder Schlimmeres. Und wenn wir besonders schlecht drauf waren, stellten wir uns vor, wie wir mit Tamara und Aymara »gehen« würden (wer mit wem, war uns damals egal, obwohl wir beide immer nur in Tamara verliebt waren, keine Ahnung, warum, wo sie doch beide gleich hübsch waren). Wir heirateten und wohnten in vollkommen identischen, direkt nebeneinander liegenden Häusern, die sich so glichen wie die Zwillinge. Zerstreut, wie wir waren, verwechselten wir manchmal die Häuser und die Schwestern, und Aymaras Mann landete bei Tamara und umgekehrt, und wir amüsierten uns prächtig, und später bekamen wir Zwillinge, die am selben Tag geboren wurden – vier Jungen auf einmal –, und die Ärzte, die ebenso zerstreut waren wie wir, verwechselten die Mütter und die Kinder und sagten: Zwei hierhin, zwei dorthin, und die Jungen wuchsen gemeinsam auf und saugten an den vier Mutterbrüsten, und später dann verwechselten auch sie ständig die Häuser, und wir verbrachten Stunden damit, dummes Zeug zu reden, bis die Jungen groß waren und Vierlinge heirateten, die sich ebenfalls aufs Haar glichen, und da wurde das Ganze unübersichtlich. Wenn Josefina von der Arbeit nach Hause kam, drehte sie das Radio leiser. Ich weiß nicht, wie ihr dieses Gedudel den lieben langen Tag ertragen könnt, sagte sie kopfschüttelnd, ihr werdet noch taub davon, verdammt, sagte sie und mixte uns einen Shake – manchmal einen Mango- oder einen Mamey-Shake und sonst einen Schoko-Shake.

Als wir zum letzten Mal davon faselten, die Zwillingsschwestern zu heiraten, war der Dünne noch dünn. Wir besuchten die letzte Oberstufenklasse, er ging mit der Dulcita, und die Cuqui hatte sich bereits mit mir verkracht, als Tamara vor der ganzen Klasse verkündete, dass sie und Rafael heirateten und uns alle einluden. Das Fest sollte bei Tamara zu Hause stattfinden. Obwohl die Partys dort immer erstklassig waren, schworen wir uns, nicht hinzugehen. An jenem Abend soffen wir uns zum ersten Mal so richtig die Hucke voll. Damals war schon ein Liter Rum zu viel für uns beide, und Josefina musste uns waschen, uns einen Löffel Belladonna gegen die Kotzerei verabreichen und uns sogar einen Eisbeutel auf die Eier legen.

Sargento Palacios legte den Rückwärtsgang ein, trat aufs Gaspedal und fuhr mit quietschenden Reifen rückwärts vom Parkplatz. Am Steuer wirkte er weniger schwächlich. Als er zur Eingangstür der Zentrale hinüberblickte, sah er das unbewegte Gesicht von Teniente Conde. Offenbar war es ihm nicht gelungen, ihn mit diesem Manöver à la Gene Hackman in *French Connection* zu beeindrucken. Trotz seiner Jugend sagten alle, er werde in ein paar Jahren der beste Ermittler in der Kripozentrale sein. Doch sobald ihm ein Lenkrad oder eine Frau in die Hände fiel, legte er eine bemerkenswerte Unreife an den Tag. Die panische Angst von Mario Conde vor der komplizierten Aufgabe, mit den Händen zu lenken, mit den Augen zu verfolgen, was vor und hinter dem Auto geschah, und gleichzeitig aufs Gaspedal oder auf die Kupplung zu treten oder zu bremsen, erlaubte es Manolo, den Chauffeur zu spielen, wenn der Alte sie gemeinsam mit einem Fall betraute. Mario Conde hatte immer geglaubt, dieses Automobil-Konkubinat, durch das ein Fahrer eingespart wurde, sei der Grund dafür, dass Mayor Rangel sie so häufig zusammen losschickte. Einige in der Zentrale hielten El Conde für den besten Mann der Dienststelle, waren aber davon überzeugt, dass Manuel Palacios ihn bald noch übertreffen würde. Aber nur wenige erkannten, wie gut sich der quirlig-vitale, fast verhungert aussehende Sargento mit dem Kindergesicht – bestimmt hatte er irgendeinen Trick angewandt, um in die Polizeiakademie aufgenommen zu werden – und der übertrieben bedächtige Teniente ergänzten. Nur der Alte hatte damit gerechnet, dass sich die beiden zusammenraufen würden. Und schließlich schien er Recht zu behalten.

El Conde ging auf das Auto zu. Er hatte eine Zigarette im Mund, sein Jackett war geöffnet, und die Ringe unter seinen Augen waren hinter den dunklen Brillengläsern verborgen. Er machte ein besorgtes Gesicht, als er die Wagentür öffnete und sich auf den Beifahrersitz setzte.

»Also dann, zu der Frau nach Hause?«, fragte Manolo, bereit loszufahren.

Mario Conde verharrte eine Weile in Schweigen. Er schob die Sonnenbrille in die Brusttasche, nahm das Foto von Rafael Morín aus der Akte und legte es sich auf die Knie.

»Was sagt dir dieses Gesicht?«, fragte er.

»Das Gesicht? Na ja, du bist hier der Psychologe. Ich müsste es reden hören, damit es mir was sagt.«

»Und was hältst du von dem Fall?«

»Weiß ich noch nicht, Conde. Er ist atypisch. Ich meine damit«, korrigierte sich der Sargento und blickte den Teniente an, »er ist verdammt merkwürdig, oder?«

»Red weiter«, ermunterte ihn El Conde.

»Na ja, einen Unfall kann man zurzeit ausschließen, und es deutet auch nichts darauf hin, dass er das Land verlassen hat, jedenfalls den Informationen zufolge, die ich mir gerade angesehen habe. Obwohl ich meine Hand dafür nicht ins Feuer legen würde. An eine Entführung glaube ich auch nicht, das wäre nicht logisch.«

»Vergiss deine Logik und red weiter.«

»Also, ich sehe in einer Entführung keine Logik, weil ich nicht weiß, was die Entführer für seine Freilassung verlangen könnten. Und dass er mit einer Frau durchgebrannt ist, leuchtet mir auch nicht so recht ein, oder? Er kann sich ja vorstellen, welches Theater man deswegen veranstaltet. Außerdem scheint er mir nicht der Mann für derartige Eskapaden zu sein. Das könnte ihn sogar um Amt und Würden bringen, nicht wahr? Für mich bleibt nur eine Lösung, mit zwei Möglichkeiten: Man hat ihn rein zufällig umgebracht, etwa um ihn auszurauben oder weil man ihn mit jemand anderem verwechselt hat oder weil er tatsächlich in irgendeine dunkle Sache verwickelt ist. Die zweite Möglichkeit, an die ich denke, ist ziemlich absurd: dass er sich wegen irgendetwas versteckt hält. Aber dann kapiere ich nicht, warum er sich nichts ausgedacht hat, um die Anzeige seiner Frau hinauszuzögern. Eine Reise in die Provinz oder so was in der Art … Das Ganze stinkt zum Himmel wie 'n toter Hund auf der Straße. Im Augenblick bleibt uns nur, in allen Richtungen zu ermitteln, bei ihm zu Hause, an seiner Arbeitsstelle, in seinem Viertel, keine Ahnung. Wir müssen herausfinden, was hinter seinem Verschwinden steckt.«

»Der verdammte Kerl«, knurrte Mario und starrte auf die Fahrbahn. »Fahren wir erst mal zu ihm nach Hause. Los, nimm die Rancho Boyeros Richtung Santa Catalina.«

Manolo ließ den Motor an. Die Straßen lagen noch immer menschenleer in der Hitze der inzwischen mutiger gewordenen Sonne, die zu der sich nähernden Siesta einlud. Am Himmel waren einige wenige hohe, schmutzige Wolken zu sehen, die am Horizont dichter wurden. El Conde versuchte, an Josefinas Essen zu denken, an das Baseballspiel, das am Abend übertragen wurde, daran, dass es seiner Gesundheit schadete, wenn er so viele Zigaretten täglich rauchte. Er wollte die Mischung aus Nostalgie und Erregung, die ihn überkam, verscheuchen, während sich der Wagen Tamaras Haus näherte.

»Sag mal, hast du eine Auszeit genommen, Conde?«, fragte Manolo, als sie das Nationaltheater hinter sich gelassen hatten. »Was sagst *du* denn dazu?«

»Ich meine mehr oder weniger dasselbe wie du, deswegen hab ich nichts dazu gesagt. Ich glaube auch nicht, dass er sich versteckt hält oder versucht, das Land illegal zu verlassen, da bin ich mir ganz sicher«, sagte der Teniente und betrachtete wieder das Foto.

»Warum glaubst du das nicht? Wegen seines Postens, stimmts?«

»Ja, wegen seines Postens. Stell dir vor, er reist jedes Jahr fast zehnmal ins Ausland … Vor allem aber, weil ich ihn seit ungefähr zwanzig Jahren kenne.«

Manolo legte den falschen Gang ein und würgte dadurch beinahe den Motor ab. Er trat das Gaspedal voll durch und rettete so den Gang. Lächelnd sah er zu seinem Beifahrer hinüber. »Erzähl mir nicht, dass er ein Freund von dir ist!«

»Das hab ich nicht gesagt. Ich hab nur gesagt, dass ich ihn kenne.«

»Seit zwanzig Jahren?«

»Seit siebzehn, um genau zu sein. 1972 hab ich ihn zum ersten Mal vor der Oberstufe von La Víbora reden hören. Er war der Vorsitzende unserer Schülervertretung.«

»Und was noch?«

»Ach, ich will dich nicht beeinflussen, Manolo. Ehrlich gesagt, der Typ ist mir von Anfang an auf den Keks gegangen. Aber das soll jetzt keine Rolle spielen. Wichtig ist, er taucht schnellstens wieder auf, damit ich mich aufs Ohr hauen kann.«

»Meinst du, das spielt jetzt keine Rolle mehr?«

»Fahr schneller, es ist Grün«, sagte Mario, indem er auf die Ampel der Kreuzung Boyeros und Calzada del Cerro zeigte.

Er zündete sich die nächste Zigarette an, hustete ein paar Mal und legte das Foto von Rafael Morín in die Akte zurück. Die Erinnerung an den Tag, als Tamara ihnen ihre Heirat mit Rafael angekündigt hatte, stieg mit unerwarteter Heftigkeit in ihm auf. Er sah die drei weißen Streifen am Saum ihres Schulrocks wieder vor sich, die heruntergerollten Strümpfe und das zu einem symmetrischen Oval geschnittene Haar. Nachdem sie die Oberstufe beendet hatten, waren sie sich vielleicht vier- oder fünfmal begegnet, und bei dem bloßen Anblick dieser unwiderstehlichen, sinnlichen Frau war ihm jedes Mal heiß geworden.

Sie fuhren über die Calzada de Santa Catalina, doch El Conde nahm die Häuser, in denen einige seiner ehemaligen Schulkameraden wohnten, nicht wahr, weder die gepflegten Vorgärten noch die friedliche Stille jenes ewig friedlichen Viertels, wo er, zusammen mit dem Hasenzahn und dem Dünnen, auf so vielen Partys gewesen war. Er dachte an eine ganz besondere Party, an den fünfzehnten Geburtstag von Tamara und Aymara kurz nach Beginn der Oberstufe – am 2. November, präzisierte sein Gedächtnis –, daran, wie sehr ihn das Haus, in dem die Mädchen wohnten, beeindruckt hatte. Der Garten glich einem gepflegten englischen Park. Unzählige Tische standen unter den Bäumen, auf dem Rasen neben dem Springbrunnen, wo ein aus der Kolonialzeit geretteter Engel auf blühende Lilien pinkelte. Es gab sogar genug Platz für die »Gnomos«, die beste, bekannteste und teuerste Band von La Víbora. Genug Platz auch zum Tanzen für mehr als einhundert Paare. Und jedes Mädchen bekam eine Blume, es gab Tabletts voller Kroketten – mit Fleisch gefüllt –, Pasteten – ebenfalls mit Fleisch gefüllt – und Käsebällchen, Dinge, von denen man in jenen Tagen der ewigen Warteschlangen nicht mal zu träumen wagte. Die Eltern der Zwillinge, zu der Zeit Botschafter in London, vorher in Brüssel und Prag und später in Madrid, verstanden es, Partys zu geben, und der Dünne, der Hasenzahn, Andrés und er selbst versicherten heute noch, sie hätten nie eine bessere Party erlebt. Sogar eine Flasche Rum auf jedem Tisch! »Sieht aus wie 'ne Party *draußen*«, urteilte der Hasenzahn, und alle anderen sahen das genauso. Später kam ihm in den Sinn, dass eine so riesige Party wohl sogar dem Großen Gatsby gefallen hätte. Rafael Morín, der große Verführer, tanzte den ganzen Abend mit Tamara, und noch heute erinnerte sich Mario Conde an den fliegenden Rock des weißen Spitzenkleides, in dem das Mädchen über die Tanzfläche schwebte zu den Klängen der unvermeidlichen *Schönen blauen Donau,* die für ihn schwarz war mit all ihren grauen Schattierungen.

»Fahr rechts ran«, befahl er dem Sargento, als sie die Calle Mayía Rodríguez überquerten, und schnippte seine Kippe aufs Straßenpflaster. Gegenüber, genau an der Ecke, stand das zweistöckige Haus der Zwillingsschwestern. Ein eindrucksvolles, funkelndes Gebäude mit langen, dunklen Fensterflächen, roten Ziegelsteinwänden und einem Garten, der von einer professionell gestutzten Hecke umgeben war, nicht zu hoch, um die Betonskulpturen – Imitationen der Werke Wifredo Lams – nicht zu verdecken.

»Sieh mal an«, rief Manolo aus, »jedes Mal, wenn ich hier vorbeikomme und dieses Haus sehe, denke ich, so eins könnte mir auch gefallen. Hab sogar immer gedacht, in so einem Haus gäbs nie Probleme mit der Polizei und deshalb würde ich nie Gelegenheit haben, es von innen zu sehen.«

»Nein, das ist kein Haus für Polizisten.«

»Er hats bestimmt vom Staat gekriegt, oder?«

»Nein, in diesem Fall nicht. Es gehörte den Eltern seiner Frau.«

»Wie es wohl ist, in so einem Haus zu wohnen, was, Conde?«

»Anders … Hör mal, Manolo, ich hab da eine Idee, die ich weiter verfolgen will: Nach der Neujahrsparty ist Rafael Morín verschwunden. Auf dieser Party könnte was vorgefallen sein, das mit seinem Verschwinden in Zusammenhang steht. Ich glaub nämlich einen Scheißdreck an Zufälle! Jetzt möchte ich dich um einen Gefallen bitten.«

Manolo lachte und schlug mit beiden Fäusten aufs Lenkrad. »El Conde bittet um einen Gefallen! Beruflich oder privat? Schieß los, ich erfülle dir jeden Wunsch.«

»Also, hör zu: Halt die Klappe und lass mich die Befragung alleine durchführen. Ich glaube, so komme ich besser an Tamara ran. Auch sie kenne ich nämlich schon seit etlichen Jahren … Das ist der

Gefallen, um den ich dich bitte. Ist das zu viel verlangt? Alles, was dir durch den Kopf geht, erzählst du mir später. Einverstanden?«

»Einverstanden, Conde, kein Problem, kein Problem«, sagte der Sargento und bereitete sich geistig auf die Tortur vor, einem Verhör beizuwohnen, hinter dem er eine Abrechnung mit der Vergangenheit vermutete. Während er das Auto abschloss, sah er El Conde die Straße überqueren und zwischen der Kroton-Hecke und dem Kopf eines scheuenden Betonpferdes verschwinden, das mehr nach Picasso als nach Lam aussah. Nein, so ein Haus war und blieb unerreichbar für einen Polizisten.

Ihre Augen sind zwei polierte, makellose, ein wenig feuchte Mandeln. Gerade feucht genug, um daran zu erinnern, dass es sich um wirkliche Augen handelt, die auch weinen können. Das künstlich gekräuselte Haar fällt ihr spiralförmig in die Stirn, verdeckt fast die hohen, dichten Augenbrauen. Der Mund versucht zu lächeln, er lächelt tatsächlich, und die gesunden, strahlend weißen Zähne sind ein offenes Lachen wert. Sie sieht nicht nach dreiunddreißig aus, denkt er, als er seine frühere Schulkameradin vor sich sieht. Niemand würde vermuten, dass sie eine Geburt hinter sich hat. Sie könnte immer noch im Ballett tanzen, auch wenn ihre Schönheit inzwischen tief- und untergründiger geworden ist. Sie ist füllig, fest im Fleisch, aufregend, ihre Reize und Formen stehen in voller Blüte. Sie könnte auch wieder den Rock der Schuluniform und die eng anliegende Bluse tragen, denkt er. Er rückt die Pistole im Gürtel zurecht und stellt ihr den Sargento vor, dem die Augen fast aus dem Kopf fallen. Mario würde am liebsten wieder gehen, doch er setzt sich neben Tamara aufs Sofa, und sie bietet Manolo einen Sessel an.

Sie trägt ein weites Kleid aus feinem, weichem Stoff, leuchtend gelb, und er stellt fest, dass ihr der aggressive Farbton nichts anhaben kann. Auch in diesem Kleid ist sie die schönste Frau, die er jemals gekannt hat. Jetzt würde er nicht mehr am liebsten gehen, sondern liebend gerne den Arm um sie legen, als sie aufsteht und sagt:

»Wie das Leben so spielt, nicht wahr? Wartet, ich bring euch Kaffee.«

Sie entfernt sich durch den Korridor, und er betrachtet das Schauspiel ihrer Hinterbacken, die sich unter dem eng anliegenden, feinen gelben Stoff bewegen. Am Schenkelansatz zeichnet sich der Slip ab. El Conde tauscht mit Manolo, der kaum zu atmen wagt, einen Blick aus. Er erinnert sich daran, dass dieser prachtvolle Hintern die Ursache für viele Tränen war, als nämlich die Ballettlehrerin ihr dazu riet, ihrem künstlerischen Leben eine radikal andere Richtung zu geben. Ihre ausladenden Hüften, ihr fleischbeladender Hintern und die Rundungen ihrer Schenkel waren nicht die einer Elfe oder eines Schwans, sondern erinnerten mehr an eine Legehenne. Deshalb schlug die Lehrerin ihr vor, sich von nun an dem ordinären Rumba mit Schweiß und Rum zu widmen.

»Ein trauriges Schicksal, was?«, sagt er.

Manolo hebt die Schultern. Er grübelt über jenes unbegreifliche traurige Schicksal nach, als Tamara zurückkommt und ihn zwingt, sie anzusehen.

»Mima hat ihn gerade eben gekocht, er ist noch heiß«, versichert sie und reicht zuerst Manolo und dann Mario eine Tasse. »El Conde persönlich, kaum zu glauben! Du bist doch inzwischen sicher schon Mayor oder Capitán, stimmts, Mario?«

»Teniente«, erwidert er, »und manchmal frag ich mich, wie ich das geworden bin.« Er trinkt einen Schluck, traut sich jedoch nicht zu sagen: Verdammt guter Kaffee, speziell für gute Freunde! Dabei ist es wirklich der beste Kaffee, den er seit Jahren getrunken hat.

»Wer hätte gedacht, dass du zur Polizei gehen würdest!«

»Niemand, ich glaube, niemand.«

»Das war vielleicht 'ne Nummer«, sagt sie zu Manolo, um sich dann wieder Mario zuzuwenden. »Wo du doch alles andere als ein Musterschüler warst. Bist nicht zu den berühmten Veranstaltungen gegangen und hast dich vor dem letzten Unterrichtsblock verdrückt, um dir die Serien von Guaytabó im Radio anzuhören. Daran kann ich mich noch gut erinnern.«

»Aber ich hab immer gute Noten gekriegt.«

Sie lächelt ihr unvermeidliches Lächeln. Der Erinnerungsfluss zwischen ihnen überspringt die unangenehmen Momente, die die Zeit fortgespült hat, erfasst nur die guten Tage, die denkwürdigen Ereignisse oder Begebenheiten, die durch den zeitlichen Abstand in einem günstigeren Licht erscheinen. Tamara ist sogar noch schöner, kaum zu glauben.

»Und schreiben tust du nicht mehr, Mario?«

»Nein, nicht mehr. Aber irgendwann vielleicht ...«, fügt er hinzu und fühlt sich unbehaglich dabei. »Und deine Schwester?«

»Aymara ist in Mailand, für fünf Jahre, mit ihrem Mann. Er ist Repräsentant des Industrieministeriums und Einkäufer. Sie hat zum zweiten Mal geheiratet, wusstest du das?«

»Nein, wusste ich nicht. Aber schön für sie.«

»Und was macht der Hasenzahn so, Mario? Hab ihn nie mehr wieder gesehen.«

»Nichts Besonderes. Dass er Pädagogik studiert hat, weißt du ja. Aber er hat den Lehrerberuf an den Nagel gehängt und ist jetzt am Institut für Geschichtswissenschaften. Macht sich immer noch Gedanken darüber, was passiert wär, wenn Maceo nicht umgebracht worden wäre oder wenn die Engländer nicht aus Havanna fortgegangen wären. Über all die historischen Tragödien eben, die er sich ausdenkt.«

»Und wie gehts Carlos?«

Beim Namen Carlos würde er gerne tief in ihren Ausschnitt blicken. Der Dünne hat immer behauptet, Tamara und Aymara hätten große, dunkle Brustwarzen. Sieh dir ihre Lippen an, sagte er, sie haben was von Negerlippen. Seiner Theorie zufolge standen Farbton und Größe der Brustwarzen in direktem Zusammenhang mit den Lippen. Sie wollten die Theorie bei Tamara überprüfen, warteten darauf, dass sie sich bückte, um einen Stift aufzuheben, und beobachteten sie beim Sportunterricht; aber sie gehörte zu den Mädchen, die immer einen Büstenhalter trugen. Und heute, trägt sie heute keinen?

»Dem gehts gut«, lügt er schließlich. »Und dir?«

Sie nimmt ihm die leere Tasse ab und stellt sie auf den Glastisch neben ein romantisches Hochzeitsbild, auf dem sich Tamara und Rafael als glückliches Brautpaar umarmen und in einen ovalen Spiegel lächeln. Mario kommt der Gedanke, dass sie eigentlich »gut« antworten müsste, es aber nicht wagen wird. Ihr Mann ist verschwunden, vielleicht tot, und sie macht sich Sorgen. Doch sie sieht wirklich gut aus.

Schließlich sagt sie: »Ich mache mir große Sorgen, Mario. Ich weiß nicht, ich hab so ein ungutes Gefühl …«

»Was für ein Gefühl?«

Sie schüttelt den Kopf, die widerspenstige Haarsträhne tanzt auf ihrer Stirn. Nervös reibt sie sich die Hände, in ihrem stets so sanften Blick liegt Panik. »Irgendetwas Schlimmes«, sagt sie und schaut ins Innere des stillen Hauses. »Es ist so merkwürdig, dass es nichts Gutes verheißen kann, nicht wahr? Übrigens, Mario, du kannst ruhig rauchen, wenn du möchtest.«

Sie nimmt einen blitzsauberen Aschenbecher – Muranoglas, violettblau mit silbrigen Punkten – von der unteren Glasplatte des Tisches und reicht ihn Mario. Er zündet sich eine Zigarette an.

Diesen Aschenbecher dreckig zu machen kommt ihm wie eine Entweihung vor.

»Sie rauchen nicht?«, fragt sie Manolo.

»Nein, danke«, erwidert der Sargento lächelnd.

»Ich kanns kaum glauben, Tamara«, sagt Mario und lächelt ebenfalls. »Fünfzehn Jahre war ich nicht mehr in diesem Haus, und alles ist noch wie früher. Weißt du noch, wie ich die Vase zerdeppert habe? Aus Porzellan, glaub ich, stimmts?«

»Keramik aus Sargadelos.« Sie lehnt sich zurück und versucht die Strähne zu bändigen, die ihre Stirn verdeckt. Auch dich bringen die Erinnerungen um, meine Liebe, denkt er. Er würde sich gerne so fühlen, wie er sich damals gefühlt hat, als sie mit der ganzen Clique in dieses Hollywood-Haus kamen, unter dem Vorwand, in der Bibliothek gemeinsam zu lernen. Immer gab es Coca-Cola, häufig sogar Süßigkeiten, außerdem eine Klimaanlage in der Bibliothek und natürlich ihre gemeinsamen Träume. Irgendwann würden sie auch so ein Haus haben, der Dünne, der Hasenzahn, Cuqui, Dulcita, El Conde, sie alle, wenn wir erst mal Ärzte sind, Ingenieure, Geschichtsprofessoren, Wirtschaftswissenschaftler, Schriftsteller, das, was sie werden wollten, aber nicht alle wurden. Die Erinnerungen machen ihn fertig, und deswegen sagt er:

»Ich habe die Aussage gelesen, die du auf dem Revier gemacht hast. Fällt dir noch mehr dazu ein?«

»Mehr weiß ich nicht, es war so, wie ich gesagt habe«, versichert sie, nachdem sie eine Weile nachgedacht hat. Sie schlägt die Beine übereinander, verschränkt die Arme. Noch immer so geschmeidig wie früher, stellt er fest. »Wir sind von der Party nach Hause gekommen, ich bin als Erste zu Bett gegangen und war schon halb eingeschlafen, als Rafael sich neben mich gelegt hat. Ich hab ihn noch gefragt, ob ihm schlecht ist. Er hatte viel getrunken. Als ich wach wurde, keine Spur von Rafael. Bis zum Nachmittag hab ich mir keine großen Sorgen gemacht. Er geht häufig weg, ohne zu sagen wohin. Aber an dem Tag musste er nicht in die Firma.«

»Wo fand noch mal die Party statt?«

»Beim Vizeminister, der für Rafaels Firma zuständig ist. In Miramar, in der Nähe des Diplomatenladens Ecke 5. und 42. Straße.«

»Wer war sonst noch da?«

»Tja, lass mich nachdenken«, bittet sie und beschäftigt sich wieder mit der lästigen Haarsträhne. »Die Gastgeber natürlich, Alberto und seine Frau. Er heißt Alberto Fernández«, fügt sie hinzu, als Mario Conde ein kleines Notizbuch aus der hinteren Hosentasche zieht. »Hast du immer noch ein Notizbuch in der Gesäßtasche?«

»Die alte Schwäche«, sagt er kopfschüttelnd, denn er hat nicht gedacht, dass irgendjemand, nicht mal er selbst, sich an diese alte Gewohnheit erinnert. An wie viele Dinge werd ich wohl noch erinnert werden, fragt er sich. Tamara lächelt, und er muss wieder daran denken, wie schwer die Erinnerungen wiegen und dass er vielleicht besser nicht hier sein sollte. Wenn er dem Mayor etwas gesagt hätte, hätte der ihn möglicherweise durch einen Kollegen ersetzt. Das Beste wäre es, so glaubt er, den Alten zu bitten, ihn von dem Fall zu entbinden. Nein, er sollte nicht nach einem Mann suchen, den er am liebsten nicht finden würde, und sich nicht mit der Frau dieses Mannes unterhalten, der Frau, die in ihm alte Sehnsüchte und Begierden weckt. Laut aber sagt er: »Ich bin noch nie gerne mit einem Köfferchen rumgelaufen.«

»Erinnerst du dich noch daran, wie du dich einmal auf dem Schulhof mit Isidrito geprügelt hast, dem aus Managua?«

»Mir tut noch jetzt alles weh. Wie der zugeschlagen hat, der Idiot!« Er grinst zu Manolo hinüber, der seine Rolle als unbeteiligter Zuhörer perfekt spielt.

»Und warum habt ihr euch geprügelt, Mario?«

»Stell dir vor, zuerst haben wir über Baseball diskutiert, wer besser war, Andrés, Biajaca und die Leute aus meinem Viertel oder die aus Managua. Dann bin ich wütend geworden und hab gesagt, außerhalb meines Viertels würden nur Arschlöcher geboren. Klar, da hat der Blödmann rot gesehen.«

»Wenn Carlos nicht dazwischengegangen wäre, Mario, ich glaub, Isidrito hätte dich umgebracht.«

»Dann wär der Kripo ein guter Polizist verloren gegangen.« Er lächelt und steckt sein Notizbuch wieder ein. »Pass auf, Tamara, am besten wird es sein, du schreibst mir die Namen der Gäste auf, was sie arbeiten und wie man sie erreichen kann, soweit du dich erinnerst. Waren außer dem Vizeminister noch andere wichtige Leute da?«

»Na ja, der Minister, aber der ist schon früh wieder gegangen, so um elf. Musste noch auf 'ne andere Party.«

»Und? Hat er mit Rafael gesprochen?«

»Sie haben sich begrüßt und so, aber geredet haben sie nicht viel miteinander. Unter vier Augen, meine ich.«

»Gut. Hat Rafael sonst mit jemandem unter vier Augen gesprochen?«

Sie überlegt, schließt halb die Augen. Er wendet den Blick ab und spielt mit der Zigarettenasche. Schließlich drückt er die Kippe aus. Jetzt weiß er nicht, wohin mit dem Aschenbecher. Er befürchtet schon, wieder mit der Geschichte von der Vase aus Sargadelos-Keramik anzufangen. Aber er kann es nicht vermeiden, Tamaras Duft wahrzunehmen. Sie riecht nach Seife und frischer Wäsche und teurem Lavendelparfüm und feuchter Erde. Und vor allem nach Frau.

»Mit Maciques, glaube ich«, sagt sie, »seinem Büroleiter. Die beiden tun nichts anderes, reden ständig über ihre Arbeit. Und auf

Partys muss ich die Frau von Maciques ertragen. Wenn du sie sehen würdest, o Gott! Steif wie 'ne Fahnenstange … Also, du müsstest sie mal reden hören! Erst neulich hat sie entdeckt, dass Baumwolle besser ist als Polyester, und jetzt schwärmt sie plötzlich für Seide.«

»Ich kann mir die Frau vorstellen … Und mit wem hat er sonst noch gesprochen?«

»Na ja, Rafael war eine ganze Weile draußen auf dem Balkon, und als er wieder reinkam, war Dapena gerade eingetroffen, ein Spanier, der alle naselang in Kuba ist, um Geschäfte zu machen.«

»Moment«, sagt er und holt wieder sein Notizbuch hervor. »Ein Spanier?«

»Aus Galicien, ja. José Manuel Dapena mit vollem Namen. Macht Geschäfte mit Rafaels Unternehmen, vor allem aber mit dem Ministerium für Außenhandel.«

»Und sie haben miteinander gesprochen, sagst du?«

»Jedenfalls hab ich sie später vom Balkon hereinkommen sehen. Ob noch andere Leute dabei waren, weiß ich nicht.«

»Tamara«, sagt er und fängt an, mit dem Kugelschreiber zu klicken, ein monotones Klick-klack. »Wie sind diese Partys?«

»Was für Partys?« Sie wundert sich, scheint nicht zu verstehen.

»Die Partys, auf die ihr geht, mit Ministern und Vizeministern und ausländischen Geschäftsleuten, wie sind die?«

»Ich verstehe nicht, was du meinst, Mario. Wie alle anderen Partys. Es wird geredet, getanzt, getrunken. Ich weiß nicht, worauf du hinauswillst. Hör bitte auf, mit dem Kugelschreiber zu klicken«, sagt sie plötzlich, und er weiß, dass sie gereizt ist.

»Und niemand betrinkt sich oder wird ausfällig oder pinkelt vom Balkon in den Garten?«

»Ich hab keine Lust auf solche Spielchen, Mario, wirklich nicht.« Sie drückt mit Daumen und Zeigefinger auf ihre Augenlider, wirkt aber nicht müde. Danach glänzen ihre Augen noch stärker.

»Entschuldige«, sagt er und steckt den Kugelschreiber in die Hemdtasche zurück. »Erzähl mir was über Rafael.«

Bei dieser Aufforderung holt sie tief Luft. Sie begleitet ihre Gedanken, die nur sie selbst kennt, mit einem Kopfschütteln und sieht zu dem langen Fenster hin, das auf den Innenhof führt. Sie ist theatralisch, denkt er. Er folgt ihrem Blick und erkennt hinter der getönten Scheibe undeutlich die ungesunde, bräunlich-schwarze Farbe des dort wuchernden Farns.

»Mir wäre ein Kollege von dir lieber gewesen, weißt du das? Bei dir ... Ich weiß nicht, es kostet mich Überwindung.«

»Mich auch. Und außerdem, wenn dein Mann nicht verschwunden wäre, würde ich zu Hause sitzen und lesen und bis Montag nicht arbeiten. Wichtig ist jetzt, dass Rafael schnellstens wieder auftaucht. Und du solltest mir dabei helfen, findest du nicht?«

Sie macht Anstalten, sich vom Sofa zu erheben, bleibt dann aber sitzen. Ihr Mund ist nun eine gerade Linie. Der Mund einer Frau, die nicht einverstanden ist. Als sie zu Sargento Palacios hinüberschaut, wird ihr Ausdruck milder.

»Was kann ich dir über Rafael erzählen? Du kennst ihn ja ... Er lebt nur für seine Arbeit. Nicht umsonst hat er es auf diesen Posten geschafft. Und das Beste daran ist, es macht ihm Spaß, wie ein Tier zu arbeiten. Ich glaube, er ist ein guter Manager, wirklich, alle sagen das. Für alles ist er zuständig, und alles, was er macht, macht er gut. Er selbst nennt sich einen Erfolgsmenschen. Ständig reist er ins Ausland, vorwiegend nach Spanien und Panama, schließt Verträge ab, kauft ein. Anscheinend versteht er was davon. Kannst du dir Rafael als Geschäftsmann vorstellen?«

Er kann ihn sich nicht als Geschäftsmann vorstellen. Sein Blick wandert zu der Musikanlage, die in einer Ecke des Salons steht: Tuner, Plattenspieler, doppeltes Kassettendeck, CD-Player, Equalizer, Verstärker und zwei Lautsprecherboxen mit Schallverstärker und weiß Gott wie hoher Ausgangsleistung. Die Musik, die da rauskommt, ist wirklich Musik, denkt er.

»Nein, ich kann ihn mir nicht vorstellen«, sagt er. »Und woher stammt die Musikanlage da?«, fragt er. »Die kostet mehr als tausend Dollar …«

Sie sieht wieder zu Manolo hinüber. Dann mustert sie ihren früheren Schulkameraden und fragt: »Was ist los mit dir, Mario? Was sollen diese Sticheleien? Du weißt doch, dass niemand für nichts und wieder nichts wie ein Irrer schuftet. Alle wollen vorankommen und … Wer sich ein Filet leisten kann, isst nicht Reis mit Spiegeleiern.«

»Ja, wem Gott gegeben …«

»Was stört dich eigentlich, Mario?«

Er tastet nach dem Kugelschreiber, lässt ihn aber dort, wo er ist. »Nichts, gar nichts. Vergiss es, ja?«

»Nein, ich vergesse es *nicht.* Angenommen, du müsstest beruflich ins Ausland reisen, würdest du dann nicht reisen und deiner Frau und deinem Sohn was mitbringen?«, fragt sie und sieht dabei Zustimmung heischend Manolo an. Der Sargento, der noch immer die Kaffeetasse in der Hand hält, hebt nur leicht die Schultern.

»Das trifft in doppelter Hinsicht nicht auf mich zu: Weder reise ich ins Ausland noch habe ich Frau und Kind.«

»Aber du bist neidisch, stimmts?«, sagt sie versöhnlich, und ihre Augen wandern wieder zu dem Farn draußen. Er weiß, dass er Tamara an einer empfindlichen Stelle getroffen hat. Jahrelang hatte sie versucht, so wie alle andern zu sein; aber sie konnte ihre Herkunft nicht verleugnen, und letzten Endes war sie eben doch anders: Nie benutzte sie billiges Parfüm wie die anderen, sie hatte eine Allergie und vertrug nur bestimmte Lavendelparfüms für Herren; die Kleider, die sie auf den Samstagpartys trug, sahen von weitem aus wie die ihrer Freundinnen, waren aber aus indischer Seide; sie wusste in der Öffentlichkeit mit Anstand zu husten, zu niesen oder zu gähnen; und nur sie verstand auf Anhieb die Texte von Led Zeppelin oder Rare Earth.

Mario stellt den Aschenbecher neben sich aufs Sofa und nimmt eine weitere Zigarette aus der Schachtel. Es ist die Letzte, und wie immer entsetzt es ihn, wie viel er geraucht hat. Doch er sagt sich, nein, ich bin nicht die Spur neidisch. Er zündet sich die Zigarette an. »Vielleicht«, räumt er trotzdem ein, da er merkt, dass er nicht die Kraft hat, mit ihr zu diskutieren. »Aber darum beneide ich Rafael am wenigsten, das kannst du mir glauben.« Er lächelt und sieht Manolo an. »Der Heilige Petrus möge diese seine Dinge segnen.«

Sie hat die Augen geschlossen, und er fragt sich, ob sie begriffen hat, worauf sich sein Neid richtet. Sie rückt näher an ihn heran und ergreift seine Hand, sodass er ihren Duft noch besser wahrnehmen kann. »Entschuldige, Mario«, sagt sie, »aber ich bin einfach übernervös. Das ist ja ganz natürlich bei dieser Aufregung«, fügt sie hinzu und lässt sein Hand wieder los. »Ich soll dir also eine Liste aller Gäste erstellen?«

»Genossin«, mischt sich nun Sargento Palacios ein. Er hebt die Hand, so als säße er im Klassenzimmer und melde sich. Den Teniente wagt er dabei nicht anzusehen. »Ich weiß, wie Ihnen zu Mute ist, aber Sie müssen uns helfen.«

»Ich dachte, das tue ich, oder?«

»Natürlich, natürlich. Aber ich kenne Ihren Mann nicht … Vor dem Ersten, kam er Ihnen da sonderbar vor, benahm er sich irgendwie anders?«

Sie fasst sich an den Hals und streichelt ihn zärtlich, so als hätte sie ihn furchtbar gern. »Rafael ist überhaupt etwas sonderbar. Das ist sein Charakter. Unberechenbar, wegen jeder Kleinigkeit gerät er in Panik. Wenn mir an ihm etwas aufgefallen ist, dann dass er am Dreißigsten gereizt war. Mir hat er gesagt, er sei müde wegen der ganzen Jahresabschlüsse, aber am Einunddreißigsten war er wie umgewandelt. Ich glaube, er hat sich auf der Party bestens amüsiert. Wegen seiner Arbeit hat er sich aber immer Sorgen gemacht, sein ganzes Leben lang.«

»Und er hat nichts gesagt, nichts getan, was Sie stutzig gemacht hat?«, fragt Manolo weiter, ohne den Teniente anzusehen.

»Nein, soweit ich weiß, nein. Außerdem hat er am Einunddreißigsten bei seiner Mutter zu Mittag gegessen und dort fast den ganzen Tag verbracht.«

»Entschuldige, Manolo«, unterbricht El Conde die Befragung, da er beobachtet, wie der Sargento sich die Hände reibt und so langsam in Fahrt kommt. Er kann noch eine Stunde so weiter fragen. »Tamara, ich möchte, dass du darüber nachdenkst, was er an den Tagen vor seinem Verschwinden gemacht hat, das irgendwie damit in Zusammenhang stehen könnte. Alles ist von Bedeutung. Etwas, das er sonst nicht gesagt oder getan hat. Ob er mit jemandem gesprochen hat, den du nicht kanntest, was weiß ich … Und schreib die Namen der Gäste auf, auch das ist wichtig. Wolltest du heute noch irgendwohin?«

»Nein, warum?«

»Nur so, um zu wissen, wo man dich erreichen kann. Sobald ich in der Zentrale mit der Arbeit fertig bin, kann ich hier vorbeikommen und die Liste abholen. Dann unterhalten wir uns weiter. Das ist kein Problem, es liegt auf meinem Weg.«

»Gut, ich warte auf dich und fertige die Liste an, keine Sorge«, erwidert sie, wobei sie erneut mit der aufsässigen Strähne kämpft.

»Hier«, sagt er und reißt ein Blatt aus seinem Notizbuch, »wenn was ist, erreichst du mich unter dieser Nummer.«

»Gut, natürlich.« Sie nimmt den Zettel. Ihr Lächeln ist wie ein Geschenk. »Hör mal, Mario, vorne lichtet sich dein Haar. Du wirst mir doch wohl keine Glatze kriegen, was?«

Lächelnd steht er auf und geht zur Tür, öffnet sie und lässt Manolo vorgehen. Jetzt steht er Tamara gegenüber und schaut ihr in die Augen.

»Na gut, dann krieg ich eben eine Glatze«, sagt er und fügt hinzu: »Ich möchte dich nicht verletzen, Tamara. Aber ich muss meine Arbeit tun, das verstehst du doch, ja?«

»Das verstehe ich, Mario.«

»Dann sag mir eins: Wer außer dir hätte einen Nutzen von Rafaels Tod?«

Sie ist überrascht, lächelt jedoch sogleich wieder. Für einen Moment vergisst sie die unbesiegbare Haarsträhne und sagt: »Was für eine Analyse soll das denn werden, Mario? Einen Nutzen, ich …? Die Musikanlage und der Lada, der da draußen steht?«

»Ich weiß nicht, ich weiß nicht«, sagt er und hebt zum Abschied die Hand. »Alles, was ich sage, ist verkehrt.« Damit verlässt er dieses Haus, das er in den letzten fünfzehn Jahren nicht betreten hat, und ihm ist klar, dass er verletzt ist. Er will nicht sehen, wie sie in der Tür steht und ihm zuwinkt. Er geht durch den Vorgarten und überquert die Straße, ohne auf den Verkehr zu achten.

»Beim Gehen wird einem wärmer«, bemerkt er, als er sich ins Auto setzt. Und dann kann er es sich doch nicht verkneifen, zum Haus zurückzublicken. In der Tür, neben einem abstoßend hässlichen Betonstrauch, steht die Frau und sieht ihm hinterher.

»Das ist ein heißes Eisen«, bemerkt der Sargento.

»Was erzählst du da?«

»Pass bloß auf, Conde, pass bloß auf!«

»Was willst du damit sagen, Manolo? Willst du mit mir schimpfen?«

»Ich, mit dir schimpfen? Nein, Conde, du bist alt genug und schon lange genug Polizist, um zu wissen, was richtig für dich ist und was nicht. Ich jedenfalls traue ihr nicht über den Weg.«

»Und was stört dich an ihr? Sags schon!«

»Ich weiß nicht, Mann, ich weiß nicht so recht, was ich von ihr halten soll. Zu vornehm für meinen Geschmack. Auch für deinen übrigens … Aber vornehm oder nicht, versetz dich mal an ihre Stelle. Der Mann verschwindet, vielleicht ist er tot oder in weiß Gott was verwickelt …«

»Ja und?«

»Findest du nicht, dass sie ein bisschen … na ja, nach dem Motto: Was geht mich das an?«

»Und das bedeutet, dass sie irgendwas damit zu tun hat?«

»Also, verdammt noch mal, wenn der Esel ›nein‹ sagt, dann …«

»Aber wie soll ich dich denn verstehen, Junge, wenn du dich nicht klar ausdrückst?«

»Klar, ja? Ich soll mich klar ausdrücken? Hör mal, Conde, man muss dich doch nur ansehen, dann merkt man, dass du in die Frau verknallt bist. Und wenn man sie ansieht, dann wird einem sofort klar, dass sie es weiß. Schön, das wäre ja kein Problem, wenn da der Ehemann nicht im Weg stehen würde, ja? Wie schon gesagt, irgendwas ist da faul.«

»Meinst du, sie könnte was wissen?«

»Möglich … Keine Ahnung, aber pass auf, Kollege. Alles klar?«

Er sagte »Alles klar, Sargento« und streckte den Arm aus. »Fahr ran, fahr ganz nah ran und bleib stehen«, forderte er Manolo auf und zeigte auf den parkenden Streifenwagen und die beiden Polizisten, die gerade einen Mann festnahmen. Durchs offene Fenster hielt er den Beamten seinen Ausweis hin. »Was ist los?«, fragte er, obwohl er genau wusste, was da vor sich ging.

»Der Mann ist betrunken, lag da auf dem Boden«, erklärte einer der beiden und zeigte zum Eingang der Kirche San Juan Bosco. »Wir bringen ihn aufs Revier und behalten ihn so lange dort, bis er wieder nüchtern ist.« Um ein Haar wäre ihm der Mann aus den Händen geglitten.

»Ja, helft ihm wieder auf die Beine.« Der Teniente grüßte militärisch und forderte Manolo zum Weiterfahren auf. Es war nicht kalt, aber Mario bekam eine Gänsehaut. Betrunkene erregten genauso sein Mitleid wie streunende Hunde. Ohne sich dessen bewusst zu sein, fuhr er sich durchs Haar, um zu prüfen, ob an Tamaras Bemerkung etwas dran war. Kriege ich eine Glatze? Das Auto hielt an der Ampel mit der Coca-Cola-Werbung. Er nutzte die Gelegenheit und betrachtete sich im Rückspiegel. Kann schon sein, dachte er.

»Manolo«, sagte er dann, ohne seinen Kollegen anzusehen, »wie wärs, wenn wir unterwegs noch was erledigten? Lass mich am Ministerium für Außenhandel raus, ich möchte herausfinden, wer Dapena ist, der Spanier, und wo wir ihn nötigenfalls erreichen können. Und du fährst zu Maciques und redest mit ihm. Zeichne das Gespräch für mich auf, und fass ihn bitte nicht zu hart an. In letzter Zeit bist du so ... impulsiv. Wir sehen uns dann später in der Zentrale ... Aber sag mal, willst du mir etwa weismachen, du würdest es mit so einer Frau nicht gerne treiben?«

»... möchte Sie fragen, ob ich das Gespräch aufzeichnen kann / Kein Problem, Genosse, machen Sies so, wies am besten für Sie ist ... / Also, Sie sind René Maciques Alba und arbeiten als Büroleiter von Rafael Morín Rodríguez, dem Mann, der am Ersten von zu Hause verschwunden ist / Ja, Genosse, am Ersten ... / Und wie lange arbeiten Sie

schon mit ihm zusammen? / … Na ja, eigentlich ist es eher umgekehrt, lassen Sie michs erklären, ich war schon Büroleiter des früheren Unternehmensdirektors, und als der Genosse Rafael zum Direktor ernannt wurde, blieb ich auf diesem Posten, das war vor eineinhalb Jahren, Juni 87, ich erinnere mich fast auf den Tag genau … / In welcher Beziehung stehen Sie zu ihm? / Zu Rafael? … Na gut, klar, also, auch wenn es sich etwas seltsam anhört, er und ich, wir waren Freunde, von Anfang an, und was soll ich über einen Freund sagen, er ist ein hervorragender Chef, geht in seiner Arbeit auf und ist immer für seine Untergebenen da, einer von denen, die bei allen beliebt sind, zuverlässig und alles … / Haben Sie eine Ahnung, warum er verschwunden sein könnte? / Eine Ahnung? Nein, wirklich nicht, wir waren zusammen auf der Neujahrsparty beim Vizeminister, dem Genossen Alberto / Wie lautet sein voller Name? Und Vizeminister in welchem Ministerium? / … Ach ja, natürlich, Alberto Fernández-Lorea, stellvertretender Industrieminister und für alles zuständig, was in den kaufmännischen Bereich des Ministeriums fällt … Wie gesagt, wir waren bei ihm in Miramar, mit unseren Frauen, von etwa zehn Uhr bis nach zwei oder drei, wenn man auf einer Party ist, vergeht die Zeit, ohne dass man es merkt, Rafael und ich haben eine Weile miteinander geredet und uns für Montag verabredet, um die Verträge mit Japan vorzubereiten, es ist sehr dringend … / Was für eine Art von Geschäft? / Was für eine Art? … Ein Kauf, was sonst? Kugellager und andere Dinge im Zusammenhang mit Plastik und Computern, Sie wissen ja, die Japaner machen sehr gute Preise, nicht wahr? / Und Ihnen ist an jenem Abend nichts Besonderes aufgefallen, sagen Sie? / Schauen Sie … nein, je länger ich darüber nachdenke, glaube ich … nein, er hat getanzt, gegessen, getrunken, er hat allerdings ziemlich viel gegessen, das stimmt, er hat immer gesagt, den besten Schweinebraten der Welt macht der Vizeminister / Und in der Firma, gabs da ein Problem? / Nein, wirklich nicht … die Jahresbilanz war sehr gut, vielleicht machte er sich Sorgen wegen der vielen Arbeit, die auf uns zukam, das schon, er macht sich ja immer Sorgen um alles Mögliche, aber das ist wohl normal bei seiner Verantwortung, oder? Zumal es für uns immer komplizierter wird bei den Problemen, die es in den sozialistischen Ländern gibt, Sie wissen ja … / Haben Sie eine Vermutung, wo er sich aufhalten könnte? / Sehen Sie … äh … Teniente, sagten Sie? / Sargento / Ah ja, Sargento, ich weiß nicht, was da passiert ist, sein Privatleben verläuft normal / Was für Probleme hat er denn in der Firma? / In der Firma? … In der Firma keine, Sargento, hab ich Ihnen ja schon gesagt, bei Rafael ist alles in Ordnung, bestens / Und hat er viele Frauen? / Wieso viele Frauen? Wer hat Ihnen das denn erzählt, Sargento? / Niemand, ich möchte herausfinden, wo Rafael Morín sich aufhält, also, hat er viele Frauen? / Nein, über sein Privatleben weiß ich nichts … / Aber Sie sind doch Freunde, oder nicht? / Doch, doch, das sind wir, aber in erster Linie sind wir Arbeitskollegen, verstehen Sie? Gelegentlich bin ich bei ihm zu Hause und er bei mir, mehr nicht / Hat irgendjemand in der Firma was gegen ihn? / In welchem Sinne? Jemand, der ihm schaden will oder so? / Ja, genau in diesem Sinne / Nein, ich glaube nicht, es wird wohl immer irgendeinen Neider geben, einen, der sich übergangen fühlt, davon gibts mehr als Spatzen auf den Dächern von Havanna, leider, aber Rafael gehört nicht zu denen, die sich Feinde machen, zumindest nicht in der Firma, und da kenne ich ihn sehr gut / Wer ist José Manuel Dapena? / Ach ja, Dapena, der Geschäftsmann aus Spanien / In welcher Beziehung steht er zu Rafael? / Nun, lassen Sie es mich erklären, Dapena ist im Schiffsbau tätig, in Vigo, wir haben einige Importgeschäfte mit ihm gemacht, ansonsten hat er weniger mit uns zu tun, mehr mit denen vom Bereich Fischfang / Und was hat er auf der Party gemacht? / Auf der Party? Nun, er war eingeladen / Von wem? / Vom Gastgeber natürlich, nehme ich an / Und wie war das Verhältnis zwischen Rafael und Dapena? / Schauen Sie, um ganz offen zu sprechen, ihr Verhältnis war rein geschäftlicher Natur, aber … ich weiß nicht, ob ich Ihnen das sagen darf … / Sagen Sie es nur / Dapena hat sich einmal an Rafaels Frau rangemacht / Und? Gabs deswegen Probleme? / Nein, nein, das müssen Sie nicht denken, es war nur ein Missverständnis, aber seitdem konnte Rafael ihn nicht mehr leiden / Und Sie? Sind Sie mit dem Spanier befreundet? / Nein, nicht befreundet, ehrlich gesagt, nach der Geschichte mit Tamara war er mir nicht besonders sympathisch, dieser Spanier gehört zu denen, die glauben, nur weil sie Dollars in der Tasche haben, können sie Gottvater spielen / Was war eigentlich mit dem früheren Unternehmensleiter? / Was hat das damit zu tun? … Entschuldigen Sie, Sargento … Nichts weiter, zu viel Dolce Vita, wie man so sagt, hat sich gehen lassen, Sie wissen ja, wie das so ist … / Und Rafael ist nicht so? / Rafael? Nein, überhaupt nicht, im Gegenteil, ganz im Gegenteil, soweit ich das beurteilen kann … / Und wieweit können Sie das beurteilen? / Er ist anders, wollte ich damit sagen / Wann haben Sie die Party verlassen? / Tja … so gegen drei / Sind Sie zusammen weggegangen? / Nein … doch, na ja … so gut wie zusammen, als ich ging, verabschiedete er sich gerade vom Vizeminister und … / Und was? / Ach nein, nichts, ich bin gegangen … / Und Sie haben keine Ahnung, was dem Genossen Rafael Morín zugestoßen sein könnte? / Nein, Sargento, nein …«

René Maciques musste so um die fünfzig sein, eine beginnende Glatze haben und eine Brille, wahrscheinlich mit runden Gläsern, wie ein typischer Bibliothekar, dachte El Conde, während er noch den Kassettenrecorder betrachtete. Durch Manolos Verhörtechnik wurde die bürokratische Sprache des Funktionärs deutlich, seine strikte Haltung, dem Vorgesetzten den Rücken zu stärken, bis das Gegenteil bewiesen wurde. Ganz besonders jetzt, da niemand weiß, wo zum Teufel er steckt, dachte er. Doch das Geflecht von Rafaels Beziehungen und Freundschaften, die Aufzeichnung des Gesprächs mit Maciques und seine eigene Unterhaltung mit Tamara führten ihm einen wichtigen Faktor bei der Suche vor Augen: Rafael Morín war noch immer jene untadelige Person von früher. Und er, Mario Conde, durfte nicht vorschnell urteilen. Die Wunden seiner Erinnerung an ihn waren vernarbt und, wie er glaubte, seit langem vergessen. Ein ungelöster Fall dagegen war etwas ganz anderes. Da gab es eine Vorgeschichte, offenkundige Tatsachen, Spuren, Verdachtsmomente, Vermutungen, Geistesblitze, Gewissheiten, vergleichbare statistische Daten, Fingerabdrücke, Dokumente und jede Menge Zufälle; doch nichts war dabei so trügerisch und falsch wie vorschnelle Urteile.

Er stand auf und ging zum Fenster seines Kabuffs. Mit der Zeit war jener Blick auf die Straße zu seinem Lieblingsbild geworden. Die Blätter der Lorbeerbäume tanzten in der leichten Brise, die, aus dem Norden kommend, dunkle, schwere Wolken heranbrachte. Aus der Kirche kamen zwei Nonnen in ihrer dunklen Wintertracht und stiegen mit geradezu postmoderner Natürlichkeit in einen VW-Kombi.

Sein leerer Magen tanzte wie die Blätter der Lorbeerbäume, aber er wollte nicht ans Essen denken. Er dachte an Tamara, an Rafael, an den dünnen Carlos, an Aymara, die jetzt in Mailand, und an Dulcita, die weiß Gott wo war. Er dachte an den spektakulären fünfzehnten Geburtstag der Zwillingsschwestern, und schließlich dachte er an sich selbst, wie er hier in seinem im Winter kalten und im Sommer heißen Büro stand und auf die Lorbeerbäume hinunterblickte, damit beschäftigt, jemanden zu finden, den zu suchen ihm nie in den Sinn gekommen wäre. Na wunderbar!

Er presste die Fingerkuppen an die eiskalte Fensterscheibe und fragte sich, was er aus seinem Leben gemacht hatte. Immer wenn er über die Vergangenheit nachgrübelte, hatte er das Gefühl, dass er nichts war und nichts hatte. Vierunddreißig Jahre alt und zwei gescheiterte Ehen hinter sich. Er hatte Maritza wegen Haydée verlassen und Haydée ihn wegen Rodolfo. Und er hatte sie nicht zurückgewinnen können, obwohl er immer noch in sie verliebt war und ihr fast alles verziehen hätte. Er hatte Angst und zog es vor, sich eine Woche lang jeden Abend zu betrinken. Doch er konnte diese Frau einfach nicht vergessen, ebenso wenig wie die furchtbare Tatsache, dass man ihm prächtige Hörner aufgesetzt und dass sein Polizisteninstinkt ihn nicht auf ein Verbrechen aufmerksam gemacht hatte, das bei der Entdeckung schon monatelang andauerte. Er qualmte zwei Schachteln Zigaretten innerhalb von vierundzwanzig Stunden, und seine Stimme wurde mit jedem Tag heiserer. Ihm war klar, dass er nicht nur mit einer Glatze, sondern auch mit einem Loch in der Kehle und einem karierten Halstuch davor enden würde. Wie ein Cowboy nach getaner Arbeit. Vielleicht würde er auch mit Hilfe eines kleinen Mikrofons sprechen, das einem die Stimme eines Roboters aus rostfreiem Stahl verleiht. Zum Lesen kam er so gut wie nie. Vergessen auch der Tag, an dem er sich vor dem Foto von Hemingway, dem bewunderten Idol seines Lebens, einmal geschworen hatte, Schriftsteller zu werden, nichts anderes als Schriftsteller, und alles, was er erleben würde, als Lebenserfahrungen zu verbuchen. Tote, Selbstmörder, Mörder, Schmuggler, Zuhälter, Straßenhändler, Vergewaltiger und Vergewaltigte, Gauner, Sadisten und Perverse aller Arten und Kategorien, aller Geschlechter und Hautfarben, jeder sozialen und geografischen Herkunft und jeden Alters. Jede Menge Arschlöcher. Dazu Spuren, Autopsien, Exhumierungen, verschossenes Blei, Scheren, Messer, Totschläger, ausgerissene Haare und ausgeschlagene Zähne, entstellte Gesichter. Das waren seine Lebenserfahrungen. Dann, am Ende jeden Falles, den er gelöst hatte, eine Belobigung und am Ende jeden Falles, der ungelöst auf Eis gelegt wurde, ein schreckliches Gefühl von Frustration und Ekel und grenzenloser Ohnmacht. Zehn Jahre Herumwälzen in den Kloaken der Gesellschaft hatten ihm nur die schwierigsten, die bittersten Seiten des Lebens gezeigt und ihn schließlich auf bestimmte Reaktionen und Erwartungen festgelegt. Zehn Jahre hatten gereicht, seiner Haut jenen fauligen Gestank einzuätzen, von dem er sich nie mehr würde befreien können. Und den er, was noch schlimmer war, nur dann wahrnahm, wenn er besonders stark wurde; denn sein Geruchssinn war ein für alle Mal abgestumpft. Alles ganz wunderbar, so wunderbar und angenehm wie ein gezielter Tritt in die Eier.

Was hast du aus deinem Leben gemacht, Mario Conde?, fragte er sich wie jeden Tag. Und wie jeden Tag hatte er Lust, die Zeitmaschine rückwärts laufen zu lassen, seine Verletzungen, seine Irrtümer und seine Exzesse, seine Wut und seinen Hass auszulöschen, seine verfehlte Existenz abzulegen und den Punkt zu finden, an dem er wieder ganz von vorn beginnen konnte. Aber hat das überhaupt einen Sinn?, fragte er sich dann, jetzt, da ich sogar eine Glatze bekomme? Und er gab sich dieselbe Antwort wie immer: Was hattest du dir vorgenommen? Ah ja, du sollst keine vorschnellen Urteile fällen. Aber ich liebe vorschnelle Urteile, dachte er und rief Manolo an.

Die Erzählung hieß *»Sonntage«* und war eine wahre und obendrein autobiografische Geschichte. Sie beginnt an einem Sonntagmorgen. Die Mutter des Protagonisten (meine Mutter) weckt ihn, »Aufstehn, Junge, halb acht«, und er weiß, dass er heute weder frühstücken noch länger im Bett bleiben oder danach Baseball spielen kann. Denn es ist Sonntag, und er muss in die Kirche gehen wie an jedem Sonntag, während seine Freunde (»Sie werden in der Hölle schmoren«, sagt seine/meine Mutter) den einzigen schulfreien Morgen der Woche damit verbringen, im Viertel herumzustrolchen und in einer Nebenstraße oder auf dem freien Gelände an der Ecke Baseballspiele (mit oder ohne Schlagstock) zu organisieren. Ich fand das sehr antiklerikal. Ich hatte Boccaccio gelesen, und im Vorwort wurde erklärt, was »antiklerikal« ist. Als ich Baseballspieler werden wollte, machten die obligatorischen Kirchenbesuche aus mir ebenfalls einen Antiklerikalen, und so kam ich auf die Idee, diese Erzählung zu schreiben. Allerdings war ich nicht erklärter-, sondern gezwungenermaßen antiklerikal, sozusagen im Verborgenen, wie der Eisberg, von dem Hemingway spricht.

Das war also die Erzählung, die ich in die Literaturwerkstatt mitbrachte.

Das Gefühl, Schriftsteller zu sein, ist unbeschreiblich. Auch wenn die Werkstatt in Wirklichkeit einem Kuriositätenkabinett glich. Dort traf sich alles, von den zwei einzigen anerkannten Schwulen der Oberstufe, Millán und dem schwarze Pancho, bis zu Quijá, dem Kapitän der Basketballmannschaft, der ellenlange Sonette schrieb; von Adita Vélez, die so vornehm und so schön und so empfindlich war, dass man sie sich unmöglich bei der täglichen Verrichtung des Kackens vorstellen konnte, bis zu Miki Cara de Jeva, dem »Mädchengesicht«, dem Schönling der Klasse, der noch nie in seinem Leben eine Zeile geschrieben hatte und nur hierher kam, um Frauen aufzureißen; von dem schwarzen Afón, der fast nie zum Unterricht erschien, bis zu Olguita, unserer Literaturlehrerin, die das Ganze leitete; und von mir bis zum Hinkefuß, Gründer und Seele der Literaturwerkstatt. »Das ist ein wirklicher Dichter«, sagten die Leute von ihm. Er hatte ein paar Verse in *Der bärtige Kaiman* veröffentlicht und trug weiße Hemden mit steifem Kragen und langen Ärmeln, die er bis zum Ellbogen hochkrempelte. Aber nicht etwa weil er ein Dichter war oder so, sondern weil es die einzigen weißen Hemden waren, die er für die Schule besaß. Er musste die Hemden und Krawatten auftragen, die sein Vater bereits als Handelsvertreter in Venezuela getragen hatte, damals in den Fünfzigerjahren, genau zu der Zeit, als der Hinkefuß geboren wurde. Deswegen war er Venezolaner, aber aus La Víbora. Er war es auch, der eine Zeitschrift der Literaturwerkstatt ins Leben rief und uns damit, ohne es zu wollen, in die Scheiße ritt.

Wir trafen uns jeden Freitagnachmittag unter den Mangrovenbäumen auf dem Sportplatz. Olguita, die Literaturlehrerin, brachte eine riesige Thermosflasche mit kaltem Tee mit, und bis in die Nacht mühten wir uns mit Gedichten und Erzählungen ab. Wir waren äußerst kritisch mit den anderen, suchten immer das Haar in der Suppe, fragten nach dem aktuellen Bezug, danach, ob ein Beitrag idealistisch oder realistisch, welches das Thema und welches der Gegenstand war. All dieses alberne Zeug, das uns in der Schule beigebracht wurde, um uns die Lust am Lesen zu nehmen. Olguita dagegen sprach nie von so etwas und las uns jede Woche ein Kapitel aus *Rayuela* vor. Man sah ihr an, dass sie den Roman liebte, denn immer wieder sagte sie mit zitternder Stimme: »Das ist Literatur.« Für mich hatte sie so große Ähnlichkeit mit der Zauberin aus dem Roman, dass ich mich fast in sie verliebte, obwohl ich doch mit Cuqui ging und außerdem in Tamara verliebt war; dabei hatte sie ein pockennarbiges Gesicht und war rund zehn Jahre älter als ich. Und auch ich stimmte der Idee zu, jeden Monat eine Zeitschrift mit den besten Sachen aus der Werkstatt herauszubringen.

»Die besten Sachen«, das war auch so ein Streitpunkt. Denn wir alle schrieben nur »beste Sachen«, doch um alle Beiträge veröffentlichen zu können, hätten wir ein ganzes Buch gebraucht. Da sagte der Hinkefuß, dass wir in der Nullnummer – mich verwirrte der

Begriff »Null-Nummer«, wo es doch in Wirklichkeit die erste Ausgabe werden sollte, denn null heißt null, und bei einer Nullnummer musste ich immer an eine Zeitschrift mit leeren Seiten denken oder, besser noch, an eine Zeitschrift, die nie erscheint, oder? –, dass wir also eine strenge Auswahl treffen müssten. Er und Olguita sollten nun unter den Beiträgen »die besten Sachen« auswählen, was einem Vertrauensbeweis für die beiden gleichkam. Und sie entschieden sich für *»Sonntage«*. Ich war ganz aus dem Häuschen bei dem Gedanken daran, dass ich ein wirklicher Schriftsteller sein würde. Der Dünne und Josefina freuten sich mit mir, und der Hasenzahn platzte vor Neid. Ich wurde veröffentlicht! Außerdem erschienen in der Nullnummer zwei Gedichte vom Hinkefuß – wer hat, der hat –, eins von der Freundin vom Hinkefuß – wie gesagt –, eine Erzählung von Pancho, dem schwulen Schwarzen, von Adita eine Kritik der Aufführung der Theatergruppe, eine weitere Erzählung von Carmita und ein Editorial von Olguita zur Nullnummer von *La Viboreña,* der »Zeitschrift der Literaturwerkstatt José Martí der Oberstufe René O. Reiné«, so der Untertitel. Was für eine Aufregung!

Die Zeitschrift sollte einen Umfang von zehn Seiten haben. Der Hinkefuß besorgte tausend Blatt Papier, sodass hundert Exemplare gedruckt werden konnten. Olguita sprach mit der Schulleitung wegen Drucklegung und Verteilung, und ich träumte jede Nacht davon, *La Viboreña* in den Händen zu halten und zu wissen, dass ich ein richtiger Schriftsteller war. In der Nacht vor der Fertigstellung sortierten wir die Seiten und hefteten sie zusammen, und am nächsten Morgen standen wir am Schuleingang und verteilten die Exemplare. Die Hinkefuß krempelte die Ärmel nicht hoch, sodass er aussah wie ein Kellner, und unsere Literaturlehrerin Olguita sah uns von der Treppe aus zu. Sie war stolz und sehr glücklich. Das letzte Mal, dass ich sie lachen sah.

Am nächsten Tag wurden wir vom Sekretär um zwei Uhr ins Direktionszimmer zitiert. Wir fühlten uns so sehr als Schriftsteller und waren so naiv, dass wir damit rechneten, Glückwünsche und Belobigungsurkunden oder andere Zeichen der Anerkennung für unsere so bahnbrechende Zeitschrift entgegenzunehmen. Der Direktor forderte uns auf, Platz zu nehmen. Anwesend waren die Fachleiterin für Spanisch, die nie die Werkstatt besucht hatte, die Sekretärin der Parteijugend und Rafael Morín, der schwer atmete, so als leide er an Asthma.

Der Direktor, der im darauf folgenden Jahr wegen des »Water-School«-Skandals nicht mehr Direktor sein würde, ergriff das Wort. Was der Spruch in der Zeitschrift heißen solle, »der Kommunismus wird ein Aspirin sein, so groß wie die Sonne«, ob der Sozialismus etwa Kopfschmerzen habe? Was wolle die Genossin Ada Vélez mit ihrer Kritik des Theaterstücks über die politischen Gefangenen in Chile bezwecken, versuche sie die Bemühungen der Theatergruppe zunichte zu machen und die Botschaft des Stücks zu zerstören? Warum handelten alle, aber auch alle Gedichte in der Zeitschrift von der Liebe, während nicht ein einziges den Erfolgen der Revolution, dem Leben eines Revolutionshelden oder auch dem Vaterland gewidmet sei? Warum habe die Erzählung des Genossen Conde die Religion zum Thema und vermeide eine klare Stellungnahme gegen die Kirche und ihre weltfremde, rückschrittliche Lehre? Und vor allem, so sagte er, erwecke das Ganze den Eindruck, als wären wir betrunken gewesen, und – er baute sich vor der dünnen Carmita auf, die Ärmste zitterte am ganzen Körper, während die offiziellen Vertreter zustimmend nickten – warum werde eine von der Genossin Carmen Sendán verfasste Erzählung veröffentlicht, die einen Selbstmord aus Liebe zum Thema habe? (Er sagte »Thema«, nicht »Gegenstand«.) Ist das vielleicht das Bild, rief er, das wir von der heutigen Jugend Kubas zeichnen? Ist das das Beispiel, das wir geben wollen, anstatt die Reinheit und die Hingabe hervorzuheben, die Opferbereitschaft, die die kommenden Generationen beherrschen muss …? Und dann ging die Post ab.

Olguita sprang auf, hochrot im Gesicht. Erlauben Sie, dass ich Sie unterbreche, Genosse Direktor, sagte sie und sah zur Fachleiterin hinüber. Die jedoch wich ihrem Blick aus und fing an, sich die Fingernägel zu säubern. Ich habe Ihnen einiges dazu zu sagen, sagte Olguita, und sie sagte dem Direktor eine ganze Menge. Es sei unfair, dass sie erst jetzt vom Gegenstand dieser Zusammenkunft erfahre (sie sagte »Gegenstand«, nicht »Thema«), sie sei ganz und gar nicht einverstanden mit dieser Vorgehensweise, die sehr an die Inquisition erinnere; sie verstehe nicht, wie es möglich sei, den Bemühungen und Initiativen der Schüler mit so viel Unverständnis zu begegnen, nur politische Steinzeitmenschen könnten die Beiträge in der Zeitschrift auf diese Weise interpretieren. Und da ich sehe, fuhr sie fort, dass nach diesen Beschuldigungen und dieser stalinistischen Betrachtungsweise, die Sie vertreten, kein Dialog möglich ist und dass die Genossin Fachleiterin Ihnen offenbar beipflichtet, möchte ich Sie bitten, Genosse Direktor, mich vom Dienst zu suspendieren, denn an dieser Schule kann ich nicht weiter unterrichten, auch wenn es hier so empfindsame und gute und tüchtige Schüler gibt wie diese jungen Leute, schloss sie und zeigte auf uns. Und dann verließ sie das Direktionszimmer. Ich werde nie vergessen, dass sie immer noch hochrot im Gesicht war und weinte. Und es schien, als wären die Pockennarben aus ihrem Gesicht verschwunden, denn in diesem Moment war sie die schönste Frau der Welt.

Wir saßen wie versteinert da. Carmita fing an zu weinen, der Hinkefuß sah das Tribunal an, das über uns zu Gericht saß. Da stand, lächelnd wie immer, Rafael Morín auf und stellte sich neben den Direktor. Genosse Direktor, sagte er, nach diesem hässlichen Vorfall wäre es gut, glaube ich, mit den Schülern zu sprechen, denn es sind alles hervorragende Genossen, und sie werden verstehen, was Sie ihnen vorgeworfen haben. Du zum Beispiel, Carmita, sagte er und legte dem dünnen Mädchen eine Hand auf die Schulter, hast bestimmt nicht über die Konsequenzen deiner idealistischen Erzählung nachgedacht. Aber wir müssen wachsam sein bei solchen Dingen, nicht wahr? Ich glaube, das Beste wäre es, zu beweisen, dass ihr eine Zeitschrift machen könnt, die diesen Zeiten gerecht wird und in der wir die Reinheit und die Hingabe hervorheben, die Opferbereitschaft, die die kommenden Generationen beherrschen muss (sic!), nicht wahr, Carmita? Und die arme Carmita sagte Ja, ohne zu wissen, dass sie damit ein für alle Mal Ja sagte, ja, Rafael habe Recht, und auch ich überlegte mir schon, ob er Recht haben könnte. Doch mir ging unsere Lehrerin Olguita nicht aus dem Kopf, ebenso wenig wie das, was über meine Erzählung gesagt worden war. Und da stand der Hinkefuß auf. Entschuldigung, sagte er, jede Beschwerde über ihn solle man als Kritik im Comité vorbringen, und er ging ebenfalls hinaus. Das brachte ihm ein Jahr eingeschränkte Rechte und einen verdammt schlechten Ruf ein. Er sei immer schon ein Querulant und ein selbstgerechter Besserwisser gewesen, sagte die Fachleiterin, nur weil ein paar Gedichtchen von ihm veröffentlicht worden seien, halte er sich für sonst was. Und ich wollte auf der Stelle sterben, wie ich nie wieder im Leben habe sterben wollen. Ich hatte Angst und konnte keinen Ton herausbringen. Aber ich begriff nicht, worin mein Vergehen bestand, hatte ich doch lediglich das geschrieben, was ich fühlte und was ich erlebt hatte, als ich ein kleiner Junge war und lieber auf der Straße Baseball spielte, als zur Messe zu gehen. Zum Glück behielt ich fünf Exemplare von *La Viboreña,* der Zeitschrift, die nie über die Nullnummer hinauskam. Dabei sollte es eine demokratische Zeitschrift werden, denn Olguita, unsere so nette (und so schöne) Lehrerin, hatte daran gedacht, die besten Beiträge unserer reichen literarischen Ernte durch Mehrheitsbeschluss auswählen zu lassen.

»Hast du schon gegessen?« Manolo nickte und strich sich leicht über den Bauch. Mario Conde dachte, dass es gar nicht gut war, ohne etwas zu essen hier weiterzuarbeiten. »Gut, dann setz dich jetzt an den Computer und frag alle Fälle ab, und zwar alle, die in den letzten fünf Tagen in Havanna bearbeitet worden sind und die ...«

»Wirklich alle?«, fragte Manolo und setzte sich dem Teniente gegenüber, um mit ihm über die Dienstanweisung zu diskutieren. Er sah ihm direkt ins Gesicht, und das linke Auge wanderte an seiner Nase entlang, kroch fast in sie hinein.

»Starr mich nicht so an, Mensch ... Lässt du mich vielleicht erst mal ausreden? Kann ich weitermachen?« Der Teniente stützte das Kinn in die Hände, musterte seinen Untergebenen resigniert und fragte sich einmal mehr, ob Manolo wohl schielte.

»Nur zu, nur zu«, ermunterte ihn der Sargento nun seinerseits resigniert. Er sah zum Fenster, und langsam nahm das linke Auge wieder seine normale Position ein.

»Schau mal, Kleiner, um herauszufinden, wie wir den Fall anpacken können, müssen wir wissen, ob er mit irgendetwas anderem in Zusammenhang steht, irgendwie. Deswegen möchte ich, dass du die entsprechenden Daten im Computer abfragst und mit deinem Superhirn alles herausfilterst, was etwas mit dem Verschwinden von Rafael Morín zu tun haben könnte. Vielleicht kommt ja was dabei heraus, nicht?«

»Ja, ja, mit dem Blindenstock im Dunkeln tappen ...«

»Ach, Manolo, hör auf mich zu nerven. Das ist nun mal so. Los, fang an, wir sehen uns in einer Stunde.«

»In einer Stunde … In einer Stunde? Hör mal, du verbreitest hier die totale Hektik, aber bis jetzt hast du mir noch nicht mal erzählt, was du über den Spanier rausgefunden hast.«

»Nichts. Hab mit dem Sicherheitschef des Ministeriums gesprochen, der Spanier ist anscheinend so rein wie die Jungfrau Maria. Läuft ganz gerne den Mädels hinterher, ist aber ziemlich knickrig. Ansonsten ist er ein Freund Kubas, hat mir der Sicherheitschef gesagt. Macht prima Geschäfte mit uns. Alles ganz normal.«

»Und? Willst du mit ihm sprechen?«

»Wollen tät ich schon gerne, kannst du dir ja denken. Aber ich glaub nicht, dass der Alte uns zum Cayo Largo fliegen lässt. Seit dem Ersten hält der Spanier sich nämlich auf der Insel auf. Sieht so aus, als hätte sich alle Welt am Ersten aus dem Staub gemacht.«

»Ich glaube, wir sollten mit ihm reden. Nach dem, was Maciques über ihn gesagt hat …«

»Vor Montag kommt er nicht zurück, wir müssen warten. Also dann, mein Lieber, in einer Stunde, hier.«

Manolo stand auf und gähnte, riss den Mund auf, so weit er konnte, und ließ einen jammernden Klagelaut hören. »Wo ich doch so müde bin nach dem Essen …«

»Hör mal, willst du wissen, was mich jetzt gleich erwartet?« Mario Conde trat nah an den Sargento heran, und nach einer kleinen Pause fuhr er fort: »Ich muss zum Alten und ihm mitteilen, dass wir keinen blassen Schimmer haben. Willst du mit mir tauschen?«

Grinsend trat Manolo den Rückzug an. »Nein, dafür bist du zuständig. Schließlich verdienst du ja fast fünfzig Pesos mehr als ich. In einer Stunde, hast du gesagt, ja?« Damit erklärte er sich mit der Dienstanweisung einverstanden, und er verließ das kleine Büro, ohne das »Genau!« zu hören, mit dem ihn der Teniente verabschiedete.

Mario Conde sah ihn die Tür hinter sich schließen und gähnte nun ebenfalls. Er dachte daran, dass er um diese Zeit einen ausgiebigen Mittagsschlaf hätte halten können, zusammengekauert und gut zugedeckt, nachdem er sich mit Joses Essen den Bauch voll geschlagen hätte. Oder er hätte ins Kino gehen können. Er liebte es, am helllichten Tag in einem dunklen Kinosaal zu sitzen und sich anspruchslose und rührselige Filmchen anzusehen, wie zum Beispiel *Die Geliebte des französischen Leutnants* oder *Leute wie wir* oder *Wir haben uns so sehr geliebt.* Es gibt keine Gerechtigkeit auf Erden, dachte er und widmete sich wieder der Akte und seinem zerfledderten Notizbuch. Hätte er an Gott geglaubt, dann hätte er sich Gott anbefohlen, bevor er sich mit leeren Händen auf den Weg zum Mayor machte.

Er ging zum Treppenhaus. Im letzten Büro auf dem Flur, dem größten und kühlsten der Etage, brannte Licht. Er beschloss, einen notwendigen Zwischenstopp einzulegen. Er klopfte an die Scheibe, öffnete die Tür und sah den gebeugten Rücken von Capitán Jorrín, der, den Unterarm aufs Fensterbrett gestützt, auf die Straße blickte. Der alte Wolf drehte sich kaum um, sagte nur, komm rein, Conde, komm rein, und blieb in derselben Haltung stehen.

»Was meinst du, Conde, soll ich in Pension gehen?«, fragte er. Der Teniente begriff, dass er den falschen Moment erwischt hatte. Da fragst du den Richtigen, dachte er.

Jorrín war der älteste Ermittlungsbeamte der Kripozentrale und so etwas wie eine Institution. Wie viele seiner Kollegen betrachtete ihn Mario als eine Art nützliches Orakel, das man befragen konnte, wenn man auf Vermutungen und Prophezeiungen angewiesen war und Rat suchte. Mit Jorrín zu sprechen war wie ein unverzichtbares Ritual bei jedem kitzligen Fall. Doch Jorrín wurde alt, und seine Frage eben war ein böses Omen.

»Was ist los, Maestro?«

»Ich versuche mich gerade selbst davon zu überzeugen, dass es besser wäre, wenn ich in Pension ginge. Wüsste aber gerne, was einer wie du dazu meint.«

Der Capitán drehte sich um, blieb aber am Fenster stehen. Er wirkte müde oder melancholisch oder vielleicht bedrückt durch irgendeinen Kummer.

»Nein, Conde, keine Probleme mit Rangel oder so, das ist es nicht. In letzter Zeit haben wir uns beinahe angefreundet. Das Problem bin ich, Teniente. Die Arbeit hier bringt mich noch um. Seit fast dreißig Jahren beteilige ich mich am Kampf, aber jetzt kann ich nicht mehr, glaub ich. Ich kann nicht mehr«, wiederholte er und sah zu Boden. »Weißt du, mit was für einem Fall ich im Moment befasst bin? Mit dem Tod eines dreizehnjährigen Jungen, Teniente. Ein hoch begabtes Kind, weißt du? Hatte sich auf die lateinamerikanische Mathematik-Olympiade vorbereitet. Kannst du dir das vorstellen? Gestern Morgen hat man ihn vor seinem Elternhaus umgebracht, um sein Fahrrad zu klauen. Totgeschlagen haben sie ihn, zu mehreren. Als er ins Krankenhaus eingeliefert wurde, war er schon tot. Schädelbruch, beide Arme gebrochen, mehrere Rippen und ich weiß nicht was sonst noch. Als wär er unter einen Zug gekommen. Aber es war kein Zug, es waren Menschen, die ein Fahrrad wollten. Was soll das nur, Conde? Wie ist so viel Gewalt möglich? Ich müsste ja an solche Dinge gewöhnt sein, oder? Aber ich hab mich bis jetzt nicht daran gewöhnt, Conde, nie! Im Gegenteil, es erschüttert mich von Mal zu Mal mehr, nimmt mich immer mehr mit. Ganz schön beschissen, unser Job, was?«

»Allerdings«, sagte Mario Conde und stand auf. Er ging zu seinem Kollegen hinüber. »Aber was soll man machen, Capitán, verdammt noch mal? So was passiert eben ...«

»Aber es gibt Leute, die sich solche Dinge nicht mal vorstellen können«, unterbrach Jorrín den Versuch des Teniente, ihn zu trösten. Er starrte wieder aus dem Fenster. »Heute Morgen war ich auf der Beerdigung des Jungen, und da wurde mir klar, dass ich zu alt bin zum Weitermachen. Scheiße noch mal, ich weiß nicht ... Ein Kind umzubringen, um ein Fahrrad zu klauen, dass so was immer noch passiert ... Ich weiß nicht, ich weiß nicht ...«

»Kann ich Ihnen einen Rat geben, Maestro?«

Jorrín schwieg, was »Ja« bedeutete. Mario wusste, an dem Tag, an dem der alte Wolf die Uniform auszog, würde er in eine tödliche, unheilbare Lethargie verfallen. Aber er wusste genauso gut, dass der Capitán vollkommen Recht hatte. Er stellte sich vor, wie er selbst in zwanzig Jahren die Mörder eines Kindes suchen würde, und sagte sich, das halte ich nicht aus.

»Mir fällt nur eins dazu ein, und ich glaube, dasselbe würden Sie mir sagen, wenn ich an Ihrer Stelle wäre. Finden Sie zuerst diejenigen, die den Jungen umgebracht haben, und dann denken Sie darüber nach, ob sie sich pensionieren lassen sollen.« El Conde ging zur Tür, drückte die Klinke hinunter und fügte dann noch hinzu: »Wer hat uns gezwungen, zur Polizei zu gehen, hm?«

Er trat auf den Flur hinaus und ging zum Aufzug. Die trübe Stimmung des Maestro hatte sich auf ihn übertragen. Er sah auf die Uhr und stellte ungläubig fest, dass es erst kurz vor halb drei war. Er hatte das Gefühl, einen endlos langen Morgen mit trägen Minuten und zäh dahinfließenden, schwer zu ertragenden Stunden hinter sich gebracht zu haben. Er musste an die Uhren von Dalí denken.

Als er in das Büro des Alten trat und Maruchi fragte, ob er zum Chef hinein könne, summte die Gegensprechanlage. Die Sekretärin bedeutete ihm mit einer Handbewegung, einen Moment zu warten, und drückte auf den roten Knopf. Eine blecherne, durch die mangelhafte Verbindung stotternde Frauenstimme fragte, ob Teniente Conde da oben rumlaufe oder wo er eigentlich stecke, nie sei er da. Maruchi sah ihn an, drückte einen anderen Knopf, sagte »Er steht vor mir« und drückte wieder den roten Knopf.

»Dann sag ihm, ich hab hier einen Anruf für ihn in der Leitung, von einer Tamara Valdemira. Soll ich verbinden?«

»Sag ihr, sie soll, sonst beißt sie mich noch«, flüsterte El Conde und ging zu dem grauen Telefon.

»Leg das Gespräch rüber, Anita«, bat Maruchi und fügte hinzu: »Ich glaube, es interessiert ihn.«

Der Teniente legte die Hand auf den Hörer, und schon läutete das Telefon. Als es zum zweiten Mal läutete, sah er die Sekretärin an, hob jedoch den Hörer nicht ab.

»Ich bin aufgeregt«, gestand er der jungen Frau und hob entschuldigend die Schultern, »was soll ich machen?« Er wartete das dritte Läuten ab, dann erst meldete er sich: »Ja, bitte.« Maruchi beobachtete ihn.

»Mario? Mario? Ich bins, Tamara.«

»Ja, was gibts?«

»Ach, nichts Besonderes, aber vielleicht interessiert es dich.«

»Ich dachte schon, Rafael wär wieder da … Also, schieß los.«

»Ich war in der Bibliothek und hab Rafaels Notizbuch mit seinen Telefonnummern gesehen, es lag neben dem Apparat und … na ja, ich weiß nicht, vielleicht ist es unwichtig.«

»Nun spucks schon aus, los«, forderte er Tamara auf. Er sah wieder Maruchi an. Die sind alle gleich, gab er ihr durch einen Seufzer zu verstehen.

»Ach nichts, Mario, das Notizbuch war auf der Seite Z aufgeschlagen.«

»Hör mal, willst du mir erzählen, dass Rafael der Zorro ist und deshalb nicht auftaucht?«

Sie schwieg eine Weile, dann sagte sie: »Du kannst es nicht lassen, was?«

Grinsend erwiderte er: »Manchmal kann ich einfach nicht anders ... Also, was ist mit dem Z?«

»Nichts, es stehen nur zwei Namen da, Zaida und Zoila, und dazu ihre Nummern.«

»Und wer sind die zwei?«, fragte er, nun sichtlich interessiert.

»Zaida ist Rafaels Sekretärin, die andere kenne ich nicht.«

»Bist du eifersüchtig?«

»Was glaubst du? Mir scheint, ich bin etwas zu alt für Szenen.«

»Es ist nie zu spät ... Liegt das Notizbuch immer da?«

»Nein, deswegen rufe ich dich ja an. Er bewahrt es sonst immer in seiner Aktentasche auf, und die steht an ihrem Platz, neben dem Regal.«

»Dann gib mir mal die Nummern durch«, sagte er, und mit den Augen forderte er Maruchi auf, sie zu notieren. »Zaida 327304, das ist im Vedado. Und Zoila 223171, das ist Playa ... Gut«, er überprüfte Maruchis Notizen, »und du hast keine Ahnung, wer Zoila ist?«

»Nein, wirklich nicht.«

»Und die Gästeliste?«

»Ich bin dabei. Deswegen bin ich ja in die Bibliothek gegangen ... Hör mal, Mario, jetzt mach ich mir ernsthaft Sorgen.«

»Gut, Tamara, ich lass die beiden Nummern überprüfen, und dann komm ich bei dir vorbei. In Ordnung?«

»In Ordnung, Mario, ich warte auf dich.«

»Dann bis gleich.«

Er nahm den Zettel, den die Sekretärin ihm reichte, und sah ihn sich an. Zaida und Zoila, klingt wie der Name eines mexikanischen Duos, das sentimentale Rancheras singt, dachte er. Er musste Tamara nach Rafaels Beziehung zu Zaida fragen, wusste aber nicht, ob er sich das trauen würde. Er übertrug Namen und Telefonnummern in sein Notizbuch. Dann lächelte er Maruchi an und sagte: »Liebe Maruchi, ruf doch bitte die Kollegen unten an und sag ihnen, sie sollen für mich die Adressen zu den beiden Nummern herausfinden. Willst du das für mich tun?«

»Ja, ich will«, sagte die junge Frau resignierend angesichts des Unvermeidlichen.

»Ich hasse unterwürfige Frauen. Sobald ich meinen Lohn bekomme, bezahle ich dich ... Was ist nun mit dem Chef?«

»Du kannst reingehen, er wartet schon auf dich, wie fast immer«, antwortete sie und drückte auf den schwarzen Knopf der Gegensprechanlage.

Er klopfte behutsam mit den Fingerknöcheln an die Bürotür und öffnete sie. Hinter seinem Schreibtisch zelebrierte Mayor Rangel den Akt des Zigarrenanzündens. Er drehte die Zigarre an der leicht geneigten Flamme des Gasfeuerzeugs, wobei er in regelmäßigen Abständen blauen Rauch ausstieß, der in Höhe seiner Augen schwebte und ihn in eine dicke, duftende Wolke hüllte. Rauchen war ein wesentlicher Bestandteil seines Lebens, und niemand, der seine schwärmerische Leidenschaft für eine gute Havanna kannte, hätte ihn jemals gestört, während er eine Zigarre anzündete. Wann immer sie konnten, schenkten sie ihm eine Zigarre, zu jeder Gelegenheit: Geburtstag und Hochzeitstag, Vatertag und Neujahr, Geburt eines Enkels oder Examen eines Kindes. Auf diese Weise legte sich Mayor Rangel eine stolze Sammlung zu, eine Reserve, aus der er sich bediente. Je nach Tageszeit eine bestimmte Marke, je nach Stimmung eine bestimmte Dicke und je nachdem, wie viel Zeit er zum Rauchen hatte, eine bestimmte Länge.

Erst als er die Havanna richtig angezündet hatte und mit der Befriedigung des Kenners die makellose Aschekrone der Glut betrachten konnte, richtete er sich in seinem Sessel auf und sah den soeben Eingetretenen an.

»Du wolltest mich sehen, ja?«, begann der Teniente.

»Was bleibt mir schon übrig. Also, setz dich.«

Wenn man in einem so angespannten Zustand ist und das Gefühl hat, keinen klaren Gedanken fassen zu können, dann ist es das Beste, sich eine Havanna anzuzünden. Aber nicht, um einfach nur etwas anzuzünden und Rauch zu inhalieren, sondern um die Zigarre wirklich zu rauchen. Nur so kann man von ihr alles bekommen, was sie an Gutem zu geben hat. Wenn ich rauche und dabei etwas anderes tue, verschwende ich diese 14,2 Zentimeter lange Davidoff 5000 Gran Corona. Sie verdient, dass man sie bewusst raucht, oder einfach nur, dass man sich hinsetzt, um zu rauchen und sich dabei eine Stunde lang zu unterhalten. Genau die Zeitspanne für eine gute Zigarre. Die Davidoff, die ich mir heute Morgen angezündet habe, war ein Desaster. Erstens weil der Vormittag noch nie der beste Zeitpunkt für eine Zigarre dieser Kategorie war, und zweitens, weil ich sie nicht vorschriftsmäßig angeraucht habe. Ich habe sie verdorben, und so sehr ich mich auch bemüht habe, sie zu retten, es ist mir nicht gelungen. Ich hatte das Gefühl, einen ordinären Stumpen zu rauchen, ehrlich. Ich weiß nicht, wie du pro Tag zwei Schachteln Zigaretten rauchen kannst anstatt einer einzigen Havanna. Das macht dich so nervös. Ich sag ja nicht, dass es eine Davidoff 5000 oder irgendeine andere Spitzenzigarre sein muss, eine Romeo y Julieta Cedros N° 2 zum Beispiel, eine Montecristo N° 3 oder eine Rey del Mundo. Nein, irgendeine gute Zigarre mit dunklem Deckblatt, die einen leichten Zug hat und ebenso leicht brennt, das ist das wahre Leben, Mario, oder wenigstens kommt es dem am nächsten. Kipling hat einmal gesagt, eine Frau ist nur eine Frau, aber eine gute Zigarre ist mehr als das. Und ich sage dir, der

Mann hatte Recht. Denn wenn ich auch nicht viel über Frauen weiß, mit Zigarren kenne ich mich aus. Es ist ein Freudenfest für die Sinne, mein Lieber. Schärft die Augen, weckt den Geruchssinn, rundet den Tastsinn ab, und nach dem Essen hinterlässt sie, zusammen mit einer Tasse Kaffee, einen angenehmen Geschmack im Mund. Es ist sogar Musik in den Ohren! Hör mal, ich drehe sie zwischen den Fingern, und sie stöhnt auf, als wär sie rollig. Hörst dus? Und dann die zusätzlichen Wonnen: Eine makellose Aschespitze von zwei Zentimetern anzuschauen oder die Bauchbinde abzuziehen, nachdem du das erste Drittel geraucht hast, ist das nicht das wahre Leben? Starr mich nicht so an, ich meins vollkommen ernst, mehr als du glaubst. Rauchen ist eine Lust, vor allem dann, wenn du zu rauchen verstehst. Was du machst, ist ein Laster und ordinär. Deswegen wirst du ausfällig und ärgerst dich schwarz. Hör zu, Mario: Dies ist ein Fall wie jeder andere, und du wirst ihn lösen. Aber lass dich nicht von der Vergangenheit beeinflussen, okay? Schau mal, damit du dich wieder in die Reihe kriegst, werd ich eine Ausnahme machen. Na ja, du weißt, dass ich sonst niemandem eine Zigarre schenke, aber dir werde ich eine von meinen Davidoff 5000 verehren. Und jetzt sag ich Maruchi, sie soll dir einen Kaffee bringen. Dazu zündest du dir die Zigarre an, so wie ichs dir beschrieben habe, und dann erzählst du mir, wie du dich fühlst. Du müsstest schon ein ausgemachter Blödmann sein, wenn dir das nicht hilft, das Leben zu genießen. Maruchi!

Samstag, den 30.12.88
Einbruch. Einzelhandelsgeschäft, Bezirk Guanabacao. Aufseher schwer verletzt. Täter verhaftet. Abgeschlossen.
Versuchter Mord. Bezirk La Lisa. Täter (verhaftet): José Antonio Évora. Opfer: Ehefrau des Täters, Zustand ernst. Aussage des Täters: gibt Tat zu. Motiv: Eifersucht. Abgeschlossen.

Raubüberfall. Parque de los Chivos, La Víbora, Bezirk 10 de Octubre. Opfer: José María Fleites und Ohilda Rodríguez. Täter: Arsenio Cícero Sancristóbal, verhaftet am 1.1.89. Abgeschlossen.
Mord. Opfer: Aureliana Martínez Martínez, wohnhaft 21. Straße, N° 1056, zwischen A und B, Vedado, Bezirk Plaza. Motiv: unbekannt. Ermittlung wird fortgesetzt.
Vermisst: Wilfredo Cancio Isla. Ermittlung wird fortgesetzt. Möglicherweise Drogenhandel. Vermisster in versiegelter Wohnung aufgefunden. Anklage wegen Hausfriedensbruch. Untersuchungshaft angeordnet, mögliche Verbindung zu Drogenhandel.
Einbruch …

Er schloss die Augen und presste die Fingerkuppen auf die Lider. Sein Gespräch mit Jorrín hatte ihn überempfindlich gemacht. Auch nach so vielen Jahren Polizeidienst war er noch nicht abgestumpft und stellte sich jeden einzelnen Fall vor. Die Liste mit den Verbrechen füllte drei ausgedruckte Seiten. Havanna, dachte er, mausert sich zu einer richtigen Großstadt. Behutsam zog er an der Zigarre, die ihm der Alte geschenkt hatte. In letzter Zeit stieg die Kurve bei Diebstählen und Raubüberfällen stetig an, die Veruntreuung staatlichen Eigentums schien unaufhaltsam um sich zu greifen, und der Handel mit Drogen und Kunst war mehr als nur eine vorübergehende Mode. Die Zigarre ist gut, dachte er, aber das hat alles nichts mit Rafaels Verschwinden zu tun. Dutzende von Anzeigen täglich, Fälle, die eröffnet und geschlossen oder in denen noch ermittelt wurde, illegale Kneipen, in denen illegale Glücksspiele und Lotterien stattfanden, gefälschte Benzingutscheine, Transporte von Marihuana mit gefälschten Frachtbriefen, zu Drogenlagern umfunktionierte Lager von Haushaltsgeräten aller möglicher Marken, die mit Dollars undurchsichtiger Herkunft gekauft wurden … Wenn diese Zigarre mir doch nur das Denken erleichtern würde … Denn nachdenken musste er, nachdem er dem Alten seine Geschichte mit Rafael Morín und Tamara Valdemira erzählt hatte. Ich war in diese Frau bis über beide Ohren verliebt, Chef …

Aber das ist jetzt zwanzig Jahre her, oder?, hatte der Mayor gefragt und beschlossen: »Dass ich dir den Fall wegnehme, kannst du vergessen. Du hast ihn übernommen, und dabei bleibt es, Mario. Ich hab dich heute Morgen nicht aus Lust und Laune angerufen. Du weißt, ich belästige die Leute nicht gerne wegen nichts und wieder nichts, und so neu bin ich nicht im Geschäft, dass ich mir Katastrophen ausdenke, wos keine gibt. Aber an dieser Geschichte mit dem verschwundenen Ehemann ist was faul. Enttäusche mich jetzt bitte nicht«, hatte er gesagt und noch hinzugefügt: »Pass auf dich auf, Mario, pass auf dich auf. Und denk nach! Irgendwo muss es einen Anhaltspunkt geben, und du bist derjenige, der ihn finden kann. Okay?«

»Woran hast du gedacht, Conde?«, fragte ihn Manolo. El Conde sah den Glühwürmchen hinterher, die der Druck seiner Finger in den Augen zurückgelassen hatte.

Er stand auf und ging wieder zum Fenster seiner Melancholie und Nachdenklichkeit. Noch drei Stunden bis zur Abenddämmerung. Der Himmel hatte sich bezogen, vielleicht ein Vorbote von Regen und Abkühlung. Mario Conde bevorzugte zum Arbeiten zwar kühlere Temperaturen, doch diese frühe Dämmerung deprimierte ihn und raubte ihm die wenige Lust, die er verspürte. Noch nie hatte er sich so sehr gewünscht, einen Fall zu den Akten legen zu können. Der Druck von oben, den der Alte an ihn weitergab, lastete auf ihm, und das Bild von Tamaras Pobacken unter dem gelben Kleiderstoff verfolgte ihn wie eine Plage. Er erinnerte sich an die Ermahnung des Alten: Pass auf dich auf, Mario! Jeder schien eine Gefahr zu wittern. Das Schlimmste aber war das Gefühl von Desorientierung, das ihn beherrschte. Er war so verloren wie Rafael, und so konnte er nicht arbeiten. Der Mayor hatte seinen ersten Maßnahmen zugestimmt, hatte ihm die Erlaubnis gegeben, Kontakt zu dem spanischen Geschäftsmann aufzunehmen und sogar Ermittlungen in Rafaels Unternehmen durchzuführen – ja, da könnte sich etwas ergeben, hatte er zu ihm gesagt –, Leute zu vernehmen und, zusammen mit ihren Spezialisten für Wirtschaft und Buchhaltung, Papiere durchzusehen. Doch er musste bis Montag warten, und der Mayor wollte schnelle Resultate sehen. Während er seine seidenweiche Zigarre rauchte, kam er zu der Überzeugung, dass das Verschwinden von Rafael Morín kein Zufall war und er alle denkbaren Wege verfolgen musste, die ihn zum Anfang vom Ende dieser Geschichte führen konnten. Und die Neujahrsparty und das Unternehmen, das Unternehmen und die Neujahrsparty, das schienen zwei Wege zu sein, die sich kreuzten.

»Tamara hat angerufen«, sagte er schließlich zu Manolo. »Was sie mir erzählt hat, könnte ein Spur sein.« Und er berichtete ihm von dem Notizbuch mit den Telefonnummern. Der Sargento sah sich die Namen der beiden Frauen mit den dazugehörigen Telefonnummern und Adressen an. Dann fragte er den Teniente: »Und du meinst wirklich, dass uns das weiterhelfen kann?«

»Mich interessiert Zaida, die Sekretärin. Und ich will wissen, wer Zoila ist. Sag mal, wie viele Namen mit Z stehen in deinem Adressbuch?«

Manolo zuckte lächelnd die Achseln. Nein, das wusste er nicht.

»In unseren Lexika umfasst das Z gerade mal acht oder zehn Seiten, und kaum ein Name beginnt mit Z«, sagte El Conde. Er schlug sein eigenes Adressbuch auf. »Bei mir steht unter Z nur Zenaida. Erinnerst du dich an Zenaida?«

»Vergiss es, Conde, die Kleine steht für was anderes.« Der Teniente klappte das Büchlein zu und legte es in die Schreibtischschublade zurück.

»Die stehen alle nur für was anderes«, sagte er. »Also, dann mal los, schauen wir uns die beiden Z an. Hol den Wagen.«

Der Samstagabend versprach nichts Sensationelles. Es hatte sich abgekühlt, und der Nieselregen würde bis in die Morgenstunden andauern. Noch im Wagen war die Kälte zu spüren, und El Conde sehnte sich nach der kräftigen Sonne, die ihn heute Morgen beim Aufwachen begrüßt hatte. Der Regen hatte die Straßen leer gefegt, eine graue Lethargie lastete auf der Stadt, die bei warmem Wetter auflebte und sich bei der zaghaftesten Abkühlung und etwas Regen in sich selbst zurückzog. Der träge tropische Winter kam und ging, manchmal sogar an ein und demselben Tag, sodass man nicht wusste, welche Jahreszeit gerade dran war. Ein Scheißwinter, dachte er und betrachtete die Calle Paseo, die der Baumbestand verdunkelte und der Seewind von Papier und Laub säuberte. Niemand wagte es, sich auf die Bänke entlang des Mittelstreifens der Allee zu setzen, die für den Teniente die schönste Allee Havannas war. Im Augenblick gehörte sie ganz allein einem abgehärteten Jogger, der in einen Regenmantel gehüllt seine tägliche Strecke lief. Was für eine Disziplin! Er selbst hätte sich an einem Tag wie diesem, das wusste er, mit einem Buch ins Bett gelegt und wäre nach der dritten Seite eingenickt. An einem Tag wie diesem, auch das wusste er, machten Regen und Kälte die Leute, die nicht rauskonnten, nervös. Die sanftmütigsten Ehefrauen sahen durch das Macho-Gehabe ihres Mannes die Ehre der Frauen verletzt und beantworteten bedenkenlos die Annäherungsversuche mit einem gezielten Schlag auf den Kopf, einfach so, zwischen Steak und Reis. Zum Glück wurde nach der Neujahrspause heute wieder Baseball gespielt.

Möglicherweise, dachte er, würde die Partie wegen Regen abgesagt. Seine Mannschaft, die *Industriales,* Grund für Ärger und schlaflose Nächte, mussten heute Abend im Estadio Latinoamericano gegen die *Vegueros* um den Einzug in die Play-off-Runde spielen, für die sich die *Habanas* bereits qualifiziert hatten. Er wäre gerne ins Stadion gegangen. Er brauchte diese Art Gruppentherapie, die der Freiheit so nahe kam, weil man alles herausschreien konnte. Man konnte auf die Mutter des Schiedsrichters scheißen oder den Manager der eigenen Mannschaft als Arschloch beschimpfen, und hinterher verließ man das Stadion euphorisch wegen eines Sieges oder traurig über eine Niederlage, aber auf jeden Fall heiser, energiegeladen und entspannt. In letzter Zeit hatte sich El Conde zu einem großen Zweifler gewandelt. Er versuchte sogar, sich kein Baseballspiel mehr anzuschauen, denn seine *Industriales* spielten von Mal zu Mal schlechter, und auch das Glück hatte sie verlassen. Außer Vargas und Javier Méndez spielten alle anderen zweitklassig, zu weich in den Knien, um im Ernst daran denken zu können, die Finalrunde zu erreichen oder womöglich zu gewinnen. Als sie auf den Malecón fuhren und die salzige Gischt, die über die Kaimauer spritzte, sich mit dem Nieselregen vermischte, hatte er Zaida und Zoila vergessen. Manolo verfluchte Gott und die Welt, weil er daran dachte, dass er den Wagen heute Abend noch waschen musste, bevor er ihn in die Garage stellen konnte.

»Wie lange warst du nicht mehr im Stadion, Manolo?«

»Was für ein verdammtes Stadion, Conde? Wie kommst du jetzt darauf? Guck dir bloß mal den Wagen an … Bin ich blöd? Ich hätte die Línea nehmen sollen«, schimpfte der Sargento, als sie in die G Richtung Quinta einbogen. Sie hielten vor einem Wohnblock und stiegen aus.

»Im Stadion würdest du von deinen Wutanfällen geheilt, Manolo.«

Zaida Lima Ramos wohnte im sechsten Stock, Wohnung 6D, wie sich der Teniente Mario Conde anhand seiner Notizen vergewisserte. Von der Eingangshalle aus beobachtete er, wie Manolo bei dem Versuch, die Radioantenne abzumontieren, nass wurde. Die Erklärung, die der Sargento für seine Aktion gab, ließ den Teniente schmunzeln: »Präventive Verbrechensbekämpfung, Mario! Letzten Monat hat man mir eine geklaut, vor meiner Wohnung ...«

Sie gingen zum Aufzug, wo sie ein Schild mit der Aufschrift *AUSSER BETRIEB* erwartete.

»Fängt gut an, was?«, bemerkte Mario Conde und wandte sich zum Treppenaufgang, der von kümmerlichen Birnen nur spärlich beleuchtet wurde. Beim Treppensteigen geriet er ins Keuchen, atmete durch den Mund. Er spürte, wie sich durch die Anstrengung sein Herzschlag beschleunigte und seine Beinmuskeln taub wurden. Einen Moment lang dachte er, dass es der Jogger auf der Calle Paseo richtig machte. Im fünften Stock lehnte er sich gegen das Treppengeländer, sah Manolo an und dann nach oben auf das letzte Teilstück, das bis zum sechsten Stock noch zu bewältigen war. Und mit einer Handbewegung flehte er, warte, warte, ich muss erst wieder zu Atem kommen, niemand kann Respekt haben vor einem Polizeibeamten, der mit heraushängender Zunge und Tränen in den Augenwinkeln vor der Tür steht und um ein Glas Wasser bittet wie um eine milde Gabe. Er wollte sich hinsetzen und griff automatisch in seine Jackentasche. Doch dann beschloss er, vernünftig zu sein, steckte sich die Zigarette zwischen die trockenen Lippen, ohne sie anzuzünden, und nahm die letzten Meter des endlosen Aufstiegs in Angriff.

Sie gingen den schummrigen Flur entlang und fanden ganz am Ende die Wohnungstür 6D. Bevor der Teniente läutete, zündete er sich die Zigarette an.

»Wie packen wirs an?«, wollte Manolo wissen, bevor es losging.

»Ich finde es interessant, den Leuten bei der Arbeit zuzusehen … Ganz vorsichtig, wie einer, der nichts Bestimmtes will, ja? Aber falls nötig, hakst du nach und gibst dich argwöhnisch.«

»Zeichnen wir das Gespräch auf?«

Er überlegte einen Moment, drückte dann auf den Klingelknopf und sagte: »Erst mal nicht.«

Die Frau war überrascht, als sie die beiden Männer sah. Bestimmt erwartete sie jemand anderen. Diese Unbekannten, die an einem Samstagabend vor ihrer Tür standen, hatte sie jedenfalls nicht auf der Rechnung. Guten Abend, sagten die beiden und gaben sich als Polizisten zu erkennen. Ja, sagte die Frau mit etwas zittriger Stimme, sie sei Zaida Lima Ramos. Noch verwirrter als vorher ließ sie sie eintreten und bemühte sich, ihr verstrubbeltes Haar in Ordnung zu bringen. Vielleicht hatte sie geschlafen, ihr Gesicht sah ganz danach aus. Die Polizisten erklärten ihr den Grund des Besuchs: Ihr Chef, der Genosse Rafael Morín Rodríguez, sei verschwunden.

»Ich habe davon gehört«, sagte sie und setzte sich in einen Sessel. Sie hielt die Beine dicht geschlossen und zupfte angestrengt am Saum ihres Rocks, der ihr kaum bis zu den Knien reichte.

El Conde registrierte die starke, sich kräuselnde Behaarung ihrer Schenkel und bemühte sich, die aufkommenden krausen Gedanken in seinem Kopf zu unterdrücken. Die Frau war zwischen fünfundzwanzig und dreißig Jahre alt, hatte große schwarze Augen und einen sinnlichen, breiten Mund wie alle hübschen Mulattinnen. Sogar ungekämmt und ungeschminkt sah sie wunderbar aus, fand der Teniente. Das kleine Wohnzimmer war geschmackvoll eingerichtet und sauber. Auf dem Möbel, das die gesamte Wand gegenüber dem Balkon einnahm, standen ein Sony-Farbfernseher, eine Beta-Stereoanlage und die üblichen Souvenirs aus der großen weiten Welt: ein Mosaikbild von Toledo, eine mexikanische Figur, eine Miniaturausgabe von Big Ben und eine weitere vom schiefen Turm von Pisa. Während der Teniente sich umsah, erzählte Zaida, dass Maciques sie am Nachmittag des Ersten angerufen habe, Rafael sei verschwunden, sie habe keine Ahnung gehabt, wo er sich aufhielt, und später habe sie den Büroleiter dann mehrmals angerufen, zum letzten Mal heute Morgen, sie mache sich Sorgen, ob es denn inzwischen etwas Neues von Rafael gebe?

»Hübsche Wohnung«, bemerkte der Teniente, und unter dem Vorwand, einen Aschenbecher zu suchen, nahm er die Einrichtung noch ungezwungener in Augenschein.

»Nach und nach schafft man sich das eine oder andere an«, sagte sie lächelnd. Sie wirkte nervös. »Man möchte es ja nett haben, nicht wahr? Das Problem ist mein Sohn mit seinen Freunden, die bringen immer alles durcheinander.

»Du hast einen Sohn?«

»Ja, er ist zwölf.«

»Monate?«, erkundigte sich El Conde. Er war völlig verwirrt.

»Jahre«, stellte sie klar, »zwölf Jahre. Er ist gerade mit ein paar Freunden aus dem Haus unterwegs. Stellen Sie sich vor, bei diesem Wetter wollten sie unbedingt Eis essen gehen, in der Coppelia.«

»Die Chinesen sagen … na ja, ob alle, weiß ich nicht, aber jedenfalls einer, den ich kenne, der Vater einer Arbeitskollegin, also der sagt, bei kaltem Wetter soll man Eis essen.« Er lächelte, und Manolo spielte weiterhin die Rolle des Stummen. Wenn er das doch immer tun würde!

»Möchten Sie Kaffee?«, fragte Zaida. Ihr war kalt, oder sie hatte Angst, vielleicht auch beides, und wusste nicht, ob sie die Arme verschränken oder weiter an ihrem zu kurzen Rock herumzupfen sollte.

»Nein, danke, Zaida. Wir wollen dir nicht unnötig die Zeit stehlen. Du erwartest Besuch, stimmts? Du sollst uns nur kurz erzählen, was du über deinen Chef weißt. Alles, jede Kleinigkeit kann uns helfen, ihn zu finden.«

Ich weiß nicht, es erscheint mir so unglaublich, dass Rafael verschwunden sein soll, ganz unmöglich, hoffentlich nicht, aber ich hab so eine Angst … Ich möchte es mir gar nicht vorstellen. Denn verstecken tut er sich doch nicht, oder? Ich weiß nicht, weil … warum sollte er sich verstecken? Nicht wahr? Es ergibt doch keinen Sinn, das ist alles sehr seltsam. Drei Tage lang denke ich jetzt schon darüber nach, aber ich verstehe das nicht. Ich will mal rasch die Balkontür zumachen, es ist plötzlich so kalt geworden, diese Wohnung ist ein Eisschrank, so nah am Meer, außerdem hab ich Kopfweh, wahrscheinlich hab ich zu viel geschlafen … Also, ich glaube, ich kenne Rafael ziemlich gut, stellen Sie sich vor, ich arbeite jetzt schon fast neun Jahre für ihn, ja, klar, ich hab im Zentrallager des Ministeriums angefangen, er hat mir die Stelle als Stenotypistin verschafft, ich hatte ja überhaupt keine Erfahrung, aber er hat mir sehr geholfen, das war, als der Vater meines Kindes abgehauen ist, von Mariel aus, ich habs erst erfahren, als er schon drüben war, so was Verrücktes, ohne mir vorher was zu sagen, einfach so, zack! Nach Miami ist er gegangen, zusammen mit seinem Onkel, hat hinter meinem Rücken alles vorbereitet, nicht mal mir hat er sich anvertraut, und von seinem Sohn hat er sich auch nicht verabschiedet, ganz schrecklich, was soll ich dazu sagen … Und weil ich etwas Schreibmaschine konnte und Abitur hab … aber mit dem Kleinen und so, na ja, Familiengeschichten eben, ich weiß nicht, meine Mama hatte sich noch nicht damit abgefunden, dass ich schwanger geworden war, bevor ich geheiratet hatte, und da sagte ein Nachbar, einer vom Comité, der sagte zu mir, da wo er arbeitet, im Lager, würde eine

Tippse gesucht, keine schwere Arbeit, nur Tabellen und Preislisten und so was. Ach, ich verlier immer den Faden, na ja, ich hab also da angefangen, und weil das Verhältnis zu meiner Mutter besser wurde, konnte ich einen Abendkurs für Sekretärinnen belegen, und Rafael hat mir sehr geholfen, jeden Samstag hat er mir freigegeben, damit ich mich um meine Sachen kümmern konnte, um meinen Sohn, weil … jeden Tag zur Arbeit und dann die Abendschule, und das zwei Jahre lang … Und als ich die Prüfung hatte, hab ich die Stelle als Sekretärin gekriegt, die war schon 'ne ganze Weile frei gewesen, aber Rafael hat sie für mich freigehalten, ich hatte die Arbeit ja sowieso schon vorher die ganze Zeit gemacht. Rafael. Sie müssen sich vorstellen, ich habe in ihm immer einen richtigen Freund gesehen, ich weiß nicht, ob Sie was mit meinem Gerede anfangen können, aber für mich ist er ein guter Freund, glauben Sie mir, ich kann mir keinen besseren Chef wünschen, liebenswürdig und mitfühlend und so und verantwortungsbewusst, kümmert sich um alles und jeden, vorher schon und jetzt auch hier in der Firma, weil, klar, das Problem war, er hat mich gebeten, mit ihm zur Firma zu kommen, und hier ist alles viel komplizierter, er brauchte Leute, auf die er sich verlassen kann, bei der Riesenverantwortung, die er hat, fast alles mit Dollars und mit ausländischen Firmen und so, Sie wissen ja … eine Riesenverantwortung, aber er hat alles im Griff, wie man so sagt, immer, wirklich immer, sehen Sie, er hatte nie Probleme, soweit ich mich erinnern kann, mit keinem der Angestellten, fragen Sie García, den von der Gewerkschaft, der wird es Ihnen bestätigen. Nein, nein, und deswegen kann ich mir gar nicht erklären, was da passiert ist, alles war wie immer, in den letzten Wochen hatten wir natürlich viel Arbeit mit der Planung für 89, und weil wir bis spät in die Nacht gearbeitet haben, hat er mich im Wagen nach Hause bringen lassen oder hat mich selbst nach Hause gefahren, ich weiß gar nicht, was ich denken soll, Rafael einfach so von der Bildfläche verschwunden, ich kanns noch gar nicht glauben … Es muss ihm was passiert sein, oder? Sehen Sie, als Alfredito sechs Jahre alt war, Alfredito ist mein Sohn, mit sechs Jahren bekam er schreckliches Fieber, ich dachte schon, er würde mir sterben, wie Rafael sich da mir gegenüber verhalten hat, besser als wär er der leibliche Vater, eine Extraration Fleisch, ein Wagen fürs Krankenhaus, einen ganzen Monat Vorschuss, na ja, ist auch nicht so wichtig, aber wie er sich verhalten hat, und nicht nur bei mir, immer hat er sich so verhalten, allen gegenüber, ich weiß Bescheid, fragen Sie García, den von der Gewerkschaft. Der Ärmste … Einen Anruf? Am Ersten? Nein, nein, das letzte Mal, dass ich ihn gesehen hab, das war am Dreißigsten, weil am Einunddreißigsten wurde nicht gearbeitet, er hat mich nach Hause gebracht, bis vor die Tür, und dann ist er noch mit raufgekommen auf einen Kaffee, er wär sehr müde, hat er gesagt, »hundemüde«, hat er gesagt, wir haben uns nämlich noch etwas unterhalten, und er hat mir was geschenkt … eine Kleinigkeit, hat er gesagt, »eine kleine Aufmerksamkeit für Neujahr«, Sie wissen ja, wenn man so lange zusammenarbeitet, ganz eng zusammen, er ist mehr als ein Chef für mich, Nähe schafft Zuneigung, sagt man, nicht wahr? Und er sah so müde aus … Und was denken Sie über das Ganze?

»Nein, sag mir nicht, was du darüber denkst, jedenfalls jetzt noch nicht«, bat er Manolo, als sie auf die Straße traten. Immer noch fiel ein feiner, monotoner Nieselregen, und die Nacht war über die Stadt hereingebrochen. »Gehen wir zur 17., mal sehen, welche Überraschung Zoila für uns bereithält.«

»Wolltest du dich nicht vor vorschnellen Urteilen hüten?«, fragte Manolo, während er die Antenne wieder montierte.

»Hör endlich auf, darauf herumzureiten, Mann. Und lass die Antenne da, wo sie ist, wir steigen sowieso gleich wieder aus.«

Manolo tat so, als hätte er nichts gehört. El Conde setzte sich in den Wagen, und der Sargento fuhr fort, die Antenne anzubringen. Er wusste, dass der Teniente langsam nervös wurde und es besser war, ihn zu ignorieren. Du willst nicht wissen, was ich darüber denke? Gut, dann sag ichs dir eben nicht. Aber ich denk 'ne ganze Menge, sagte er laut und startete den Motor. Sie fuhren die Línea hinauf in Richtung Tunnel. Mario Conde kritzelte etwas in sein zerfleddertes Notizbuch und ließ dann wieder den Kugelschreiber klicken. Ohne um Erlaubnis zu fragen, schaltete er das Autoradio ab, das Manolo eben erst angestellt hatte. Doch trotz allem musste Sargento Palacios zugeben, dass er gerne mit diesem leicht neurotischen Teniente arbeitete. Das hatte er gleich gewusst, als er noch neu bei der Kripo war und man ihn dem Team zuteilte, das den Diebstahl einiger Bilder aus dem Nationalmuseum untersuchte. Der Kunstsachverständige des Teams hatte ihn gewarnt: »Guck mal, der da, der gerade gekommen ist, das ist El Conde. Er ist der Chef unserer Einsatztruppe. Wundere dich über nichts, was er sagt, der ist nämlich nicht ganz dicht. Ansonsten aber in Ordnung. Außerdem glaub ich, dass er der Beste ist.« Wovon sich Manolo später bei verschiedenen Gelegenheiten überzeugen konnte.

»Und, darf man erfahren, was du darüber denkst?«, fragte er ihn, den Blick starr auf den Asphalt gerichtet.

»Nein.«

»Hast du 'ne Krise, Kollege?«

»Ich bin am Rande eines Nervenzusammenbruchs. Sieh mal, ich kenne Rafael Morín, und so langsam ahne ich, woher der Wind weht. Aber im Moment läuft noch so einiges durcheinander, und ich will mich vor vorschnellen Urteilen hüten, wie du weißt.«

Der Wagen fuhr die 19. entlang. Manolo hatte beschlossen, sich die erste Zigarette des Tages anzuzünden. Da kann man ja neidisch werden, dachte El Conde, der raucht nur, wenn er Lust dazu hat.

»Wenn du wieder mit deinen vorschnellen Urteilen anfängst, musst du wirklich 'ne Krise haben«, stellte Manolo fest. Er bog in die 70. ein, um zur 17. zu gelangen.

»Da, da!«, rief Mario Conde, als er das Haus mit der Nr. 568 erblickte. »Halt an, und wenn du wieder die Antenne abmontierst, schreib ich 'n Bericht darüber, kapiert?«

»Kapiert. Aber mach wenigstens dein Fenster richtig zu, ja?«, schrie Manolo zurück und kurbelte seins ganz nach oben.

Der Hauseingang war beleuchtet, doch Tür und Fenster waren fest verschlossen. El Conde klopfte zwei-, dreimal und wartete. Manolo neben ihm zog sich seine Regenjacke über und versuchte den Reißverschluss einzuhaken. Der Teniente klopfte noch einmal und beobachtete die vergeblichen Versuche seines Kollegen.

»Diese Reißverschlüsse taugen nichts, Kleiner. Aber lass sein, hier ist sowieso keiner zu Hause«, fügte er hinzu, hämmerte jedoch erneut gegen die Holztür.

Die Schläge klangen hohl. Hörte sich an, als wäre das Haus leer.

»Gehen wir zum Comité«, sagte der Teniente.

Sie gingen den Bürgersteig entlang und hielten nach dem Schild des »Comité zur Verteidigung der Revolution« Ausschau. Schließlich entdeckten sie es gleich an der Straßenecke, halb verdeckt in dem Vorgarten-Dschungel aus Hecken und Arekapalmen.

»Das Schlimme an der Kälte ist, dass ich immer so einen Hunger kriege, Conde«, jammerte Manolo. Damit gab er seinem Vorgesetzten zu verstehen, er solle sich kurz fassen.

»Und was meinst du, wovon ich meinen Bauch habe? Die Trinkerei gestern Abend, der Fastentag heute und dazu die Zigarre, die mir der Alte geschenkt hat … Hab das Gefühl, ich hätte 'ne tote Kröte im Magen. Mir ist schon ganz schwindlig.«

Er klopfte an die Scheibe der Eingangstür. Das prompte Hundegebell ließ Manolo die Haare zu Berge stehen. Er erinnerte sich an seinen unschlagbaren Rekord in puncto Hundebisse im Dienst.

»Nein, um Himmels willen, ich geh zum Auto«, sagte er.

»Sei still, Leoncito! Aus!« Die Tür wurde geöffnet.

Ein schwarzweißer Hund kam ungeachtet der Befehle seines Herrchens herausgesprungen. Also wirklich, so eine Promenadenmischung mit zusammengerolltem Schwanz und krummen Beinen León zu nennen! Leoncito, wie ihn sein Herrchen rief, beachtete Mario Conde nicht und machte sich eifrig daran, Manolos Hose und Schuhe zu beschnüffeln, als hätten sie früher einmal ihm gehört.

»Der tut nichts«, versicherte der Mann mit dem Stolz des Besitzers eines wohlerzogenen Hundes. »Aber er passt höllisch auf. Guten Abend.«

El Conde stellte sich vor und fragte den Mann nach dem Präsidenten des Comité.

»Das bin ich, Genosse. Wollt ihr reinkommen?«

»Nein, nicht nötig, wir wollten nur wissen, ob du Zoila Amarán heute schon gesehen hast. Wir haben da nämlich ein paar Fragen an sie ...«

»Gibts irgendein Problem?«

»Nein, nein, nur ein paar Fragen.«

»Also, Genossen, ich glaub, da habt ihr Pech. Die Zoilita müsst ihr mit dem Lasso einfangen, die lässt sich hier kaum blicken«, sagte der Präsident. »Leoncito, komm her, lass den Genossen in Ruhe, der sperrt dich sonst noch ein.« Er lächelte entschuldigend.

»Lebt sie alleine?«

»Ja und nein. Bei ihr wohnen noch ihr Bruder und dessen Frau, aber die sind Ärzte und zurzeit in Pinar del Río. Kommen nur alle zwei, drei Monate hierher. Die übrige Zeit wohnt sie alleine, und ich hab gehört, na ja, ihr wisst ja, wie das so ist, man kriegt was mit, auch wenn man nicht will, also heute Morgen, da hab ich beim Brotkaufen gehört, sie hätte zu jemandem gesagt, dass sie weg wollte, und seit drei Tagen hat sie keiner mehr gesehen.«

»Seit drei Tagen?«, wiederholte El Conde. Er musste grinsen, als er sah, wie erleichtert Manolo darüber war, dass Leoncito endlich das Interesse an seinen Schuhen und seiner Hose verlor und im Garten verschwand.

»Ja, seit ungefähr drei Tagen. Aber um ehrlich zu sein, so ist sie nun mal. Schon als kleines Mädchen, ich kenne sie nämlich seit ihrer Geburt, da war Zoilita kaum zu bändigen, nicht mal ihre Mutter, sie ist inzwischen schon tot, die Zoila, nicht mal die konnte mit ihr fertig werden. Ich hab immer gedacht, sie wär 'n halber Junge, aber von wegen! Sagt mal, sie hat doch wirklich nichts angestellt, oder? Sie ist zwar ziemlich verrückt, aber 'n schlechter Kerl ist sie nicht, das sag ich euch ganz offen.«

Während Mario Conde sich die Meinung des Genossen Präsidenten anhörte, suchte er in seiner Jackentasche nach einer Zigarette. Er bemühte sich, die Tatsache einzuordnen, dass Zoilita ausgerechnet seit genau drei Tagen verschwunden war. Plötzlich widerte ihn alles an. Zaida und Maciques, die Rafael verteidigten, Zoilita und der Spanier Dapena, der sich ebenfalls am Ersten in Luft aufgelöst hatte, Tamara und Rafael … Laut sagte er: »Nein, keine Sorge, sie hat keine Probleme. Wir wollten nur noch zwei Dinge wissen: Wie alt ist Zoilita, und wo arbeitet sie?«

Der Präsident stützte sich mit dem Unterarm am Türrahmen ab und beobachtete lächelnd Leoncito, der friedlich und ausgiebig im Garten kackte.

»Genau weiß ich nicht, wie alt sie ist. Müsste mal kurz im Register nachsehen …«

»Nein, nein, nur so ungefähr«, meldete sich Manolo, wieder zum Leben erwacht, zu Wort.

»So um die dreiundzwanzig«, sagte der Präsident. »Wenn man älter wird, ist es einem egal, ob zwanzig oder dreißig, nicht? Und die andere Frage: Sie arbeitet hier, bei sich zu Hause, macht Kunsthandwerk, mit Saatkeimen und Schneckenmuscheln und solchen Sachen. Verdient dabei nicht schlecht, und deshalb arbeitet sie nur so viel, wie sie muss. Aber wie das so ist, am Jahresende macht sie ihren Schnitt, es ist ja so schwer, irgend 'ne nette Kleinigkeit zu finden, stimmts?«

»Na gut, Genosse, vielen Dank«, unterbrach Mario den Redeschwall, der sie zu überschwemmen drohte. »Du könntest uns noch einen kleinen Gefallen tun. Wenn sie kommt, ruf bitte diese Nummer an und hinterlass eine Nachricht für Teniente Conde oder Sargento Palacios. Geht das?«

»Natürlich, Genosse, es ist mir ein Vergnügen, dafür sind wir ja da, oder? Aber, hör mal, Teniente, wollt ihr nicht doch für 'n Moment reinkommen? Ich bring euch 'n Kaffee, gerade frisch aufgebrüht, hm? Ich dachte immer, wenn zwei Polizisten zu uns kommen, dann macht man das so, oder nicht?«

»Hab ich auch immer gedacht, aber lass nur, es gibt Polizisten, die haben sogar Schiss vor Hunden«, erwiderte El Conde und drückte dem Mann zum Abschied die Hand.

»Wie nett du zu mir bist!«, sagte Manolo auf dem Weg zum Auto. Trotz des kalten Windes stand seine Regenjacke offen. »Furchtbar witzig! Als wärs eine Sünde, kein Herz für Hunde zu haben.«

»Wahrscheinlich beißen sie dich deshalb«, erwiderte der Teniente. »Guck mal, wie du schwitzt, Kleiner.«

»Ja, mag ja alles stimmen, das mit dem Adrenalin und dem Geruch und dem ganzen Scheiß, aber warum gehen die immer nur auf mich?«

Sie stiegen ein. Manolo legte beide Hände aufs Steuer und atmete tief durch. »Schön, jetzt wissen wir so ungefähr, wie Zoila ist. Wird immer komplizierter, was?«

»Immer komplizierter, ja, aber halb so wild. Lass uns Folgendes machen: Ich hol die Gästeliste der Neujahrsparty ab, und du setzt zwei Leute auf Zaida und Zoilita an. Vor allem auf Zoilita. Ich will wissen, wo sie steckt und was sie mit all dem zu tun hat.«

»Und warum machen wirs nicht umgekehrt? Ich hol die Liste …«

»Hör auf, Manolo, mach du deine Arbeit und lass die Anspielungen.« El Conde blickte auf die Straße, fasziniert von den weißen Mittelstreifen, die vom Scheinwerferlicht gefressen wurden. Erst jetzt bemerkte er, dass es aufgehört hatte zu regnen. Aber zum Knurren seines hungrigen und gequälten Magens gesellte sich nun noch der Druck auf die Blase. »Hast du sonst noch einen Vorschlag zu machen?«

Manolo starrte vor sich auf den Asphalt.

»Ich rede mit dir, Manolo«, insistierte der Teniente.

»Na ja, ich glaub, es sind da verdammt viele Zufälle im Spiel. Aber das mit Zoilita ist mehr als ein Zufall, findest du nicht? Und ich glaube weiter, dass du mit Maciques sprechen solltest. Der Mann weiß mehr, als er sagt.«

»Wir sehen ihn am Montag in der Firma.«

»Ich würde vorher mit ihm sprechen.«

»Morgen, falls uns Zeit bleibt. In Ordnung?«

»In Ordnung.«

»Los, jetzt kannst du Musik machen, ich muss pinkeln.«

»Dann pinkel von mir aus, aber Musik kann ich nicht machen.«

»Was ist los, Kleiner? Zittern dir noch immer die Knie wegen dem Köter?«

»Nein, aber wegen dir können wir keine Musik hören. Die haben die Antenne geklaut, als der Wagen vor Zoilitas Haus stand.«

Sein Lieblingssong war von jeher *Strawberry Fields* gewesen. Er hatte ihn an irgendeinem Tag des Jahres 67 oder 68 bei seinem Cousin Juan Antonio zum ersten Mal gehört. Es war schrecklich heiß gewesen, und trotzdem hatten Juan Antonio und drei seiner Freunde – sie waren schon groß, bereits in der achten Klasse – im Zimmer seines Cousins gesessen, erinnerte er sich, so als wollten sie zum Propheten beten: auf dem Boden hockend, um einen uralten, von Holzwürmern zerfressenen Schallplattenapparat Marke RCA Victor herum. Auf dem Plattenteller lag eine schwarze Scheibe ohne Etikett. »Das ist ein Raubdruck, du Nasenbär, wie soll sie da 'n Etikett haben?«, sagte Juan Antonio zu ihm, ruppig wie immer. Mario setzte sich ebenfalls auf den Boden. Niemand wollte reden, nicht mal über Frauen. Tomy hob den Tonabnehmerarm an und legte ihn liebevoll auf den Plattenrand. Und dann begann der Song. Er verstand nichts, die Beatles waren nicht so gut zu hören wie auf einer richtigen Schallplatte. Aber die Älteren summten den Text mit, so als würden sie ihn kennen. Er wusste nur, dass *field* Park bedeutete, *centerfield* also Zentralpark, schloss er, doch das war erst sehr viel später. In diesem Moment spürte er, dass er einem einmaligen magischen Akt beiwohnte, und als das Lied zu Ende war, bat er, los, Tomy, spiels noch mal.

Und jetzt summte er den Song wieder und wusste nicht warum. Er wollte nicht wahrhaben, dass diese Melodie die Hymne seiner melancholischen Erinnerungen an eine Vergangenheit war, in der alles einfach und vollkommen gewesen war. Und obwohl er inzwischen wusste, was der Text bedeutete, zog er es vor, nicht daran zu denken, und gab sich lieber dem Gefühl hin, durch jenes Erdbeerfeld zu gehen, das er niemals gesehen hatte und an das er sich dennoch so gut erinnern konnte. Nur er und die Musik. *Strawberry Fields* kam ihm einfach so in den Sinn, ohne Ankündigung, und schob alles andere beiseite. Er sang, setzte an irgendeiner Stelle ein, fühlte sich besser. Er sah den dunklen, trist bedeckten Himmel nicht mehr, nicht das Bild von Rafael Morín, der Reden schwingend auf dem Podium im Eingang der Oberstufenschule stand. Er wollte weder rauchen noch hören, was Manolo ihm über seine letzte Eroberung berichtete, während er ihn zu Tamara fuhr. *Strawberry Fields forever ...*

»Genau hier lag das Notizbuch mit den Telefonnummern.«

Die Zeit ist eine Täuschung. Nichts hat sich in der Bibliothek verändert. Die komplette Ausgabe der Enzyklopädie *Espasa-Calpe,* »die am meisten weiß«, steht unverrückbar im Regal, mit ihren trotz der Jahre goldglänzenden Lettern auf den dunkelblauen Buchrücken; der Doktortitel in Rechtswissenschaften von Tamaras Vater hängt unerschütterlich an seinem privilegierten Platz und verdrängt sogar die beiden Federhalter von Víctor Manuel, die ihn immer so fasziniert haben; der dunkle Band mit den Erzählungen von Father Brown, über dessen Ledereinband man so zärtlich mit den Fingern streichen kann, ist wie ein stechender Schmerz in der Erinnerung: Der alte Dr. Valdemira hat ihm die Erzählungen vor so vielen Jahren ans Herz gelegt, damals, als Mario Conde noch nicht ahnte, dass er einmal ein Kollege von Chestertons Detektivpriester werden würde. Und der Mahagonischreibtisch ist unsterblich, immens groß wie die Wüste und schön wie eine Frau. Ein guter Schreibtisch, um daran zu schreiben. Lediglich das Leder des Drehstuhls wirkt ein wenig erschöpft, das echte Bisonleder ist mehr als dreißig Jahre alt; auf ihm saß derjenige, der in der Nacht vor Prüfungen den Stoff mit ihnen durchging. Ein Ehrenplatz für den, »der am meisten wusste«. Als Mario Conde zum ersten Mal dieses Zimmer betrat, kam er sich klein und verlassen und schrecklich ungebildet vor. Noch heute erinnert er sich an das nagende Gefühl intellektueller Minderwertigkeit, von dem er sich nie befreien konnte.

»Ich habe oft von diesem Zimmer geträumt«, sagt er. »Doch selbst im Traum konnte ich mich nicht daran erinnern, dass dein Vater ein Telefon hatte. Oder doch?«

»Nein, nie.. Papa hasste zwei Dinge auf den Tod«, erinnert sie sich. »Eins davon war das Telefon. Das andere war das Fernsehen, was zeigt, dass er ein sehr sensibler Mann war.« Sie lässt sich in einen der beiden Sessel fallen, die vor dem Schreibtisch stehen.

»Und wie lassen sich die beiden Phobien mit diesem Kamin in einer Bibliothek in Havanna vereinbaren?«, fragt er. Er hockt sich vor den kleinen, aus roten Ziegeln gemauerten Kamin und spielt mit einem der beiden Feuerhaken.

»Er hatte sogar Holz und alles. Er ist schön, unser Kamin, nicht wahr?«

»Mein Motto ist: Höflich, aber direkt. Solange auf Kuba kein Schnee fällt, weiß ich nicht, wozu so was gut sein soll.«

Sie lächelt melancholisch.

»Der Kamin ist die Tarnung für einen Tresor. Ich habs erfahren, als ich ungefähr zwanzig war. Papa war eine Persönlichkeit. Eine richtige Persönlichkeit.«

Er legt den Feuerhaken zur Seite und setzt sich neben Tamara in den zweiten Sessel. Die Bibliothek wird nur durch die kleine Jugendstillampe mit dem Bronzefuß und dem Schirm aus tiefvioletten Weintrauben erleuchtet. Tamaras Gesichtshälfte erhält in dem Licht eine warme, bernsteinfarbene Tönung. Sie trägt einen sportlichen Overall von demselben Dunkelblau wie die *Espasa-*

Calpe, der der ehemaligen, inzwischen etwas in die Breite gegangenen Tänzerin schmeichelt und ihre Formen betont.

»Rafael hat vor sieben oder acht Jahren einen Anschluss hier herein legen lassen. Er kann nämlich ohne Telefon nicht leben.«

Er nimmt die Entscheidung Rafaels zur Kenntnis, und plötzlich spürt er auf den Schultern das Gewicht eines zu langen Tages, an dem von nichts anderem als von Rafael Morín die Rede gewesen ist. So viele Leute haben ihm von Rafael erzählt, dass er langsam zu zweifeln beginnt, ob er ihn wirklich kennt oder ob es sich um eine Art Jahrmarktsattraktion handelt mit tausend Gesichtern, die sich wie die von Familienangehörigen ähneln, sich aber deutlich voneinander unterscheiden. Er würde lieber von anderen Dingen reden, ihr zum Beispiel sagen, dass er den ganzen Weg über *Strawberry Fields* gesungen hat. So etwas würde er ihr jetzt gerne gestehen. Oder ihr sagen, dass sie mit jedem Tag besser aussieht, attraktiver. Doch er befürchtet, dass sie solche Geständnisse banal und abgedroschen finden könnte.

»Ich habe zu spät erfahren, dass dein Vater gestorben ist. Sonst wär ich zur Beerdigung gekommen«, sagt er stattdessen, denn die Anwesenheit des alten Diplomaten in diesem Zimmer ist mit den Händen zu greifen.

»Ach, mach dir deswegen keine Gedanken.« Sie schüttelt leicht den Kopf, und das führt dazu, dass die Haarsträhne wieder in Bewegung gerät und ihr in die Stirn fällt. »Es war alles furchtbar hektisch, unglaublich. Sich damit abzufinden, dass Papa nun tot war, das war sehr hart, weißt du?«

Er nickt und verspürt plötzlich wieder Lust zu rauchen. Gespräche über den Tod regen immer seine Lust zu rauchen an. Auf dem Schreibtisch entdeckt er einen Aschenbecher aus Ton. Er ist erleichtert, dass es kein Mörser ist, keiner aus Muranoglas oder aus Sargadelos-Keramik, handbemalt, aus der Sammlung des Dr. Valdemira. Sie ist indessen aufgestanden und geht zu der kleinen Hausbar, die in einen Flügel des Bücherschranks eingelassen ist.

»Ich möchte mit dir anstoßen. Ich glaube, wir haben beide einen Schluck nötig.« Nach diesem Allgemeinplatz gießt sie Whisky aus einer fast quadratischen Flasche in zwei hohe Gläser. »Ich mag ihn gerne pur, und du? Ich weiß nicht, Eis nimmt einem guten schottischen Whisky das Aroma.«

»Ballantine's, stimmts?«

»Aus Rafaels spezieller Reserve«, sagt sie und reicht ihm ein Glas. »Glück und Gesundheit.«

»Gesundheit und Pesos für den Tresor«, entgegnet er. »Schönheit besitzen wir ja reichlich.« Er probiert den Whisky und spürt die sanfte Wärme auf der Zunge, in der Kehle, im leeren Magen. Sogleich fühlt er sich besser.

»Wer ist Zoila, Mario?«

Er öffnet sein Jackett und trinkt einen zweiten Schluck. »Hatte er was mit anderen Frauen?«

»Ich bin mir nicht sicher, aber ehrlich gesagt, ich bin immer weniger daran interessiert, Rafael hinterherzuspionieren. Ich habe keine Ahnung, was er so treibt.«

»Was soll das heißen?«

»Das heißt, dass Rafael sich kaum noch zu Hause blicken lässt. Immer ist er auf Reisen oder auf Versammlungen, und, wie gesagt, ich bin nicht daran interessiert, ihm hinterherzuspionieren. Aber das interessiert mich jetzt. Wer ist Zoila?«

»Das wissen wir noch nicht. Sie war seit einigen Tagen nicht mehr zu Hause. Wir sind dabei, sie ausfindig zu machen.«

»Und du glaubst wirklich, dass Rafael …?« Ihr Entsetzen ist echt.

Er versteht sie nicht gleich und fühlt sich unbehaglich. Sie schaut ihn fragend an.

»Ich weiß es nicht, Tamara. Deswegen habe ich dich nach eventuellen Frauengeschichten gefragt. Du müsstest mir das beantworten können.«

Sie nippt an ihrem Glas und versucht zu lächeln, aber ohne Erfolg. »Ich bin ziemlich durcheinander, Mario. Das Ganze kommt mir wie ein schlechter Scherz vor, und dann wieder denke ich, nein, das ist ein Albtraum, Rafael ist mal wieder auf Reisen, nichts weiter, es ist nichts passiert, und es wird nichts passieren, gleich kommt er zur Tür herein«, sagt sie, und er kann nicht anders, er muss zur Tür sehen. »Ich brauche Beständigkeit, Mario, ohne Beständigkeit kann ich nicht leben, verstehst du mich?«

Er versteht sie. Es ist leicht, ihr Bedürfnis nach Beständigkeit zu verstehen, denkt er, und er sieht sie noch einen Schluck trinken und die Wärme des Whiskys spüren. Sie zieht den Reißverschluss ihres Overalls gefährlich weit nach unten. Er würde sie gerne ansehen, versucht sich auf sein Glas zu konzentrieren, doch es gelingt ihm nicht. Er fühlt, dass er eine Erektion hat. Was soll das?, fragt er sich, was ist das für ein Geheimnis? Andere Leute fallen auf der Straße nicht in Ohnmacht, nur weil sie Tamara sehen, und dir bleibt die Luft weg! Er hat es immer noch nicht geschafft, das Verlangen, das diese Frau in ihm hervorruft, aus seinem Kopf zu verbannen. Er schlägt die Beine übereinander, um seine Begierde gewaltsam dem Gesetz der Schwerkraft zu unterwerfen. Aus, Leoncito!

»Ich glaube nicht, dass Rafael dazu fähig ist«, sagt sie, »ich glaube es einfach nicht. Ob er schon mal mit einer anderen Frau ins Bett geht? Also, ehrlich gesagt, wissen tu ichs zwar nicht, aber ich nehme es an. Ihr Männer seid ja für so was zu haben, oder nicht? Aber ich glaube nicht, dass er es wagt, mit einer Frau durchzubrennen und sich mit ihr zu verstecken. Ich kenne ihn wohl zu gut, um mir das vorstellen zu können.«

»Ich glaube das auch nicht. Ich glaube es nicht«, wiederholt auch er mit Überzeugung. Er wird doch nicht all das einfach so aufgeben, denkt er, und Zoilita ist nicht die Herzogin von Windsor. Bei anderen Dingen weiß ich nicht, aber in diesem Fall bin ich mir sicher.

»Und was hast du sonst noch rausgekriegt?«

»Dass ein Spanier namens Dapena durchgedreht ist, als er dich gesehen hat.«

Sie reißt die Augen auf. Wie kann sie die Augen nur so weit aufreißen, fragt er sich. Sie hebt die Stimme, verärgert, aus der Fassung gebracht, fast ganz ohne Anmut. »Wer hat das gesagt?«

»Maciques.«

»So ein alter Schwätzer ... Und dann heißt es immer, die Frauen ...«

»Was war nun mit dem Spanier, Tamara?«

»Nichts, ein Missverständnis, es war nichts. Ist das alles, was du rausgekriegt hast?« Sie trinkt wieder einen Schluck.

Er stützt das Kinn in die Handfläche und nimmt ihren Geruch wahr. Er beginnt sich so wohl zu fühlen, dass er Angst bekommt. »Ja, viel ist es nicht. Hab das Gefühl, wir haben uns den ganzen Tag im Kreis gedreht. Unser Job ist beschissener, als du dir vorstellen kannst.«

»Doch, ich kann es mir vorstellen. Vor allem, seit ich unter Verdacht stehe.«

»Das habe ich nie gesagt, Tamara, das weißt du. Theoretisch bist du verdächtig, ja, weil du die Person bist, die Rafael am nächsten steht und ihn zuletzt gesehen hat. Und weil du Gott weiß was für Motive hast oder haben könntest, ihn dir vom Hals zu schaffen. Ich hab dir doch gesagt, wir befinden uns am Anfang einer Ermittlung, und die kann ziemlich peinlich werden.«

Sie trinkt ihr Glas leer und stellt es neben die Lampe. »Mario, findest du nicht, dass es albern ist, mir so was zu sagen?«

»Warum hast du mich eigentlich immer ›Mario‹ genannt und nicht ›El Conde‹ wie die anderen aus unserer Klasse?«

»Und warum wechselst du das Thema? Ehrlich, es ärgert mich, dass du so etwas von mir denken kannst.«

»Wie soll ichs dir denn sonst sagen? Glaubst du, es wär angenehm, sein Leben mit so was zuzubringen? Meinst du, sich mit Mördern, Dieben, Betrügern und Vergewaltigern zu beschäftigen wär das pure Vergnügen? Und dabei noch liebenswürdig und gutgläubig zu sein?«

Es gelingt ihr, ein schmales Lächeln auf ihre Lippen zu zaubern, während ihre Hand sich bemüht, die widerspenstige Haarsträhne aus ihrer Stirn zu verbannen. »El Conde, ja? Sag mir eins: Warum bist du zur Polizei gegangen? Um den lieben langen Tag herumzumeckern und zu jammern?«

Er muss lächeln bei dieser Frage, die er in seinen Jahren als Ermittler am häufigsten und heute schon zum zweiten Mal gehört hat. Doch er ist der Meinung, dass sie eine Antwort verdient. »Ganz einfach. Ich bin aus zwei Gründen Polizist geworden. Einen davon kenne ich nicht. Hat was mit dem Schicksal zu tun, das mich dazu gebracht hat.«

»Und der zweite Grund? Der, den du kennst?«, fragt sie erwartungsvoll. Es tut ihm Leid, dass er ihre Erwartung enttäuschen muss.

»Der Zweite ist ganz einfach, Tamara. Vielleicht lachst du darüber, aber es ist die Wahrheit: weil ich nicht möchte, dass die Schweine ungestraft davonkommen.«

»Ein richtiger Moralist«, stellt sie fest, nachdem sie alle Nuancen seiner Antwort erfasst hat. »Du bist ein armer Polizist, was nicht dasselbe ist wie ein armseliger Polizist … Möchtest du noch was trinken?«, fragt sie und nimmt ihr Glas vom Tischchen.

Er betrachtet sein leeres Glas und zögert. Er liebt den herben

Geschmack schottischen Whiskys und ist immer dazu aufgelegt, sich mit einer Flasche Ballantine's zu besaufen. Und er fühlt sich so wohl bei ihr in dem kultivierten Dämmerlicht der Bibliothek und findet sie so schön ... Doch dann antwortet er: »Nein, lass nur, ich hab noch nicht mal gefrühstückt.«

»Willst du was essen?«

»Ich will schon, ich muss sogar, aber nein, danke, ich bin noch verabredet«, sagt er beinahe bedauernd. »Der Dünne und seine Mutter warten mit dem Essen auf mich.«

»Immer noch ein Herz und eine Seele, was?« Sie lächelt wieder.

»Hör mal, ich hab dich noch gar nicht nach deinem Sohn gefragt«, sagt er und steht auf.

»Klar, bei diesem ganzen Theater ... Heute Mittag hab ich Mima gesagt, sie soll mit ihm zu Tante Teruca nach Santa Fe fahren. Zumindest bis Montag oder bis wir Genaueres wissen. Ich glaube, er würde das alles nicht verkraften ... Mario, was kann Rafael zugestoßen sein?« Sie steht ebenfalls auf und verschränkt die Arme vor der Brust, so als hätte die Wärme des Whiskys ihren Körper plötzlich verlassen und ihr wäre sehr kalt.

»Wenn wir das wüssten, Tamara! Aber mach dich mit dem Gedanken vertraut: Was immer es auch ist, es ist nichts Gutes. Gibst du mir die Namensliste der Partygäste?«

Sie steht regungslos da, so als hätte sie nichts gehört. Dann löst sie die verschränkten Arme. »Hier«, antwortet sie und zieht ein Blatt Papier unter einer Zeitschrift hervor. »Ich habe alle aufgeschrieben, an die ich mich erinnere. Ich glaube, es fehlt keiner.«

Er nimmt das Blatt und hält es ins Lampenlicht. Aufmerksam liest er die Namen und Vornamen der Gäste und ihre Berufe. »Da war keiner wie ich dabei, stimmts?«, bemerkt er und sieht sie an. »Kein armer Polizist.«

Sie verschränkt wieder die Arme und starrt in den Kamin, so als wollte sie ihn um den unmöglichen Gefallen bitten, Wärme zu spenden. »Heute Morgen ist mir schon aufgefallen, dass du dich sehr verändert hast, Mario. Warum bist du so verbittert? Warum sprichst du über dich, als tätest du dir selbst Leid? Als wären alle andern Gauner und du der Ärmste und einzig Saubere?«

Er hört sich ihren Vorwurf an und ahnt, dass er sich in ihr getäuscht hat. Sie ist und bleibt eine intelligente Frau. Er fühlt sich schwach und hilflos, möchte sich wieder in den Sessel setzen, noch einen Whisky trinken und reden, nichts als reden. Doch er hat Angst.

»Ich weiß es nicht, Tamara. Wir reden ein andermal darüber.«

»Mir scheint, du fliehst vor etwas.«

»Ein Polizist flieht nie. Er geht nur weg, und mit ihm geht seine Freude.«

»Du bist ein schwieriger Fall.«

»Und ein hoffnungsloser.«

»Sag mir Bescheid, wenn was ist«, bittet sie. Sie gehen den Korridor entlang, Tamara noch immer mit verschränkten Armen. Und während Mario Conde dem Bild der Flora zuzwinkert, jenem üppigen Weib auf der farbigen Zeichnung, die gerahmt an der bevorzugten Wand des Salons hängt, fragt er sich, was Tamara Valdemira wohl alleine in diesem großen leeren Haus macht. Sich in den vielen Spiegeln betrachten?

Der dünne Carlos inmitten der Clique, mit ausgebreiteten Armen, den Kopf leicht nach rechts geneigt. Sieht aus, als hinge er am Kreuz. Damals wusste er noch nicht, dass er später mal ein Kreuz zu tragen haben würde. Immer war er darum bemüht, im Mittelpunkt zu stehen, der Mittelpunkt zu sein. Oder vielleicht haben wir ihn auch ein wenig dazu animiert, sich als Nabel der Clique zu verstehen, in der er sich so wohl fühlte, und wir ebenfalls. Er war im Stande, einen Witz pro Minute loszulassen oder irgendeinen blöden Scherz zu machen, der sich bei jedem anderen wie eine plumpe Gemeinheit angehört und ein verlegenes Lachen hervorgerufen hätte. Er hatte lange Haare, weiß der Himmel, wie er das bei der strengen Kontrolle am Schultor geschafft hat. Damals, bereits in der 13, war er noch sehr dünn. An jenem Tag hatten wir uns an der Universität vorangemeldet. Als erste Wahl hatte er das Studienfach Ingenieurswesen angegeben. Er träumte davon, einen Flughafen, zwei Brücken und vor allem eine Kondomfabrik zu bauen, für die Produktion von Kondomen unterschiedlicher Größen, Farben, Geschmacksrichtungen und Formen, eine Produktion, die den gesamten Bedarf der Karibik decken sollte, des Teils der Erde, in dem am meisten und am besten gevögelt wird, wie er sagte. Das Vögeln war seine Leidenschaft. Als zweite Option hatte er Maschinentechnik angegeben. Dulcita steht zwischen dem Dünnen und dem Hasenzahn. Zu der Zeit ging sie mit dem Dünnen, und wenn der Dünne nicht den Gekreuzigten spielen würde, dann hätte er bestimmt seine Hand auf ihrem Po, und sie würde dazu lächeln. Denn ihr gefielen solche Schweinereien ebenfalls. Ihr Rock mit den drei weißen Streifen am Saum ist der kürzeste von allen, er reicht ihr bis weit übers Knie. Flinker als alle anderen rollte sie ihn in der Taille ein, sobald sie einen Fuß aus der Schule setzte. Und es lohnte sich, sie hatte runde Knie, kräftige lange Schenkel, Beine, für die die Bezeichnungen »wohlgeformt« und »handgemacht« erfunden zu sein schienen, und einen Hintern, wie der Dünne mit einem seiner furchtbar misslungenen lyrischen Vergleiche sagte, »so hart wie wenn man morgens um fünf mit knurrendem Magen aufstehen muss«. Aber das andere ist Plastik, sagte er, reine Kompensation, sie hat so gut wie keine Titten. Dulcita lächelt zufrieden, sie ist sich sicher, dass sie Architektur studieren und später mit dem

Dünnen zusammenarbeiten wird. Sie wird die Entwürfe für seine Bauten zeichnen. Als zweite Möglichkeit hatte sie Geologie angekreuzt. Sie war nämlich ganz scharf darauf, in Höhlen zu kriechen, vor allem mit dem Dünnen, und ihrer beider Leidenschaft zu frönen: dem Vögeln. Damals war Dulcita einfach perfekt: erstklassiger Kumpel, toller Käfer, intelligent und schlagfertig. Hat sich nie mit jemandem gestritten, dir sowohl bei Prüfungen vorgesagt als auch bei den Mädchen Starthilfe gegeben. So war sie, ein echter Kumpel, ein Pfundskerl, jawohl! Hab nie verstanden, warum sie in die Vereinigten Staaten gegangen ist. Konnte es kaum glauben, als man mirs erzählt hat. Wo sie doch eine von uns war! Was wird wohl aus ihr geworden sein … Der Hasenzahn kann nichts dagegen tun, dass seine Zähne im Freien stehen. Weiß der Himmel, ob er lacht oder nicht, bei diesen Hauern wusste man das nie. Auch er ist dünn wie eine Bohnenstange. Er hatte Geschichtswissenschaften als erste Option gewählt und als zweite Geschichte fürs Lehramt. Zu der Zeit war er überzeugt davon, dass, hätten die Engländer 1763 Havanna nicht verlassen, Elvis Presley möglicherweise in Pinar del Río geboren wäre oder in River Pine City oder was für einen Blödsinn er sich ausdachte. Er immer mit diesen Zuckerrohrernte-Stiefeln, die er in der Schule anhatte und abends zum Flanieren und am Samstagabend auf den Partys. Er war so dünn, weil ihm gar nichts anderes übrig blieb. Bei uns zu Hause fressen wir Kabel, sagte er, nicht im übertragenen Sinne, sondern wirklich: Kabel, die sein Vater Gregorio, der »Goyo«, von seiner Arbeit als Elektriker mit nach Hause brachte. Kabelspaghetti, Kabelkroketten, Kabel mit Kartoffeln. Tamara macht ein ernstes Gesicht, aber so sieht sie noch besser aus, noch … hübscher? Eine hellbraune Haarsträhne fällt ihr locker in die Stirn, unbezähmbar, immer über das rechte Auge, was ihr so ein Aussehen verleiht, ich weiß nicht, wie die *Honorata* von Van Gult. Und Dulcita direkt neben ihr, man würde sagen, Dulcita hätte damals besser ausgesehen; aber Tamara, das war etwas anderes. Nicht nur hübsch, toll, süß, zum Anbeißen, nein, man wollte sie mit Haut und Haaren fressen, mit Rock und Bluse und allem, sagte ich einmal zum Dünnen, auch wenn ich eine Woche lang Stoff kacken muss. Man hatte auch Lust, sich an einem schönen Nachmittag mit ihr alleine auf einen kurz geschnittenen Rasen zu setzen und den Kopf auf ihre betörenden Schenkel zu legen, sich eine Zigarette anzuzünden, dem Gesang der Vögel zu lauschen und glücklich zu sein. Sie hatte Zahnmedizin angekreuzt und als zweite Option Medizin. Es ist schade, dass sie so ernst dreinblickt, denn die zukünftige Zahnärztin hatte Zähne, mit denen sie nie zum Zahnarzt gehen musste. Mein erster Patient wird der Hasenzahn sein, sagte sie, wenn ich dich bei meinem Examen auf dem Stuhl sitzen habe, rück ich dir die Hauer zurecht, und dann geben sie mir sofort den Doktortitel, sagte sie zu ihm. Ich mache mein erschrecktes Gesicht. Ich stehe ganz rechts außen, neben Tamara natürlich, wie immer, wenn es irgendwie möglich war. Und meine Hosen, also, die wurden über den Knien abgeschnitten, damit meine Mutter die Beine verkehrt herum wieder annähte, der weite Mittelteil nach unten und der untere Teil, der engere, nach oben. Die einzige Möglichkeit für unsereinen, an eine Hose mit einigermaßen weitem Schlag zu kommen, so wie man sie damals trug. Die Tennisschuhe ohne Strümpfe, beide geflickt am kleinen Zeh, der bei mir übersteht, immer scheuerte sich der Stoff an derselben Stelle durch. Ich lächle, aber es ist ein gezwungenes Lächeln, etwas schief, mit einem ausgehungerten Gesicht, zum Fürchten, ich hatte zu der Zeit schon Ringe unter den Augen. Und ich denke: Ich weiß nicht, ob ich Literatur studieren darf, in diesem Jahr gibt es fast keine Plätze. Ich hab einen guten Notendurchschnitt und würde liebend gerne Literatur studieren, aber das Auswahlverfahren ist die reinste Wundertüte. Dass ich als zweites Psychologie und nicht Zahnmedizin angegeben hatte, war wegen Tamara, außerdem kann ich kein Blut sehen. Aber vielleicht wäre Geschichte besser gewesen, wie der Hasenzahn, ich weiß nicht. Psychologie? Ein Beruf mit Zukunft, aber ich hab mich noch nie entscheiden können, hatte immer Probleme damit. Da ist es nur logisch, dass ich keine rechte Lust habe zu lächeln, auf jenem letzten Foto von uns, wie wir die Freitreppe herunterkommen, kurz vor der Abschlussprüfung, die wir alle bestehen werden, weil sie in der 13 keinen mehr durchfallen lassen, na ja, falls es nicht wieder zu einem Water-School-Skandal kommt und sie uns keine Prüfungsaufgaben stellen, die uns das Genick brechen. (Wie in der 13 im letzten Jahr, auch Dulcita musste die Klasse deshalb wiederholen, obwohl sie doch so intelligent ist.) Also, wir werden alle bestehen, ganz bestimmt. Auf der Rückseite des Fotos steht »Juni 1975«, und wir waren alle noch gleich arm – fast alle –, aber glücklich. Der Dünne ist noch dünn, Tamara ist mehr als … hübsch?, Dulcita ist noch eine von uns, der Hasenzahn träumt davon, die Geschichte umzuschreiben, und ich werde Schriftsteller, wie Hemingway. Das Fotopapier ist mit den Jahren vergilbt, außerdem ist es mal nass geworden und an einer Ecke ausgefranst. Und wenn ich mir das Foto ansehe, bekomme ich einen Moralischen, denn der Dünne ist nicht mehr dünn, und hinter der Kamera, unsichtbar, aber anwesend, hat immer Rafael gestanden.

Er drückte viermal hintereinander auf die Klingel, hämmerte mehrmals gegen die Tür, rief »Niemand zu Hause?!« und hüpfte auf der Stelle. Die Nähe der Toilette hatte bei ihm einen stechenden Harndrang hervorgerufen, er konnte es nicht mehr aushalten und hämmerte erneut gegen die Tür.

»Ich habe Hunger, richtig Hunger, und ich muss pinkeln«, sagte er noch vor der Begrüßung. Dann gab er der Frau einen Kuss auf die Stirn und neigte den Kopf, jetzt schon beinahe im Laufen, damit sie ihn ebenfalls auf die Stirn küssen konnte. Es war eine Gewohnheit aus der Zeit, als der dünne Carlos noch dünn gewesen war und Mario Conde seine Tage in diesem Haus verbracht hatte. Sie hatten Tischtennis gespielt, mit mehr als zweifelhaftem Erfolg tanzen zu lernen versucht und vor Prüfungen frühmorgens Physik gebüffelt. Aber inzwischen war der dünne Carlos nicht mehr dünn, und nur er nannte ihn noch so. Carlos wog jetzt mehr als zweihundert Pfund und starb in einem Rollstuhl einen langsamen Tod. 1981 in Angola hatte er eine Kugel in den Rücken gekriegt, direkt über der Hüfte, und die hatte ihm das Rückenmark zerstört. Fünfmal war er seitdem operiert worden, doch das hatte seinen Zustand nicht verbessert. Jeden Tag wachte der Dünne mit einem neuen Schmerz auf, einem toten Nerv oder einem weiteren Muskel, der für immer unbeweglich blieb.

»Mein Gott, Junge, wie siehst du denn aus!«, rief Josefina, als sie ihn aus dem Badezimmer kommen sah. Sie reichte ihm ein halb volles Glas Kaffee.

»Ich geh auf dem Zahnfleisch, Jose, und ich hab Hunger zum Umfallen.« Er gab ihr das Glas zurück, nachdem er es auf einen Zug ausgetrunken hatte.

Erleichtert und rauchend trat er in das Zimmer seines Freundes. Der Dünne saß im Rollstuhl vor dem Fernseher. Er machte ein besorgtes Gesicht. »Die präparieren gerade den Rasen, sagen sie, vielleicht wird doch noch gespielt … Um Himmels willen, nein!«, protestierte er, als er die Flasche Rum sah, die sein Freund auspackte.

»Wir müssen reden, Bruder, aber erst mal brauch ich einen ordentlichen Schluck. Wenn du nicht willst …«

»Scheiße, du bringst mich noch um«, entgegnete der Dünne

und rollte auf Mario zu. »Für mich bitte kein Eis, der Santa Cruz ist erstklassig.«

El Conde verließ das Zimmer und kam mit zwei Gläsern und einem Korkenzieher bewaffnet zurück.

»Also, du, wie läufts?«

»Ich komm gerade von Tamara, Dünner. Sieht besser aus denn je, dieses Weib, ich schwörs dir. Nicht dass sie nicht auch älter würde, aber sie wird immer besser.«

»So Frauen gibt es. Würdest du sie noch immer gerne heiraten?«

»Halt doch die Schnauze … Wirklich ausgezeichnet, der Rum.«

»Lass es langsam angehen, Alter! Du siehst heute richtig Scheiße aus.«

»Das macht der Schlafmangel. Und der Hunger. Und außerdem fallen mir die Haare aus.« Er zeigte ihm die lichten Stellen am Haaransatz. Dann trank er noch einen Schluck. »Na ja, Rafael ist und bleibt verschwunden, und kein Schwein weiß, wo er steckt und warum er verschwunden ist. Nicht mal, ob er noch lebt oder schon tot ist …«

Der Dünne war unruhig. Er warf einen Blick auf den Fernseher, über dessen Bildschirm ein Musikvideo flimmerte, während alle Welt auf den Beginn des Baseballspiels wartete. Von den Leuten, die Mario Conde kannte, war Carlos, noch weit vor ihm selbst, derjenige, der beim Baseball am meisten litt, schon als er noch dünn war und in der Oberstufenmannschaft *centerfield* spielte. Die einzigen beiden Male, die Mario ihn hatte weinen sehen, war wegen Baseball gewesen. Sein Schluchzen war ein Bolero-Schluchzen, Schnodder und Rotz hatte er geheult, ohne dass irgendjemand ihn hätte trösten können.

»Das Leben steckt voller Überraschungen«, sagte der Dünne und musterte seinen Freund. »Dass ausgerechnet du Rafael Morín suchst …«

»So überraschend ist das nun auch wieder nicht, Dünner. Rafael ist noch immer derselbe, ein opportunistisches Arschloch, das wer weiß wie viele Schweinereien gemacht hat, um dorthin zu kommen, wo er jetzt steht.«

»Hör mal, du, sag so was nicht«, erwiderte der Dünne, nachdem er sich eine Zigarette angezündet hatte. »Rafael wusste immer schon, was er wollte, und er ist direkt drauflos marschiert. Und er hatte das Zeug dazu! Nicht umsonst war er Jahrgangsbester seiner Abschlussklasse und später dann der beste Wirtschaftsingenieur. Als ich anfing zu studieren, wurde schon von ihm gesprochen, als wär er 'n Phänomen. Wahnsinn, fast fünf im Durchschnitt, vom ersten Jahr an.«

»Willst du ihn plötzlich in Schutz nehmen?«, fragte Mario ungläubig.

»Hör mal, du, ich weiß nicht, was da jetzt passiert ist, und du selbst weißt es genauso wenig, und dabei bist du der Polizist. Aber so liegen die Dinge, Alter. Rafael war wirklich gut in der Schule, und ich bin überzeugt davon, dass er die Prüfungsaufgaben nicht brauchte, damals bei Water-School.«

Mario Conde fuhr sich durchs Haar. Er musste grinsen. »Leck mich am Arsch, Dünner, der Water-School-Skandal! Und ich dachte, daran würde sich kein Mensch mehr erinnern.«

»Hör mal, bevor ichs vergesse«, sagte der Dünne und goss sich Rum nach, »heute Nachmittag war Miki hier. Er fährt nach Deutschland und wollte mich fragen, ob ich was brauche. Und ganz nebenbei kam er auf die zehn Pesos zu sprechen, die er mir geliehen hat. Ich hab das Thema gewechselt und ihm von dem Rummel um Rafael erzählt. Du sollst unbedingt bei ihm vorbeikommen, sagt er.«

»Wieso? Weiß er was?«

»Nein, er hats erst von mir erfahren, und da hat er nur gesagt, du sollst vorbeikommen. Du weißt ja, Miki hat immer schon so geheimnisvoll getan.«

»Und Rafael ist mit weißer Weste aus Water-School hervorgegangen?«

»Mann, trink noch 'n Schluck, das stärkt den Gedankengang. Nein, er hatte nichts damit zu tun. Als der Direktor gefeuert wurde, war er nämlich schon an der Uni. Aber wer um ein Haar alles ausbaden musste, war Armandito Fonseca, sein Nachfolger als Vorsitzender der Schülervertretung.«

»Ja, klar, Rafael stand mit einem Bein in der Scheiße, aber er ist sauber geblieben. Sag ich doch!«

Der Dünne schüttelte den Kopf, so als wollte er sagen: Du bist ein hoffnungsloser Fall, du. Laut sagte er: »Jetzt reichts, Conde! Du weißt nicht, ob er was damit zu tun hatte oder nicht. Tatsache ist, dass er nicht beschuldigt wurde, Noten abgesprochen oder Prüfungsaufgaben verkauft zu haben oder so was. Du hast dich nur immer schwarz geärgert, dass er Tamara aufs Kreuz gelegt hat, und du durftest dir einen runterholen und dabei an sie denken.«

»Und du, warum hattest du Blasen an den Fingern? Weil du den Hof asphaltiert hast?«

»Und was dich auch noch wer weiß wie geärgert hat, das hast du mir nämlich mal gesagt, das war, dass wir uns nicht mehr in der Bibliothek vom alten Valdemira zum Lernen treffen konnten, weil Rafael sich da breit gemacht hatte ...«

El Conde stand auf und ging zum dünnen Carlos. Er streckte den Zeigefinger aus und zielte auf die Stirn seines Freundes. »Sag mal, für wen bist du eigentlich, für die Indianer oder für die Cowboys? Weißt du, warum ich nicht auf deine Mutter scheiße? Weil sie Essen für mich macht. Aber auf dich, auf dich scheiß ich mit Vergnügen, mit Ver-gnü-gen! Du redest schon wie die Grille von Pinocchio.«

»Ach, lass mich doch mit dem alten Scheiß zufrieden«, sagte der Dünne, schlug dem Freund gegen den Arm und fing an zu lachen. Es war ein absolutes Lachen, das aus dem Bauch kam und den ganzen riesigen, schlaffen und so gut wie nutzlosen Körper schüttelte. Ein Lachen, das aus den Tiefen der Eingeweide aufstieg und den Rollstuhl zu Tode erschreckte, das Wände niederreißen und auf die Straße dringen, um die Ecke biegen und Türen aufstoßen konnte. Und das bewirkte, dass auch Teniente Conde zu lachen begann und aufs Bett fiel und noch einen Schluck brauchte, gegen den Hustenanfall. Sie lachten, als hätten sie just in diesem Augenblick entdeckt, was Lachen war. Josefina, durch den Radau angelockt, betrachtete die beiden von der Tür aus und lächelte. Doch hinter der lächelnden Fassade legte sich eine tiefe Melancholie auf ihr Gesicht. Sie hätte alles dafür hergegeben, ihr eigenes Leben, ihre Gesundheit, die langsam schwächer zu werden begann, alles, wenn sie dadurch nur hätte ungeschehen machen können, was passiert war, und wenn diese lachenden Männer wieder die beiden Jungs gewesen wären, die immer so gelacht hatten, ohne Grund, aus bloßem Vergnügen am Lachen.

»Schluss jetzt, es reicht«, sagte sie und trat ins Zimmer. »Lasst uns essen, es ist schon fast neun.«

»Ja, Mamachen, ich bin fix und fertig«, sagte Mario und stellte sich hinter den Rollstuhl.

»Warte, du, warte«, bat Carlos.

Der Videoclip wurde ausgeblendet, und auf dem Bildschirm erschien das übertrieben freundliche Lächeln der Ansagerin. »Verehrte Zuschauer«, begann sie, so als wäre sie begeistert, ja, glücklich über das, was sie zu sagen hatte. »Die Vorbereitungen im Estadio Latinoamericano sind praktisch abgeschlossen, sodass das erste Vorrundenspiel zwischen *Industriales* und *Vegueros* gleich beginnen kann. Bis zum Anpfiff unterhalten wir Sie mit Musikvideos.« Nach diesen Worten setzte sie wieder ihr maskenhaftes Lächeln auf und behielt es standhaft bei, bis der Videoclip eines weiteren Sängers mit einem weiteren Lied, das kein Mensch hören wollte, die gesamte schmale Breite des Bildschirms einnahm.

»Los, gehen wir«, sagte der Dünne, und sein Freund schob den Rollstuhl in den Flur. »Glaubst du, die *Industriales* können was reißen?«

»Ohne Marquetti und ohne Medina und mit einem verletzten Javier Méndez? Nein, Bär, ich seh schwarz für sie«, urteilte El Conde. Sein Freund schüttelte verzweifelt den Kopf. Er litt vor und nach jedem Spiel, selbst wenn die *Industriales* gewannen. Er dachte nämlich, wenn sie dieses Spiel gewonnen haben, dann besteht eine hohe Wahrscheinlichkeit, dass sie das nächste verlieren werden. Es war ein Leiden ohne Ende, trotz all seiner Beteuerungen, nicht mehr so fanatisch zu sein und das Baseballspiel überhaupt zum Teufel zu jagen. Früher sei es anders gewesen, sagte er, damals, mit Capiró, Chávez, Changa Mederos und all den andern. Doch Mario und Carlos wussten, dass sie beide hoffnungslose Fälle waren und dass es für den dünnen Carlos am wenigsten Hoffnung gab.

Sie setzten sich an den Tisch, und Mario beäugte Josefinas Angebot: sämige schwarze Bohnen, der Klassiker; panierte Schweineschnitzel, gut durch und doch saftig, gemäß der goldenen Schweineschnitzel-Regel; körniger Reis, schneeweiß und zart wie eine Jungfrau; Gemüsesalat, kunstvoll angerichtet und farblich ansprechend dekoriert mit rot-grün-goldenen Frühtomaten; und schließlich gebackene Bananenscheiben von grünen Bananen, ganz einfach herrlich. Dazu ein trockener roter Rumäne, sozusagen der König der Tafelweine.

»Um Himmels willen, Jose, was hast du da angerichtet?«, rief Mario aus. Er biss in eine gebackene Bananenscheibe und zerstörte die Harmonie des Salats, indem er eine Tomatenscheibe stibitzte. »Die Pest über den, der jetzt über die Arbeit redet«, warnte er und häufte sich den Teller voll, bereit, auf einen einzigen Schlag Frühstück und Mittagessen nachzuholen und das Abendmahl eines endlos scheinenden Tages zu feiern. »Oder über sonst irgendetwas«, fügte er hinzu und fing an zu schlingen.

2

Mario Conde wurde in einem lärmenden und staubigen Stadtviertel geboren, das der Familienchronik zufolge von seinem Ururgroßvater väterlicherseits gegründet worden war. Der energiegeladene Mann von den Kanarischen Inseln hatte sich für diesen vertrockneten Landstrich weitab vom Meer und von den Flüssen entschieden, um ein Haus zu bauen, eine Familie zu gründen und fern von der Justiz, die in Madrid, Las Palmas und Sevilla weiter nach ihm suchte, sein Leben zu beschließen. Das Viertel der Condes hatte niemals Wohlstand oder Vornehmheit gekannt, doch es vergrößerte sich mit dem Geschlecht des betrügerischen und durch und durch ordinären Kanaren. Er freute sich über seinen neuen Namen und seine kubanische Frau, die ihm achtzehn Kinder schenkte. Die Söhne ließ er, wenn der Moment gekommen war, schwören, dass sie ihrerseits nicht weniger als zehn Kinder zeugen würden, und auch die Sprösslinge der Töchter sollten als ersten Familiennamen den Namen Conde tragen, der sie von allen anderen Bewohnern des Viertels unterschied. Als Mario drei Jahre alt war, erzählte ihm sein Großvater Rufino Conde zum ersten Mal von dem abenteuerlichen Leben und dem Gründereifer des Ururgroßvaters Teodoro, und außerdem erfuhr der kleine Junge, dass der Mittelpunkt des Universums ein Hahnenkampfplatz sein kann. Baseball war damals ein durch das bloße Aufwachsen im Viertel erworbenes Laster, während die Hähne eine ererbte Leidenschaft waren. Großvater Rufino, ein Züchter und Abrichter von Kampfhähnen, der für sein Leben gern wettete, schleppte ihn auf alle Kampfplätze und Hühnerhöfe der Gegend und lehrte ihn die Kunst, einen Hahn so abzurichten, dass er niemals verliert. Zuerst muss man ihn, wie einen Boxer, mit größtmöglicher Sorgfalt, aber ausschließlich mit legalen und sportlichen Mitteln auf den Kampf vorbereiten und dann, kurz bevor er in das Sägemehl des Platzes tritt, mit Öl einreiben, damit ihn der gegnerische Hahn nicht zu fassen kriegt. Mit der Philosophie von Großvater Rufino (»Wette niemals auf einen Hahn, wenn du nicht sicher sein kannst, dass du gewinnst«) sah der Junge voller Genugtuung jenen Hahn heranwachsen und gewinnen, den er schon als gewöhnliches Ei gekannt hatte. Der Hahn starb schließlich an Altersschwäche, nachdem er zweiunddreißig Kämpfe siegreich bestanden und unzählige Hennen getreten hatte, die ebenso erstklassig wie er oder noch erstklassiger waren. In jener unbeschwerten Zeit, als Mario Conde morgens zur Schule ging und nachmittags Hähne trainierte, lernte er auch die Bedeutung des Wortes »Liebe« kennen. Er liebte seinen Großvater und wurde krank vor Trauer, als der alte Rufino Conde starb, drei Jahre nach dem offiziellen Verbot von Hahnenkämpfen.

Nachdem El Conde sich kaltes Wasser ins Gesicht geschüttet und den letzten Schlaf vertrieben hatte, begann er den Sonntagmorgen damit, sich der Erinnerung an seinen Großvater hinzugeben. An Sonntagen hatte es immer erstklassig besetzte Hahnenkämpfe gegeben, und aus diesem Grund liebte er die Sonntagvormittage. Nicht die Nachmittage, denn die zogen sich endlos und öde hin, nach der Siesta fühlte er sich bis zum Abend immer erschöpft und schläfrig. Auch die Abende mochte er nicht, dann war es überall rappelvoll, und als einziger Zufluchtsort blieb ihm das Haus des Dünnen. Irgendetwas machte die Sonntagabende zäh und langweilig. Nicht mal ein anständiges Baseballspiel gab es, und sich eine Flasche Rum zur Brust zu nehmen war wegen des drohenden Montagmorgens ziemlich gefährlich. An den Sonntagvormittagen aber, ja, da erwachte das Viertel geräuschvoll zum Leben, wie in der Erzählung, die er in der Literaturwerkstatt geschrieben hatte. Es ergab sich die Gelegenheit, mit allen möglichen Leuten zu plaudern, und Freunde und Verwandte kamen aus anderen Vierteln zu Besuch. Man konnte sogar ein Baseballspiel ohne Schlagstock organisieren, bei dem man mit geschwollenen Fingern keuchend zur *first base* lief, oder eine Partie Domino spielen oder ganz einfach nur an der Ecke stehen und sich unterhalten, bis man von der Sonne vertrieben wurde. Aufgrund eines uralten Gefühls, das mit dem Verstand nicht zu begreifen war, und der vielen Sonntage, die er mit Großvater Rufino verbracht oder mit der Bande von kleinen Baseballspielern durch die Straßen gestreift war, genoss Mario Conde mehr als irgendwer diese sonntäglichen Mußestunden im Viertel. Und nach seinem Kaffee ging er Brot und die Zeitung kaufen, um normalerweise nicht vor dem Mittagessen zurückzukommen. Keine seiner Frauen hatte diese langweilige Gewohnheit verstanden. Du bist fast keinen Sonntag zu Hause, beschwerten sie sich, wo doch hier so viel zu tun ist. Die Sonntage gehören dem Viertel, entgegnete er ihnen kategorisch, während bereits irgendein Freund draußen rief: »Ist der Conde schon weg?«

An jenem Sonntagmorgen war er mit der trockenen Kehle eines Feuer speienden Drachen und der Erinnerung an seinen Großvater aufgewacht. Er stellte die Kaffeekanne auf den Kerosinkocher und trat vors Haus. Noch mit der Pyjamahose bekleidet, darüber einen alten wattierten Mantel, sah er auf die Straße, die wegen des kalten Wetters ruhiger war als an anderen Sonntagen. Der Himmel hatte während der Nacht aufgeklart, doch jetzt wehte ein unangenehm scharfer Wind. Er schätzte, dass es unter sechzehn Grad waren, vielleicht der kälteste Morgen des Winters. Wie immer bedauerte er, an einem Sonntag arbeiten zu müssen. Eigentlich hatte er den Hasenzahn besuchen und dann bei seiner Schwester zu Mittag essen wollen, erinnerte er sich und grüßte mit einer Handbewegung Cuco, den Metzger. Wie gehts, wie stehts, Condesito? Cuco musste an diesem Sonntagvormittag ebenfalls arbeiten.

Der Kaffee stieg wie heiße Lava im Innern der Kanne auf. El Conde tat vier Löffel Zucker in einen Krug und wartete, bis der gesamte Kaffee durch den Filter nach oben gepresst war. Dann goss er ihn in den Krug und rührte ihn um, langsam, um sich an dem bitteren, heißen Aroma erfreuen zu können. Schließlich goss er die schwarze Flüssigkeit in die Kanne zurück und von dort in eine Thermoskanne, aus der er sich eine große randvolle Tasse zum Frühstück genehmigte. Er setzte sich in das kleine Esszimmer und zündete eine Zigarette an, die erste des Tages. Er fühlte sich schrecklich alleine, und um dieses Gefühl zu verscheuchen, dachte er an das, was er mit der Namenliste der Neujahrspartygäste anfangen wollte. Ihn erwarteten einige ebenso unvermeidliche wie delikate Gespräche, die er lieber nicht geführt hätte. Zoilita war offenbar immer noch nicht wieder aufgetaucht, denn sonst hätte man ihm Bescheid gegeben. Sie war jetzt vier Tage verschwunden, genauso lange wie Rafael. Vor morgen früh konnte er mit seinen Ermittlungen in dem Unternehmen nicht beginnen, und das verlieh ihm eine Schonfrist, die er gerne schon hinter sich gebracht hätte. Aus den anderen Provinzen war wohl keine Meldung für ihn eingetroffen, auch nicht vom Grenzschutz, die hätten ihn ebenfalls benachrichtigt. Weiterhin also keine Spur von dem in Luft aufgelösten Mann. Und von dem Spanier Dapena? Um den brauchte man sich keine Sorgen zu machen, der rannte wohl auf Cayo Largo hinter irgendwelchen Titten her … Doch es gab auch so genug Arbeit für diesen Sonntag. Teniente Conde trank seinen Kaffee, der den Gaumen und das Denkvermögen anregte, und beschloss, sich noch mehr Zeit zum Nachdenken zu nehmen. Er wollte sich in Rafael Morín hineindenken, obwohl er nie im Leben auch nur im Entferntesten in Erwägung gezogen hatte, dass so etwas möglich sein könnte. Er musste fühlen, was ein Mensch wie Rafael Morín fühlte, musste wollen, was er wollte (das war schon einfacher), um wenigstens eine Ahnung davon zu bekommen, was es mit diesem merkwürdigen Verschwinden auf sich hatte. Doch es gelang ihm nicht. Rafael gehörte nicht zu den Verbrechern, mit denen er es täglich zu tun hatte, und das lähmte ihn. Ihm waren die schwarzen »Geschäftsleute« lieber, die mit irgendetwas handelten, Zwischenhändler für das Außergewöhnliche, Hehler für das Ausgefallene. Er kannte sie und wusste, dass sie stets einer Logik zufolge agierten, an der man sich bei den Ermittlungen orientieren konnte. Jetzt war alles anders. Ich treibe orientierungslos dahin, dachte er und drückte die Zigarette im Aschenbecher aus. Er stellte fest, dass es Zeit war, Manolo anzurufen und auf die Straße zu gehen, auch wenn der Tag nicht danach aussah, ein Sonntag zu werden, an dem man an der Ecke stehen konnte, um ein wenig Sonne zu tanken und die alten Geschichten der alten Freunde anzuhören, immer und immer wieder.

Er goss sich eine zweite Tasse ein, weniger voll diesmal, dankte seinem Magen, dass er ihn bisher noch nicht mit einem Geschwür bestraft hatte, zündete sich eine weitere Zigarette an, beglückwünschte sich zu seiner leistungsfähigen Lunge und ging ins Schlafzimmer. Er setzte sich aufs Bett, gleich neben das Telefon, und beobachtete den einsamen Rundtanz von Rufino, seinem Kampffisch. Dann sah er sich in dem leeren Zimmer um, und es überkam ihn das Gefühl, dass auch er einen einsamen Tanz aufführte, auf der Suche nach einem Ausweg aus diesem endlosen, beklemmenden Teufelskreis.

»Was sind wir doch für arme Schweine, Rufino«, sagte er und wählte Manolos Nummer.

»Ja bitte«, meldete sich eine Frauenstimme.

»Alina? Ich bins, Conde. Wie geht es Ihnen?«, fragte er vorsichtig, weil er das übertriebene Mitteilungsbedürfnis der Frau kannte. Und bevor sie antworten konnte, fragte er weiter: »Ist Ihr Sohn schon aufgestanden? Holen Sie ihn doch bitte ans Telefon, sagen Sie ihm, ich hätts eilig.«

»Ach, der Manolito … Er ist bei Vilma geblieben, seiner neuen Freundin. Du, …«

Der alte Weiberheld, dachte er, laut aber sagte er: »Hören Sie, Alina, seien Sie so gut und rufen Sie ihn an, er soll mich in einer halben Stunde abholen, es ist dringend. Ja? Bis dann, Alina, und vielen Dank.« Mit einem Seufzer legte er auf.

Langsam trank er seinen Kaffee zu Ende. Er war fasziniert davon, mit welcher Leichtigkeit Manolo die Frauen wechselte und sie nach kürzester Zeit rumkriegte, ihn bei sich schlafen zu lassen. Er selbst machte gerade mal wieder eine einsame Phase durch. Gegen seinen Willen musste er an Tamara denken. Er sah sie in dem sportlichen, knappen Overall vor sich, in dem gelben Kleid, unter dem sich ihr Slip abzeichnete. Sie sah zum Anbeißen aus. Vielleicht hatten Manolo und der Alte Recht: Er musste aufpassen. Und er sagte sich, dass es besser gewesen wäre, wenn er sie nie mehr wieder gesehen, nie wieder mit ihr gesprochen hätte, wenn er sie aus seiner Erinnerung verbannt und sich solche Enttäuschungen wie die am gestrigen Abend erspart hätte. Nicht mal das Saufgelage mit dem Dünnen hatte seine Begierde erstickt, und er hatte den nicht enden wollenden Tag damit beendet, in Gedanken an diese unverzeihliche Frau zu onanieren. Nur so hatte er endlich einschlafen können.

Von hier stammt also Rafael Morín, dachte er, während sie zu der Tür ganz hinten gingen. Glanz und Gloria und Farbe hatten sich aus diesem alten Kasten in der Calzada 10 de Octubre schon vor langer Zeit verabschiedet. Jetzt war es ein baufälliges, stickiges Mietshaus, in dem jedes Zimmer in eine eigenständige Wohnung umgewandelt worden war, mit Gemeinschaftsbad und Gemeinschaftswaschküche, mit Wänden, von denen der Putz blätterte und auf denen jede Generation ihre Kritzeleien hinterlassen hatte, mit einem unauslöschlichen Gasgeruch und einer langen Wäscheleine, die an diesem Sonntagmorgen voll gehängt war. »Glanz und Elend«, bemerkte Manolo, und er traf damit den Nagel auf den Kopf. Dieses dunkle, überbelegte Mietshaus schien Welten entfernt von dem Anwesen in der Calle Santa Catalina. Man konnte sagen, es trennten sie Ozeane und Berge, Wüsten und Jahrhunderte. Doch auf dieser Seite des Lebens wurde Rafael Morín geboren, in der Wohnung Nr. 7, dort, ganz hinten, neben dem Gemeinschaftsbad und der Waschküche, in der gerade zwei Frauen standen, die sich weder vor der Kälte noch vor sonst irgendwelchen Widrigkeiten des Lebens fürchteten.

Sie grüßten die Frauen und klopften an die Tür mit der Nr. 7. Die Frauen musterten sie. Sie kannten das Leben und sahen ihnen gleich die Polizisten an. Bestimmt wussten sie über Rafaels Verschwinden Bescheid. Erst als die Tür geöffnet wurde, wandten sie sich wieder ihrer schmutzigen Wäsche zu.

»Guten Tag, María Antonia«, sagte der Teniente.

»Guten Tag«, erwiderte die alte Frau. In ihrem Blick lag der Argwohn eines gehetzten Tieres. Mario Conde wusste, dass sie kaum über sechzig war, doch das Leben hatte ihr so manch harten Schlag versetzt, sodass sie wie achtzig aussah. Durchlittene Jahre und wenig Lust, noch übermäßig viele hinzuzufügen.

»Ich bin Teniente Conde«, sagte er und zeigte ihr seinen Ausweis, »und das ist Sargento Palacios. Wir ermitteln im Fall Ihres Sohnes.«

»Kommen Sie bitte rein, und achten Sie nicht auf das Durcheinander, ich bin im Moment so …«

Die Einzimmerwohnung war kleiner als die Bibliothek von Tamaras Vater, und dennoch standen in ihr ein Ehebett, ein Schrank, eine Kommode, ein Schaukelstuhl, ein leichter Sessel und ein Farbfernseher auf einem Eisentischchen. Neben dem Fernseher befand sich ein Vorhang, hinter dem El Conde eine kleine Küche und vielleicht ein Badezimmer vermutete. Er versuchte das angekündigte Durcheinander auszumachen, konnte aber lediglich eine Bluse auf dem Bett und eine Stofftasche und das Lebensmittelheftchen auf der Kommode entdecken. In einer Ecke des Zimmers sah er nun eine Statue der Jungfrau von Cobre auf einem Holzgestell und vor ihr eine blaue Kerze in den letzten Zügen.

Mario Conde hatte sich in den Sessel gesetzt, Manolo in den Schaukelstuhl und María Antonia mit halbem Hintern auf die Bettkante.

»Gibt es schlechte Nachrichten?«, fragte sie ängstlich.

Mario betrachtete die alte Frau. Er fühlte sich unbehaglich und betroffen. Das glücklose Leben dieser Frau drehte sich bestimmt ausschließlich um die Erfolge des Sohnes, und Rafaels Verschwinden raubte ihrem Dasein den einzigen Sinn. María Antonia sah sehr zerbrechlich und sehr traurig aus. El Conde musste überrascht feststellen, dass er von ihrer Traurigkeit angesteckt wurde. Er wünschte sich weit weg, jetzt gleich, auf der Stelle.

»Nein, María Antonia, es gibt keine Neuigkeiten«, sagte er schließlich. Er unterdrückte seine Lust zu rauchen, denn er sah nirgendwo einen Aschenbecher. Stattdessen fing er an, mit seinem Kugelschreiber zu klicken.

»Was ist nur passiert?«, fragte die Alte mehr zu sich selbst. »Wie ist das möglich, wie ist das möglich? Was kann meinem Sohn nur zugestoßen sein?«

»Señora«, sagte Manolo und beugte sich zu ihr vor, »wir tun alles, was wir können. Deswegen sind wir hier. Wir brauchen Ihre Hilfe, verstehen Sie? Wann haben Sie Ihren Sohn zum letzten Mal gesehen?«

Die Frau hörte auf, den Kopf zu schütteln, und sah den Sargento an. Möglicherweise kam er ihr recht jung vor. Sie rieb sich die langen, knochigen Hände. Im Zimmer war es feucht und kalt.

»Am Einunddreißigsten gegen Mittag. Er brachte mir mein Neujahrsgeschenk, das Parfüm da.« Sie zeigte auf das unverwechselbare Fläschchen Chanel N° 5, das auf der Kommode stand. »Er weiß, dass ich mich am meisten über Parfüm freue, deshalb schenkt er mir immer welches. Zum Muttertag, zum Geburtstag, zu Neujahr. Er möchte, dass ich besser rieche als irgendwer im Viertel, sagt er immer, da können Sie mal sehen … Abends hat er mich noch mal angerufen, hier nebenan, bei der Nachbarin. Um mir ein frohes neues Jahr zu wünschen. Er war auf dieser Party, es muss kurz vor zwölf gewesen sein. Er ruft mich immer an, egal wo er ist, im letzten Jahr hat er mich aus Panama angerufen. Ja, ich glaube, es war Panama.«

»Und hat er hier mit Ihnen zu Mittag gegessen?«, fragte Manolo weiter, während er mit seinem knochigen Hintern auf dem Schaukelstuhl hin und her rutschte, bis er schließlich vorn auf der Kante saß. Er führte gerne Befragungen durch und machte dabei immer einen runden Buckel wie eine Katze mit gesträubtem Fell.

»Ja, ich hatte Bohneneintopf für ihn gekocht, den isst er so gerne. Weder seine Frau noch seine Schwiegermutter könnten das so gut wie ich, sagt er.«

»Und wie war er? So wie immer?«

»Wie meinen Sie das, Genosse?«

»Na ja, María Antonia, ob er Ihnen ein wenig nervös vorkam, besorgt, anders als sonst eben.«

»Er war in Eile.«

»In Eile? Hat er denn nicht den ganzen Nachmittag bei Ihnen verbracht?«

Die Alte hob den Blick zur Jungfrau von Cobre, dann fing sie an, ihre Beine zu reiben, so als täten sie ihr weh. Ihre Hände waren sehr weiß und ihre Fingernägel sehr sauber.

»Er ist immer in Eile, wegen seiner Arbeit. Ob dus mir glaubst oder nicht, Mami, hat er zu mir gesagt, ich muss heute Nachmittag noch mal in die Firma. So gegen zwei ist er dann gegangen.«

»Und war er nervös, besorgt?«

»Schauen Sie, Genosse, ich kenne meinen Sohn sehr gut, schließlich habe ich ihn geboren und großgezogen. Um eins hat er seinen Eintopf gegessen, und dann haben wir gemeinsam abgewaschen. Danach haben wir uns aufs Bett gelegt und uns ein wenig unterhalten, so wie wir es immer machen. Er legt sich gerne da aufs Bett, der Ärmste, er ist immer so abgespannt, so müde. Während wir miteinander geredet haben, sind ihm die Augen zugefallen.«

»Und wann ist er von hier fortgegangen?«

»So gegen zwei. Er hat sich das Gesicht gewaschen und mir erzählt, dass er abends zu dieser Party gehen wollte. Und dass er viel Arbeit hatte. Und er hat mir zweihundert Pesos gegeben. Kauf dir was Schönes zu Neujahr, Mami, hat er zu mir gesagt. Er hat sich noch den Mund ausgespült und sich gekämmt, und dann hat er mir einen Kuss gegeben und ist gegangen. Er war sehr liebevoll zu mir, wie immer.«

»Gibt er Ihnen immer Geld?«

»Immer? Na ja, manchmal.«

»Hat er Ihnen gegenüber erwähnt, ob er Probleme mit seiner Frau hatte?«

»Darüber sprechen wir nie. Es ist so etwas wie ein stillschweigendes Übereinkommen.«

»Ein Übereinkommen?«, fragte Manolo und beugte sich noch etwas weiter zu der Alten vor. El Conde dachte: Wo das wohl hinführt?

»Also, mir hat diese Frau nie gefallen. Nicht dass sie irgendetwas getan hätte, nein, ich hatte auch nichts Bestimmtes gegen sie. Aber meiner Meinung nach hat sie ihn nie so behandelt, wie man einen Ehemann behandeln sollte. Sogar ein Dienstmädchen hat sie ... Entschuldigen Sie, das sind Familiengeschichten. Aber ich glaube, sie war immer auf sich selbst bedacht.«

»Und was hat er zu Ihnen gesagt, als er ging?«

»Er hat von seiner Arbeit gesprochen und dass ich auf meine Gesundheit achten soll und so, wie immer. Und dann hat er mich mit dem neuen Parfüm besprüht, mit dem, das er mir geschenkt hat. So ist er, ein guter Junge, das sag ich nicht, weil er mein Sohn ist, ich schwörs Ihnen. Fragen Sie die Nachbarn hier, die von früher, alle werden Ihnen dasselbe sagen: Er hat mehr aus sich gemacht, als man erwarten konnte. Das hier ist kein gutes Viertel, nein. Als junges Mädchen bin ich hierher gekommen, und ich wohne noch immer hier. Hab geheiratet, hab Rafael gekriegt und ihn unter den größten Schwierigkeiten großgezogen, ich ganz alleine, und ... Entschuldigen Sie, ich weiß nicht, wie Sie darüber denken, aber Gott und die Jungfrau von Cobre haben mir geholfen, ihn zu einem anständigen Menschen zu erziehen. Nie hat man mich zur Schule bestellt, und in der Schublade da liegen mehr als fünfzig Preise, die er als Student gewonnen hat, und sein Ingenieurdiplom und die Auszeichnung als Jahrgangsbester seines Studienfachs. Das hat er ganz alleine geschafft. Ist das kein Grund für eine Mutter, stolz auf ihren Sohn zu sein? Zu wissen, dass er ein besseres Schicksal hat als seine Mutter und sein Vater, der ist sein Leben lang Klempner geblieben. Von wem der Junge seine Intelligenz hat, weiß ich nicht. Jedenfalls ist er vorangekommen und lebt nicht in so einem Wohnblock, er hat seinen eigenen Wagen, reist in Länder, von denen ich nicht mal wusste, dass es sie gibt. Er ist jemand in diesem Land … Mein Gott, was ist bloß passiert? Wer kann Rafael etwas antun wollen, wo er doch nie jemandem was getan hat, nie! Er war immer ein guter Revolutionär, als kleiner Junge schon, ich erinnere mich noch, dass man ihm in der Schule immer irgendwelche Posten übertragen hat. Er war oft Vorsitzender, auch in der Oberstufe und auf der Universität. Niemand im Ministerium hat ihm geholfen, er hatte nämlich nie Vitamin B. Er alleine hats geschafft, nur durch seine Arbeit, Schritt für Schritt, bis er da war, wo er jetzt steht. Und nun so was! Nein, nein, Gott kann mich nicht so grausam bestrafen, wir haben so was nicht verdient, mein Sohn und ich. Was ist passiert, Genossen, sagen Sie mir das bitte! Erklären Sie mir das! Wer kann meinem Sohn schaden wollen? Wer kann ihm etwas angetan haben? Oh mein Gott …«

Ich glaube, es waren noch zwei oder drei Wochen bis zum Ende des Schuljahres, danach kamen die Prüfungen. Und dann würden wir in der 12 sein, was so viel bedeutete wie in der 13, was so viel hieß wie auf der Universität. Niemand mehr würde uns dann auf die Eier gehen mit seinem »Keine Koteletten, auch keine Schnäuzer, Haare kurz geschnitten« und all dem Zeug, sodass man am liebsten nicht mehr in der Oberstufe wäre, auch wenn man sehr gerne in die Oberstufe geht und mit den Leuten aus der Oberstufe zusammen ist und eine Freundin aus der Oberstufe hat und so. Das Schlimmste bei dem Ganzen ist: Man möchte, dass die Zeit schnell vorbeigeht. Und wozu das alles? Wir standen in Reih und Glied auf dem Schulhof, es war Juni, die Sonne brannte uns aufs Fell, und der Direktor hielt eine Ansprache. Wir würden sämtliche Preise gewinnen, würden die beste Oberstufe von ganz Havanna sein, die beste des Landes, ja, der ganzen Welt! Denn wir seien die Besten bei der freiwilligen Feldarbeit gewesen, hätten die Interspiele und zwei Preise beim Nationalen Amateurfestival gewonnen, mindestens neunzig Prozent von uns würden versetzt, und niemand könne uns den ersten Platz streitig machen. Wir klatschten Beifall, schrien »uh-uh« und dachten, wir sind der Wahnsinn, keiner ist besser als wir. Und der Direktor sagte, es gebe noch eine gute Nachricht: Zwei Genossen aus der Oberstufe La Víbora hätten Medaillen bei dem Staatlichen Wettbewerb in Mathematik bekommen – uh-uh, lauter Beifall –, der Genosse Fausto Fleites – uh-uh! – eine Goldmedaille in der Kategorie 11. Klasse und – uh-uh! – der Genosse Rafael Morín eine Silbermedaille in der Kategorie 13. Klasse. Fausto und Rafael stiegen auf das Rednerpodest, *championissimo,* winkten uns mit erhobenen Armen zu, lächelnd natürlich, sie hatten bewiesen, dass sie superintelligent waren, und Tamara applaudierte wie wild, sie applaudierte immer noch, als fast niemand mehr applaudierte, und hüpfte vor Freude, und der Dünne sagte zu mir, Junge, spielt die nur Theater, oder wusste sie wirklich nichts? Doch, sie musste es schon vorher gewusst haben, aber sie war so glücklich, als hätte sie es gerade erst erfahren, so wie sie hüpfte, dass ihr Hinterteil in Fahrt kam, was man sogar unter diesem langen, weiten Liebestöter-Rock sehen konnte. Rafael ging zum Mikrofon, und ich sagte zu dem Dünnen, mach dich auf was gefasst, Tiger, bei der Hitze und wo der sich so gerne reden hört, aber nein, ich lag falsch, ich liege fast immer falsch. Er sagte, Fausto und er würden die Preise den Mathematiklehrern und der Schuldirektion widmen, aber auf jeden Fall wolle er alle Schüler dazu aufrufen, sich bei den Abschlussprüfungen anzustrengen, um die Vorherrschaft der Schule zu festigen und so weiter. Und während er so sprach, sah ich ihn an und dachte, alles in allem ist der Typ 'ne Wucht, hochintelligent und hübsch, redegewandt und außerdem befreundet mit so einer wie Tamara, immer geschniegelt und gebügelt, und ich dachte, Scheiße, ich glaube, ich beneide dieses Arschloch.

»Was hältst du davon, Kollege?«, fragte Manolo, als er den Motor anließ. El Conde rauchte seine Zigarette bis zum bitteren Ende, die Zigarette, die er sich in der Wohnung von María Antonia verkniffen hatte.

»Lass uns in die Zentrale fahren. Wir müssen mit dem Alten sprechen, vielleicht können wir noch heute den Vizeminister treffen, der für Rafaels Unternehmen zuständig ist«, sagte Mario und blickte noch einmal zurück zu dem dunklen Eingang des Hauses, in dem Rafael Morín geboren worden war. »Wieso hat er sich eigentlich nicht darum gekümmert, seiner Mutter eine andere Wohnung zu besorgen?«

Der Wagen fuhr über die 10 de Octubre zur Agua Dulce, und Manolo beschleunigte auf der abschüssigen Straße.

»Genau das hab ich mich auch gefragt. Für mich passt dieses Mietshaus einfach nicht zu Rafael Moríns Leben.«

»Oder viel zu gut, wer weiß? Jetzt müssen wir rauskriegen, wo er sich den ganzen Nachmittag des Einunddreißigsten aufgehalten hat. Oder ob er wirklich in der Firma war, und warum er Tamara dann erzählt hat, er würde bei seiner Mutter bleiben.«

»Da wirst du wohl mit ihm selbst sprechen oder dir einen Hexenmeister suchen müssen, einen *babalao,* der für dich die Muscheln wirft oder dir den Weg frei macht, oder?«, erwiderte der Sargento und hielt vor der roten Ampel Ecke Toyo. Auf dem gegenüberliegenden Bürgersteig wand sich die Schlange für das unvermeidliche Sonntagsbrot fast um den gesamten Häuserblock. »Übrigens, Conde, hier gleich um die Ecke wohnt Vilma.«

»Wie wars gestern Abend?«

»Bestens! Das Mädchen ist Spitze, vielleicht heirate ich sie sogar, stell dir vor!«

»Ja, ja … Hör mal, Manolo, die Geschichte kenn ich bereits, aber meine Frage bezog sich auf unsere Arbeit und nicht auf Vilma und dein Sexualleben! Also, reiß dich zusammen … Und eins versprech ich dir, wenn du dir bei deiner Hurerei Aids einfängst, komm ich dich einmal im Monat in der Klinik besuchen und bring dir ein gutes Buch mit.«

»Sag mal, Maestro, was ist heute los mit dir? Bist du mit beiden Füßen auf dem Gaspedal aufgewacht?«

»Halt die Luft an, Mann! Ja, ich bin heute so richtig in Fahrt. Hab langsam die Schnauze voll von Rafael Morín. Als ich seiner Mutter zugehört habe, hab ich mich sauschlecht gefühlt, so als wär ich irgendwie Schuld daran ….«

»Ist ja schon gut. Aber deswegen musst du deinen Ärger nicht an mir auslassen«, maulte der Sargento und spielte den Beleidigten. »Also, hör zu: El Greco und Crespo sind seit gestern Abend hinter dieser Zoilita her. Sie sollten mir heute um zehn Bericht erstatten, wahrscheinlich warten sie schon auf uns. Außerdem hab ich eine Liste aller Fälle mit Verschwundenen aus den letzten zwei Jahren angefordert, die krieg ich um elf. Mal sehen, vielleicht ähnelt unser Fall ja irgendeinem anderen oder so. Aber, Conde, du legst ja ein Wahnsinnstempo vor.«

»Von der Zentrale aus kannst du auch versuchen, den Sicherheitschef des Unternehmens telefonisch zu erreichen. Frag ihn, ob Rafael dort war. Wenn ja, soll er mit dem Wachmann, der am Nachmittag des Einunddreißigsten Dienst hatte, einen Termin machen.«

»In Ordnung. Kann ich Musik anstellen?«

»Und die Antenne, woher hast du die nun wieder her?«

»Ein Freund, ein guter Freund …«, summte Manolo und zuckte

lächelnd die Achseln. Er schaltete das Autoradio ein und suchte einen Musiksender. Nach zwei, drei Versuchen entschied er sich für Benny Moré. *Oh, das Leben,* sang Benny mit seiner klaren Stimme. Das Programm war offenbar seiner Musik gewidmet.

»Mir scheint, du übertreibst, Conde«, bemerkte Manolo, als sie über den Platz der Revolution fuhren und *Heute wie gestern* hörten. »Ob es uns passt oder nicht, dies ist ein Fall wie jeder andere. Du kannst dich nicht den ganzen Tag lang ärgern.«

»Manolo, mein Großvater hat immer gesagt, wer als Esel geboren wird, stirbt als Pferd ... Und das ist doch ein Riesenfortschritt, oder?«

»Teniente, der Mayor sagt, Sie sollen sofort zu ihm kommen, sobald Sie hier auftauchen«, sagte der Dienst habende Offizier zu ihm. »Er ist oben in seinem Büro.« El Conde deutete einen Gruß an.

Die friedliche Sonntagmorgenstille erfüllte auch die Kripozentrale. All die Routinefälle, die sich schon zu lange hinzogen und keine Aussicht auf Erfolg mehr boten, und andere, die den normalen Prozess durchliefen, ohne Komplikationen, ruhten an diesem Tag. Die Ermittler ließen sich nicht blicken, und in der Zentrale herrschte so etwas wie die Ruhe vor dem Sturm. Auch die Sekretärinnen und Büroangestellten, die Spezialisten vom Erkennungsdienst und die Laborangestellten nahmen ihren freien Tag. Für vierundzwanzig Stunden verlor die Zentrale den unbändigen, stürmischen Rhythmus der Woche. Nur der Bereitschaftsdienst und diejenigen Ermittler, deren Fälle keinen Aufschub duldeten, befanden sich in dem Gebäude, das an Sonntagvormittagen größer, dunkler und weniger menschlich wirkte. Man konnte sogar das Geräusch hören, mit dem die gelangweilten Beamten ihre Dominosteine hin und her schoben. Nur Mayor Rangel arbeitete auch an Sonntagen, und das seit fünfzehn Jahren. Der Alte musste die Fäden, die seine Untergebenen während der Woche gesponnen hatten, in der Hand halten. Wie ein Besessener verfolgte er die Spuren jeder Ermittlung, von Montag bis Sonntag. El Conde wusste, dass die Meldung des Dienst habenden Offiziers weniger ein Befehl als ein Bedürfnis seines Chefs war. Und so bat er Manolo, die Berichte entgegenzunehmen und ihn in einer halben Stunde in seinem Büro, dem Brutofen, zu erwarten.

Die friedliche Stille im Gebäude veranlasste ihn, auf den Fahrstuhl zu warten. Die Leuchtziffern zeigten an, dass er sich auf dem Weg nach unten befand. Vier, drei, zwei, und dann öffnete sich die Tür wie der Theatervorhang, an den Mario immer denken musste. Beinahe wäre er mit dem Mann, der den Fahrstuhl verließ, zusammengestoßen.

»Maestro, wollen Sie die Sonntagsruhe heute nicht einhalten?«

Capitán Jorrín lächelte und klopfte dem jungen Kollegen auf die Schulter. »Und du, Conde? Willst du dir einen Kühlschrank verdienen?«, fragte er zurück. Er fasste Mario am Arm und zwang ihn so, ihn bis zur Abteilung des Erkennungsdienstes zu begleiten. Der Teniente wollte ihm erklären, dass der Alte ihn erwartete, doch dann sagte er sich, dass der Mayor warten könne.

»Wie kommen Sie voran, Capitán?«

»Ich glaube, ganz gut, Conde, ich glaube, ganz gut.« Der alte Jorrín lächelte beinahe. »Es ist ein Zeuge aufgetaucht, der möglicherweise einen der Mörder des Jungen identifizieren kann. Inzwischen wissen wir, dass sie zu dritt waren und, laut Zeuge, ziemlich jung. Jetzt werden wir das Phantombild anfertigen.«

»Sehen Sie, Maestro, von irgendwoher kommt immer ein Licht, stimmts?«

»Ja, immer, aber das löst nicht das Problem … Überleg mal, am Ende fassen wir die Mörder, und dann sind sie noch keine achtzehn Jahre alt! Das ist das eigentliche Problem. Es geht nicht nur um einen Jungen, den man totgeschlagen hat. Da sind dann noch drei weitere, die für ein paar Jahre in den Knast gehen und nie mehr die Menschen sind, die sie eigentlich werden sollten. Sie haben getötet.«

Mario Conde betrachtete die Falten, die das Gesicht von Capitán Jorrín durchfurchten, während er am Arm den verzweifelten Druck der Hand jenes Mannes spürte, der sein halbes Leben damit zugebracht hatte, Verbrecher zu jagen.

»Am Anfang hab ich gedacht, uns geht es so ähnlich wie den Ärzten«, sagte er schließlich und schaute dem Alten ins Gesicht. »Dass wir uns mit der Zeit an das Blut gewöhnen.«

»Nein, hoffentlich passiert uns so was nie! Solche Dinge müssen uns wehtun, Conde. Und wenn sie dir eines Tages nicht mehr wehtun, dann hau ab!«

»Viel Glück, Maestro«, sagte Mario, als sie vor der Tür des Erkennungsdienstes angelangt waren, und ging zur Treppe.

Auch Maruchis Schreibtisch verbreitete einen sonntäglichen Charme. Er war sauber aufgeräumt und sah verlassen, beinahe traurig aus ohne die Blume, die die Sekretärin jeden Morgen mit ins Büro brachte. Mario hörte die Stimme des Mayors. Er klopfte leise an dessen Tür.

»Ja, komm rein!«

Der Alte saß in Zivil hinter dem Schreibtisch. Sein grau-weiß gestreiftes T-Shirt saß stramm über dem Brustkorb und ließ die kräftigen Halsmuskeln sehen. Der Mayor bedeutete Mario Platz zu nehmen und fuhr fort zu telefonieren. Er sprach mit seiner Tochter. Irgendetwas war passiert. Mach dir keine Sorgen, Mirna, sagte er zu ihr, nach all dem … Ja, gut, ruf deine Mutter an und sag ihr, wir essen bei dir zu Mittag, ich hol sie ab … Ja, und gib dem Kleinen einen Kuss von mir, ja? … Ja, ja, natürlich. Er legte auf.

Die ganze Zeit über hatte er mit sanfter, warmherziger Stimme gesprochen, zweifellos der angenehmsten seines weit gefächerten Repertoires an Stimmen, die Mario Conde von ihm kannte.

»Was für ein Theater, Mann«, sagte der Mayor und griff zu seiner Zigarre, einer Davidoff 5000, die er erst vor kurzem angezündet hatte. »Noch einer, der verschwunden ist: mein Schwiegersohn. Aber bei dem wissen wir wenigstens, wo er steckt. Läuft mit einer Rotznase von neunzehn Jahren rum. Und die dumme Kuh von meiner Tochter liebt ihn immer noch! Verstehst du das? Nein, so was kann man nicht verstehen. Ich glaube, deswegen werd ich nie in Rente gehen! Hier muss man sich mit tausend Sachen rumschlagen, hat Probleme mit allen möglichen Leuten, Telefonanrufe von oben, Fälle, die einem den Schlaf rauben und so. Aber ich bin lieber in diesem Irrenhaus als im trauten Heim bei mir, wo ich bei allen möglichen Problemen den Schiedsrichter spielen muss. Meine andere Tochter, die Mirta, weißt du, was die vorhat? Nein, das kannst du ja nicht wissen … Hat auf der Uni einen Österreicher kennen gelernt, mit Haaren bis hier, und der läuft rum und erzählt, die Ozonschicht wär voller Löcher und das Meer wär verseucht und so Sachen. Und jetzt sagt sie, sie will ihn heiraten, er wär der empfindsamste Mensch der Welt und sie würd mit ihm weggehen, egal wohin. Weißt du, was das heißt? Scheiße, ich mag gar nicht dran denken. Aber ich schwörs dir, Conde, die heiratet mir nicht! Und jetzt das Theater mit meinem Schwiegersohn.«

»Ich dachte, Österreicher gibts überhaupt nicht mehr. Hast du jemals einen Österreicher gesehen?«

Der Mayor betrachtete seine Zigarre. »Nein, ehrlich gesagt, außer dem jetzt, glaub ich, keinen einzigen.«

Mario Conde grinste, und obwohl er nicht wusste, ob es angebracht war, riskierte er es: »Sag deinen Töchtern, hier ist ein

Teniente im Angebot, ledig, ungebunden, nett, intelligent und zuverlässig, sucht Freundin, Tochter des Chefs angenehm.«

»Prima«, sagte der Mayor, doch er lächelte nicht. »Das hätte mir wirklich noch gefehlt … Sag mal, es ist kalt, ja?«

»Wer hat dir gesagt, dass du den harten Kerl spielen und im T-Shirt rumlaufen sollst?«

»Hab den Pullover im Wagen gelassen. Ich dachte, es wär halb so wild … Und wie kommst du voran?«

»Geht so.«

»Was ist los?«

»Weiß ich noch nicht so recht. Wir haben einige Anhaltspunkte, aber mir scheint nur einer brauchbar zu sein. Es ist unklar, wo Rafael Morín den Nachmittag des Einunddreißigsten verbracht hat. Seiner Frau hat er gesagt, er würde zu seiner Mutter gehen, und seiner Mutter, er würde in die Firma gehen. Und die Sekretärin sagt, der Dreißigste wär der letzte Tag, an dem sie gearbeitet hätten. Außerdem suchen wir nach einer gewissen Zoilita, einer Bekannten von ihm, die seit dem Ersten nicht mehr gesehen worden ist. Und dann sieht es noch so aus, als hätte Rafael was mit seiner Sekretärin.«

»Wenn er gelogen hat, um zu vertuschen, wo er am Einunddreißigsten war, dann hat das etwas zu bedeuten, auch wenn dieses Etwas nichts mit seinem Verschwinden zu tun hat.«

»Stimmt. Aber jetzt würde ich mich gerne mit Alberto Fernández-Lorea unterhalten, dem Vizeminister. Noch heute, wenns geht. Die Party will mir einfach nicht aus dem Kopf. Du musst ihn anrufen.«

»Und warum nicht du?«

»Mir ist es lieber, wenn du das machst. Vergiss nicht, ich bin nur ein armer Polizist, wie man mir gestern gesagt hat, und er ist ein stellvertretender Minister.«

Der Mayor lehnte sich zurück und begann mit seinem Schreibtischstuhl zu wippen. Er zog an der Zigarre und stieß genüsslich blaue Rauchwolken aus. Mario Conde zog eines des Telefone zu sich heran und wählte eine Nummer.

»Hier, nimm, bei Fernández zu Hause klingelts«, sagte er und reichte seinem Vorgesetzten den Hörer. Der schickte sich schnaubend ins Unvermeidliche.

»Ich glaube, es ist niemand da.« Er wollte den Hörer schon wieder auf die Gabel legen, hielt dann aber in der Bewegung inne und sagte: »Ja, hallo, ist da der Genosse Fernández-Lorea?« Seine Frage wurde positiv beantwortet, denn nun sagte er, dass man dringend mit dem Angerufenen sprechen müsse. »Ja, noch heute, falls es Ihnen nicht zu ungelegen kommt ... Natürlich ... In einer Stunde? ... Okay, ja, bis dann, und vielen Dank ... Teniente Mario Conde ... Ja.« Er legte auf. »Zufrieden?«

»Einen schönen Gruß an deine Töchter«, sagte Mario statt einer Antwort. Er stand auf und rückte die Pistole zurecht.

»Ruf mich heute Abend zu Hause an und erzähl mir, was du Neues rausgefunden hast«, befahl der Mayor. Seine Stimme klang entschieden gebieterisch. »Viel Glück«, fügte er mit einem bewundernden Blick auf die makellose Asche seiner Davidoff hinzu.

El Conde ging in die zweite Etage hinunter und trat in sein winziges Büro. Sargento Palacios erwartete ihn. Er saß auf seinem Stuhl hinter seinem Schreibtisch.

»Fehlanzeige bei den Verschwundenen der letzten zwei Jahre, Conde«, verkündete er, »allesamt verrückt oder vergreist, durchgebrannte Ehemänner oder Ehefrauen, Jugendliche, die von zu Hause ausgerissen sind, oder Kinder, die von geschiedenen Eltern entführt wurden. Vergangenen Oktober nur ein einziger Fall: Eine Frau wurde von einem Mann gewaltsam entführt, dessen Liebe sie nicht erhört hatte. Und nur ein Fall ist bisher ungelöst: Ein dreiundzwanzigjähriger Mann wird seit April letzten Jahres vermisst. Es wird vermutet, dass er das Land auf ziemlich abenteuerlichen Wegen verlassen hat.« Manolos Stimme und sein Blick drückten Ablehnung aus. »Ich hab auch mit dem Chef des Sicherheitsdienstes von Rafaels Unternehmen gesprochen. Seine Frau arbeitet auch dort, und zufällig hatte sie am Einunddreißigsten von zwölf bis acht Uhr abends Dienst. Rafael Morín ist den ganzen Nachmittag nicht aufgetaucht, aber es gab einen anderen Besucher: René Maciques.«

»Freund Maciques … Und Zoilita?«

»Das ist wirklich 'n sauberes Früchtchen. Nach dem, was El Greco und Crespo rausgekriegt haben, hat die Kleine viele süße Schokoladenseiten und weiß, dass die Männer gerne daran knabbern. Im Moment wissen wir noch nicht, wo sie steckt. Aber das ist auch gar nicht so einfach. Sie ist nämlich 'n ganz heißes Geschoss, registriert als Prostituierte, aber ohne Vorstrafen. Ob Mexikaner oder Bulgare, ihr ist es egal, wer sie mitnimmt. Wohnt 'n paar Tage im ›Focsa‹ oder verbringt zwei Wochen im ›Internacional‹ in Varadero. Aber alle ihre Freunde haben ein Auto, einen guten Posten und vor allem Geld. Du weißt schon. Und wenn sie sich langweilt, bemalt sie Keramikteller und macht andere dekorative Dinge, und anscheinend macht sie das gut. An dem Tag, als sie verschwunden ist, hat sie niemand gesehen, und es weiß auch niemand, was sie an Sylvester gemacht hat. Ist in keinem Hotel gemeldet, und auch ihr Bruder weiß nicht, wo sie ist.«

Der Teniente hörte sich die Informationen über Zoilitas Liebesleben und Liebhabereien an und dachte, dass er gerne ein paar Sätze mit ihr gesprochen hätte. Er stand auf und stellte sich ans Fenster. »Wir müssen sie unbedingt finden. Ich weiß nicht, aber irgendetwas sagt mir, dass die Kleine 'ne Menge mit Rafael Morín zu tun hat.«

»Sollen wir sie zur Fahndung ausschreiben?«

»Ja, man soll sie überall suchen, unter der Erde oder unter einem Kerl oder sonst wo.« Mario musste wieder an Tamara denken. Scheiß was auf Tamara, dachte er, und plötzlich erinnerte er sich daran, dass er so bald wie möglich mit Miki Cara de Jeva, dem »Mädchengesicht«, sprechen musste. Er betrachtete den klaren blauen Himmel. »Los, komm«, sagte er schließlich zu Manolo, »gib die Fahndung raus, wir sehen uns unten am Wagen. Ein stellvertretender Minister erwartet uns.«

Er wohnte Ecke 7. und 38. Straße in einem dreistöckigen Haus mit roter Ziegelsteinfassade und großen Balkonen zur Avenida hin. Ein gefliester Weg führte durch einen Rasenteppich zu dem trotz seiner dreißig Jahre noch elegant und modern wirkenden Gebäude, das sich im Vergleich zu den umstehenden Wohnhäusern allerdings recht bescheiden ausnahm. Mario und Manolo stiegen schweigend die Treppe hinauf und klingelten an der Wohnung, die sich über die gesamte Etage erstreckte. Hinter der Tür waren die ersten Takte des Hochzeitsmarsches von Mendelssohn zu hören. Manolo lächelte und wiegte den Kopf im Takt. Der Hausherr öffnete die Tür.

»Kommen Sie bitte rein, ich hab Sie schon erwartet«, sagte er, und El Conde dachte: Den kenne ich. Alberto Fernández-Lorea ging auf die Fünfzig zu, hatte sich aber gut gehalten und im Laufe der Jahre wahrscheinlich kaum verändert. Bestimmt raucht er nicht und gehört zu den Joggern im Parque Martí, dachte Mario, während er sich zu erinnern versuchte, wo er ihn schon mal gesehen hatte. Mit seinem athletischen Körperbau, dem glatten, in der Mitte gescheitelten vollen Haar und der jugendlichen Erscheinung hätte der Vizeminister die Vorlage für Vargas Llosas *Kunstschreiber* abgeben können. »In der Blüte seines Lebens«, dieser Ausdruck traf auf Alberto Fernández-Lorea zu.

Der Hausherr forderte die beiden Polizisten zum Sitzen auf, entschuldigte sich für einen Moment, »wenn Sie erlauben«, und verschwand hinter einer spanischen Wand aus unbehandeltem Holz, die den Wohnraum von dem abteilte, was wohl eine Küche war. Der Salon war groß, vielleicht unverhältnismäßig groß für die Gesamtfläche der Wohnung, wie der Teniente abschätzte. Plötzlich fiel ihm ein, dass Rafael Morín bei seinem möglicherweise letzten Auftritt in der Öffentlichkeit hier getanzt und gegessen, geplaudert und gelacht hatte. Ein guter Ort für eine Party. Durch die Balkonfenster sah man die nackten Äste eines hohen Flamboyants. Im Sommer, dachte Mario, muss der Baum mit seinen üppigen orangefarbenen Blüten ein Fest fürs Auge sein.

Fernández-Lorea kam zurück, und El Conde war sich jetzt ganz sicher, dass ihm das Gesicht vertraut war. Aber woher kenne ich ihn, verdammt, woher bloß? Er zermarterte sich das Hirn, denn diese Zusatzinformation konnte vielleicht sehr wichtig sein.

»Also, schießen Sie los«, sagte der Vizeminister. Seine Stimme war um einige Dezibel lauter als nötig. Er hatte es sich in einem Schaukelstuhl mit Rohrgestell und Plastikbespannung gemütlich gemacht und schaukelte leicht. »Wir machen uns alle große Sorgen um den Genossen Morín.«

El Conde sah in die etwas gelangweilten Augen seines Gegenübers und spürte, dass er nicht sprechen konnte. Er überlegte sich, wie er den Vizeminister anreden sollte. »Genosse Vizeminister« klang leer, pedantisch und zu devot. Ganz einfach »Fernández«? Zu unpersönlich. »Alberto«? Auf gar keinen Fall, so vertraut waren sie nicht miteinander. Er wollte das Gespräch, das mit so vielen Zweifeln begann, so schnell wie möglich hinter sich bringen.

»Genosse Vizeminister Fernández«, sagte er schließlich, und bei diesen Worten hätte er sich am liebsten selbst gegeißelt. »Sehen Sie, dies ist ein höchst ungewöhnlicher Fall. Solche Fälle von Verschwinden kommen in Kuba kaum vor, und deshalb sehen wir uns gezwungen, in allen Richtungen zu ermitteln. Zurzeit schließen wir eine Entführung und ein illegales Verlassen des Landes aus ...«

»Nein, nein, das ist undenkbar, nicht bei Rafael. Ihm muss irgendetwas passiert sein, davon bin ich überzeugt. Ein Unfall zum Beispiel«, vermutete er, doch sogleich bat er mit einer Handbewegung um Entschuldigung für die Unterbrechung. »Aber Sie haben das Wort.«

»Im Moment«, fuhr der Teniente mit einem Seitenblick auf seinen Kollegen fort, »ziehen wir nur zwei Möglichkeiten in Betracht. Die erste scheint uns sehr wenig wahrscheinlich: dass Rafael sich nämlich aus irgendeinem Grund – aus welchem, wissen wir nicht – versteckt hält oder versteckt gehalten wird. Und die zweite Möglichkeit ist die, dass er ermordet wurde, aus einem Grund, den wir ebenfalls nicht kennen. Doch die Erfahrung lehrt uns, dass ein x-beliebiger Grund, und sei er auch noch so banal, für einen Mord ausreichen kann. Wie dem auch sei, in der Nacht vor seinem Verschwinden war Rafael mit seiner Gattin hier, um das alte Jahr zu verabschieden. Und vielleicht ist Ihre Party der Schlüssel, der uns zu Rafael führt. Deswegen sind wir hier.«

Der Vizeminister blickte zur Trennwand und zuckte nervös mit dem Fuß. Mario Conde nahm den unverkennbaren Duft eines starken Kaffees wahr und dankte dem Hausherrn im Voraus.

»Nun ja, Genossen, ehrlich gesagt, ich weiß nicht, wie ich Ihnen behilflich sein kann«, begann Fernández-Lorea eloquent und ohne mit dem Schaukeln aufzuhören. »Sie haben Recht, in Kuba geht niemand einfach so verloren, aber gleichzeitig geht alles Mögliche verloren. Das ist schon fast wieder sympathisch, finden Sie nicht? Nun, vielleicht wollen Sie meine Meinung über Morín hören, und mit der möchte ich allerdings nicht hinterm Berg halten. Meiner Meinung nach ist Rafael der beste jüngere Kader in unserer Direktion, deren Aufgabe es ist, der Industrie Material zuzuteilen und den Verkauf einiger unserer Produkte im Ausland zu managen. Ich habe ihn vor etwas weniger als zwei Jahren kennen gelernt, als ich ins Ministerium versetzt wurde. Und ich will Ihnen ganz ehrlich sagen: Als ich sah, wie er arbeitet, zweifelte ich keinen Augenblick daran, dass er eines Tages meinen Posten übernehmen würde. Und ich ...« Er senkte die Stimme auf die für eine Drei-Personen-Versammlung adäquate Lautstärke; es wurde vertraulich. »Ich wäre ihm sehr dankbar dafür, denn ich bin für so ein Amt nicht geboren. Dass ich es zurzeit bekleide, ist mehr ein Zufall als mein Wunsch, das sage ich Ihnen ganz offen. Ich ziehe es nämlich vor, in einem ruhigen Büro Marktstudien zu betreiben, anstatt mich in den täglichen Strudel des Ministeriums zu begeben, was mir immer schwerer fällt und immer schwieriger wird bei dem, was im sozialistischen Lager vor sich geht, sodass niemand weiß, wohin das am Ende führen wird. Überdies verlangt das Amt eines Vizeministers eine gehörige Portion Diplomatie, die mir noch nie besonders gelegen hat.«

Der Vizeminister rieb sich leicht die Hände, und Teniente Conde war verwirrt, beinahe enttäuscht. Die Worte von Alberto Fernández-Lorea klangen echt, trotz der Gespreiztheit, in die sie verpackt waren. Schließlich muss es Leute da oben geben, die nicht wie Rafael sein wollen, sagte er sich.

»Ich fürchte mich sehr vor Fehlschlägen und noch weitaus mehr vor der Lächerlichkeit«, fuhr der Mann fort, und sein Blick wanderte wieder zur spanischen Wand. »Ich weiß nicht, ob meine Fähigkeiten für die Verantwortung, die ich habe, ausreichen, und ich möchte nicht erleben, dass ich am Ende rausgeschmissen werde. Dagegen ist Moríns Kompetenz wirklich beeindruckend, und seine Karriere befindet sich auf dem besten Weg. Was will ich damit sagen? Ich will damit sagen, dass Rafael Moríns Arbeitsverhalten untadelig ist und dass er darüber hinaus etwas besitzt, das mir fehlt: Er ist ehrgeizig, und zwar im besten Sinne des Wortes.«

Endlich kam der Kaffee aus der Küche. Er kam in drei Tassen, die neben zwei Gläsern Wasser auf einem Glastablett standen. Hinter dem Tablett erschien eine Frau. »Guten Tag«, sagte sie, noch bevor sie den Wohnraum betrat. Auch sie ging auf die Fünfzig zu, allerdings im Eiltempo, und genau danach sah sie auch aus. Um ihre Augen hatte sich ein Fächer hässlicher Fältchen gebildet, das Fleisch an ihrem Hals war schlaff. Sie wirkte verbraucht, ohne eine Spur der lebensfrohen, sportlichen Ausstrahlung, die ihr Mann besaß.

»Laura, meine Frau«, stellte der Vizeminister sie vor. Die beiden Polizisten grüßten, und er fuhr fort: »Teniente Conde und …«

»Sargento Palacios«, half Manolo aus.

Die Frau reichte ihnen die Tassen. Nur El Conde trank vorher einen Schluck Wasser, um sich den Gaumen anzufeuchten. Der Kaffee war stark und bitter, was der Teniente doppelt dankbar zur Kenntnis nahm.

»Es ist eine Mischung aus einem brasilianischen Kaffee, den ich geschenkt bekommen habe, und unserem aus der Bodega«, erklärte Fernández. »So schmeckt er wesentlich besser, nicht wahr? Denn die Qualität eines Kaffees hängt letztlich nicht nur von seiner Reinheit ab, sondern auch von einem durch die Jahre hindurch entwickelten Geschmack. Vor einigen Monaten wurde ich in Prag zu einem türkischen Kaffee eingeladen, den man mir als den besten der Welt anpries. Aber was soll ich Ihnen sagen, fast hätte ich ihn nicht zu Ende trinken können … Und ich bin ein begeisterter Kaffeetrinker, ich trinke sogar das Gebräu, das gegenüber der Coppelia verkauft wird«, fügte er hinzu, und die anderen nickten.

Mario Conde schlürfte genussvoll seinen Kaffee. Manolo muss es wie Fernández-Lorea in Prag gehen, dachte er. Der Sargento trank nämlich am liebsten sehr süßen, dünnen Kaffee, orientalischen, so wie ihn seine Mutter kochte.

»Sie sagten also, Rafael sei ehrgeizig?«

»Ja, Teniente. Und ich habe hinzugefügt, im besten Sinne des Wortes. Jedenfalls ist das meine Meinung«, sagte der Vizeminister und zog eine Schachtel Zigaretten aus der Brusttasche seines Hemdes. »Rauchen Sie?«

»Danke.« Mario nahm die angebotene Zigarette. Dann raucht er also doch, dachte er. »Und was wissen Sie über sein Privatleben, außerhalb der Arbeit?«

»Wenig, Teniente, sehr wenig. Ich bin mit meiner Arbeit zu sehr beschäftigt, um mich auch noch um so etwas kümmern zu können. Natürlich hat mich das auch nie interessiert, Sie müssen entschuldigen.«

»Aber Sie sind doch Freunde?«, mischte sich Manolo ein. Er kann nicht mehr an sich halten, dachte Mario, als er sah, wie der Sargento seine sprungbereite Katzenhaltung einnahm.

»In gewisser Weise, ja. Wir kommen häufig zusammen, um Probleme der Arbeit zu besprechen. Als Arbeitskollegen verstehen wir uns ausgezeichnet. Allerdings kennen wir uns erst seit knapp zwei Jahren, wie ich dem Teniente bereits gesagt habe, und unsere Beziehung ist hauptsächlich beruflicher Natur.«

»Und am Einunddreißigsten?«, fragte der Sargento weiter. »Haben Sie irgendetwas Besonderes an ihm bemerkt? Wussten Sie, dass es mit dem spanischen Geschäftsmann Dapena ein Problem gegeben hatte?«

»Über das mit Dapena wusste ich Bescheid, aber die Sache ist längst vergessen und begraben, glaube ich. Ich weiß nicht, welche Informationen Sie darüber haben. Und am Einunddreißigsten, na ja, da war er wie immer. Sprach über die Arbeit oder machte einen Scherz, oder er tanzte. Es war das zweite Mal, dass wir hier bei mir Sylvester gefeiert haben. Eine Gruppe von Leuten tut sich zusammen, es wird ein Schwein aus Pinar del Río besorgt, und ich bereite es auf dem Grill zu, der meinen Nachbarn von nebenan gehört. Sie müssen wissen, ich gelte als Spezialist für Schweinebraten. Mein Vater war nämlich Küchenchef, und etwas davon ist bei mir hängen geblieben.«

»Dann schien er also nicht besorgt wegen irgendetwas?«

»Soweit ich es bemerkt habe, nein. Er hat sich sogar mit dem Trinken zurückgehalten, sagte, mit seinem Magen sei was nicht in Ordnung.«

»Und es gab auch im Unternehmen kein Problem, etwas, weswegen er möglicherweise verschwinden musste?«

Der Vizeminister sah Mario Conde an. Vielleicht versuchte er, den Sinn der Frage zu ergründen. Seine Augen leuchteten intensiv, so als hätte er ein Alarmsignal empfangen. Er ließ sich Zeit mit der Antwort.

»Nun, es gibt immer die verschiedensten Probleme. Aber wenn jemand wie Rafael Morín beschließt zu verschwinden, kann es sich nur um ein ganz bestimmtes Problem handeln, soweit ich weiß, natürlich. Aber Mayor Rangel hat mich um mein Einverständnis gebeten, Ermittlungen im Unternehmen durchführen zu dürfen, und Sie werden morgen damit beginnen, nicht wahr?« Er breitete die Arme aus, und Manolo nickte zustimmend. »Hoffentlich ist es nichts Ernstes, denn das könnte furchtbare Folgen haben. Die Ermittlung wird eine endgültige Antwort darauf geben, also bitte ich Sie, verlangen Sie nicht von mir, die Hand schon jetzt ins Feuer zu legen. Bis zu diesem Augenblick ist Rafael Morín für mich ein vorbildlicher Genosse, und ich werde erst das Gegenteil denken, wenn das Gegenteil behauptet oder, besser gesagt, bewiesen wird. Warten wirs ab.«

»Eine letzte Frage, Genosse«, meldete sich jetzt wieder der Teniente zu Wort, um einer weiteren Offensive seines Untergebenen zuvorzukommen. Das Alarmsignal in den Augen des Vizeministers war zu deutlich, um reine Spekulation zu sein. Vielleicht hatte Fernández-Lorea etwas geahnt, ja, sogar gewusst. »Wir wollen Ihre Zeit nicht übermäßig in Anspruch nehmen, schon gar nicht heute, an einem Sonntag … Über welche Geldmittel verfügt Rafael Morín, wenn er im Ausland Einkäufe tätigt? Will meinen, um Geschenke aus dem Ausland mitzubringen, abgesehen von dem, was für seinen privaten Bedarf bestimmt ist.«

Fernández-Lorea drückte das klassische Erstaunen aus. Er zog leicht die Augenbrauen hoch und wippte mit dem Fuß, so als erwarte er eine zweite Runde Kaffee. Dennoch sprach er in der für Versammlungen von über drei Personen angebrachten Lautstärke.

»Geldmittel, Teniente, in dem Sinne, wie sie es andeuten, keine. Er bekommt die üblichen Spesen eines Unternehmensleiters und außerdem einen Betrag für repräsentative Verpflichtungen, je nach Art der Geschäfte oder der Marktforschungen, die er zu tätigen hat. Unser Unternehmen ist in dieser Hinsicht gewissermaßen autonom. Denn häufig handelt es sich darum, ein ganz spezielles Produkt zu erwerben, beispielsweise aus nordamerikanischer Fabrikation. Dabei kann man nicht die herkömmlichen Wege beschreiten, sondern muss über Dritte agieren, so wie wir es einige Male in Panama getan haben, nur um ein Beispiel zu nennen. Und Geschäfte werden auf der ganzen Welt bei Geschäftsessen getätigt, wie Sie wissen, man muss Geschenke machen, und nicht immer steht ein Wagen der Botschaft oder eines Unternehmens zur Verfügung … Morín verwaltet dieses Geld, bisweilen sehr viel Geld, und auch wenn wir sehr gewissenhaft damit umgehen – es gibt regelmäßige Kassenrevisionen, Kontenprüfungen, Spesenabrechnungen und zweimal jährlich eine offizielle Buchprüfung –, so kann die Buchführung aus verschiedenen Gründen nicht immer so präzise sein, wie wir es gerne hätten. Und da wird der Faktor Vertrauen wichtig. Rafael Morín ist vertrauenswürdig, nach allem, was ich weiß. Andererseits, Teniente, pflegen viele der ausländischen Unternehmen, mit denen wir zusammenarbeiten, Geschenke zu machen, wenn ein gutes Geschäft zum Abschluss gekommen ist. Mir zum Beispiel hat man in Bilbao vor knapp zwei Monaten einen BMW geschenkt, und mein Lada stand hier in der Werkstatt … Nun gut, da alle Genossen auf dieser Ebene unser Vertrauen genießen, kann der Betreffende das Geschenk behalten, falls es sich um etwas sehr Persönliches handelt und nicht um so etwas Wertvolles.«

»Hat es mit einigen Genossen je Probleme gegeben wegen dieser Geschenke?«

»Ja, leider, ja.«

Mario Conde hatte das Gefühl, dass Fernández-Lorea das Thema unangenehm war. Er wollte ihm gerade für das Gespräch danken, als er Manolo sagen hörte: »Entschuldigen Sie, Genosse Fernández, aber ich glaube, Sie können uns mit Ihren Informationen sehr helfen. Diese Spesen und Repräsentationsgelder und so weiter, wer hat sie Rafael Morín bewilligt?«

Mario wusste nicht, ob er lachen oder weinen sollte. Auf jeden Fall aber musste er sich gleich, wenn sie draußen waren, einen Esel suchen, der seinen Untergebenen in den Hintern trat. Manolo hatte den wunden Punkt getroffen.

»Normalerweise bewilligt er es sich selbst. Im Unternehmen ist er sein eigener Chef«, sagte Fernández-Lorea und stand auf.

»Und was ist eigentlich mit dem früheren Direktor passiert?«, fuhr der Sargento fort. »Mit dem, dessen Nachfolge Rafael Morín angetreten hat?«

»Er wurde mehr oder weniger wegen eines solchen Problems entlassen, wegen falscher Abrechnungen und Geldverschwendung. Aber nein, ich kann mir nicht vorstellen, dass es sich bei Rafael auch um so etwas handelt. Jedenfalls will ich es mir nicht vorstellen, denn das würde ich mir nie verzeihen. Glauben Sie, dass das der Grund für sein Verschwinden ist?«

»Wir haben ihn, Scheiße, ich glaube, wir haben ihn!« Manolo schrie beinahe und setzte seine Freude in Geschwindigkeit um. Sie fuhren über die 5. Avenida, und Mario hielt sich mit beiden Händen am Handschuhfach fest.

»Fahr langsamer, Kleiner«, bat er den Sargento und wartete, bis die Tachonadel auf siebzig stand. »Ich glaube, jetzt wissen wir bald, warum Rafael Morín nicht wieder auftaucht.«

»Hast du dir diesen Fernández angeguckt? Er sieht genauso aus wie Al Pacino.«

Mario blickte lächelnd auf den gepflegten Grünstreifen in der Mitte der Avenida. »Leck mich am Arsch! Seit wir die Wohnung betreten haben, hab ich gewusst, dass ich ihn von irgendwoher kenne. Er hat das gleiche Gesicht wie Al Pacino, das ist es! Hast du den Film gesehen, in dem er einen Rennfahrer spielt?«

»Im Moment erinnere ich mich an überhaupt keinen Film, Conde. Sag mir lieber, wohin wir fahren.«

»Erst mal zum Mittagessen, und dann versuchen wir den Geschäftsführer des Unternehmens zu lokalisieren. Vielleicht kann ja unsere Patricia mitkommen und mit ihm sprechen. Das Gute bei dem Ganzen ist das Schlechte, das dabei zum Vorschein kommt.«

Das Mittagessen war die Belohnung für die Sonntagsarbeit und ihr großer Vorteil. Da in der Kantine der Kripozentrale sonntags nur für zwanzig Personen gekocht wurde, hielt das Essen Überraschungen bereit, die manchmal an die raffinierte Küche eines guten Restaurants erinnerten. An diesem Sonntag gab es Huhn auf Reis, der einer Paella nachempfunden war, allerdings saftig und schwer, eine duftende, gelbliche Masse. Gebackene Bananenscheiben und grüner Salat mit Radieschen vervollständigten das Menü, das durch Milchreis mit reichlich Zimt abgerundet wurde. Auch der Jogurt hatte Geschmack, und man konnte sogar wählen: Erdbeer oder Ananas.

El Conde hatte sich zweimal Huhn auf Reis genommen. Jetzt saß er in seinem Kabuff, rauchte die zweite Nachtischzigarette und sah aus dem Fenster, ohne etwas zu sehen. Rafael sprach vom Rednerpodest zu ihm, und er stand ganz alleine auf dem Schulhof und hörte ihm zu. Da kam Manolo laut fluchend ins Zimmer.

»Bleib ganz ruhig, Conde, mit dem Geschäftsführer wird es vorerst nichts. Er ist gestern Mittag in die Sowjetunion geflogen. Eine dieser Reisen für besondere Verdienste ...«

»Das hat Rafael Morín arrangiert, da bin ich mir ganz sicher! Aber egal, wir können bis morgen warten. Hab sowieso nicht damit gerechnet, dass der Geschäftsführer uns viel erzählt. Los, auf gehts ...«

»Schon wieder? Aber wenn der Geschäftsführer doch ...«

Manolo protestierte noch, als der Teniente bereits das Büro in Richtung Parkplatz verlassen hatte, ohne auf seine Einwände eingegangen zu sein.

»Fahr die G hoch zur Boyeros«, befahl Mario Conde, nachdem er seinen Platz auf dem Beifahrersitz eingenommen hatte.

»Willst du mir vielleicht verraten, wohin wir fahren?«, fragte Manolo, der die plötzliche Hektik seines Vorgesetzten nicht verstand. Doch da fiel ihm wieder ein, was über ihn gesagt wurde: »Er ist ziemlich verrückt, aber ...«

»Wir besuchen García, den von der Gewerkschaft. Aber keine Sorge, heute machen wir früh Schluss. Ich möchte nur, dass du dir anhörst, was García meiner Vermutung nach über den großen

Morín zu sagen hat … Danach kannst du direkt nach Hause fahren.«

Sie bogen in die Rancho Boyeros ein und hielten vor der Ampel an der Bushaltestelle.

»Und was ist mit Zoilita? Was machen wir, wenn sie wieder auftaucht?«

»Dann rast du wie 'n geölter Blitz zu mir. Ich besuche inzwischen Tamara, muss noch mal mit ihr reden. Und danach geh ich kurz bei einem Schulfreund von mir vorbei, er will mich sehen. Der wohnt zwei Häuserblocks von Carlos entfernt, das heißt, später bin ich beim Dünnen und seiner Mutter. Unter einer der drei Adressen bin ich zu erreichen. Du musst auf jeden Fall noch mit Patricia sprechen und ihr sagen, dass wir morgen früh zu Rafaels Unternehmen fahren.«

»Geradeaus weiter, ja?«

»Nein, fahr vom Platz der Revolution rechts ab. García wohnt auf der Cruz del Padre, gleich neben dem Stadion«, sagte Mario, und er erinnerte sich daran, dass die *Industriales* gestern Abend ihr erstes Spiel der Play-off-Runde gegen *Vegueros* verloren hatten. Wenn sie heute Nachmittag wieder verloren, würde die abendliche Unterhaltung mit dem Dünnen kein sehr erbauliches Erlebnis sein, jedenfalls nicht in sprachlicher Hinsicht. Das Geraune, das von dem Stadion herüberdrang, drückte Emotionen aus, die Mario auch gerne erlebt hätte. Aber manchmal muss man an Sonntagen eben arbeiten.

Schauen Sie, Genossen, kann sein, dass der Genosse Morín irgendein Problem mit der Spesenabrechnung hat oder so, Sie kennen sich mit solchen Dingen besser aus als ich, und vielleicht haben Sie ja Recht, aber ich, Manuel García García, ich glaube das erst, wenn ich es sehe, mit Verlaub … Nicht weil ich unbedingt auf meiner

Meinung beharre oder so, nein, aber ich kenne Rafael, ich meine, den Genossen Morín seit vielen Jahren und habe volles Vertrauen zu ihm, und wenn ich deshalb hinterher Selbstkritik üben muss, dann übe ich eben Selbstkritik! Aber das ist eine schwer wiegende Anschuldigung, die man erst mal beweisen muss, nicht wahr? Sehen Sie, es gibt Leute in der Firma, die vielleicht anders denken als ich, einige sagen, er würde alles zu sehr auf sich konzentrieren, überall hätte er seine Hände im Spiel. Das wurde ihm sogar mehrmals auf Versammlungen vorgeworfen, und er hats eingesehen, er ist nämlich äußerst selbstkritisch, und auf das mit der Konzentrierung hat er häufig selbst hingewiesen, aber mit der Zeit lief dann alles wieder durch seine Hände, manchmal glaube ich schon, er macht das, weil viele Leute sich daran gewöhnt haben, dass er alles regelt, ich glaube, er kann gar nicht anders. Aber dieselben Leute, die ihn kritisieren, müssen auch anerkennen, dass ihm fast immer alles gelingt, und das festigt sein Ansehen, und das ist am Ende das, was zählt, nicht wahr? Wir von der Gewerkschaft hatten nie Probleme mit ihm, und ich war schon im Vorstand, als er in die Firma eintrat, also können Sie sich vorstellen, dass ich die Gewerkschaft in- und auswendig kenne. Er selbst hat mich im Parteigremium einmal sogar darauf hingewiesen, dass wir von der Gewerkschaft zu passiv wären, und ich hab zu ihm gesagt, aber Genosse Rafael, wir sind mit den Beiträgen nicht im Rückstand, erfüllen die Quoten bei den freiwilligen Arbeitseinsätzen, organisieren die vorgesehenen Veranstaltungen und hören uns die Sorgen der Leute auf den Versammlungen an, was kann eine Gewerkschaft mehr tun? Habe ich nicht Recht, Genossen? In der Firma gab es keine Probleme seit der Sache mit den Leuten aus der Abteilung für Auslandseinkäufe, die haben bemängelt, dass sie nie ins Ausland reisen könnten. Das war vor meiner Zeit als Generalsekretär, warten Sie, vor ungefähr zwei Jahren, wenn mich mein Gedächtnis nicht im

Stich lässt. Meiner Meinung nach lag das Problem darin, dass die Leute den Ehrgeiz hatten, ins kapitalistische Ausland zu reisen, aber auf einer Zusammenkunft der Partei mit der Gewerkschaft erklärte uns der Genosse Rafael, dass die verwaltungstechnischen Entscheidungen in die Kompetenz der Verwaltung fallen und dass die Verwaltung ihre Gründe für ihre Entscheidung hat. Und kurz darauf wurden die Genossen zu einer dieser neuen Körperschaften versetzt. Einmal hat Rafael, ich meine, der Genosse Morín zu mir gesagt, weißt du, García, hat er gesagt, die drei wollten nur eins: ins Ausland reisen. Für solche Kungeleien hat er nämlich nichts übrig. Doch, doch, mit den anderen Genossen hat er sich immer prima verstanden, und was Ihnen Zaida erzählt hat, das stimmt, er kümmert sich um alles und jeden. Mir zum Beispiel, und ich bin ja nur ein einfacher Vorarbeiter, mir hat er mal eine Reise in die Tschechoslowakei bewilligt, für besondere Verdienste, das heißt, nicht er direkt, aber er war es, der mich vorgeschlagen und sich auf der Versammlung für mich eingesetzt hat. Und mit seinem Einfluss, ich bitte Sie … Freunde? Na ja, nein, persönliche Freunde sind wir nicht, jedenfalls was ich unter einem persönlichen Freund verstehe, nicht wahr? Er war ein paar Mal bei mir zu Hause, als meine Mutter krank war, und danach hat er das ganze Unternehmen mobilisiert wegen der Totenwache und der Beerdigung. Und wenn ich auch manchmal denke, dass er etwas merkwürdig ist, so was vergisst unsereins nicht, man muss dankbar sein, nicht wahr, denn Undankbarkeit ist das Hässlichste, was es auf dieser Welt gibt. Deswegen müssen Sie entschuldigen, aber bevor ich es nicht schwarz auf weiß sehe, glaub ichs nicht. Was ich merkwürdig an ihm fand? Na ja, das sind so Sachen, ich weiß nicht, vielleicht bilde ich mir das ja auch nur ein, so Eigenheiten. Zum Beispiel haben wir immer Gemüse für ihn besorgt, und sein Büro wird zweimal am Tag sauber gemacht, oder dass sein Fahrer diese schwarzen Scheiben für den Wagen besorgen musste, solche, wo man nicht weiß, ob einer drinsitzt, wissen Sie? So was, Eigenheiten eben. Ansonsten, da können Sie alle fragen, auch die, die ihn kritisiert haben, wir machen uns alle große Sorgen um ihn, und keiner hat eine Erklärung dafür … Stimmt das, dass man ihn umgebracht und ausgeraubt hat, Genossen?

»Hast du jetzt endlich die Schnauze voll von den Lobeshymnen auf Rafael? Oder meinst du, wir sind auf dem falschen Dampfer und er ist wirklich der große Unternehmensleiter und hat keine Probleme, weder mit den Spesen noch mit den Repräsentationszulagen oder mit sonst was? Findest du nicht auch, dass er der liebe Gott ist, untadelig, liebenswürdig, Gottvater, der die Welt erschafft und Sympathien und Gefallen und Reisen verteilt, als wär er der große Zampano? Oder hältst du ihn für ein durchtriebenes Arschloch, der alles genau plant und scharf darauf ist, Macht zu haben?«

»Conde, Conde, du kriegst gleich einen Herzinfarkt …«

»Keine Sorge, Kollege. Wutanfälle gehören langsam zu meinem psychischen Normalzustand.«

»Also, soll ich dich bei deiner Freundin absetzen?«

El Conde nickte. Er fragte sich, was er Tamara gleich sagen sollte und ob es überhaupt nötig war, sie wieder zu besuchen. Die Aussicht, ihr noch einmal entgegenzutreten, machte ihn nervös und brachte ihn durcheinander. Er wollte der Welt von Rafael Morín entfliehen, doch Tamara war wie ein Magnet, der ihn immer wieder zum Zentrum eben dieser Welt hinzog, ihn dazu trieb, dorthin zurückzukehren wie der Mörder an den Ort seines Verbrechens.

»Hör mal, Manolo«, sagte er, »es ist noch ziemlich früh. Sollen wir nicht ein Gläschen trinken? Ich lad dich ein, ich muss Druck ablassen.«

»Spielst du mit dem Feuer, Kollege?«

»Mit dem Zufall. In der Lotterie hab ich schon mal einen Haupttreffer gelandet«, entgegnete Mario Conde. Endlich lächelte er.

»Du hast Recht, wir haben unseren Magen schon lange nicht mehr gequält.«

»Bieg in die Lacret ein und parke an der Ecke Mayía.«

Sargento Palacios gehorchte und stellte den Wagen zwischen einem Lastwagen und einem Taxi ab. In solch eine Lücke hätte Mario Conde nicht mal mit dem Fahrrad einparken können. Manolo schloss den Wagen ab und nahm die Antenne mit in die Mayía Rodríguez, wo es eine selten saubere und helle Thekenkneipe gab, die zu dieser Mittagsstunde fast leer war. Auf der Kühltruhe standen aufgereiht mehrere Flaschen Santa Cruz und Havana Club mit echtem falschem Etikett und daneben ein Selbstgebrauter, den kein Profitrinker zu bestellen gewagt hätte, nicht mal in äußersten Notsituationen.

»Zwei doppelte Carta blanca, Bruder«, bestellte El Conde beim Wirt und zog einen Hocker neben den, auf dem sein Kollege bereits saß. In der Kneipe hielten sich nur wenige Gäste auf, Stammgäste, die die Sonntagmittagsträgheit zu bekämpfen versuchten, indem sie Rum aus Marmeladengläsern tranken, bei denen man den Kopf ganz weit nach hinten legen muss, um austrinken zu können. Der Wirt spielte auf seinem Kassettenrecorder eine Bolero-Auswahl für Trinker am helllichten Tag. Vicentico Valdés, Vallejo, Tejedor y Luis und Contreras erzählten lange Geschichten von enttäuschter Liebe und Tragödien, die sich besser mit Rum als mit Ginger-Ale oder Coca-Cola runterspülen lassen. Mario Conde betrachtete gerne die mühseligen und beladenen Gäste der elenden Kneipen und versuchte sich vorzustellen, warum sie hier saßen, welches Schicksal sie dazu gebracht hatte, Zeit und Geld zu verschwenden und sich jahrelang dieselben

Schnulzen anzuhören, die ihre Einsamkeit, ihren Lebensüberdruss, das lange Vergessen und die erlittenen Enttäuschungen nur noch verstärkten, während sie (»Noch einen, *brother*«) diesen harten, aggressiv machenden Alkohol in sich hineinschütteten und ihre Hände mit jedem Glas stärker zitterten. El Conde kratzte die letzten Kenntnisse eines abgebrochenen Psychologiestudenten zusammen und analysierte sich selbst gleich mit, ohne Panik, fragte sich, was er, Mario Conde, hier machte. Doch dann drückte er sich wieder einmal vor den eigentlichen Antworten. Weil ich einfach nur gerne hier sitze, um mich ein wenig vergessen und verdammt zu fühlen, musste er sich sagen, und um noch ein Glas zu bestellen, *brother,* zu hören, was die anderen reden, mit mir selbst zu sprechen und zu spüren, wie die Zeit verstreicht, ohne mich zu quälen. Manchmal setzte er sich an die Theke, um über einen Fall nachzugrübeln oder ihn zu vergessen, um etwas zu feiern oder sich zu erinnern oder einfach nur, weil er sich hier wohler fühlte als in einer Bar mit bunten Cocktails in hohen Gläsern, jenen eleganten Bars, die er schon seit tausend Jahren nicht mehr betreten hatte.

»Was würdest du jetzt gerne tun, Manolo?«, fragte er seinen Kollegen, der sich über diese Frage gleich beim ersten Glas kaum wunderte.

»Ich weiß nicht, ein paar Gläschen hier trinken und dann zu Vilma gehen und bis morgen meine Ruhe haben, das wärs«, antwortete Manolo achselzuckend.

»Ich meine, wenn du nicht zu Vilma gehen würdest?«

Manolo betrachtete mit Kennermiene sein Glas, und die Pupille des linken Auges wanderte schnurstracks zum Nasenrücken.

»Ich glaube, ich würde gerne Musik hören. Ich liebe Musik. Ich hätte gerne eine gute Hi-Fi-Anlage mit Equalizern und dem ganzen Schnickschnack und zwei Riesenlautsprechern! Dann würde ich mich auf den Fußboden legen, auf jeder Seite einen Lautsprecher, für jedes Ohr einen, und würde stundenlang Musik hören. Kannst du dir vorstellen, Kollege, dass mein Alter keine hundertvierzig Pesos übrig hatte, um mir eine Gitarre zu kaufen? Mit so einer polnischen Gitarre wäre ich der glücklichste Mensch auf der Welt gewesen. Aber wenn du der Sohn eines Busfahrers bist, der mit seinem Gehalt sechs Leute durchfüttern muss, dann muss das Glück erheblich billiger zu haben sein als für hundertvierzig Pesos.«

Ja, dachte Mario Conde, das Glück kann verdammt teuer sein, und er bestellte noch einen Doppelten. Er sah auf die sonnenbeschienene, kalte Straße hinaus, auf der nur wenige Autos fuhren, und fühlte sich vollkommen entspannt und ruhig. Es war ein guter Mittag, um etwas zu trinken und anschließend mit einer Frau zu schlafen, wie es Manolo vorhatte. Oder um mit dem Dünnen in einen Bus zu steigen und vier Stunden im Stadion zu leiden. Ein guter Mittag, um sich lebendig und glücklich zu fühlen, mit oder ohne Gitarre. Und während er den Rum durch seine dankbare Kehle rinnen ließ – die milde Wärme von hellem Rum, die er so gut kannte! –, sagte er zu sich, dass auch er häufig glücklich gewesen war und es bestimmt irgendwann einmal wieder sein würde. Die Einsamkeit, dachte er, ist keine unheilbare Krankheit. Eines Tages vielleicht würde er seine alten Illusionen wieder haben, würde in einem Haus in Cojímar wohnen, wie Hemingway, direkt an der Küste, in einem Holzhaus mit roten Dachziegeln und einem Zimmer zum Schreiben. Dann würde er sich nicht mehr mit Mördern und Dieben, mit Tätern und Opfern herumschlagen müssen, und Rafael Morín würde wieder aus seinem Gedächtnis verschwinden, in dem nur die guten Erinnerungen überleben würden, so wie es sein muss. Erinnerungen, die die Zeit hinüberrettet und beschützt, damit die Vergangenheit keine ungeheure, entsetzliche Last ist und man nicht zur Brücke gehen muss, um seine Liebe in den Fluss zu werfen, wie es in dem Lied von Vicentico Valdés heißt, das gerade zu hören war.

»Hör dir das an«, sagte er zu Manolo und lächelte, »genau so was möchte man nach ein paar Gläsern hören: *Zur Brücke will ich gehen / deine Liebe zu werfen in den Fluss / zu sehen, wie sie ins Leere stürzt / und fortgerissen wird vom Strom.* Fast schon wieder schön, was?«

»Wenn du meinst«, sagte der Sargento und betrachtete wieder sein Glas.

»Sag mal, Manolo, was ist, schielst du nun oder nicht?«

Lächelnd, ohne den Blick vom Glas zu heben, das linke Auge auf Abwegen, antwortete Manolo: »An manchen Tagen ja, an manchen nein.« Er trank aus und zeigte seinem Kollegen das leere Glas. »Und was würdest du jetzt gerne tun, jetzt gleich?«

Mario trank ebenfalls sein Glas leer, überlegte eine Weile und antwortete dann: »Dich bitten, mir deinen Kassettenrecorder zu leihen, mich auf den Boden legen wie du und zehnmal hintereinander *Strawberry Fields forever* hören.«

Unsere Baseball-Kluft hat mir nie gefallen. Damit sieht man aus wie 'n Papagei, schimpfte Alexis El Yankee, und er hatte Recht. Die Strümpfe, die Kappe, die Buchstaben auf Brust und Rücken und die veilchenblauen Ärmel an dem kükenblassgelben Trikot, dazu die zu weite Hose, die man nicht enger machen durfte, denn Antonio La Mosca, »die Fliege«, unser Sportlehrer und Manager, hatte uns eingeschärft, dass wir nach der Meisterschaft alles wieder zurückgeben müssten, und zwar in demselben Zustand (oder in einem besseren), wie wirs bekommen hatten. So ein Blödsinn! Als ob irgendjemand scharf auf die Klamotten gewesen wär, die uns den blöden Spitznamen »Die Veilchen von *La Víbora*« eingebracht hatten. Die Meisterschaft wurde zwischen sechs Oberstufenmannschaften ausgetragen, und wie immer waren wir die Dummen. Nach dem Water-School-Skandal wurden wir in allem kurz gehalten, angefangen bei den freiwilligen Arbeitseinsätzen auf dem Feld bis hin zu unserer Baseball-Kluft, die immer die blödeste von allen war. Denn als sie einmal mit dem Kontrollieren anfingen, kontrollierten sie und deckten auf, was das Zeug hielt. Zuerst deckten sie auf, dass wir beim Schülerwettbewerb gemogelt und bei der Zuckerrohrernte gewonnen hatten, weil wir in der Jury einen Kontaktmann sitzen hatten, der das Pensum von anderen Schulen teilweise unserem Konto gutschrieb. Und danach deckten sie noch wer weiß was alles auf.

Andrés, unser Stammspieler an der *first base,* wollte vom Baseball nichts mehr wissen, nachdem er sich den Fuß verstaucht hatte und nicht in der Jugendnationalmannschaft spielen konnte. Also stellte man mich an die *first base,* obwohl ich als achter *batter* eingeteilt war, vor Arsenio El Moro, dem neunten und letzten *batter,* der nun wirklich der allerletzte war, verdammt zu einem als Papagei verkleideten *outfielder.*

Als wir zum Aufwärmen rausgingen, war es schon dunkel und das Flutlicht wurde eingeschaltet. Nach uns liefen die Spieler von *La Habana* auf, schwarze Riesen mit solchen Händen, die Hackfleisch aus uns machen würden, so wie sie es schon mit anderen Mannschaften getan hatten. Doch wir (»uns kann keiner«) schworen uns vor der Partie ein. Wir machen die verdammten Schlappschwänze platt, schrien wir, Scheiße noch mal, jawohl, schrie der Dünne, und sogar El Moro und ich glaubten es. Das Schlimme war nur unsere Kluft, und das in dem frisch renovierten Stadion mit dem erstklassigen Flutlicht, auf der einen Tribünenseite die Leute von *La Habana,* auf der anderen die von uns, ein Höllenspektakel, und unsereins in dieser Verkleidung! Wie zu der Zeit, als Baseball noch mit Melone und Gamaschen gespielt wurde.

In der Mannschaft standen der Dünne, Isidrito El Guajiro, »der Bauer« – er war an diesem Tag unser *pitcher* –, der Pello und ich. Ich wurde »Cachito« genannt, denn wenn ich den Ball schlug, flog er immer nur ein kleines Stückchen weit, eben ein *cachito.* Fast alle aus unserer Klasse sahen sich die Spiele an, sogar Tamara, die für die Schülerwettbewerbe verantwortlich war. Bei diesen Wettbewerben zählte nämlich auch die Teilnahme an offiziellen Veranstaltungen, »Aktivitäten« genannt, und die Baseballmeisterschaft war so eine Aktivität. Die Schüler gingen natürlich lieber zu einem Baseballspiel, als zum Beispiel an einem Museumsbesuch teilzunehmen oder die »Aktivität« des Schulchores über sich ergehen zu lassen. Unsere Leute hatten sich einen Schlachtruf ausgedacht, den sie immer skandierten, wenn wir den Ball schlugen: »Die Veilchen von *La Víbora* / die Fliege samt Guerilla / die machen euch jetzt platt!« Doch die gegnerischen Fans dichteten den Spruch um und grölten: »Die Veilchen von *La Víbora* / die Fliege samt Guerilla / die treibens mit den Eseln!« Und das haute natürlich rein, dagegen war nichts zu machen. Jedenfalls war ich selig, dass ich hier spielen durfte, mit Flutlicht und allem Drum und Dran, und die Möglichkeit hatte, alles aus einem anderen Blickwinkel zu betrachten. Denn es ist ja nicht dasselbe, auf der Tribüne zu stehen und die Spieler anzufeuern oder auf dem Feld zu stehen und die Leute auf der Tribüne zu sehen. Das ist ein gewaltiger Unterschied.

»Los, Jungs, den Arsch zusammenkneifen, sonst kann man beim Baseball nicht gewinnen!«, schrie der Dünne auf der Bank, kurz bevor das Spiel begann. Denn wenn es um Baseball ging, hörte für ihn schon immer der Spaß auf. So dünn er auch war, dann traten bei ihm die Halsadern hervor. »Und den Arsch zusammenkneifen, das können wir doch, was, Jungs?«

Und dann mussten wir alle »Jawohl!« schreien, denn sonst konnte er fuchsteufelswild werden. Wir waren die Heimmannschaft, und als wir aufs Feld liefen, fingen die Leute an zu pfeifen – die von *La Habana* – und zu applaudieren – die von *La Víbora* –, und ich blickte zu »unserer« Tribüne, um alles aus einem anderen Blickwinkel zu betrachten, und sah Tamara ein violettes Halstuch schwenken. Und als ich an ihrer Seite, wie einen Polizeihund, den ehemaligen Vorsitzenden der Schülervertretung sah, verging mir die Lust am Spielen. Rafael Morín lachte sein typisches Lachen, zufrieden strahlend wie an dem Tag, als er sich uns vorgestellt hatte (»Ich bin Rafael Morín ...«), er da oben mit einem grauenhaften karierten Hemd, wir da unten, verkleidet als Papageien.

Doch trotz allem sollte es das Spiel meines Lebens werden. Isidrito hatte vorher zwei Liter Milch getrunken. Es sagte, das sei gut für die geraden, harten *pitches.* Und er warf die Bälle wirklich hart und gerade, aber bei jedem *pitch* furzte er wie ein Weltmeister ... Er fing an, die schwarzen Riesen von *La Habana* einen nach dem anderen »auszumachen«, fast keiner erreichte die *first base,* und wenn sie es mal schafften, passierte auch nichts, denn sie machten keine Punkte. Wir aber auch nicht, denn Yayo Mantequilla, der *pitcher* von *La Habana,* brannte genauso wie der Guajiro und warf uns sieben Mal zur Null. Die Leute auf den Rängen wurden immer stiller. Das Spiel war jetzt wirklich eine ernste Angelegenheit und versprach am Ende so richtig spannend zu werden.

So stand es im achten *inning* null zu null, und nun kam der Dünne als fünfter *batter* an die Reihe. Er schlug einen hervorragenden *line* über den *short stop* und kam bis zur *second base.* Da war aber was los! Unsere Leute schrien »Veilchen, Veilchen, macht sie platt«, und der Dünne schrie »Kommt doch her, ihr Wichser!«, sodass der *umpire* ihn wegen »obszöner Ausdrücke« verwarnte. Und dann schlug das Scheiß-Schicksal zu. Isidrito, unser sechster *batter,* der sonst nie versagte, schlug dreimal daneben, und das war der erste *out.* Paulino Huevo de Toro, der siebte *batter,* schlug einen *rolling* direkt in den Handschuh von Yayo, und der strich sich mit dem Ball in aller Seelenruhe über die Eier, bevor er ihn routiniert zur *first base* warf, und das war der zweite *out.* Und nun war ich dran.

Ich machte mir vor Angst fast in die Hose, meine Knie zitterten, meine Hände waren schweißnass. Im Stadion war es mucksmäuschenstill, und sogar der Dünne, der genau wusste, was mit mir los war, hörte auf zu schreien. Ich glaube, er gab den *inning* schon verloren. Da fasste ich mir ein Herz, spuckte in die Hände und rieb sie mit Erde ab. Ich erinnerte mich daran, dass ich mit dem *bat* weit ausholen und ihn ganz fest halten und den Ellbogen heben musste, wenn ich zum *swing* ansetzte. Totenstille. Yayo Mantequilla warf den Ball hart und gerade, dass einem die Eier abfallen konnten, und ich dachte, jetzt komm ich, ich holte aus, hob den Ellbogen, hielt den *bat* ganz fest, schloss die Augen und machte einen *swing.* Nun war wirklich die Hölle los! Scheiße, mir war ein *line-drive* gelungen, quer übers Feld, richtig hart, einer, der mir noch nie gelungen war, und wie im Film sah ich, wie der Ball flog und flog, dem Auffangzaun unter der Anzeigetafel entgegen, und da fing ich an zu rennen, ich hatte genug Zeit, um es bis zur *third base* zu schaffen, und es konnte sogar ein *home run* werden. Was für ein Geschrei, was für ein Triumph! Der Dünne machte den Punkt, rannte zur *third base* zurück und hob mich hoch, und Isidrito, der seit unserer letzten Prügelei nicht mehr mit mir sprach, gab mir vor Rührung einen Kuss, und die ganze Mannschaft kam an und packte mich am Hintern, ich hatte es ja nicht anders gewollt, oder? Inmitten meiner Freude und dem Geschrei aus dem Publikum schaute ich zu den Zuschauerrängen hoch, um alles aus einem anderen Blickwinkel zu betrachten … und hatte das Gefühl, ich müsste sterben. Tamara und Rafael waren schon gegangen.

Im neunten *inning* machten die Spieler von *La Habana* zwei *runs* und gewannen zwei zu eins. Aber es war das Spiel meines Lebens.

Bevor er an der Tür läutet, sieht er auf die Uhr: zehn nach vier. Wenn sie Siesta gehalten hat, müsste sie schon wieder wach sein. Vielleicht sieht sie sich den Sonntagnachmittagsfilm an, denkt er. Und er denkt weiter, dass er nicht weiß, was genau er hier will. Besser gesagt, er weiß es sehr wohl, will es sich aber nicht eingestehen. Die falschen Lam-Skulpturen stehen im Schatten einer Ceiba, die vielleicht absichtlich neben den Betonzoo gepflanzt wurde. Zusammen mit den gestutzten Kroton-Hecken und den dichten *Mantos*-Beeten vermittelt der Vorgarten das Gefühl, in einem künstlichen, aber sehr reizvollen bunten Wald zu stehen. Er muss an Manolos Worte denken: Das Haus ist wirklich nichts für einen Polizisten. Die lebendige Erinnerung an diesen Ort verursacht in seiner Brust und an den Schläfen einen stechenden Schmerz. Froh darüber, dass er mit Manolo vorher ein paar Gläschen geleert hat, drückt er auf den Klingelknopf. Danach fühlt er sich entspannt und erleichtert.

Das Geräusch der Klingel hallt in dem riesigen Haus wider. Während er wartet, zündet er sich eine Zigarette an und rückt die Dienstpistole im Gürtel zurecht. Er wird sich nie an ihr Gewicht gewöhnen. Endlich öffnet Tamara die Tür, lächelt ihn an und sagt: »Ach, der ›Prince of the City‹! Ich hab den Film gestern Abend gesehen, der Polizist hat mir Leid getan. In letzter Zeit sind alle Polizisten, die ich sehe, traurige Polizisten. Obwohl der von gestern Abend nicht viel Ähnlichkeit mit dir hatte.« Sie tritt zur Seite, um ihn hereinzulassen.

»In letzter Zeit hab nicht mal ich Ähnlichkeit mit mir«, entgegnet er. Sie schließt die Tür, und sie gehen in den Salon, wo der Fernseher läuft. »Möchtest du den Film zu Ende sehen?«

»Nein, Rafael hat das Video vor drei Monaten mitgebracht, ich kenne den Film schon. Aber weil ich mich gelangweilt habe …« Sie setzt sich in einen der beiden weichen Sessel, Mario in den anderen. »Ich wäre fast eingenickt. Gestern Nacht konnte ich kaum schlafen.«

Die Vorhänge sind zugezogen, das kalte Licht dringt nur spärlich von draußen in den Raum. Mario sieht sich nach einem Aschenbecher um und entdeckt schließlich einen aus Metall mit einer drehbaren Scheibe, unter der die Asche und die Kippen verschwinden. Der Aschenbecher ist so makellos sauber, dass es ihn stört. Er dreht die Scheibe zwei-, dreimal nach unten und fragt dann: »Wer macht hier eigentlich sauber, Tamara?«

»Eine Freundin von Mima. Sie kommt zweimal die Woche. Warum?«

»Ach, nur so, weil ich ihr den Aschenbecher versaue.«

Sie lächelt beinahe traurig. »Es gibt nichts Neues, Mario, nicht wahr?«

»Wir treten auf der Stelle, Tamara«, lügt er und verspürt dabei keinerlei Gewissensbisse. Er fragt sich, wie viel seine ehemalige Schulkameradin weiß.

»Hab ich mir gedacht. Meine Schwiegermutter hat mich heute Morgen angerufen und mir erzählt, dass ihr bei ihr wart. Die Ärmste hat geweint.«

»Ist wohl normal, oder? Danach hab ich mit Fernández-Lorea gesprochen. Er hat mir bestätigt, dass dein Mann ein untadeliger Mensch ist. Und dann waren wir bei García, dem von der Gewerkschaft des Unternehmens. Wie alle Welt wusste auch er nur Gutes über deinen Mann zu berichten. Na ja, sie haben mich überzeugt.«

»Wie schön«, sagt sie, und ihre Mandelaugen glänzen noch intensiver. Doch Mario weiß, dass sie nicht anfangen wird zu weinen. »Du willst ihm unbedingt was anhängen, stimmts?«

»Soll ich dir was sagen? Ich glaubs einfach nicht. Auch ich kenne Rafael, und entschuldige, aber so einige Sachen, die er gemacht hat, haben mir noch nie gefallen.«

»Was für Sachen?«, fragt sie und nimmt ihren Kampf gegen die krause Haarsträhne auf.

»Ach, nichts, dummes Zeug, vergiss es. Aber am Ende ist man voreingenommen.«

»Und was hat Alberto dir erzählt?«

Er beobachtet die *Flora* von Portocarrero, die eine ganze Wand beherrscht. An der Unterseite liest er: »Für dich, Valdemira, von Deinem Freund René.« Ihm gefallen am besten die Blautöne, die der Künstler für das Haar dieser *Flora* verwendet hat. Sie wirkt dadurch kühler, aber auch lebendiger, und er stellt fest, dass sie wie alle Floras mit vertrauensvollen Kuhaugen in die Welt blickt.

»Nichts Neues, wirklich nicht. Im Moment versuchen wir, diese Zoilita ausfindig zu machen, aber sie bleibt verschwunden. Und morgen beginnen wir mit den Ermittlungen im Unternehmen. Vielleicht kommt dabei ja irgendwas raus.«

»Was möchtest du gerne herausfinden, Mario?« Sie schlägt die Beine übereinander und sieht ihn forschend an, so als wäre er ein seltsames Wesen, das sie noch nie gesehen hat. Er dagegen hat nur Augen für ihre Beine und das Kleid, ein überlanges T-Shirt, das den Ansatz ihrer Schenkel sehen lässt.

»Warum bist du damals bei dem Baseballspiel abgehauen?«

»Was?« Sie ist überrascht.

»Nichts, nichts. Ich will deinen Mann aufspüren und herausfinden, warum er verschwunden ist. Und ich will herausfinden, wie du dich fühlst.«

Sie bringt die freche Haarsträhne für einen Moment unter Kontrolle und legt ihren Kopf auf die Rückenlehne des Sessels. »Völlig durcheinander. Ich habe viel nachgedacht«, sagt sie und steht auf. Er sieht sie zum Bücherschrank gehen, und erst jetzt, da er sie so anschaut, kommen ihm wieder seine Onanie-Fantasien von gestern Nacht in den Sinn. Er schämt sich beinahe, dass ihm diese Frau so sehr gefällt. Sie kommt mit einer Flasche Ballantine's und zwei Gläsern zurück, zieht ein kleines Tischchen heran und gießt viel bernsteinfarbene Flüssigkeit in die beiden Gläser. Der unverwechselbare Geruch nach Eichenholz steigt Mario in die Nase.

»Wovor hast du Angst, Tamara?«

»Angst?«, fragt sie mehr sich selbst und schaut wieder ihren Besucher an. »Vor nichts, Mario. Und du?«

Er spürt die trockene Wärme des Whiskys auf der Zunge und denkt, dass er das Jackett ablegen müsste.

»Vor allem. Ja, vor allem. Dass Rafael tot ist oder dass er es nicht ist und wieder auftaucht und alles so weitergeht wie bisher. Dass die Jahre verstreichen und ich und meine Träume auf der Strecke bleiben. Dass der Dünne stirbt und ich dann alleine bin und noch größere Schuldgefühle kriege. Dass die Zigaretten mich umbringen. Dass ich meine Arbeit nicht gut mache. Und vor der Einsamkeit, große Angst vor der Einsamkeit … Und dass ich mich in dich verliebe, wo du doch Rafaels Frau bist und in dieser so perfekten und so sauberen Welt lebst und mir schon immer gefallen hast.« Er sieht die unschuldige und unnahbare *Flora* an und spürt, dass er nicht mehr aufhören kann zu sprechen.

An dem Tag, als sich sein Leben veränderte, fragte sich Mario Conde, wie die Schicksale der Menschen entstehen. Vor kurzem hatte er den Roman *Die Brücke von San Luis Rey* von Thornton Wilder gelesen. Er sagte sich, dass auch er eine von jenen fünf Personen hätte gewesen sein können, die das Schicksal über die Hängebrücke in Peru geführt hatte, wo ihnen die Knochen in einem bestimmten Augenblick von Millionen von bestimmten Augenblicken mit einem letzten Seufzer gebrochen wurden, als sie in den Abgrund stürzten. Ihn faszinierte das Bild von den fünf Reisenden, die höher fliegen als die Kondore, und auch die streng kriminalistische Untersuchung einer anderen Person, die nach den Gründen für das zufällige Zusammentreffen jener Männer und Frauen forscht, die sich niemals zuvor je begegnet waren und nun auf der Brücke von San Luis Rey den Tod fanden. Mario Conde war ins Sekretariat der Psychologischen Fakultät gegangen und hatte sich vom Studium abgemeldet, ohne sich bereits Gedanken über die Rolle des Schicksals zu machen. Daraufhin ließ ihn die Vizedekanin zu sich kommen, um ihn zu fragen, ob er wirklich das Studium aufgeben wolle, und er sagte, ja, es müsse sein. Sie bat ihn, einen Moment im Büro zu warten, und ging hinaus. Nach einer Viertelstunde kam ein Mann herein, der sich als Capitán Rafael Acosta vorstellte und ihn fragte, was ist dein Problem, mein Junge. Mario konnte sich nicht erklären, warum man ihn verhörte. Mein Problem ist finanzieller Natur, Genosse, antwortete er, ich muss Geld verdienen. Und warum gibst du dir keinen Ruck, fragte ihn der Capitán. Das verstand er noch weniger. Ich muss Geld verdienen, wiederholte er, und außerdem gefällt mir das Studium nicht, ehrlich. Dann redeten sie über alles Mögliche, und er verlor nach und nach die Angst. Da schlug ihm der Capitán vor, auf die Polizeiakademie zu gehen. Er werde mit einem Rang abschließen und vom ersten Monat an Geld verdienen. Ich bin nicht in der Partei, sagte er. Spielt keine Rolle, wir wissen, wer du bist. Ich hatte nie eine leitende Funktion, und außerdem bin ich ziemlich chaotisch, sagte er, und ich finde die Beatles toll, dachte er, aber auch das spielte keine Rolle. Ich hab nie daran gedacht, Polizist oder so was zu werden, was kann ich schon bei Ihnen tun? Das werde er lernen, versicherte Capitán Acosta, wichtig sei, dass er in die Akademie eintrete, später dann könne er Abendkurse an der Universität belegen und sogar irgendein Studium absolvieren, was dir am besten gefällt, mein Junge, sagte der Capitán. Er solle es sich überlegen, doch er überlegte nicht. Er sagte Ja. Ist *das* Schicksal? Das fragte er sich seither immer wieder, denn er hatte sich niemals vorstellen können, Polizist zu werden, sogar ein guter Polizist, wie man ihm sagte. Was man braucht, ist Köpfchen, viel Köpfchen, erklärte ihm ein Kollege. Er kam nicht in die Abteilung für Resozialisierung, worum er nach Abschluss der Akademie gebeten hatte, sondern zum allgemeinen Erkennungsdienst. Dort musste er Fälle kategorisieren, modus operandi und Typisierungen von Verbrechensarten entwickeln, bis er sich eines Tages mit einer alten Akte im Computerraum einschloss, Papiere und Daten las und immer wieder las, nachdachte, bis er Kopfschmerzen bekam, um schließlich eine ungewöhnliche Lösung zu finden, indem er bei dem betreffenden Mordfall, der bereits seit vier Jahren untersucht wurde, zwei entfernte und unzusammenhängende Enden eines Fadens miteinander verknüpfte. Ist *das* Schicksal? Das fragt er sich auch jetzt, und er denkt mit Vergnügen an seine erste Zeit in der Ermittlungsabteilung, als er die Uniform ablegen und wieder seine alte Jeans anziehen, ja, sich sogar einen Bart wachsen lassen konnte, nachdem er den Alten überzeugt hatte. Damals hatte er das Gefühl (und die Illusion), dass er nun in die Welt hinausging, um ihr Gerechtigkeit zu bringen. Jene Tage voller Euphorie sind längst vergangen, so scheint ihm, haben der Routine Platz gemacht. Köpfchen und Routine, das ist es vor allem, was das Polizistendasein ausmacht, hat man ihm erklärt, so wie er es später den Neuen erklärt hat, indem er Jorríns Rat wiederholte; das und jeden Tag neu anfangen zu können, auch wenn man keine Lust hat, immer wieder neu anzufangen. Wenn es das Schicksal nicht so gewollt hätte, hätte er jenen Fall nicht entdeckt, der nur darauf wartete, von ihm gelöst zu werden; dann hätte er Capitán Acosta nicht mit Ja geantwortet; dann wäre sein Vater nicht gestorben, bevor er das Studium abgeschlossen hatte; dann hätte man ihn Literatur studieren lassen und nicht Psychologie; dann hätte er Hemingways Bücher nicht verschlungen, als er die Windpocken hatte, die er eigentlich schon viele Jahre zuvor hätte bekommen müssen, zusammen mit allen anderen Jungen aus der Straße; dann wäre er bestimmt Pilot geworden, da man ihn nicht von der Militärakademie verwiesen hätte, nachdem er einen Genossen, der sich erbarmungslos über seine Flugleidenschaft lustig machte, mit Wort und Tat angegriffen hatte. Und so weiter und so fort, denn möglicherweise wäre er nicht geboren worden, oder der erste Conde, Ururgroßvater Teodoro, wäre kein Betrüger gewesen und nicht auf Kuba gelandet. Deswegen, weil das Schicksal es so gewollt hat, ist er nun Polizist, und das Schicksal hat ihn mit dem Leben von Rafael Morín verbunden und mit deinem, Tamara, einem Leben, das sich inzwischen so weit von seinem entfernt hat, dass man sich kaum noch vorstellen kann, wie sie früher einmal denken konnten, sie wären gleich. Doch das Leben hat sich verändert, so wie sich alles verändert, und er ist jetzt weder unzuverlässig noch verrückt, lediglich so kompliziert wie eh und je, ein hoffnungsloser Fall, traurig und einsam und sentimental, ohne Frau und Kinder, vielleicht für immer. Und er weiß, dass sein bester Freund sterben wird und man nichts daran ändern kann. Und die Pistole in seinem Gürtel wiegt schwer, jene Dienstpistole, mit der er außerhalb des Schießstandes nur ein einziges Mal geschossen hat, nun ja, er war sich ja fast sicher, dass er nicht treffen würde, weil er auf niemanden schießen konnte. Doch dann hat er geschossen und getroffen. Und an dem Tag, als sich sein Leben veränderte, so kann er sich noch erinnern, fragte er sich, was das ist, das Schicksal. Und er fand nur eine Antwort darauf: Ja oder Nein zu sagen. Wenn du kannst. Und ich hatte die Wahl, Tamara.

»Gib mir noch einen Schluck«, bittet er und schaut sie wieder an.

Sie hat ihm zugehört und dabei ihren Whisky getrunken, und ihre Augen sind feucht geworden. Sie schenkt beide Gläser voll, bevor sie sagt: »Ich habe auch Angst.« Es ist nur ein Flüstern, das aus dem tiefen Sessel kommt. Die aufdringliche Strähne hat sie sich selbst überlassen, so als hätte sie sich daran gewöhnt, mit ihr vor den Augen zu leben, sie vor allen anderen Dingen der Welt zu sehen.

»Wovor?«

»Mich immer leerer zu fühlen. Hochnäsig zu sein und nur über Seide und Baumwolle zu reden. Nicht mein eigenes Leben zu leben. Zu glauben, dass ich alles habe, nur weil ich daran gewöhnt bin, alles zu haben, und weil ich meine, dass ich ohne bestimmte Dinge nicht mehr leben kann. Ich habe vor allem Angst, mein Lieber, und nicht mal ich selbst verstehe mich richtig. Einerseits möchte ich, dass Rafael hier ist, dass alles bleibt, wie es ist, leicht und geordnet. Andererseits möchte ich, dass er nie wieder zurückkommt und ich versuchen kann, irgendetwas ganz alleine zu erreichen, ohne Rafael, ohne Papa, ohne Mima, sogar auch ohne meinen Sohn … Und das nicht erst seit gestern, Mario. Ich fühle mich schon eine ganze Weile so.«

»Soll ich dir was sagen? Ich muss gerade daran denken, wie die Tante vom Zigeuner Sandín dir aus der Hand gelesen und was sie dir prophezeit hat. Erinnerst du dich noch?«

»Natürlich erinnere ich mich, das habe ich nie vergessen. Du wirst alles haben, und du wirst nichts haben, hat sie gesagt. Ist es möglich, dass das schon damals aus meiner Hand zu lesen war, dass das mein Schicksal war, wie du es nennst?«

»Keine Ahnung, bei mir hat sie sich nämlich geirrt. Mir hat sie gesagt, dass ich weite Reisen machen und jung sterben würde. Sie hat mich wohl mit Carlos verwechselt. Oder vielleicht auch nicht, vielleicht haben wir uns selbst miteinander verwechselt … Tamara, wärst du fähig, deinen Mann umzubringen?« Sie nimmt einen großen Schluck aus ihrem Glas und steht auf.

»Warum müssen wir so schrecklich kompliziert sein, trauriger Polizist?«, fragt sie und stellt sich vor ihn. »Es gibt keine Frau, die ihren Ehemann nicht irgendwann mal hätte umbringen mögen. Das solltest du doch wissen. Aber fast keine kann sich letztlich dazu entschließen. Ich jedenfalls bin zu feige, Mario«, fügt sie hinzu und tut einen Schritt nach vorn.

Er klammert sich an sein Glas, hält es schützend vor den Bauch. Er gibt sich Mühe, ihre Schenkel nicht zu berühren. Seine Hände zittern, und das Atmen wird zu einem bewussten und schwierigen Akt.

»Du hast mir nie gestanden, dass ich dir gefalle. Warum sagst du es jetzt?«

»Seit wann weißt du das?«

»Schon immer. Unterschätze nie die Intelligenz einer Frau, Mario.«

Er lehnt den Kopf gegen die Rückenlehne des Sessels und schließt die Augen. »Ich glaube, ich hätte mich getraut, wenn Rafael mir nicht zuvorgekommen wäre, vor siebzehn Jahren. Danach konnte ich es nicht mehr. Du weißt ja nicht, wie sehr ich in dich verliebt war, wie oft ich von dir geträumt habe, was wir in meinen Träumen miteinander gemacht haben … Doch das hat jetzt alles keinen Sinn mehr.«

»Warum bist du dir da so sicher?«

»Weil wir uns immer weiter voneinander entfernen, Tamara.«

Sie straft seine Worte Lügen, indem sie noch einen Schritt nach vorn tut. Sie berührt seine Knie. »Und wenn ich sage, dass ich gerne mit dir schlafen möchte, jetzt gleich?«

»Ich würde denken, dass es wieder so eine Laune von dir ist, weil du gewohnt bist, alles zu bekommen, was du willst. Warum sagst du das zu mir?«, fragt er, denn er ist nicht in der Lage, dagegen anzukämpfen. Er fühlt einen Schmerz in der Brust, sein Mund ist wie ausgetrocknet. Das Glas kann ihm jeden Moment aus den verschwitzten Händen gleiten.

»Möchtest du nicht, dass ich dir das sage? Bist du nicht genau deswegen hierher gekommen? Wirst du immer Angst haben?«

»Ich glaube, ja.«

»Aber wir werden miteinander schlafen, denn ich weiß, dass ich dir noch immer gefalle und dass du nicht Nein sagen wirst.«

Da stellt er das Glas auf den Boden und sieht sie an. Er spürt, dass sie jetzt eine andere Frau ist, dass sie sich verändert hat. Sie ist scharf auf ihn und riecht auch danach. Und er weiß, dass es seine Chance ist, Nein zu sagen.

»Und wenn ich Nein sage?«

»Dann hast du wieder einmal die Möglichkeit gehabt, dein Schicksal zu bestimmen, Ja oder Nein zu sagen. Du triffst gerne Entscheidungen, stimmts?« Sie tut den letzten möglichen Schritt nach vorn und steht nun zwischen seinen Beinen. Ihr Duft ist unwiderstehlich, und Mario ist sich bewusst, dass sie immer noch zum Anbeißen ist, mehr denn je. Wie eine Bedrohung nimmt er unter dem T-Shirt ihre vor Kälte und Begierde harten Brustwarzen wahr, die bestimmt so dunkel sind wie ihre Lippen. Und er sieht sich mit seinen vierunddreißig Jahren auf der Kloschüssel sitzen und seine uralten Frustrationen mit viel Speichel und ohne jede Leidenschaft kompensieren. Da erhebt er sich auf dem kleinen Raum, den sie ihm für seine Entscheidung gelassen hat, und sieht die unermüdliche Haarsträhne, die feucht glänzenden Augen. Er weiß, dass er jetzt ein für alle Mal Nein sagen muss. Ich kann es nicht, ich will es nicht, ich kann nicht, ich darf nicht. Er verspürt eine absurde Leere zwischen den Beinen, eine andere Form der Angst. Aber es ist unmöglich, sich immer gegen das Schicksal aufzulehnen.

Ohne sich zu berühren, gehen sie die Treppe hinauf, die zu den Räumen in der zweiten Etage führt. Sie geht vor und öffnet eine Tür, und sie betreten ein Zimmer, in dem ein noch dämmrigeres Halbdunkel herrscht als im Salon. Er sieht ein Bett mit einer ordentlich glatt gestrichenen braunen Tagesdecke. Er weiß nicht, ob sie sich in ihrem Schlafzimmer befinden oder nicht. Sein Denkvermögen ist stark reduziert. Doch als sie das T-Shirt über den Kopf zieht und er endlich, endlich die Brüste sieht, von denen er in den letzten siebzehn Jahren so oft geträumt hat, gelingt es ihm zu denken, dass sie tatsächlich noch schöner sind, als er sie sich ausgemalt hat. Dass er niemals hätte Nein sagen können. Dass er diese Frau so sehr begehrt und dass er sich wünscht, Rafael Morín möge in diesem Moment hereinkommen, nur um zu sehen, wie ihm sein ewiges Lächeln vergeht.

Er raucht und zählt die Tränen der Deckenlampe. Er weiß, dass er eine weitere Illusion zerstört hat, doch er muss das Gewicht seiner Entscheidungen tragen. Die unglaubliche Tamara, die bessere der beiden Schwestern, schläft nun den Schlaf einer sorglos Liebenden. Ihre runden, schweren Hinterbacken berühren Marios Hüften. Ich möchte nicht denken, ich kann nicht mein Leben lang denken, sagt er sich, als das Telefon klingelt und sie aus dem Schlaf hochschreckt.

Ungeschickt versucht sie das lange T-Shirt überzustreifen. Schließlich geht sie in den Flur, wo das Telefon immer noch klingelt. Als sie ins Zimmer zurückkommt, sagt sie nur: »Für dich.« Sie scheint verwirrt und auch besorgt.

Er schlingt sich ein Handtuch um die Hüften und verlässt das Zimmer. Tamara folgt ihm, bleibt im Türrahmen stehen, sieht ihm beim Telefonieren zu.

»Ja?«, fragt er und hört dann nur noch zu, über eine Minute lang. Zum Schluss sagt er: »Schick mir den Wagen, ich fahr hin.«

Er legt auf und sieht Tamara an. Er geht zu ihr, und bevor er sie küssen kann, muss er die unbezähmbare Haarsträhne zähmen.

»Nein, Rafael ist nicht aufgetaucht«, sagt er.

Es wird ein langer, sanfter Kuss. Zwei Zungen winden sich umeinander, Speichel wird ausgetauscht, Zähne stoßen aneinander, Lippen beginnen zu schmerzen. Es ist der schönste Kuss, den sie sich bisher gegeben haben.

»Ich muss in die Zentrale«, sagt er dann. »Man hat Zoila gefunden. Wenn es was mit Rafael zu tun hat, ruf ich dich später an.«

Zoila Amarán Izquierdo sah ihnen entgegen, als sie das kleine Büro betraten. In ihren Augen wechselten sich Gleichgültigkeit und Argwohn ab. Mario Conde konnte ihre starke Weiblichkeit atmen. Die goldbraune Haut des Mädchens glänzte wie das Fell eines gesunden Tieres, und das Auffälligste an ihrem Gesicht, der Mund, hatte schamlos fleischige Lippen. Wirklich aufreizend. Sie war gerade mal dreiundzwanzig, wirkte aber sehr selbstsicher. Mario Conde ahnte, dass es nicht einfach werden würde. Das Mädchen lebte auf der Straße und wusste Bescheid. Durch den Umgang mit allen möglichen Leuten war sie abgehärtet, und mit Stolz konnte sie sagen, ich schulde keinem was, ich kann mich durchboxen, was sie wahrscheinlich mehr als einmal hatte beweisen müssen. Sie liebte den Luxus, und dafür war sie bereit, sich am Rande der Legalität zu bewegen. Denn sie konnte sich nicht nur durchboxen, sondern war auch intelligent genug, um keine zu gefährlichen Grenzen zu überschreiten. Nein, es würde nicht einfach werden, sagte er sich, kaum dass er sie gesehen und festgestellt hatte, dass sie zu jenen Frauen gehörte, für die man nur zu gerne bereit ist, Dreck zu fressen.

»Das ist Zoila Amarán Izquierdo, Genosse Teniente«, sagte Manolo und ging zu der jungen Frau, die auf ihrem Stuhl mitten im Büro sitzen blieb. »Als sie in einem Taxi nach Hause kam, hat unser Kollege sie gebeten, mit in die Zentrale zu kommen, damit wir sie vernehmen können.«

»Wir wollen dir nur ein paar Fragen stellen, Zoila«, erklärte ihr El Conde. »Du bist nicht verhaftet, wir möchten nur, dass du uns behilflich bist, ja?« Er stellte sich neben die Tür, sodass sie sich umdrehen musste, um ihn zu sehen.

»Warum?«, fragte sie, ohne sich zu rühren. Sie hatte auch eine hübsche Stimme, klar und beherrscht.

El Conde sah Manolo an und gab ihm mit den Augen grünes Licht. »Wo warst du am Einunddreißigsten?«

»Muss ich darauf antworten?«

»Ich glaube, ja, aber zwingen können wir dich nicht. Wo warst du, Zoila?«

»Irgendwo, mit einem Freund. Wir leben in einem freien, souveränen Land, oder nicht?«

»Wo?«

»Ach, in Cienfuegos, bei einem Freund von ihm.«

»Wie heißen diese Freunde?«

»Aber was ist denn los, was soll das Theater?«

»Zoila, bitte, die Namen. Je eher wir fertig sind, desto schneller bist du hier raus.«

»Norberto Codina und Ambrosio. Ambrosio Fornés, glaub ich. Reicht das? Sind wir jetzt fertig?«

»Das reicht, aber fertig … War nicht noch ein anderer Freund dabei? Rafael zum Beispiel, Rafael Morín?«

»Nach dem bin ich schon mal gefragt worden, und ich hab

gesagt, dass ich nicht weiß, wer das ist. Warum sollte ausgerechnet ich ihn kennen?«

»Er ist doch ein Freund von dir, oder?«

»Ich kenne ihn nicht.«

»Wo wohnt dein Freund? Ich meine, der in Cienfuegos.«

»Am Theater rechts rein. Wie die Straße heißt, weiß ich nicht.«

»Und du kannst dich bestimmt nicht an Rafael Morín erinnern?«

»Hören Sie, was soll das? Wenn ich will, sag ich nichts, und dann ist Schluss mit diesem Blödsinn.«

»In Ordnung, wie du willst. Du sagst nichts, aber dafür bleibst du hier. Verdacht auf Beteiligung an einer Entführung und einem Mord und ...«

»Was soll das denn jetzt?«

»Eine Ermittlung, Zoila, verstehst du mich? Wie heißt der Freund, der mit dir in Cienfuegos war?«

»Norberto Codina, hab ich doch schon gesagt.«

»Wo wohnt er?«

»Ecke Línea und N.«

»Hat er Telefon?«

»Ja.«

»Welche Nummer?«

»Was haben Sie vor?«

»Ihn anzurufen, mal sehen, ob es stimmt, dass er mit dir zusammen war.«

»Hören Sie, er ist verheiratet.«

»Sag mir die Nummer, wir sind diskret.«

»Bitte, Genossen, bitte. 325307.«

»Ruf ihn an, Teniente.«

El Conde ging zum Aktenschrank, auf dem das Telefon stand, und meldete das Gespräch an.

»Schau dir dieses Foto an, Zoila«, fuhr Manolo fort und reichte ihr einen Abzug des Fahndungsfotos von Rafael Morín.

»Ja, und?«, fragte sie, wobei sie mitzukriegen versuchte, was der Teniente am Telefon sagte. Mario sprach sehr leise.

»Kennst du ihn nicht?«

»Na ja, ich war ein paar Mal mit ihm zusammen. Vor ungefähr drei Monaten.«

»Und du weißt nicht, wie er heißt?«

»René.«

»René?«

»René Maciques, warum?«

Der Teniente legte den Hörer auf die Gabel und ging zum Schreibtisch. »Zoila, bitte, heißt er wirklich so?«, fragte er, worauf ihn das Mädchen ansah und sich fast ein Lächeln abrang.

»Ja, bestimmt.«

»Sie war mit Norberto Codina zusammen«, bestätigte der Teniente und ging zur Tür zurück.

»Sehen Sie, sehen Sie?«

»Wo hast du René kennen gelernt?«

Zoila Amarán Izquierdo sah Manolo verständnislos an. Offensichtlich verstand sie wirklich nichts, aber vor irgendetwas fürchtete sie sich.

»Auf der Straße.« Jetzt lächelte sie tatsächlich. »Er hat mich im Wagen mitgenommen.«

»Und warum hat er dich am Einunddreißigsten oder vielleicht am Ersten angerufen?«

»Wer? René?«

»René Maciques, ja.«

»Was weiß ich. Hab ihn seit einer Ewigkeit nicht mehr gesehen.«

»Und wie lange ist diese Ewigkeit her?«

»Keine Ahnung, Oktober oder so.«

»Was weißt du über ihn?«

»Tja, so gut wie nichts. Dass er verheiratet ist, dass er Reisen ins Ausland macht. Und dass er immer ein Zimmer bekommen hat, wenn wir ins Hotel gegangen sind.«

»In welche Hotels?«

»Können Sie sich ja vorstellen. Ins ›Riviera‹, ins ›Mar Azul‹, in solche Hotels eben.«

»Und hat er dir erzählt, wo er arbeitet?«

»Im MINREX, kann das sein? Oder im Ministerium für Außenhandel, irgend so was, wissen Sie?«

»Nein, weiß ich nicht. Wer das weiß, bist du.«

»Gut, also ich meine, im MINREX.«

»Hatte er viel Geld bei sich?«

»Womit, glauben Sie, kann man im ›Riviera‹ ein Zimmer mieten?«

»Werd nicht frech, Zoila. Antworte auf meine Frage.«

»Natürlich hatte er viel Geld bei sich. Aber wie gesagt, wir sind nur ein paar Mal zusammen gewesen.«

»Und seitdem hast du ihn nicht mehr gesehen?«

»Nein.«

»Warum nicht?«

»Weil er ins Ausland reisen wollte. Für ein ganzes Jahr, nach Kanada.«

»Wann war das?«

»Im Oktober, hab ich doch schon gesagt.«

»Hat er dir Geschenke gemacht?«

»Kleinigkeiten.«

»Was sind für dich Kleinigkeiten?«

»Parfüm, Ohrringe, ein Kleid, solche Sachen.«

»Von draußen?«

»Ja, von draußen.«

»Und hatte er auch Dollars?«

»Ich hab nie welche gesehen.«

»Wie habt ihr euch verabredet?«

»Na ja, er war immer sehr beschäftigt, und wenn er Zeit hatte, hat er mich zu Hause angerufen. Wenn ich nichts vorhatte, hat er mich abgeholt. Im Wagen, klar.«

»Was für eine Marke?«

»Es waren zwei. Meistens mit einem neueren, einem Lada mit privatem Nummernschild. Und sonst mit einem anderen Lada, ich glaube vom Staat. Mit dunklen Scheiben.«

»Zoila, ich möchte, dass du dir genau überlegst, was du mir jetzt sagst. Es ist besser für dich und deinen Freund René. Woher, glaubst du, hatte er das viele Geld?«

Zoila Amarán Izquierdo legte den Kopf ein wenig zur Seite und sah den Teniente an, so als wollte sie ihm sagen: Was weiß denn ich. Dann sah sie wieder den Sargento an und antwortete ihm: »Schauen Sie, Genosse, auf der Straße fragt man nicht danach. Ich bin keine Hure, ich schlafe mit keinem für Geld. Aber wenn einer kommt und dich zum Essen ins ›L'Aiglon‹ einlädt und danach auf ein paar Bier am Swimmingpool und dann zum Abtanzen in ein Cabaret und zum Schluss in ein Hotel mit Blick auf den Malecón, dann fragst du nichts mehr. Du genießt, Genosse. Die Situation ist nicht die beste, und man ist nur einmal jung, nicht wahr?«

Natürlich ist man nur einmal jung, dachte er. Den Beweis sah er vor sich. Eine träge, sinnliche Stimme und wolkenlos-himmelblaue Augen, das waren die einzigen Attribute des legendären Miki Cara de Jeva, an die er sich erinnern konnte. Miki hatte in der Oberstufe von *La Víbora* einen Frauenrekord aufgestellt: achtundzwanzig, alle mit Rumknutschen und einige mit weiter gehenden

Aktivitäten. Jetzt hatte er nicht mehr genug Haare auf dem Kopf für einen wuschligen Afrolook und noch zu viele für die endgültige Bankrotterklärung eines resignierten Glatzkopfes. Der Bart glich einer Explosion drahtiger, rötlich-graumelierter Haare, wie bei dem letzten Wikinger aus einem Comic. Und das hübsche Mädchengesicht von früher sah nun aus wie eine schlecht durchgeknetete Teigmasse, unregelmäßig, zerfurcht, eine Berg- und Talfahrt über ungerecht verteiltes Fett, Zeichen frühzeitigen Alterns. Wenn er lachte, entblößte er das Trauerspiel seiner bräunlichen Zähne, und wenn er aus vollem Halse lachte, schenkte ihm seine Kettenraucherlunge zwei Minuten Husten-Auszeit. Miki ist die personifizierte Anklage, dachte Mario Conde, er legt Zeugnis davon ab, dass wir bald vierzig sind und keine knackigen Typen mehr, weder ausdauernd noch in der Lage, jeden Morgen mit neuem Schwung zu beginnen. Und dass wir allen Grund haben, erschöpft und sentimental zu sein.

»Das ist eine Katastrophe, Conde. Mariíta hat mich vor einem Monat sitzen lassen. Guck mal, wie das hier aussieht, wie im Schweinestall!« Er breitete die Arme aus, um das ganze Ausmaß des überbordenden Chaos zu umfassen. Dann nahm er zwei Gläser, die von mehreren Schmutzschichten verschiedenster Herkunft überzogen waren, und stellte sie gleich wieder hin. Nachdem er die aushäusige Frau ausgiebig verwünscht hatte, ging er zum Plattenspieler. Ohne zu überlegen, nahm er die oberste LP vom Stapel und legte sie auf den Plattenteller. »Hör dir das an«, sagte er, »zum Kaputtgehen! *The Best of the Mamas and the Papas* … Ist das gerecht, dass die so schön singen können? … Mit Mariíta ist das jetzt meine fünfte Scheidung, insgesamt drei Kinder laufen von mir rum. Und mir gehts dabei immer dreckiger, die teilen sich mein Geld auf, und ich hab nicht mal genug für Zigaretten. Apropos, gib mir mal eine. Meinst du, unter solchen Umständen kann einer schreiben? Scheiße, da vergeht einem die Lust am Schreiben und sogar am Leben. Na ja, man darf sich nur nicht klein kriegen lassen. Aber manchmal kann man einfach nicht mehr und lässt sich doch kleinkriegen, wenn auch nur 'n bisschen. Ist nicht leicht, Conde, ist nicht leicht … Hör dir das an … *California Dreaming* … Da war ich in der Sekundarstufe. Lange her, was? Wenn ich das Lied hör, krieg ich sogar Lust, noch mal zu heiraten, ehrlich. Und du, hast du endlich angefangen zu schreiben?«

Mario räumte eine Hose und zwei Hemden von einem Sessel, damit er sich hinsetzen konnte. Es hatte ihn immer gewundert, dass Miki außer dem Hinkefuß der einzige Schriftsteller war, den die Literaturwerkstatt der Oberstufe hervorgebracht hatte. Dabei war das Mädchengesicht nur hingegangen, um Frauen aufzureißen. Irgendwann jedoch hatte er angefangen, sich für Literatur zu begeistern, und sich vorgenommen, Schriftsteller zu werden, was er dann ja auch geschafft hatte. Zwei Bände mit Erzählungen und ein Roman wiesen ihn als Vielschreiber aus, allerdings auf einem Terrain, das El Conde niemals betreten würde, selbst wenn er die Zeit und das Talent gehabt hätte, die »Phase der weißen Blätter« zu überwinden. Miki schrieb über die Alphabetisierung, die ersten Jahre der Revolution und den Klassenkampf, während Mario lieber eine Geschichte über das Untergründige geschrieben hätte. Über etwas sehr Untergründiges und sehr Ergreifendes. Denn obwohl er nicht viel kennen gelernt hatte, was untergründig und gleichzeitig ergreifend war, merkte er, dass er es in der einen oder anderen Weise immer dringender brauchte.

»Nein, ich schreibe nicht.«

»Warum nicht?«

»Weiß nicht. Manchmal versuch ichs, aber es gelingt mir einfach nicht.«

»Das kommt noch, oder?«

»Ja, ich glaube, ja.«

»Gib mir noch eine. Ich würde dir gerne Kaffee anbieten, aber ich hab keinen. Bei mir herrscht Ebbe. Nicht mal für Zigaretten reichts, Alter ... Und, was ist, gibts immer noch nichts Neues von Rafael?«

»Nein. Er ist wie vom Erdboden verschluckt«, sagte Mario Conde und versuchte es sich im Sessel bequem zu machen, trotz der Sprungfeder, die ständig in seinen Hintern piekte.

»Als Carlos mir erzählt hat, dass Rafael verschwunden ist und du ihn suchen musst, hab ich mich beinahe bepisst vor Lachen. Spaßig, was? Nach allem, was passiert ist ...«

»Ich weiß nicht, mir macht es nicht sonderlich viel Spaß.«

Miki, das Mädchengesicht, das keins mehr war, trat die Kippe auf dem Boden aus und hustete eine Runde.

»Rafael und ich hatten mal einen Streit, das ist jetzt fünf oder sechs Jahre her. Das wusstest du nicht, was? Nein, das wusste keiner. Wenn ich die Leute aus der Oberstufe treffe, fragen die mich immer nach ihm. Die meinen, wir wären noch dicke Freunde, wie früher. Es kotzt mich an, jedes Mal zu erzählen, dass alles in Butter ist. Man kann doch nicht sein ganzes Leben lang erzählen, dass alles in Butter ist ... Und du hast keinen blassen Schimmer, was mit Rafael passiert sein kann? Glaubst du, der läuft mit 'ner Frau rum und erscheint irgendwann wieder auf der Bildfläche und tut so, als wär nichts?«

»Keine Ahnung, aber ich kanns mir nicht vorstellen.«

»Was hast du, Alter? Bist du deprimiert? Also, bei Rafael weiß ich nicht so genau. Manchmal mein ich, ich hätte ihn noch gern, schließlich waren wir früher mal wie Brüder. Und manchmal tut er mir ein bisschen Leid, nur ein bisschen. Aber im Allgemeinen ist er mir scheißegal. Dass er mir wegen dieser Überprüfung durch die Partei so die Hölle heiß gemacht hat, das hab ich jedenfalls nicht verdient.«

»Was für eine Überprüfung?«

»Siehst du, deswegen hab ich Carlos gesagt, du solltest noch heute bei mir vorbeikommen. Hör zu, Conde. Rafael sitzt ganz tief in der Scheiße. Ich weiß nicht, ob dir das, was ich dir jetzt erzähle, irgendwie weiterhilft. Vielleicht ja, das musst du nachher selbst entscheiden. Ich erzähls dir nur, weil du es bist, der in dem Fall ermittelt. Bei jedem andern würd ich die Klappe halten. Also, hör zu. Als sein Aufnahmeantrag für die Partei geprüft wurde, hat Rafael mich als Referenz angegeben. Die beiden, die seinen Antrag prüfen mussten, sind also zu mir gekommen. Damals war ich schon nicht mehr in der Parteijugend, aber sie meinten, das wär egal. Ob ich Rafael aus seiner Schüler- und Studentenzeit kannte, wollten sie von mir wissen. Stell dir vor, ich und Rafael kennen! Und dann haben sie mich befragt, und ich hab geantwortet, alles bestens. Und zwei Monate später kreuzt Rafael bei mir auf, Mann, fuchsteufelswild! Sie hätten seinen Antrag zurückgestellt und ich wär Schuld dran, hat er gesagt. Ich hätte nicht erzählen sollen, dass seine Mutter in die Kirche geht und dass er seinen Vater getroffen hätte, als der aus Miami gekommen wär. Der Alte war völlig auf den Hund gekommen, der Ärmste, hat sich im Norden als Klempner durchgeschlagen. Dabei hatten Rafael und seine Mutter überall rumerzählt, der Alte wär 'n Säufer gewesen und inzwischen tot. Und was Rafael am meisten gewurmt hat, war, dass ich denen erzählt hatte, ich hätte das Gefühl, er würde seinen Vater immer noch lieben und ich würde mich freuen, dass sie sich nach zwanzig Jahren wieder gesehen hätten. Seit der Grundschule hatte er nämlich 'n Trauma wegen seinem Vater und dem ganzen Scheiß, weil der doch abgehauen war. Na ja, ich hab eben die menschliche Seite gesehen ... Hör mal, wenn die Yoly hier wär, die könnte dir was erzählen! Rumgeschrien hat er wie 'n Verrückter, das wär 'ne Schweinerei, ich wär nur neidisch auf ihn und all so 'n Scheiß.

Aber das ist noch nicht das Schlimmste, guck mich nicht so an. Ich bin dann zu dem Büro gegangen, wo er gearbeitet hat, und wollte mit den beiden reden, die mich damals befragt hatten. Ich hab nämlich nicht verstanden, was daran so schlimm sein sollte. Und genau das haben die mir dann auch gesagt. Das mit dem Vater hätte keine weiteren Konsequenzen, denn es wär ja verständlich, dass er seinen Vater wieder sehen wollte. Sein Antrag wär aber zurückgestellt worden, weil er ›Merkmale von Selbstzufriedenheit‹ gezeigt hätte, so wörtlich, und wegen irgend 'ner Sache mit der Gewerkschaft, glaub ich, so genau erinnere ich mich nicht mehr. Aber sie wären sicher, dass er das alles überwinden könnte, bla-bla-bla. Das war die Geschichte mit der Überprüfung.«

»Irgendwie kommt mir das bekannt vor«, sagte Mario Conde, »hört sich ganz nach Rafael an.« Er kam Mikis Bitte zuvor, gab ihm eine Zigarette und zündete sich selbst eine an. »Aber was hat das Ganze mit seinem Verschwinden zu tun?«

»Das hat insofern was damit zu tun, weil ich damals bei der Überprüfung nicht die ganze Wahrheit gesagt habe. Rafael dachte nämlich, ich hätte erzählt, dass sein Vater ihm einen Koffer voll Kleidung mitgebracht hatte und mit ihm im Devisenshop war. Hab ihm doch selbst für einhundertfünfzig Pesos 'ne Jeans abgekauft, die ihm zu groß war. Aber davon hab ich überhaupt nichts erzählt, nicht weil ich ein Lügner bin, sondern weil ich ihn nicht reinreißen wollte. Damals war so was ja Gift für Parteimitglieder, und deshalb hab ich mir die rührende Geschichte von dem liebenden Sohn ausgedacht.«

»Also, ehrlich, Miki ...«

»Erspar mir deine Vorwürfe, ich hab dich nicht kommen lassen, weil ich beichten wollte. Ich bin noch nicht fertig. Rafael war nämlich am Einunddreißigsten hier, nachmittags so gegen drei. Und das nach so vielen Jahren! Das interessiert dich, was? Erzähl nichts, Conde, ich kenn dich doch.«

»Warum war er hier, Miki?«

»Warte, ich dreh mal schnell die Platte um. Die hat Rafael mir geschenkt, zu Neujahr. Er weiß, dass ich auf die Mamas stehe, auf die Mamas und die Stones … Ich war völlig baff, als ich ihn sah, aber ich hab mich auch gefreut, trotz allem. Ich bin nämlich nicht nachtragend, ich nicht. Gut, ich bin also zur Nachbarin nach nebenan und leih mir Kaffee. Und wir trinken 'n halben Liter Rum dazu, den hatte ich noch. Wir unterhalten uns, als wär nichts geschehen. Über den ganzen Scheiß, von der Schule, vom Viertel, das Übliche. Rafael ist im Grunde 'n armes Schwein, weißt du das? Am Ende war er es immer, der neidisch auf mich war. Das hat er mir selbst gestanden, da hat er gesessen, wo du jetzt sitzt. Ich hätte immer gemacht, wozu ich Lust hätte, hat er zu mir gesagt. Stell dir das vor, so fertig wie ich bin mit meinen drei Büchern. Hab nicht mal Lust, sie noch mal zu lesen. Pure Affenscheiße! Als ich ihm das gesagt hab, hat er sich halb totgelacht. Er meinte, ich mache Witze.«

»Aber was zum Teufel wollte er denn nun, Miki? Warum ist er hergekommen?«

»Er wollte mich um Entschuldigung bitten, Conde. Ich sollte ihm verzeihen. Weißt du, was er gesagt hat? Er hat gesagt, ich wär immer sein bester Freund gewesen.«

Mario musste daran denken, wie Tamara sich vor ein paar Stunden ausgezogen hatte. Und er spürte, dass er in einem tödlichen Sumpf versank, endgültig, unwiderruflich.

»Ist er nun ein Zyniker oder ein Blödmann?«

Wieder trat Miki die Kippe auf dem Boden aus, diesmal aber mit großer Sorgfalt, und nachdem er sie ausgetreten hatte, zermalmte er sie noch mit dem Fuß.

»Warum sagst du das, Conde? Du bist doch auch so 'n armes Schwein, und das weißt du doch, oder? Deswegen wirst du auch weder ein mittelmäßiger Schriftsteller werden wie ich noch ein aalglatter Opportunist wie Rafael. Nicht mal ein anständiger Kerl wie der arme Carlos. Du bist nichts, Conde, weil du alle verurteilen willst, nur dich selbst verurteilst du nie.«

»Du redest Scheiße, Miki.«

»Ich rede keine Scheiße, und das weißt du ganz genau. Du hast Angst vor dir selbst, und du akzeptierst dich nicht so, wie du bist. Warum willst du kein richtiger Polizist sein, hm? Du bleibst immer auf halbem Wege stehen. Der typische Vertreter unserer Generation, der ›verborgenen Generation‹, wie uns ein Philosophieprofessor auf der Uni genannt hat. Wir wären eine Generation ohne Gesicht, hat er zu mir gesagt, eine Generation, die weder ihren Platz gefunden noch gelernt hat, sich durchzuboxen. Dass man nicht wüsste, wo wir stehen und was wir wollen, und deshalb würden wir uns lieber verstecken. Ich bin ein Schriftsteller, der Scheiße schreibt, weil ich mir keinen Ärger einhandeln will, und ich weiß das. Aber du, was bist du?«

»Einer, der auf das alles scheißt, was du sagst.«

Miki grinste und streckte die Hand aus. Mario legte seine letzte Zigarette hinein, zerdrückte die Schachtel zu einem Knäuel und warf sie aus dem Fenster.

»Die LP ist Klasse, was?« Genüsslich stieß der Schriftsteller den Rauch aus.

»Hör mal, Miki«, sagte der Teniente und sah seinem ehemaligen Mitschüler in die ehemals himmelblauen Augen, »das mit deinem Frauenrekord in der Oberstufe, war das auch gelogen?«

Er hörte den Schuss nicht. Es zerschmettert mir die Hüften, dachte er im ersten Moment. Doch das war nichts als ein Gedankenblitz. Er verlor das Gleichgewicht, und als er zu Boden stürzte, war er bereits bewusstlos. Erst zwei Stunden später wurde er wieder wach.

Da erfuhr er, was es bedeutet, Schmerzen zu haben. Mit einer Kanüle in der Vene wurde er in einem Helikopter nach Luanda geflogen. Der Arzt sagte zu ihm: Beweg dich nicht, wir sind gleich da. Diese Anordnung war jedoch überflüssig, denn er konnte nicht einen Körperteil bewegen. Der heftige Schmerz überwältigte ihn. Als Nächstes erinnert er sich an den Moment, als er nach der ersten Notoperation im Militärhospital von Luanda aufwachte.

Mario Conde wiederholte sich diese Geschichte so oft, bis sie wie ein Film vor seinem geistigen Auge ablief und er sich jedes Detail vorstellen konnte: wie Carlos zu Boden stürzte und mit dem Gesicht in dem heißen Sand lag, einen fernen Geruch nach Stockfisch in der Nase; das Geräusch des Helikopters, das blasse Gesicht des jungen Arztes, seine Worte (»Beweg dich nicht, wir sind gleich da«); Carlos im Innern des Helikopters, vermutlich war ihm kalt; eine Wolke in der Ferne, flüchtig, makellos weiß.

Nachdem der Dünne ein zweites Mal in Havanna operiert worden war, erzählte er Mario die Geschichte seiner einzigen Schlacht gegen einen Feind, den er nicht mal gesehen hatte. Josefina pflegte ihn tagsüber, und El Conde, Pancho, der Hasenzahn und Andrés wechselten sich nachts ab. Sie redeten, bis der Schlaf sie übermannte, und am Ende war sich Mario bewusst, dass dies auch sein Krieg gewesen war, obwohl er nie ein Gewehr in die Hand genommen hatte und die Folge des Krieges vor ihm lag: der Dünne auf seinem Krankenbett. Mario wusste inzwischen, dass sein Freund wahrscheinlich niemals mehr würde gehen können, und ihre heitere, unbekümmerte, ausgelassene Freundschaft wurde von einem Schuldgefühl überschattet, das El Conde nie mehr abschütteln konnte.

»Aber was regst du dich denn so auf, Bär?«

»Wie soll man sich da denn nicht aufregen, nach dem, was die Weicheier geboten haben? Du, die kriegen den Arsch nicht hoch!

Als sie Samstag verloren haben, hab ich so was schon kommen sehen. Hatten das Spiel so gut wie im Sack, aber dann konnten sie keinen *run* machen, alle blieben auf ihren *bases* kleben. Und dann machen die *Vegueros* ihre *runs* und gewinnen das Spiel! Aber heute, das war der Gipfel! Sei froh, dass du das nicht gesehen hast. Schlagen fünfzehn *hits* im ersten Spiel und gewinnen neun zu null, aber im zweiten, wos wirklich drauf ankam, machen sie neun Mal null *runs*. Verdammte Scheiße, Mann, ist so was möglich? Und unsereiner hofft sein Leben lang, dass sie einmal eine Meisterschaft gewinnen, diese Pfeifen, aber wenns drauf ankommt, lassen die sich flachlegen wie Nutten! Aber das geschieht mir recht, ich bin eben zu blöd! Ab jetzt guck ich mir kein Scheißspiel mehr an …«

»Du willst also keinen Rum, nein?«

»Moment, Conde, Moment! Gib schon her.« Und als koste es ihn Überwindung, nahm er das Glas, das Mario neben den Aschenbecher gestellt hatte.

»Sag mal, warum hast du eigentlich Rum gekauft?«

»Hör mal, Conde, ich bin wirklich geladen. Trink jetzt den Rum oder verpiss dich und lass dich nie wieder hier blicken!«

»Ich trink ja, aber lass uns das Thema wechseln. Schließlich bin ich nicht der Manager der *Industriales*, klar?«

»Klar.«

Der Dünne goss sich noch ein Glas ein. Sein Atem ging nun wieder normal. Sah so aus, als wäre er entschlossen, den Waffenstillstand einzuhalten. »Du, wie siehts mit Rafael aus?«

»Langsam besser. Wir haben eine Spur.«

»Warst du bei Miki?«

»Komm direkt von ihm. Das war komisch, anscheinend brauchte er einen Beichtvater und keinen Polizisten.«

»Und, hast du ihm die Absolution erteilt?«

»Hab ihn zur Hölle geschickt mitsamt seinen drei Büchern.

Weil er ein schlechter Schriftsteller ist und ein Lügner. Gib mir noch 'n Schluck, komm.«

»Und die Spur?«

»Rafael hat viel Geld mit sich rumgeschleppt, möglicherweise hatte er Probleme mit den Finanzen des Unternehmens. Weißt du, was das Arschloch macht, wenn er kleine Mädchen aufreißt? Gibt sich als sein Sekretär aus! Kannst du mal sehen, wie schlau der ist.«

»Das würde doch jeder machen, du«, erwiderte der Dünne und trank einen gierigen Schluck. Der Teniente tat es ihm gleich. Er merkte kaum, dass es ein exzellenter Rum war. »Du, hast du schon gegessen?«

»Nein, hab keinen Hunger. Ich schieß mich lieber mit Rum ab und geh schlafen.«

»Warst du noch mal bei der Schwester?«

»Ja, heute Mittag. Nichts Neues. Hab zwei Whisky mit ihr getrunken ...«

»Du lebst nicht schlecht, he?«

Mario trank lieber noch ein Glas Rum, als einen neuen Streit mit Carlos zu beginnen. Genau das will der jetzt nämlich, er ist sauer wegen dem Baseballspiel, dachte er. Er zog die Schuhe aus. Nun erst fühlte er sich so richtig wohl hier im Zimmer, barfuß, hingelümmelt in seinem Sessel. Jose saß im Wohnraum vor dem Fernseher. Plötzlich dachte er an The Mamas and the Papas und bekam Lust, Musik zu hören.

»Ich leg mal was auf«, sagte er und ging zu dem Möbel, auf dem der Kassettenrecorder stand. Er öffnete eine Schublade und sah die nummerierten und sortierten Kassetten durch. Alles von den Beatles; fast alles von Chicago und Blood, Sweat and Tears; einiges von Manuel Serrat, Silvio Rodríguez und Pablo Milanés; eine Kassette von Patxy Andión, verschiedene Songs von Los Brincos, Juan y Junior, Fórmula V, Stevie Wonder und Rubén Blades. Was für ein

Geschmackschaos, dachte er, scheiß was drauf, und er entschied sich für eine englischsprachige Kassette von Rubén Blades, die er selbst dem Dünnen geschenkt hatte, schob sie in den Recorder und drückte auf die Taste. Dann trank er einen Riesenschluck und goss sich und dem Dünnen nach. Ihm tat weder der Rücken weh noch der von Mikis Sessel malträtierte Hintern.

Die Kassette gefiel ihm, und er wusste, dass sie auch dem Dünnen gefiel. Als sie die Ballade *The Letter* mitsangen, in dem es um den Brief eines Mannes an seinen Freund ging, der weiß, dass er sterben muss, fühlten sie sich trotz allem unbeschwert. Durstig wie Pilger auf einer Wallfahrt tranken sie weiter. So langsam konnte man den Flaschenboden sehen. Der Dünne rollte zum Büfett und hielt eine halb volle Flasche hoch, die vom Vorabend übrig geblieben war. Sie nickten sich zu. Ja, ein weiterer halber Liter Rum würde ihnen gut tun, sie konnten ihn vertragen und würden alles austrinken.

»Der Rum ist gut, was?« sagte der Dünne grinsend.

»Jetzt redest du schon denselben Stuss wie alle Besoffenen.«

»Was hab ich denn gesagt?«

»Nichts, nur dass der Rum gut ist und solchen Blödsinn. Natürlich ist der Rum gut, Mann.«

»Und das nennst du ›denselben Stuss wie alle Besoffenen‹? In diesem Hause kann man auch gar nichts mehr sagen …«, protestierte Carlos und trank so gierig, als müsste er seine Kehle desinfizieren. Mario sah ihn an. Er fand ihn so dick und so anders als früher, und er fragte sich, wie lange er ihn wohl noch haben würde. Ihn überkam wieder die Erinnerung an all seine Träume und Niederlagen, während er sich den Carlos von früher ins Gedächtnis zu rufen versuchte, stehend, dünn, auf zwei Beinen gehend. Doch sein Hirn weigerte sich, jenes liebenswerte Bild zu übermitteln. Da konnte er nicht länger an sich halten und fragte:

»Wann hast du dich eigentlich zum letzten Mal wegen irgendetwas geschämt, Dünner? So richtig geschämt, meine ich.«

»Hör mal, du«, Carlos hielt lächelnd sein Glas gegen das Licht, »ich bin also besoffen, ja? Und die, die solche Fragen stellen, was sind die? Kosmonauten?«

»Mann, ich meins ernst.«

»Keine Ahnung, Conde. Ich schreib mir so was nicht auf. So zu leben«, er zeigte auf seine Beine, lächelte aber noch immer, »ist schon Zumutung genug. Aber was soll ich machen?«

Mario sah ihn an und nickte. Klar, das war eine Zumutung, aber inzwischen wusste er das Beste daraus zu machen.

»Also, weswegen schämst du dich am meisten?«

»Hör mal, du, was willst du eigentlich? Sag erst mal, weswegen du dich schämst.«

»Ach, ich ... Na gut. Als ich Autofahren gelernt hab, hab ich mal vor einer Tankstelle die Kurve nicht gekriegt und einen 55-Gallonen-Tank umgefahren. Die Typen, die da rumstanden, haben Beifall geklatscht und alles.«

»Und wegen dem Scheiß schämst du dich?«

»Jedes Mal, wenn ich dran denke! Warum, weiß ich nicht. Genauso wie damals, als der verrückte Eduardo dem Leiter des Ferienlagers einen Stiefel an den Kopf geworfen hat und ich Angst vor Rafael hatte.«

»Ja, ja, daran erinnere ich mich auch noch ... Also, ich werd immer schamrot, wenn eine Krankenschwester meinen Pimmel halten muss, damit ich in die Ente pinkeln kann.«

»Und ich, als ich mich mal in der Uni gebückt hab und meine Hose geplatzt ist und ich zwei sooo Riesenlöcher in der Unterhose hatte.«

»Und ich erst, als wir in Pinar del Río zum Essen gegangen sind, Ernestico, du und ich, das war, als wir bei der Tabakernte geholfen haben, und ich sag, also, ich werd mir mal lieber die saubere Unterhose anziehen, man weiß ja nie, vielleicht läuft ja was, und dann haben alle mitgekriegt, dass ich sie dreckig in den Koffer gelegt hatte, mit Schleifspuren!«

»Und deswegen schämst du dich immer noch? Also wirklich … Aber was mich immer noch so richtig wurmt, das ist die Versammlung damals im zweiten Jahr an der Uni, da wollten sie einen aus dem Hörsaal schmeißen, weil ein anderer gesagt hat, er wär schwul. Und ich bin nicht aufgestanden, um ihn zu verteidigen, weil ich Angst hatte, die könnten von der Venezolanerin anfangen, mit der ich damals zusammen war, du weißt schon, Marieta, keinen Arsch und dicke Titten.«

»Ja, ja … Gib mir noch was … Einmal kam eine Krankenschwester von der Poliklinik, wollte mir 'ne Spritze geben, war schon ziemlich spät, und ich hör sie nicht kommen, guck mir gerade 'ne Zeitschrift an, die der Peyi mir geliehen hatte, mit sooo 'nem Ständer!«

»Schrecklich!« Sie gehen nun zu der angebrochenen Flasche über. »Wie damals, als ich mich im Bus an der Stange festgehalten hab und der Fahrer bremsen musste, und ich hab plötzlich die Brust von der Frau in der Hand, und sie schnauzt mich an, du alter Wichser und so, und die Leute schreien Tittengrabscher, Tittengrabscher!«

»Scheiße, du, die vom Comité haben mich mal mit 'ner Kommilitonin losgeschickt, wir sollten die Leute davon überzeugen, nicht mit langen Haaren in die Uni zu kommen, und wir also los, aber dafür gabs überhaupt keine Vorschriften oder so. Für welchen Scheiß man sich manchmal hergibt …«

»Das ist noch gar nichts, Bär! Wie ich mal mit der Marieta ins Hotel ›Capri‹ wollte und so gesprochen hab, mit diesem Singsang und so, damit die glaubten, ich wär Venezolaner! Kaum zu glauben, ich wär fast im Boden versunken …«

»Hör mal, du, ich mag gar nicht dran denken, als ich … Ja, schütt noch einen ein … also, als der Sansón mir die Dose Kondensmilch geklaut hat und ich wusste, dass ers war, aber ich hab so getan, als hätt ich nichts gemerkt, nur damit ich mich nicht mit ihm prügeln musste …«

»So ’n Scheiß, so ’n Scheiß … Und was mir heute passiert ist, nein, Dünner, ich schäm mich zu Tode oder ich sauf mich zu Tode oder …« Er schloss die Augen, um nicht den letzten Rest seiner Geistesgegenwart zu verlieren und sich nicht wieder zu Tode zu schämen und keine Beichte abzulegen: Dünner, Tamara hat mir heute angeboten, sie zu ficken, denn klar, das musste von ihr ausgehen, ich hab mir vor Angst fast in die Hose geschissen, und wir gehen also rauf und … Ja, ihre Titten sind genauso, wie wir sie uns immer vorgestellt haben, und als es so weit ist, nichts, gar nichts, null, aber dann plötzlich ist doch noch was, und ich komm, einfach so, Mann, wir hatten kaum angefangen, und sie zu mir, ist nicht schlimm, kann passieren, ist nicht so schlimm … »Scheiße, Dünner, uns passieren Sachen, dass man sich zu Tode schämen muss, oder nicht? Gib die Flasche rüber, los, Dünner, komm.«

3

Das Wecken war jeden Morgen eine Katastrophe. Wenn einem der apokalyptische Lärm der Glocke in die Ohren dröhnte, schien das Ende der Welt gekommen. Sogar der Hasenzahn wachte davon auf. Der Lagerleiter hatte seinen Spaß daran, die Glocke mit einem Klöppel zu bearbeiten, und dazu schrie er »Aufstehn, los, aaauuufstehn!« Selbst wenn wir schon auf den Beinen gewesen wären oder vor ihm einen Handstand auf einer Hand vollführt hätten, er hätte trotzdem weitergemacht, immer drauf auf die Glocke, immer feste drauf! Bis zu dem Tag, als der Stiefel der Gerechtigkeit lehmverkrustet durch die Dunkelheit flog und ihm die Nase zertrümmerte. Er plumpste auf den Hintern, die Glocke fiel ihm aus der Hand, und jeder, der den Stiefel nicht hatte fliegen sehen, fragte sich erleichtert und glücklich, warum der Lärm wohl aufgehört hatte.

Eine Viertelstunde später standen wir in Reih und Glied auf dem Platz zwischen Schlafsälen und Esstrakt: die acht Brigaden, fünf aus der 11 und drei aus der 13, vor dem Regimentsstab des Lagers, eine Stunde vor Sonnenaufgang. Es war arschkalt, die morgendliche Feuchtigkeit drang uns in die Knochen, und wir wussten, dass uns nichts Gutes erwartete. Miki Cara de Jeva, einer der Brigadeführer aus der 13, ging durch die Reihen und zischte: Wer was sagt, den bring ich um … Der Lagerleiter hielt sich ein Handtuch vor die Nase. Ich konnte buchstäblich die Giftpfeile sehen, die aus seinen Augen schossen. Pancho, der hinter mir stand, hatte sich in eine Decke gehüllt. Auch er musste hier draußen in der kalten Nässe stehen. Sein Atem ging schwer wie ein Blasebalg. Als ich ihn schnaufen hörte, hatte ich das Gefühl, dass auch ich gleich keine Luft mehr kriegen würde.

Als Erster sprach der Sekretär unserer Schule. Jemand habe sich eine schwer wiegende Disziplinlosigkeit zu Schulden kommen lassen, was ihm den Verweis von der Schule einbringen werde. Mildernde Umstände oder Berufung ausgeschlossen. Wenn er, der Schuldige, ein Mann sei, solle er vortreten. Stille. Wie es zu einer solchen Disziplinlosigkeit kommen könne bei einem freiwilligen Arbeitseinsatz der Oberstufe, dies sei keine Besserungsanstalt für straffällig gewordene Jugendliche, und so ein Schüler sei wie eine verfaulte Kartoffel in einem Sack voller guter Kartoffeln. Sie verderbe die anderen und stecke sie mit ihrer Fäulnis an. Dieses Beispiel wurde immer gerne genommen. Da es keine Äpfel gab, nahm man eben Kartoffeln. Der Hasenzahn sah mich an, so langsam wurde er wach. Stille. Stille. Und niemand meldet den Übeltäter, der gegen die Disziplin verstoßen hat, fuhr der Sekretär fort, den Schuldigen, der dem Ansehen des gesamten Kollektivs schadet, das so um seine Chance gebracht wird, den Erntewettbewerb zu gewinnen, und das nach der täglichen Anstrengung in den Zuckerrohrfeldern? Stille. Stille. Stille. Der Dünne hob die Augenbrauen. Er wusste, was kommen würde. Also gut, wenn der Schuldige sich nicht meldet und niemand die Courage hat, ihn zu benennen, dann müssen eben alle bezahlen, bis wir herausfinden, wer es war. So etwas kann man nicht auf sich beruhen lassen … Auf die Ansprache des Sekretärs folgte das Schweigen der Welt. Die erste und raffinierteste Folter, der man uns aussetzte, war der Duft des Kaffees, der in der Küche bereits in Kannen gefüllt wurde. Dazu die Kälte und Pancho, der keine Luft mehr bekam.

Und dann sprach das Orakel von Delphi. Ich rede als Mitschüler zu euch, sagte Rafael, als Genosse und euer von allen gewählter Vertreter. Ich weiß wie ihr, dass sich jemand eine schwer wiegende Disziplinlosigkeit zu Schulden hat kommen lassen, die sogar als Körperverletzung vors Gericht gebracht werden kann … Hör dir den an, sagte der Hasenzahn … und die dazu führt, dass wir Gerechte für den Sünder werden büßen müssen. Auch eine Anspielung auf die Bibel durfte natürlich nicht fehlen. Das wird uns beim Erntewettbewerb sehr schaden, wo wir den Sieg auf Provinzebene doch schon so gut wie sicher hatten. Und das wegen der Disziplinlosigkeit eines Einzelnen? Ist das gerecht? Dass die Mühen von einhundertzwölf Genossen, jawohl, von einhundertzwölf, denn den einen zähle ich nicht mehr dazu, auf diese Weise zunichte gemacht werden? Ihr kennt mich, Genossen, einige von euch sind jetzt drei Jahre mit mir zusammen, ihr habt mich zum Vorsitzenden der Schülervertretung gewählt, ich bin ein Schüler der Oberstufe wie ihr, aber so etwas kann ich nicht auf sich beruhen lassen, das schadet dem Ansehen der revolutionären Schülerschaft Kubas und zwingt die Schuldirektion, Disziplinarmaßnahmen gegen alle Schüler zu ergreifen. Stille. Totenstille. Und ich frage euch, die ihr bereits Männer seid und wie Männer fühlt: Wirft ein Mann der obersten Autorität eines Lagers im Dunkeln einen Stiefel an den Kopf? Und mehr noch: Verhält sich so ein Mann? Versteckt sich ein Mann in der Menge und steht nicht für seine Taten ein, wohl wissend, dass wir alle bestraft werden? Sagt mir das, Genossen, sagt etwas, flehte er förmlich, und ich schrie: Fick doch deine Mutter, du Arschloch! Ganz laut schrie ich, damit alle es hören konnten. Nur dass die Worte nicht aus meinem Mund drangen, weil ich Angst hatte, einen Rafael Morín aufzufordern, seine Mutter zu ficken, bei dieser Kälte, und Pancho mit seinem Asthma, und Miki, der durch die Reihen ging und zischte, wer was sagt, den bring ich um, und dem Kaffeeduft, der mich umbrachte, und dem Lagerleiter, der sich ein Handtuch auf die Nase drückte, weil man ihm einen Stiefel an den Kopf geworfen hatte.

Als El Conde die Zentrale betrat, stellte er überrascht fest, dass er sich nach dem Frieden der Sonntage sehnte. Es war erst fünf nach acht, doch es war Montag, und wie an jedem Montag sah es aus, als würde die Welt untergehen oder die Zentrale sich auf die Evakuierung während eines Atomkriegs vorbereiten. Es gab keinen freien Parkplatz, keiner nahm sich die Zeit, auf den Fahrstuhl zu warten, alle rannten die Treppen hinauf, und man begrüßte sich mit einem flüchtigen »Alles klar, wir sehen uns gleich« oder einem hastigen »Guten Morgen«.

Noch benommen von den Nachwehen der schlimmen Nacht und den entsprechenden Kopfschmerzen zog es der Teniente vor, lediglich die Hand zum Gruß zu heben. Geduldig wartete er vor dem Aufzug. Er wusste, in einer halben Stunde würde es ihm schon viel besser gehen. Aber die Duralginas brauchten ihre Zeit, bevor sie wirkten, obwohl er sich heute nicht vorwerfen musste, sie nicht schon vor dem Schlafengehen genommen zu haben. Nach der Unterhaltung mit dem Dünnen hatte er sich geläutert und befreit gefühlt und hatte sogar vergessen, dass er ihm nichts von seinem Abenteuer mit Tamara erzählt hatte. Und den Wecker zu stellen hatte er ebenfalls vergessen. Doch ein weiteres Kapitel des Albtraums, in dem Rafael Morín hinter ihm her war, um ihn zu verhaften, hatte ihm um Punkt sieben Uhr die Augen geöffnet. Danach hatte er mindestens zweimal sterben wollen: als er aufgestanden war und die Kopfschmerzen begonnen hatten und als ihm auf dem Klo der endlose Albtraum der letzten Nacht wieder eingefallen war, das grässliche Gefühl, verfolgt zu werden, das noch in seinem Kopf herumspukte. Da hatte er zu singen angefangen: »Du hast Schuld / an all meinen Ängsten / an all meinem Kummer …« Warum er ausgerechnet auf diesen schrecklichen Bolero gekommen war, wusste er nicht. Bestimmt, weil er verliebt war.

Der Aufzug hielt in seiner Etage. El Conde sah auf die Wanduhr. Er kam zehn Minuten zu spät, hatte aber weder die Absicht noch Lust, sich eine Ausrede einfallen zu lassen. Als er die Tür seines Büros öffnete, wurde er von Patricia Wongs Lächeln begrüßt. Eine Wohltat.

»Guten Morgen, Freunde«, sagte er. Patricia erhob sich, um ihm den üblichen Begrüßungskuss zu geben. Manolo sah ihn etwas reserviert an, ohne den Mund aufzumachen. »Wie gut du riechst, China«, sagte der Teniente zu seiner Kollegin und musterte, wie er es immer tat, dieses Prachtweib, Ableger einer Schwarzen und eines Chinesen. Fast einhundertachtzig Zentimeter und einhundertachtzig nach bestem Wissen und Gewissen und in bester Absicht verteilte Pfunde, kleine, wahrscheinlich sehr feste Brüste, Hüften wie der Pazifik, ein Hintern, der in Mario unweigerlich den Wunsch weckte, ihn zu berühren oder hinaufzuklettern und auf ihm wie auf einem Trampolin herumzuspringen, um sich zu vergewissern, dass es solch ein Wunder tatsächlich gab.

»Wie gehts dir, Mayo?«, fragte sie ihn, und El Conde lächelte an diesem Tag zum ersten Mal. Patricia Wong war die Einzige, die ihn »Mayo« nannte. Sie war es auch, die seine Kopfschmerzen mit ihrer chinesischen Salbe linderte und einen verborgenen, nie eingestandenen Wunderglauben in ihm weckte. Sie war wie ein Amulett, das ihm Glück brachte. Dreimal hatte Teniente Wong, Ermittlerin in der Abteilung für Wirtschaftskriminalität, ihm auf dem Silbertablett die Lösung von Fällen präsentiert, die sich im allgemeinen Wohlgefallen der unschuldigen Welt aufzulösen drohten.

»Ich warte darauf, dass du deinen Vater bittest, mich noch einmal zu einer süßsauren Ente einzuladen«, antwortete er.

»Wenn du wüsstest, was er gestern gezaubert hat«, begann sie zu schwärmen und setzte sich wieder. Mit großer Mühe zwängte sie ihre Hüften zwischen die Sessellehnen. Dann schlug sie ihre Langläuferinnenbeine übereinander, und Mario beobachtete, wie

Manolos Augen fast hinter der Nasenscheidewand verschwanden. »Mit Kräutergemüse gefüllte Wachteln in Basilikumsoße ...«

»Moment, Moment, wie war das? Womit gefüllt?«

»Schau, zuerst hat er das Basilikum mit etwas Kokosöl zerstoßen und zum Sieden gebracht. Dann hat er die in Schweinefett goldbraun gebratenen Wachteln dazugegeben. Vorher hat er sie mit Mandeln, Sesam, rohen Chinaböhnchen, Schalotten, Mangold, Petersilie und was weiß ich sonst noch für Kräutern gefüllt. Und zum Schluss hat er die Wachteln mit Zimt und Muskatnuss bestreut.«

»Und das kann man essen?«, fragte El Conde auf dem Höhepunkt seiner morgendlichen Begeisterung.

»Muss ja ziemlich beschissen schmecken, oder?«, mischte sich Manolo ein. El Conde sah ihn an. Er wollte ihn anschnauzen, verkniff es sich dann aber und zog es vor, sich die unglaubliche Mischung exquisiter Geschmacksrichtungen vorzustellen, die nur ein Mann mit dem kulturellen Hintergrund des alten Juan Wong zu Stande bringen konnte. Er kam zu dem Schluss, dass Manolo vielleicht nicht ganz so Unrecht hatte, wollte es jedoch nicht eingestehen.

»Hör nicht auf den Kleinen, China, seine Unkultiviertheit wird ihm zum Verhängnis werden ... Aber von euch werd ich ja sowieso nie wieder eingeladen.«

»Und du rufst mich nicht mal an, Mayo. Um mir Bescheid zu geben, dass wir heute zusammenarbeiten, schickst du Manolo vor.«

»Vergiss es, vergiss es, soll nicht wieder vorkommen.« Er sah zum Sargento hinüber, der sich gerade die erste Zigarette anzündete. Um diese Zeit! »Was ist denn mit dem da los?«

Manolo schnalzte mit der Zunge. Am liebsten hätte er gesagt »Nerv mich nicht«, doch das war gar nicht nötig.

»Pah, hatte 'n Riesentheater mit Vilma. Weißt du, was sie sagt? Ich hätte das mit der Arbeit gestern nur vorgeschoben, um mit 'ner andern Frau einen trinken zu gehen.« Er sah Patricia an. »Und das nur wegen dir.«

»Hör auf zu schimpfen, Manolo, ja?«, bat ihn der Teniente und warf einen Blick auf die offene Akte, die auf seinem Schreibtisch lag. »Warum erzählst du Blödmann überall rum, dass ich dich zu irgendwas zwinge? ... Hast du Patricia schon erklärt, worums geht?«

Manolo nickte nur kurz.

»Er hats mir gesagt«, kam Patricia zu Hilfe. »Aber weißt du, ich glaub nicht, dass die Unterlagen in der Firma viel hergeben. Wenn Rafael Morín irgendeine Sauerei vorhatte und wenn er wirklich so clever ist, wie erzählt wird, dann hat er bestimmt seine Maßnahmen getroffen. Wer baden geht, sollte seine Kleider gut verstecken. Aber irgendwas wird schon dabei rauskommen, oder?«

»Hast du dein Team zusammen?«

»Ja, zwei Sachverständige kommen mit. Und ihr zwei, ja?«

El Conde sah von Patricia zu Manolo. Seine Kopfschmerzen waren weg, doch er fasste sich an die Stirn und sagte: »Hör mal, China, nimm Manolo mit. Ich muss nämlich hier bleiben, hab noch so dies und das zu erledigen. Die eingegangenen Berichte lesen ...«

»Es sind keine Berichte eingegangen«, bemerkte der Sargento.

»Hast du schon alles durchgesehen?«

»Weder vom Grenzschutz noch aus den Provinzen. Die Aussagen von Zoilita wurden überprüft. Stimmt alles. Und Maciques wollten wir uns in der Firma vornehmen.«

»Schön, aber egal«, versuchte sich Mario Conde herauszureden. Mit Zahlen stand er schon seit ewigen Zeiten auf Kriegsfuß, und er versuchte, solcher Art von Routinearbeit möglichst aus dem Weg zu gehen. »Ich kann euch da sowieso nicht von großem Nutzen sein, oder? Und ich muss noch zum Alten. Am besten, ich komm so gegen zehn nach, ja?«

»Ja?«, äffte ihn Manolo nach und hob resigniert die Schultern. Patricia lächelte ihn an, und die geschlitzten Augen verloren sich in ihrem Gesicht. Ob sie wohl etwas sehen kann, wenn sie lacht, fragte sich Mario.

»Dann bis später«, sagte sie und packte den Sargento am Arm, um ihn aus dem Büro zu schieben.

»He, China, Moment noch«, bat Mario, und dann flüsterte er ihr ins Ohr: »Wie haben die Wachteln gestern geschmeckt?«

»Wie der Kleine gesagt hat«, flüsterte sie zurück. »Beschissen. Aber der Alte hat sie alle aufgegessen.«

»Das hört man gern«, sagte El Conde und winkte Manolo grinsend zum Abschied zu.

»Geschäfte, bei denen es um sehr viel Geld geht, sind wie eifersüchtige Frauen«, sagte René Maciques. »Man darf ihnen keinen Grund zur Klage geben.«

El Conde blickte zu Manolo hinüber. Der Sargento bekam gerade kostenlos Nachhilfe, und der Teniente hatte sich geirrt: René Maciques war noch keine vierzig Jahre, geschweige denn fünfzig, wie er gedacht hatte. Und er sah auch nicht wie ein Bibliothekar aus, sondern eher wie ein Conférencier im Fernsehen, der die Leute mit seiner Stimme und seinen Gesten zu begeistern sucht und sich ständig mit Zeigefinger und Daumen über die Stirn streicht, wie um seine buschigen Augenbrauen zu kämmen. Er trug ein Leinenhemd, eine *guayabera,* die so weiß war, dass sie wie Emaille schimmerte, mit gestickten Paspeln, die noch weißer schimmerten. Er lächelte entspannt und locker. In seiner Brusttasche steckten drei vergoldete Kugelschreiber, und Mario sagte sich, dass es nur einem ausgemachten Idioten in den Sinn kommen konnte, seine Fähigkeiten anhand der Kugelschreiber, die er mit sich herumschleppt, zu demonstrieren.

»Wenn man derartige Geschäftsverhandlungen leitet«, fuhr der Mann fort, »muss man Vertrauen erwecken, man muss Ruhe ausstrahlen und überzeugend wirken und so tun, als würde man sich über einen Vertragsabschluss ehrlich freuen. Wie gesagt, wie bei einer eifersüchtigen Frau. Und gleichzeitig muss man zu verstehen geben, aber nur ganz nebenbei, dass man nicht um jeden Preis unterschreiben will, dass man weiß, es gibt noch bessere Angebote, auch wenn man sicher ist, dass es kein besseres gibt als das vorliegende. Geschäfte sind ein Dschungel, in dem es vor gefährlichen Raubtieren wimmelt und wo es nicht genügt, ein Gewehr bei sich zu haben.« Ein kleiner Metaphoriker, dachte El Conde. »Und ich kenne keinen, der geeigneter dafür wäre als der Genosse Rafael. Ich hatte mehrmals die Gelegenheit, mit ihm zusammenzuarbeiten, hier in Kuba und auch bei einigen Transaktionen im Ausland, Transaktionen, die einem Angst machen. Rafael hat wie ein Künstler agiert, hat gut und teuer verkauft und immer unter dem angebotenen Preis gekauft. Und Käufer wie Verkäufer sind stets zufrieden und überzeugt davon, ein gutes Geschäft gemacht zu haben, auch wenn sich später herausstellt, dass Rafael sie eingewickelt hat. Und das Beste daran: Er hat bisher nie einen Kunden verloren!«

»Warum kümmert er sich persönlich um die Vertragsverhandlungen, wo er doch Fachleute in den verschiedenen Bereichen sitzen hat?«, fragte El Conde in dem Moment, als eigentlich der Applaus hätte einsetzen müssen für die kleine Ansprache von René Maciques, der sich überraschenderweise als wortgewandtes Goldkehlchen entpuppte.

»Weil er sich dadurch verwirklicht sieht, und weil er weiß, dass er besser ist. Jeder Zweig des Unternehmens arbeitet für sich, entweder nach Branchen oder nach Regionen geordnet, verstehen Sie? Wenn jedoch das Geschäft von großer Bedeutung ist oder irgendwo ins Stocken zu geraten droht, steht Rafael den jeweiligen Fachleuten beratend zur Seite. Er aktiviert die über Jahre hinweg gewachsenen Kontakte, und dann steigt er in die Arena.«

War er etwa auch noch ein Torero?, fragte sich El Conde. Er ahnte, dass Maciques eine harte Nuss sein würde mit seiner antiquierten, aber nicht totzukriegenden Phrasendrescherei. Der Teniente sah in sein aufgeschlagenes Notizbuch. *Geschäfte von großer Bedeutung,* hatte er hineingeschrieben. Er dachte einen Moment lang nach. War Rafael Morín all das, was alle behaupteten? Mario hatte, wenn auch aus der Distanz, den beruflichen und gesellschaftlichen Aufstieg des Mannes beobachtet, der zurzeit untergetaucht war. Seine Karriere glich dem Sprung jener genialen, durchtrainierten Akrobaten, die sich unerschrocken ins Leere stürzen; denn vorher haben sie ein Sicherheitsnetz gespannt, das ihnen sagt, los, spring, du kannst es wagen, ich fang dich auf. Eine gute Partie hatte einen Teil des Problems gelöst: Tamara und ihr Vater und die Freunde ihres Vaters hatten bestimmt ein wenig mitgeholfen, den Weg zu ebnen. Doch Mario musste der Wahrheit die Ehre geben und anerkennen, dass Rafael alles Übrige aus eigener Kraft geschafft hatte, zweifellos. Als Rafael Morín vor zwanzig Jahren ins Mikrofon der Oberstufe gesprochen hatte, hatte sich in seinem Kopf bereits der Gedanke festgesetzt, ganz nach oben zu kommen und alle Etappen dorthin zu durchlaufen. Und er hatte sich darauf vorbereitet. Die Pläne der anderen waren damals noch rudimentär und abstrakt gewesen, nur die von Rafael hatten bereits Konturen gehabt. Deshalb hatte er sich an den schnellsten Wagen gehängt und sich angeschickt, sämtliche Diplome zu bekommen, sämtliche Auszeichnungen und Belobigungen einzuheimsen, perfekt zu sein, untadelig, herausragend. Und opferbereit. Und ganz nebenbei hatte er die Freundschaften geschlossen, die ihm möglicherweise irgendwann einmal von Nutzen sein würden, ohne dass ihm jemals die Puste ausging oder sein Lächeln verschwand. Dann, bei der Arbeit, stellte er seine Fähigkeiten und seine Bereitschaft zu jedem Opfer unter Beweis, um später die eine oder andere Stufe auf der Himmelsleiter überspringen zu können. Er gewann Sympathien und Vertrauen und erwarb sich den Ruf, zu jedem Gefallen bereit zu sein, dabei aber auch in nötigem Maße flexibel, was ihn als einen fähigen, fügsamen, brauchbaren jungen Mann auszeichnete, alles auf einmal, einen, der jede Anordnung akzeptiert und ausführt, während er bereits der nächsten entgegensieht. El Conde wusste von solchen »Biografien mit Rückenwind«. Er konnte sich das unvermeidliche, selbstsichere Lächeln vorstellen, mit dem Rafael dem Minister Fernández-Lorea berichtete, wie perfekt die letzten von Ihnen aufgestellten Pläne erfüllt werden, Genosse Minister. Rafael Morín hatte sicherlich niemals einem Vorgesetzten widersprochen, es handelte sich stets um einen Meinungsaustausch; niemals hatte er sich geweigert, einer unsinnigen Anordnung nachzukommen, er pflegte lediglich konstruktive Kritik über die entsprechenden Kanäle zu üben. Er war niemals gesprungen, ohne das Netz zu überprüfen, das ihn im Falle eines unvorhergesehenen Sturzes in die Tiefe mütterlich-liebevoll hätte auffangen können. Wo also war ihm ein Fehler unterlaufen?

»Und woher nimmt er das Geld für die Geschenke, die er macht?«, fragte der Teniente, als er die einzige Notiz in seinem Büchlein noch einmal gelesen hatte. Er war über die Promptheit erstaunt, mit der René Maciques antwortete: »Von dem, was er bei den Spesen spart, nehme ich an.«

»Und das reicht für die Hi-Fi-Anlage, die er zu Hause stehen hat, für das Chanel N° 5, das er seiner Mutter mitbringt, für die kleineren und größeren Aufmerksamkeiten, die er seinen Mitarbeitern zukommen lässt, und sogar dafür, unter dem Namen René Maciques ein Zimmer im ›Riviera‹ zu nehmen und im ›L'Aiglon‹ zu speisen, beides mit einem dreiundzwanzigjährigen Mädchen? Sind Sie sicher, Maciques? Wussten Sie, dass er bei seinen Abenteuern Ihren Namen benutzt, oder hat er Ihnen das nicht erzählt, so im Vertrauen, hm?«

René Maciques stand auf und ging zur Klimaanlage, die in die Wand eingelassen war. Er drückte auf eine der Tasten, dann zupfte er den Vorhang zurecht, der sich verheddert hatte. Vielleicht war ihm kalt geworden. Am selben Abend noch, als der Teniente über das letzte Schicksal von Rafael Morín nachgrübelte, sollte er sich an diese Szene erinnern, so als hätte er sie vor zehn, fünfzehn Jahren erlebt und eigentlich lieber gar nicht erleben wollen. Maciques setzte sich wieder in seinen Sessel und sah die beiden Polizisten an. Jetzt war er nicht mehr der Conférencier, sondern der schüchterne Bibliothekar, den sich Mario Conde vorgestellt hatte.

»Ich weigere mich ganz einfach, das zu glauben, Genossen«, sagte er.

»Das ist Ihr Problem, Maciques. Aber glauben Sie mir, ich habe keine Veranlassung, Sie anzulügen. Und die Geschenke?«

»Von dem, was er bei den Spesen spart, das habe ich Ihnen doch schon gesagt.«

»Spart er denn so viel?«

»Das weiß ich nicht, Genossen, das müssen Sie Rafael Morín fragen.«

»Sagen Sie, Maciques«, sagte El Conde und stand auf, »müssen wir Rafael Morín auch fragen, warum Sie am Einunddreißigsten gegen Mittag hier waren?«

René Maciques lächelte. Jetzt stand er wieder vor der Kamera und strich sich über die Augenbrauen. »So ein Zufall! Genau deshalb war ich hier«, antwortete er und wies auf die Klimaanlage. »Mir war eingefallen, dass ich sie nicht ausgeschaltet hatte, und ich bin hergekommen, um das nachzuholen.«

El Conde lächelte nun ebenfalls und steckte das Notizbuch wieder ein. Er betete, Patricia möge irgendetwas finden, das es ihm erlauben würde, diesen René Maciques in die Mangel zu nehmen.

Bei dem einzigen Mal, als Mario Conde auf einen Menschen schoss, lernte er, wie leicht es ist zu töten. Du zielst auf die Brust, hörst auf zu denken und drückst ab. Der Schuss erlaubt es dir kaum, den Moment mitzukriegen, in dem die Person von der Kugel getroffen wird. Wie bei einem Steinwurf wird sie zu Boden gestoßen und windet sich vor Schmerzen, bis sie stirbt. Oder auch nicht.

An jenem Tag hatte Teniente Conde dienstfrei, und wie bei allen Ereignissen in seinem Leben versuchte er noch monatelang danach das Knäuel der Zufälle zu entwirren, die dazu geführt hatten, dass er plötzlich mit seiner Dienstpistole in der Hand vor dem Mann stand und gezwungen war zu schießen. Zwei Jahre zuvor war er vom Erkennungsdienst zur Ermittlungsabteilung versetzt worden. Haydée hatte er kennen gelernt, als er einen Einbruch in das Büro untersuchte, in dem die junge Frau arbeitete. Er unterhielt sich ein paar Mal mit ihr und begriff, dass seine Ehe mit Maritza keine Zukunft mehr hatte. Wie ein Hurrikan brach Haydée in sein Leben ein, und El Conde glaubte, verrückt werden zu müssen. Die unbezähmbare Leidenschaft ihrer Liebe, die Tag für Tag in Pensionen, von Freunden überlassenen Wohnungen und auch hinter irgendwelchen Büschen konkrete Formen annahm, besaß eine animalische Kraft und bot unzählige, noch unerforschte Wonnen. Mario Conde verliebte sich hoffnungslos und lebte die befriedigendsten, ungeheuerlichsten Sexualfantasien seines Lebens aus. Sie liebten sich unaufhörlich, wurden gar nicht mehr kalt, und auch wenn Mario erschöpft und glücklich war, verstand es Haydée, immer noch ein wenig mehr aus ihm herauszuholen. Es genügte, dass er ihren kräftigen, bernsteinfarbenen Urinstrahl plätschern hörte oder ihre Zungenspitze wie ein Magnet über seine Schenkel wanderte und sich um sein Glied wand, und schon konnte Mario wieder neu beginnen. Wie keine andere Frau vermittelte ihm Haydée das Gefühl, ein richtiger Mann zu sein und begehrt zu werden, und bei jeder Begegnung widmeten sie sich ihrer Liebe mit dem Eifer von Entdeckern und der Verzweiflung von Eingeschlossenen.

Wenn Mario Conde sich nicht in diese unbeschwerte, etwas naiv dreinblickende Frau verliebt hätte, die sich veränderte, wenn es um Sex ging, dann hätte er nicht geil und glücklich auf der Calle Infanta an der Ecke gestanden, einen halben Häuserblock von dem Büro entfernt, in dem Haydée bis halb sechs arbeitete. Und wenn Haydée, begierig auf den Sexrausch, der sie erwartete, sich nicht verrechnet und 6 plus 8 gleich 24 anstatt 14 in die Bilanz eingetragen hätte, dann hätte sie das Büro um 5 Uhr 31 verlassen und nicht erst um 5 Uhr 42, als der Lärm und dann der Schuss sie mit einem mulmigen Vorgefühl auf die Straße hinaustreten ließen.

Mario Conde hatte sich in seiner nervösen Ungeduld soeben die dritte Zigarette angezündet und achtete nicht auf das Geschrei. Er dachte an das, was an diesem Nachmittag in der Wohnung des Freundes eines Freundes, der für zwei Monate auf einem Lehrgang in Moskau war, geschehen würde. Die Wohnung war vorübergehend zur Zufluchtsstätte ihrer noch heimlichen Liebe geworden. Er stellte sich gerade vor, wie Haydée nackt und schwitzend die heiligsten Winkel seines bebenden Körpers erkunden würde, als er den blutüberströmten Mann auf sich zu rennen sah. Das grüne

Hemd des Mannes färbte sich am Bauch dunkel. Er schien sich auf den Boden werfen zu wollen, um für all seine Sünden um Vergebung zu bitten. Doch Mario wusste, dass er keine Vergebung zu erwarten hatte von dem anderen Mann, der hinkend und mit eingeschlagenen Zähnen ebenfalls angerannt kam, allerdings mit einem Messer in der Hand. Noch Monate später dachte der Teniente, dass er den Verfolger, dem sich niemand zu nähern wagte, hätte aufhalten können, wenn er in Uniform gewesen wäre. Doch als er die Zigarette auf den Boden warf und schrie: »Bleib stehen, verdammt, bleib stehen, ich bin Polizist!«, änderte der Mann die Laufrichtung, hob das Messer hoch über seinen Kopf und richtete seinen Hass nun auf den, der sich ihm in den Weg stellte und ihn anschrie. Seltsamerweise erinnerte sich Mario immer in der dritten Person an diese Szene, sozusagen von außen. Er sah, wie der schreiende Mann zwei Schritte zurückwich, mit der Hand an den Gürtel fasste und ohne ein weiteres Wort auf den Mann schoss, der in einer Entfernung von weniger als einem Meter vor ihm stand und ihn mit dem Messer bedrohte. Er sah ihn nach hinten fallen und sich um sich selbst drehen, so als wäre es einstudiert; das Messer fiel ihm aus der Hand, und dann lag er auf dem Boden und krümmte sich vor Schmerzen.

Die Kugel traf den Mann an der Schulter und ließ sein Schlüsselbein nur ganz leicht splittern. Jenes einzige Mal, als Mario Conde auf einen Menschen geschossen hatte, endete mit einer harmlosen Operation und einem Prozess, in dem er als Zeuge gegen den Messerstecher aussagte, dessen Wunde schon längst verheilt war und der seine unter Alkoholeinfluss begangene Tat bereute. Doch El Conde lebte noch Monate später in dem Zweifel, ob er auf die Schulter oder die Brust des Mannes gezielt hatte. Und er schwor sich, die Pistole nur noch auf dem Schießstand zu benutzen, auch auf die Gefahr hin, dass er sich mit bloßen Händen mit einem Messerstecher herumprügeln müsste. René Maciques jedoch hätte ihn dazu bringen können, seinen feierlichen Schwur zu brechen. Bei meiner Mutter, ja!

»Wir fahren in die Zentrale, Don Alfonso«, sagte er und kurbelte das Seitenfenster hoch. Der Fahrer sah ihn an und wusste, dass er besser nicht fragte.

Patricia Wong und ihr Team in einem Meer von Gehaltslisten, Verträgen – Kauf, Transport, Verkauf – Dienstanweisungen, Memoranden, Randbemerkungen, gegengezeichneten Schecks und Protokollen von Vereinbarungen und Unstimmigkeiten, und alles besagte: in Ordnung, einwandfrei, überaus korrekt. Und Zaida in einem anderen Meer, in Tränen aufgelöst, ja, ihr Verhältnis zu Rafael sei nicht nur das einer Sekretärin zu ihrem Chef, es gehe über die Arbeit im Unternehmen hinaus, das sei aber doch kein Verbrechen, nicht wahr, denn Rafael habe sie niemals bedrängt, habe sich nie in diesem Sinne geäußert, nie, nie. Und sie schwor, dass Rafael sie am Dreißigsten nach Hause gebracht und sie ihn danach nicht mehr gesehen habe. Manolo übte Druck auf sie aus, sie weinte: Alfredito, mein Junge, mochte ihn so sehr, und er ist ausgestiegen und mit reingekommen, um ihm alles Gute zum neuen Jahr zu wünschen. Und Maciques wusste nicht über alles Bescheid, er war nur der Büroleiter. Da müssen Sie mit dem stellvertretenden Direktor reden, der ist aber in Kanada und kommt erst am Zehnten wieder. Und noch einmal: Er glaube das alles nicht. Und der Alte, der die Asche seiner Davidoff betrachtete, würde mit seinem Schwiegersohn reden müssen, das geht nicht mehr so weiter, er nimmt den Kleinen mit und kommt erst um halb zwölf nachts nach Hause, mit einer Fahne, das Theater treibt meinen Blutdruck in die Höhe, aber von dir erwarte ich, dass du den Fall so schnell wie möglich löst, und zwar noch heute, Mario, in drei Tagen kommen Käufer aus Japan, die ein wichtiges Geschäft mit Rafael Morín abschließen wollen, Erwerb von Zuckerrohrprodukten, es geht um Millionen von Dollars, Morín hat schon verschiedentlich mit denen zusammengearbeitet, und der Minister will noch heute eine Antwort haben. Und er fragte ihn: Mario, brauchst du Hilfe? Zwei Tage waren nun schon vergangen, und er stand mit leeren Händen da.

El Conde hob den Blick und sah den kalten, klaren Montag, den 5. Januar, und er sagte sich, dass in der Nacht die ideale Temperatur herrschen würde, um bis Mitternacht wach zu bleiben und dann drei Bündel Heu und drei Schälchen mit honiggesüßter Milch für die Kamele unters Bett zu stellen und daneben einen Brief an Kaspar, Melchior und Balthasar zu legen ... als das Telefon klingelte und er gezwungenermaßen aufhören musste, an den Brief für die Heiligen Drei Könige zu denken.

»Ja?«, fragt er und setzt sich mit halbem Hintern auf den Schreibtisch, den Blick auf die Kronen der Lorbeerbäume gerichtet.

»Mario? Ich bins, Tamara.«

»Ach, du bists. Wie geht es dir?«

»Gestern hab ich den ganzen Abend auf einen Anruf von dir gewartet.«

»Ja, ich bin erst spät hier rausgekommen.«

»Ich hab dich heute Morgen schon mal angerufen, so um halb zehn.«

»Ach, davon hat mir keiner was gesagt.«

»Hab dir auch nichts ausrichten lassen. Warum bist du gestern angerufen worden?«

»Reine Routine. Diese Zoila ist eine Freundin von René Maciques. Rafael kennt sie nicht mal persönlich. Wir haben das überprüft.«

»Also immer noch nichts von Rafael?« Mario wüsste gerne, wie diese Frage gemeint ist. Fast wäre es ihm lieber, wenn Tamara sich wegen ihres Mannes tatsächlich große Sorgen machen würde. Denn theoretisch, so denkt er, ist sie nach wie vor die Hauptverdächtige. »Diese Ungewissheit macht mich fertig«, fügt sie hinzu.

»Mich auch. So langsam reichts mir.«

»Was?«

Er denkt eine Weile nach, bevor er antwortet. Er will nichts Falsches sagen. »Rafaels Privatbulle zu sein.«

»Warst du schon in der Firma?«

»Daher komme ich gerade. Die Spezialisten von der Wirtschaftskriminalität sind noch da.«

»Wirtschaftskriminalität? Glaubst du wirklich, Mario, dass Rafael in so was verwickelt ist?«

»Was meinst du denn, Tamara? Meinst du etwa, er konnte dir all die schönen Sachen von seinem Gehalt kaufen?«

Am anderen Ende der Leitung herrscht tiefes, langes Schweigen. Schließlich sagt sie: »Ich weiß es nicht, Mario, ich weiß es wirklich nicht. Aber ich kann mir Rafael auch nicht als Wirtschaftskriminellen vorstellen. Er …« Sie gerät ins Stocken. »Er ist kein schlechter Mensch.«

»So wird erzählt«, murmelt er. Er fährt sich mit der Hand über die Stirn, um sich den unerwarteten Schweiß abzuwischen.

»Was hast du gesagt?«

»Dass ich das auch glaube.«

Erneutes Schweigen.

»Mario«, sagt sie dann, »was gestern passiert ist, ist nicht so wichtig, das …«

»Für mich schon, Tamara.«

»Ach, du verstehst mich nicht«, beschwert sie sich. Er macht alles noch schwerer. »Was meinst du, warum ich anrufe? Ich möchte dich wieder sehen, Mario, wirklich.«

»Das hat doch keinen Sinn, Tamara. Wir sehen uns wieder, und was dann?«

»Dann weiß ich nicht. Musst du dir wirklich alles tausendmal vorher überlegen?«

»Ja, muss ich, wirklich.« Er spürt die Kopfschmerzen zurückkehren.

»Du kommst also nicht?«

Mario Conde schließt die Augen und sieht sie nackt, voller Begierde und Erwartung auf dem Bett liegen.

»Doch, ich glaub schon. Sobald ich weiß, was mit Rafael geschehen ist«, sagt er und legt auf. Er spürt, wie die Schmerzen hinter den Augen entstehen. Ein Ölfleck, der sich hinter seiner Stirn ausbreitet. Doch mit den Schmerzen kommen die Gedanken. Sobald ich weiß, was mit Rafael geschehen ist. Du Blödmann, schimpft der Teniente mit sich selbst, warum bist du nicht zuerst dahin gegangen?

»Na, kommst du zu mir, weil du nicht mehr weiter weißt?«, fragte ihn Capitán Contreras. Das joviale Lachen des dicken Mannes hallte durch den Raum. Mit einer für Dickhäuter ungewöhnlichen Flinkheit erhob er sich von seinem Stuhl, der erleichtert aufseufzte, ging auf den Teniente zu und drückte ihm die Hand. »El Conde, mein Freund! So ist das Leben, Bruder, heute mit meiner Hilfe und morgen dank meiner Hilfe! Auch wenn es Leute geben soll, die das, was wir hier machen, zum Kotzen finden. Klar, niemand spielt gerne mit Scheiße, aber irgendeiner muss sich ja die Hände schmutzig machen, und am Ende kommen sie doch alle zu mir. Ich red nicht von dir, du bist ja mein Freund, auch wenn du nicht mit mir zusammenarbeiten wolltest. Aber unsereiner hört eben so allerlei.« Wieder lachte er und ließ Bauch, Brust, Doppelkinn und Hinterbacken fröhlich tanzen. Er war leicht zum Lachen zu bringen, sehr leicht. Mario Conde fand, dass es vielleicht viel zu leicht war, den dicken Contreras zum Lachen zu bringen. »Los, zeig schon her«, forderte ihn der Capitán auf.

Der Teniente reichte ihm das Foto. Jesús Contreras betrachtete es eine Weile, und Mario versuchte sich vorzustellen, wie das bewährte Archiv in seinem Hirn funktionierte. Was dem dicken Contreras einmal vor die Augen kam, blieb für alle Zeiten in allen Einzelheiten in seinem Gedächtnis gespeichert. Das war sein größter Stolz. Und sein zweitgrößter war es zu wissen, dass er nützlich, ja, beinahe unentbehrlich war. Der Dicke befasste sich nämlich direkt mit Devisenvergehen, und niemand hätte behaupten können, dass er zu wenig Arbeit hatte. Sein Team, »die Dicken von Contreras«, hatte es sich zum Ziel gesetzt, der tägliche Albtraum aller Schwarzhändler und Dollarverkäufer von Havanna zu sein. Und seit den letzten Monaten hielten sie einen beneidenswerten Rekord bei den Festnahmen.

»Der ist nicht im Geschäft«, stellte Contreras fest, ohne den Blick von dem Foto abzuwenden. »Was sagt der Computer?«

»Nichts, sauber wie ein frisch gebadeter Kinderpopo.«

»Dachte ich mir. Und was genau willst du von mir?«

»Dass du mit deinen Informanten und Schattenexistenzen herausfindest, ob ihm irgendjemand irgendwann mal Dollars verkauft hat. Er hat mit größeren Mengen Pesos zu tun, und ich glaube, er hat was davon abgezweigt. Und dann ist da noch ein anderer, den du überprüfen musst. Das Foto reich ich dir nach.«

»Wie heißen die beiden?«

»Der hier Rafael Morín und der andere René Maciques. Vergiss aber die Namen und konzentrier dich auf die Gesichter.«

»Sag mal, Conde, ist das nicht dieser Bonze, der vor ein paar Tagen verschwunden ist?«

»Ganz genau, Dicker.«

»Bist du verrückt geworden? Hör mal, nicht dass ich da in Teufels Küche komme! Der Mann hat 'n ziemlich langen Arm ... Da hat sogar 'n Minister den Alten angerufen und alles. Weißt du aus sicherer Quelle, dass er *fulas* gekauft hat?« Contreras warf das Foto auf den Schreibtisch, als hätte er sich plötzlich die Finger daran verbrannt.

»Einen Scheißdreck weiß ich, Dicker. Das ist nur 'ne Vermutung, so aus dem Bauch raus. Besser gesagt, die Folge von Kopfschmerzen. Irgendwoher hatte er viel Geld, Dicker, aber ein Dealer ist er nicht.«

»Vielleicht nein, vielleicht ja. Aber du wühlst in der Scheiße, Conde, und Scheiße spritzt«, fügte der Capitán hinzu und setzte sich wieder auf den aufstöhnenden Stuhl. »Also gut, bis wann?«

»Am besten gestern. Der Alte ist sauer, weil ich schon drei Tage an dem Fall dran bin. Er will Blut sehen, und ich fürchte, bald will er meins sehen. Hilf mir, Dicker!«

Capitán Contreras schüttelte sich vor Lachen. Mario wunderte sich immer, wie der Dicke an allem seinen Spaß haben konnte. In Wirklichkeit war er nämlich der härteste Polizist, den er kannte, und zweifellos der Beste auf seinem Gebiet. Doch hinter der fröhlichen Maske eines Fettwanstes verbargen sich fast dreihundert komplexbeladene Pfunde. Der untrennbar mit ihm verbundene Körpergeruch und das schnelle Ende seiner beiden Eheversuche waren deutliche Anzeichen dafür. Doch er schützte sich mit seinem Lachen und der Überzeugung, zum Polizisten geboren zu sein und gute Arbeit zu leisten.

»Ist ja gut, Conde, ist ja gut. Für dich mach ich doch alles ... Reich mir das andere Foto rein und lass mich wissen, wo ich dich finden kann, falls ich was habe.«

El Conde streckte die Hand über den Schreibtisch, bereit, den Händedruck des Capitán, der ein Pferd erwürgen konnte, klaglos zu erdulden. »Danke, Dicker.«

Begleitet von schallendem Gelächter verließ er das Büro und ging hinauf zum Alten. Maruchi tippte etwas auf der Schreibmaschine. Der Teniente staunte wieder einmal darüber, dass sie sprechen und sogar ihn anschauen konnte, ohne ihre Arbeit zu unterbrechen.

»Du kommst zu spät, Graf, ich meine, Conde. Der Mayor ist gerade weggegangen«, sagte sie. »Zu einer Versammlung in der Politischen Abteilung.«

»Aha ... Ich glaube, das ist auch besser so«, erwiderte der Teniente. Es war ihm ganz lieb, dass er Mayor Rangel noch nicht gegenübertreten musste. »Sag ihm bitte, er soll bis halb sechs auf mich warten. Ich glaube, heute kann ich ihm den Fall fix und fertig auf den Tisch legen. Willst du das für mich machen?«

»Kein Problem, Teniente.«

»Hör mal einen Moment auf zu tippen«, bat er. Die Sekretärin unterbrach ihre Arbeit und sah ihn gelangweilt an. »Schenkst du mir zwei Duralginas? Bitte.«

»Gibts was Neues?«, fragte Mario Conde lächelnd. Manolo, Patricia und die beiden Sachverständigen aus der Abteilung für Wirtschaftskriminalität sahen ihn verwundert an. Vor kaum einer Stunde hatte er sie in dem Unternehmen zurückgelassen und gesagt, er werde am Nachmittag wiederkommen. Und jetzt stand er schon wieder hier in dem Büro, das ihnen von der Direktion für die Ermittlungen zur Verfügung gestellt worden war, und fragte, ob es was Neues gab! Der Teniente machte Platz auf dem Schreibtisch und setzte sich mit nicht mal halbem Hintern auf die Platte.

»Noch nicht, Mayo«, antwortete Patricia und schloss die Akte mit der Aufschrift *Dienstanweisungen.* »Hab dir ja gleich gesagt, dass das nicht leicht wird.«

»Was ich nicht verstehe, ist, wozu man verdammt noch mal so viel Papierkram braucht«, schimpfte Manolo und breitete die Arme aus, wie um das riesige Büro und die Unmengen von Unterlagen zu umfassen. Das Gedächtnis des Unternehmens! »Und das betrifft nur das Jahr 88. Irgendwann muss man ein Unternehmen für die Verwaltung der Papiere dieses Unternehmens gründen.«

»Und das Beste ist, Mayo, trotz all dieser Kontrollen, der Revisionen und Buchprüfungen wird mehr geklaut, veruntreut und abgezweigt, als man sich vorstellen kann. Ohne Unterlagen wär das gar nicht auszuhalten.«

»Und das enthält alles, was mit Rafaels Auslandsreisen und seinen Geschäften zu tun hat?«, fragte El Conde und nahm von der Idee Abstand, sich eine Zigarette anzuzünden.

»Das sind die Verträge, die Schecks und die Kostenabrechnungen. Natürlich mit detaillierten Auflistungen«, erläuterte Patricia Wong und zeigte auf die Berge von Papier. »Wir mussten ganz vorne anfangen.«

»Und wie lange werdet ihr brauchen, um das alles durchzuackern, China?«

Die Teniente lachte ihr schicksalsergebenes asiatisches Lachen, das ihre Augen unsichtbar machte. Sie sieht nichts, sie kann bestimmt nichts sehen. »Mindestens zwei Tage, Mayo.«

»Nein, China!«, rief Mario Conde und sah zu Manolo hinüber. Hol mich hier raus, Mann, schien ihn der Sargento anzuflehen. Er wirkte dünner und hilfloser denn je.

»Ich bin eben nicht Chan-Li-Po«, rechtfertigte sich Patricia und schlug ihre prachtvollen Beine übereinander.

»Na schön, dann lass uns Folgendes machen, China. Ihr besorgt mir unter irgendeinem Vorwand die Akte von René Maciques, ich brauch nämlich ein Foto von ihm. Und dann musst du Prioritäten setzen! … Hör sich das einer an, Prioritäten setzen, jetzt sprech ich auch schon so … Also, du suchst alle Spesengenehmigungen und Abrechnungen raus, von Rafael, Maciques und dem Vizedirektor, der gerade in Kanada ist. Such auch nach den Abrechnungen für repräsentative Ausgaben, in Kuba und im Ausland. Und schau dir auch die Liste der ›Geschenke für abgeschlossene Verträge‹ an. Ich nehme an, dass nichts Wichtiges dabei zum Vorschein kommt, aber ich will sicher sein. Vor allem musst du zweierlei im Auge behalten: das, was Rafael in Spanien gemacht hat, denn da ist er am häufigsten gewesen, und dann alle Geschäfte, die er mit dem japanischen Unternehmen gemacht hat.« Er zog das Notizbuch aus seiner Gesäßtasche und las: »Mitachi, so heißt das Unternehmen. Diese Chinesen kommen nämlich in ein paar Tagen nach Kuba, vielleicht hat das ja was mit Rafaels Verschwinden zu tun.«

»In Ordnung, Mayo, aber nenn sie nicht Chinesen, ja?«, bat Patricia ihren Kollegen. Dem Teniente fiel wieder ein, dass sie gerade eine Phase asiatischer Heimatgefühle durchmachte. Sogar der »Gesellschaft Kubanischer Chinesen« war sie beigetreten.

»Aber das ist doch mehr oder weniger dasselbe, Patricia.«

»Ach, Mayo, nerv mich nicht. Erzähl das meinem Vater, mal sehen, ob er dich noch mal zum Essen einlädt.«

»Vergiss es, vergiss es, ist doch halb so wild.«

»Du bist zufrieden, was? Man siehts dir an, bestimmt hast du irgendwas in der Hand.«

»Schön wärs, Patricia … Nein, das Einzige, was ich hab, ist ein uraltes Vorurteil. Und das, was du herausfinden kannst. Du musst mir helfen! Schau mal, jetzt ist es halb zwölf. Was ich von dir möchte, könnte um zwei hier auf den Tisch liegen …«

»Um vier, früher nicht.«

»Also um drei, abgemacht. Um drei bin ich hier. Und jetzt leih mir den Kleinen aus.«

Patricia sah Manolo an und las das Flehen in seinen verzweifelt schielenden Augen. »Na schön! So viel, wie der von Ökonomie und Buchhaltung versteht ...«

»Danke für das Lob, Teniente«, sagte Manolo zu ihr. Er hatte sich bereits die Pistole in den Gürtel gesteckt und strich das Hemd darüber glatt, damit man die Waffe nicht auf den ersten Blick sah.

»Gut, dann also um drei.«

»Ja, und jetzt hau endlich ab, Mayo! Wenn du hier noch länger rumstehst, sind wir um fünf noch nicht fertig. Rebeca«, sagte sie zu einer der Sachverständigen, »besorg dem Teniente das Foto! Na, dann viel Spaß, Manolo.«

Nach zehn Jahren in seinem Büro hatte Mario Conde gelernt, dass es keine Routine ohne Fantasie gibt. Manolo dagegen war noch zu jung für diese Erkenntnis und meinte, mit ein paar Verhören und der Verfolgung von Spuren könne man das Knäuel entwirren und einen Fall lösen. Eventuell war er noch bereit, einige Überlegungen anzustellen und Situationen heraufzubeschwören und auf die Spitze zu treiben. Seine kurze Karriere war zu häufig von Erfolgen begleitet gewesen, und der Teniente respektierte diesen dünnen und schlaksigen Jungen, ohne jedoch alle seine Theorien zu teilen. El Conde setzte auf Polizeiroutine, um das unvermeidliche Haar in der Suppe zu finden. Viel Routine und gelegentliche Geistesblitze, die ihm sein Unbewusstes ungefragt eingab, das waren seine zwei bevorzugten Waffen. Die dritte bestand darin, die Leute besser kennen zu lernen. Wenn du weißt, wie jemand ist, dann weißt du, wozu er fähig ist und was er eigentlich nie tun sollte, sagte er immer zu Manolo, aber manchmal tun die Leute genau das, was sie eigentlich nie tun sollten. Und weiter sagte er zu ihm: »Solange ich bei der Polizei bin, werde ich weder aufhören können zu rauchen noch zu glauben, dass ich irgendwann einmal einen sehr untergründigen, sehr sentimentalen und sehr zärtlichen Roman schreiben werde. Und genauso werde ich bei den Ermittlungen stets die Routine bevorzugen. Wenn ich kein Polizist mehr sein und meinen Roman schreiben werde, möchte ich gerne mit Verrückten arbeiten. Verrückte faszinieren mich.«

Aus reiner Routine und um zu überprüfen, ob ihm tatsächlich jeder Charakterzug von Rafael Morín bekannt war, beschloss er, Salvador González zu befragen, den Generalsekretär des Unternehmens, einen kompetenten Kader, den die Partei keine drei Monate zuvor hierher geschickt hatte.

»Ich weiß nicht, inwieweit ich Ihnen nützlich sein kann«, sagte Salvador. Die angebotene Zigarette lehnte er ab, dafür stopfte er sich eine Pfeife und nahm die angebotene Feuerzeugflamme dankend an. Er war über fünfzig und sah sympathisch und überarbeitet aus. »Ich kenne den Genossen Morín kaum und habe von ihm als Parteimitglied und als Privatperson lediglich Eindrücke. Aber ich möchte Sie nicht durch Eindrücke beeindrucken.«

»Teilen Sie uns doch einfach einen Ihrer Eindrücke mit«, schlug der Teniente vor.

»Nun, auf der Bilanzversammlung hatte ich einen ausgezeichneten Eindruck von ihm, wirklich. Sein Bericht war einer der besten, die ich jemals gehört habe. Ich glaube, er ist ein Mann, der den Geist dieser Zeit verstanden hat. Er stellt an seine Mitarbeiter hohe Anforderungen und achtet auf Qualität. Das ist wichtig, denn dieses Unternehmen ist für die Entwicklung des Landes von großer Bedeutung. Auf der Versammlung übte Morín Selbstkritik wegen seiner zu zentralistischen Art, das Unternehmen zu führen, und bat die Genossen um Unterstützung bei der notwendigen Aufteilung von Verantwortungs- und Aufgabenbereichen.«

»Einen weiteren Eindruck?«

Der Generalsekretär lächelte. »Auch wenn es nichts als ein Eindruck ist?«

»Auch dann.«

»Na schön, wenn Sie darauf bestehen. Aber vergessen Sie nicht, es ist nur ein Eindruck … Sie kennen die Bedeutung des Reisens für jeden von uns. Nicht nur in diesem Unternehmen, sondern im Land überhaupt. Wer reist, fühlt sich herausgehoben, auserwählt, so als würde er die Schallmauer durchbrechen … Mein Eindruck ist, dass der Genosse Morín versucht, mit den Reisen Sympathien für sich zu gewinnen. Es ist ein Eindruck, den ich aus dem gewinne, was ich gesehen habe und was wir miteinander gesprochen haben.«

»Was haben Sie miteinander gesprochen? Und was haben Sie gesehen?«

»Nichts weiter, nur dass er mich bei der Vorbereitung der Versammlung gefragt hat, ob ich gerne reisen würde.«

»Und was weiter?«

»Ich habe ihm erzählt, dass ich als Junge einen Comic von Donald Duck gelesen habe, in dem Donald mit seinen drei Neffen zum Goldsuchen nach Alaska geht. Damals war ich lange neidisch auf diese kleinen Enten, die einen Onkel hatten, der sie nach Alaska mitnahm. Inzwischen bin ich erwachsen geworden und war weder in Alaska noch sonst wo, und ich habe beschlossen, dass Alaska, entschuldigen Sie den Ausdruck, mir am Arsch vorbeigeht.«

»Haben Sie noch weitere Eindrücke gewonnen?«

»Darüber möchte ich lieber nicht sprechen, verstehen Sie?«

»Warum nicht?«

»Weil ich zurzeit kein gewöhnlicher Arbeiter bin, nicht mal ein gewöhnliches Parteimitglied. Ich bin der Generalsekretär dieses Unternehmens, und meine Eindrücke können meiner gegenwärtigen Position zugeschrieben werden, nicht meiner Person.«

»Und wenn ich zwischen der Privatperson und dem Parteisekretär differenziere? Und wenn auch Sie für einen Moment Ihre Position vergessen?«

»Das ist für uns beide sehr schwer, Teniente. Aber da Sie darauf bestehen, will ich Ihnen etwas erzählen. Hoffentlich mach ich da keinen Fehler«, fügte Salvador González hinzu. Er ließ eine lange Pause entstehen, während der er die Pfeife in einem Aschenbecher ausklopfte. Er möchte nicht damit rausrücken, dachte El Conde, gab aber die Hoffnung nicht auf. »Es heißt, in einem Mann der Vorsicht stecken zwei. Rafael Morín war für mich immer ein Mann der Vorsicht par excellence. Aber von den beiden Männern, die in einem vorsichtigen stecken, ist einer unvorsichtig. Und das ist der, der zurzeit vermisst wird.«

»Warum glauben Sie das?«

»Weil ich mir fast sicher bin, dass Ihre Kollegin, die chinesische Mulattin, irgendetwas finden wird. Das liegt in der Luft. Wie gesagt, es ist nichts weiter als ein Eindruck, ich kann mich irren, nicht wahr? Ich habe mich bereits bei anderen Genossen geirrt. Hoffen wir, dass ich mich diesmal ebenfalls irre, aber falls nicht, dann habe ich mich lediglich als Privatperson geirrt, verstehen Sie?«

»Reine Routine, ja?«

»Verdammte Warterei«, knurrte Manolo. Er lehnte am Kofferraum des Wagens. Es war kurz nach zwölf, und die mittägliche Sonne versuchte die Kälte zu vertreiben. Ihre wärmenden Strahlen waren angenehm, man konnte sogar die Jacke ausziehen und die Sonnenbrille aufsetzen. Und man hatte Lust zu sagen: »Lass uns Maciques noch einmal bearbeiten, Conde, aber nicht hier. In der Zentrale. Los, komm.«

El Conde rieb seine Sonnenbrille mit einem Hemdzipfel sauber, hielt sie gegen das Licht und steckte sie wieder in die Brusttasche.

Er knöpfte die Manschetten auf und krempelte sich die Ärmel bis zu den Ellbogen hoch, zweimal, dreimal, asymmetrisch und unordentlich.

»Wir warten. Es ist erst zwölf. Patricia hat drei gesagt, und der Dicke wird gerade erst angefangen haben. Ich glaube, wir haben uns ein Mittagessen verdient, oder? Heute weiß ich nämlich wirklich nicht, wann wir Schluss machen können.«

Manolo strich sich über den Bauch, dann rieb er sich die Hände. Die Sonne mühte sich vergeblich ab, vom Meer wehte eine kräftige, salzige und kühle Brise heran, die der schüchternen Wärme den Garaus machte.

»Was meinst du, Conde, kann ich auf einen Sprung bei Vilma vorbeigehen?«, fragte der Sargento, ohne seinen Kollegen direkt anzusehen.

»Hat sie dich nun rausgeschmissen, oder hat sie nicht?«

»Nein, Mann, sie ist nur so furchtbar eifersüchtig.«

»Wie die Geschäfte, bei denen es um sehr viel Geld geht.«

»So ungefähr.«

»Aber du magst sie, stimmts?«

Manolo versuchte einen von den Autos platt gefahrenen Kronkorken wegzukicken. Wieder rieb er sich die Hände. »Ich glaube, ja, Kollege. Die Frau macht mich fertig im Bett.«

»Pass auf, Kleiner«, sagte Mario grinsend zu ihm. »Mich hat so eine mal fast umgebracht. Und das Schlimmste ist, hinterher bist du mit keiner mehr zufrieden. Aber wer gerne im Bett sterben will … Los, komm, fahr mich zum Dünnen, und um zwei, Viertel nach zwei holst du mich wieder ab. Reicht dir das?«

»Ich bin schneller als Fangio, was glaubst du denn?«, fragte Manolo zurück und öffnete die Wagentür.

Während der Fahrt vermied Mario Conde lieber jedes Gespräch. Mit achtzig Sachen durch Havanna zu rasen kam ihm wie ein Irrsinn vor. Es war besser, Manolo konzentrierte sich nur auf das Lenkrad und auf Vilmas stürmische Liebe. So hatten sie gute Chancen, lebend ans Ziel zu kommen. Leider konnte der Teniente bei Manolos Fahrstil keinen klaren Gedanken fassen, was ihn am Ende jedoch freute. Es gab im Moment nicht viel, worüber er nachdenken konnte. Vor allem musste er jetzt warten, später vielleicht würde er sich wieder das Hirn zermartern dürfen.

»Also, um zwei, hier«, erinnerte er Manolo, als er vor dem Haus des Dünnen ausstieg. Fast hätte er sich bekreuzigt, als er sah, wie der Sargento um die Ecke fuhr. Zwei Brüste machen besoffener als Rum, dachte er, während er durch den kleinen Vorgarten ging, den Josefina pflegte wie alles, was ihr in die Finger kam und ihrer Obhut anvertraut wurde. Die Rosen, die Sonnenblumen, die roten *mantos,* die *picuala* und die verästelten Chinakakteen vermischten ihre Farben und Gerüche auf einem sauberen, dunkelroten Boden. Es kam einer Todsünde gleich, hier eine Kippe wegzuwerfen, und das galt auch für den dünnen Carlos. Die Haustür stand wie immer offen. Mario stieg der Duft einer ganz besonderen Knoblauchsoße in die Nase: In einer Pfanne brutzelten Knoblauchzehen, der Saft von bitteren Orangen, eine Zwiebel, Pfeffer und Olivenöl. In diesem Sud würde später das Gemüse schwimmen, das Josefina für ihren Sohn zubereiten wollte. Um die reduzierten Freuden seines Lebens kümmerte sie sich mit noch größerem Eifer als um den Garten. Seit der Dünne als Invalide aus Angola zurückgekommen war, lebte diese Frau, die ihr herzliches Lachen bis heute nicht verloren hatte, mit heiterer, nonnenähnlicher Schicksalsergebenheit nur noch für ihren Sohn, und das nun schon seit neun Jahren. Vielleicht war die Kocherei das wichtigste Ritual, durch das sich der Schmerz ihrer Liebe ausdrückte. Der Dünne hatte die Ratschläge des Arztes, der ihn vor den Gefahren seiner Fettleibigkeit warnte, von Anfang an in den Wind geschlagen. Er hatte sich damit abgefunden, dass sein Tod nur noch eine Frage der Zeit war, und bis dahin wollte er das Leben in vollen Zügen genießen, so wie er es immer gemacht hatte. Wenn wir saufen, saufen wir, und wenn wir essen, essen wir, pflegte er zu sagen. Und Josefina tat alles, was sie konnte (und noch mehr), um ihn zufrieden zu stellen.

»Stell noch einen Teller dazu«, sagte Mario zu Josefina, als er die Küche betrat. Er küsste sie auf die schweißbedeckte Stirn und neigte seine eigene für den Gegenkuss. Doch die Frau kam nicht dazu. Den Teniente überkam plötzlich ein Gefühl von sentimentaler Liebe, das ihn dazu zwang, die Alte so heftig zu umarmen, als wollte er sie erdrücken. »Ich hab dich so lieb, Jose«, sagte er zu ihr. Dann ließ er sie wieder los und ging zur Anrichte, wo die Thermoskanne mit Kaffee stand. Nur mit Mühe konnte er die Tränen zurückhalten, die er in sich aufsteigen spürte.

»Was machst du denn schon hier, Condesito? Hast du schon Schluss?«

»Schön wärs, Jose«, antwortete er und trank einen Schluck Kaffee, »ich bin nur gekommen, um deine Yuca in Knoblauchsoße zu essen.«

»Hör mal, mein Junge«, sagte die Frau, und sie unterbrach für einen Moment die Essensvorbereitungen, »in was für ein Schlamassel bist du da eigentlich wieder reingeraten?«

»Das kannst du dir überhaupt nicht vorstellen, Jose. Hab mich mal wieder ganz schön in die Scheiße geritten.«

»Gehts um diese Frau, die mit euch in der Schule war?«

»Moment mal, was hat dir der Quatschkopf von deinem Sohn erzählt?«

»Tu nicht so unschuldig, euer Geschrei war gestern Abend bis auf die Straße zu hören.«

Mario Conde hob lächelnd die Schultern. Was mochte er gestern wohl alles von sich gegeben haben?

»Aber sag mal, Jose, was siehst du denn heute so elegant aus?« Er musterte die alte Frau von oben bis unten.

»Elegant, ich? Ach was, du müsstest mich mal sehen, wenn ich mich wirklich fein mache … Ich war nur gerade beim Arzt und hatte keine Zeit, mich umzuziehen.«

»Was fehlt dir denn, Jose?« Er beugte sich vor, um ihr Gesicht, das sich wieder den Töpfen zugewandt hatte, besser sehen zu können.

»Ich weiß nicht, mein Junge. Eine alte Geschichte, aber in letzter Zeit wird der Schmerz unerträglich. So wie Sodbrennen, hier, unterm Magen, manchmal ist es so schlimm, als würde sich ein Messer in meine Eingeweide bohren.«

»Und was hat der Arzt gesagt?«

»Was soll er schon sagen? Hat mich zur Untersuchung ins Krankenhaus geschickt, ich soll Röntgenaufnahmen machen lassen, und dann soll ich auch noch diesen Schlauch schlucken.«

»Mehr hat er nicht gesagt?«

»Reicht das nicht, Condesito?«

»Ich weiß nicht. Wenn du mir was gesagt hättest … Ich hätte mit Andrés gesprochen, der war mit uns in der Oberstufe. Ein erstklassiger Arzt.«

»Mach dir keine Sorgen, meiner ist auch gut.«

»Natürlich mach ich mir Sorgen, Jose! Du beklagst dich ja nie … Hör zu, gleich morgen red ich mit Andrés wegen der Untersuchungen, und der Dünne ruft …«

Josefina sah von ihren Töpfen auf und schaute den Freund ihres Sohnes an. »Carlos soll niemanden anrufen. Sag ihm nichts, ja?«

Mario brauchte jetzt eine zweite Tasse Kaffee und eine zweite Zigarette, um die alte Frau nicht in die Arme zu schließen und ihr zu sagen, ich habe große Angst um dich.

»In Ordnung, Jose, ich erledige das schon … Riecht wirklich gut, die Soße, was?«

Und er ging hinaus.

Reisen in die Erinnerung endeten bei Mario Conde stets in Melancholie. Als er die Dreißig überschritten hatte und sich seine Beziehung zu Haydée in dem hemmungslosen Gestöhne ihrer sexuellen Gefechte erschöpfte, entdeckte er, dass er gerne in Erinnerungen schwelgte und sich gleichzeitig der Hoffnung hingab, sein Leben in den Griff zu bekommen. Er sah in seinem Schicksal ein lebendiges, schuldiges Wesen, dem man Vorwürfe machen konnte, mit dem man unzufrieden sein und an dem man zweifeln konnte. Unter dieser Einschätzung litt auch seine Arbeit. Und obwohl er wusste, dass er weder hart gesotten noch besonders scharfsinnig oder vorbildlich war (weshalb ihn einige seiner Kollegen dennoch als einen guten Polizisten betrachteten), war er der Meinung, dass er in einem anderen Beruf mehr hätte leisten können. Doch dann überspielte er sein Gejammere durch kalkulierte Effizienz, die ihm zu einem Ansehen verhalf, das er als einen fortgesetzten, nie aufgeklärten Betrug ansah.

Tamaras Rückkehr in sein Leben störte nun die träge Ruhe, die er erlangt hatte, nachdem Haydée von ihm fortgegangen war. Abende mit Baseball, Rum, Musik von früher und üppigem Essen, dazu die Gespräche mit dem Dünnen und der Wunsch, das alles möge nicht wahr sein. Dann war der Dünne wieder dünn und musste noch nicht sterben, und er glich auch nicht jenem Fleischkloß, der jetzt, nach dem Essen, mit nacktem Oberkörper im Patio saß und sich die Mittagssonne auf den Pelz brennen ließ. Mario Conde sah die Fettpolster, die wie Rettungsringe auf dem Bauch des Freundes lagen, und die roten Pünktchen auf Rücken, Hals und Brust, die wie Einstiche blutrünstiger Insekten aussahen.

»Woran denkst du, Bär?«, fragte er und verstrubbelte ihm das Haar.

»An nichts, Löwe«, antwortete Carlos. »Ich dachte eben an das ganze Theater um Rafael und dann plötzlich an gar nichts mehr.« Er sah auf die Uhr. »Wann wirst du abgeholt?«

»Jetzt gleich. Manolo muss jeden Moment hier sein. Wenn ich heute nicht mehr vorbeikommen kann, ruf ich dich an und erzähl dir, was es Neues gibt.«

»Aber denk nicht zu viel, ist nicht gut für die Verdauung.«

»Was soll ich denn sonst tun, Dünner?«

»Vergiss mal für 'ne Weile den Scheiß, mein Lieber! Der stinkt nämlich nicht weniger, nur weil du den ganzen Tag darüber nachdenkst. Genauso wie beim Baseball: Wenn du gewinnen willst, musst du auf alles scheißen! Sonst wirst du in die Pfanne gehauen, auch wenn du dabeistehst. So wie bei dem Spiel damals gegen die Weicheier von *La Habana*. Die hätten wir beide fast im Alleingang fertig gemacht, erinnerst du dich?«

»So als wärs gestern gewesen.« Mario Conde nahm die Haltung eines *batter* an und holte zum *swing* aus. Und beide sahen, wie der Ball flog und flog, dem Auffangzaun unter der Anzeigetafel entgegen, in der einsamsten Zone des *centerfield*.

»Surprise!«, rief Teniente Wong. Ihre Augen wurden von ihrem Lachen verschluckt. In der rechten Hand schwenkte sie zusammengeheftete Listen, offenbar der Grund für ihren Jubel. Mario Conde empfand ihre Freude wie eine Transfusion, die unmittelbar in seinen Körper eindrang und ihn zu durchfluten begann, mit einer Geschwindigkeit, die ihn erzittern und sein Herz höher schlagen ließ.

»Haben wir ihn?«, fragte er und tastete in seiner Jackentasche nach der Zigarettenschachtel. Als er sah, wie seine Kollegin heftig nickte und die Augen in ihrem Gesicht erneut verschwanden, hätte auch er vor Freude beinahe aufgeschrien.

»Endlich haben wir was, verdammt«, seufzte Manolo und schnappte sich die Zigarette, die El Conde sich gerade in den Mund stecken wollte. Der Teniente hasste diesen Scherz, auf den sein Kollege zwar nur selten, aber immer wieder im passenden Moment zurückgriff. Doch er verzichtete auf die üblichen Beschimpfungen, zog einen Stuhl heran und setzte sich neben Patricia Wong.

»Und, China, was habt ihr gefunden?«

»Wie du gesagt hast, Mayo, genau wie du gesagt hast! Nur noch komplizierter. Schau, das hier ist wohl der Anfang vom Ende. Und dabei fehlt uns noch ein ganzer Stoß von Unterlagen, die wir noch nicht durchgesehen haben. Ein ganzer Stoß«, wiederholte sie und fing an, irgendetwas in den Listen zu suchen. »Aber das hier ist schon 'n Hammer, Mayo. Im zweiten Halbjahr 88 war Rafael Morín zweimal in Spanien und einmal in Japan. Hatte mehr Flugstunden als ein Kosmonaut … In Japan war er, um ein Geschäft mit Mitachi abzuschließen. Aber dazu später.«

»Weiter, weiter«, drängte Mario sie.

»Sieh dir das an, in Spanien war er sechzehn beziehungsweise achtzehn Tage, in Japan neun. Jedes Mal standen vier Verträge zum Abschluss, außer beim ersten Mal in Spanien, da warens nur drei. Die Repräsentationsausgaben – ich hätte nie gedacht, dass die so hoch sind – belaufen sich auf eine Menge Dollars, die genaue Aufstellung zeig ich dir gleich. Es gibt da so was wie 'n Schlüssel, nach dem die Kosten in Relation zu den abzuschließenden Verträgen berechnet werden. Aber guck mal, Rafael hat sich die doppelte Summe bewilligt, so als würde er mehr arbeiten und repräsentieren oder länger wegbleiben. Das ist schon 'n Ding, aber richtig dramatisch wirds bei den Spesen, Mayo! Es fehlen die Vordrucke, die er für die drei Reisen ausfüllen musste. Dafür taucht unerklärlicherweise eine Spesenabrechnung für eine Reise nach Panama auf. Die Reise wurde storniert, aber das Geld hat er eingestrichen. Ich versteh das nicht! Jeder Buchprüfer hätte nämlich sofort drauf stoßen müssen.«

»Ja, sehr merkwürdig … Aber ihr habt doch noch mehr, oder?«, fragte der Teniente, als er sah, dass seine Kollegin die Blätter auf den Tisch legte. Seine Freude verflog mehr und mehr. Nein, diese Stümpereien trugen nicht Rafaels Handschrift.

»Immer langsam, Mayo, ich bin noch nicht fertig.«

»Los, China, zeig mir, dass du besser bist als Chan-Li-Po!«

»Sofort. Jetzt kommts, das hier ist die Lunte der eigentlichen Bombe: Das Unternehmen für Export-Import hat ein Konto bei der Banco Bilbao Vizcaya, und zwar unter dem Namen einer Aktiengesellschaft, die in Panama ein Postfach hat und vermutlich in Kuba durch eine Niederlassung vertreten wird. Sie heißt Rosal und ist so was Ähnliches wie eine Körperschaft. Sieht so aus, als wär sie gegründet worden, um das US-Embargo zu umgehen. Für das Bankkonto in Spanien sind drei Leute unterschriftsberechtigt: Vizeminister Fernández-Lorea, Freund Maciques und natürlich Rafael Morín. Zwei von den dreien müssen aber immer unterschreiben … Verstehst du mich?«

»Ich bemühe mich nach besten Kräften.«

»Dann halt dich jetzt gut fest, Junge! Wenn die Unterlagen, die ich hier habe – es muss nämlich noch weitere geben, die nicht da sind, wo sie sein sollten, aber ich will nichts unterstellen – wenn diese Unterlagen also mich nicht täuschen, dann wurde im Dezember eine große Summe abgehoben, die mit keinem Geschäft aus der Zeit etwas zu tun haben kann.«

»Und wer hat das Geld abgehoben?«

»Tu nicht so naiv, Mayo! Das weiß natürlich nur die Bank.«

»Ich bin aber naiv, China, also klär mich auf: Was ist eine hohe Summe?«, fragte Mario, auf alles gefasst.

»Einige Tausend. Mehr als hunderttausend, mehr als zweihundert, mehr als ...«

»Leck mich am Arsch!«, rief Manolo, der gerade nach der nächsten Zigarette suchte. »Und wofür hat er die gebraucht?«

»Was für 'ne Frage, Manolo! Wenn ich hellsehen könnte, wär ich nicht hier und würd Staub schlucken.«

»Komm, China, mach weiter«, flehte Mario sie an. Er sah Tamara vor sich, Rafael auf dem Rednerpodest am ersten Schultag der Oberstufe, den Lagerleiter mit der Glocke in der Hand, den Wohnblock an der Calle 10 de Octubre, das unvermeidliche selbstsichere Lächeln des Mannes, der zurzeit vermisst wurde, und er lachte und lachte ...

»Ich bin überzeugt davon, dass das alles mit Mitachi zusammenhängt«, sagte Teniente Wong. »Mayo, die Japaner sollten nicht vor Februar kommen, und vorher sollte Rafael noch einmal nach Barcelona fliegen, um mit einer spanischen Aktiengesellschaft Verhandlungen zu führen. Ich habs noch nicht überprüfen können, aber ich gehe jede Wette ein, dass sie japanisches Kapital hat. Und falls das stimmt, dann wette ich noch einmal, um den doppelten Betrag, dass das Kapital von Mitachi stammt.«

»Langsam, China, langsam, red kubanisch mit mir!«

»Verdammt, Mayo, du bist wirklich zu naiv!«, schimpfte Patricia, doch ihre Augen wurden wieder vom Lächeln verschluckt. »Ist doch sonnenklar: Rafael Morín hat Geschäfte mit Mitachi gemacht, als Privatmann, aber mit dem Geld des Unternehmens, oder genauer gesagt, mit dem von Rosal. Kapierst du jetzt?«

»Jetzt hats bei mir geklingelt«, sagte Manolo, dem der Mund vor Staunen offen stand.

»Und es fehlen Unterlagen, sagst du, China?«

»Es fehlen Unterlagen.«

»Vielleicht befinden sie sich in anderen Archiven?«

»Vielleicht, Mayo, aber das glaube ich nicht. Wenn es nur eine Unterlage wäre ...«

»Dann hat man sie also verschwinden lassen?«

»Schon möglich. Aber das Seltsame daran ist, dass nicht alle Unterlagen verschwunden sind. Einige sind vorhanden, sogar die Spesenabrechnungen, die Morín manipuliert hat.«

»Einige fehlen, und andere sind fehl am Platze?«

»So ungefähr, Mayo.«

»China, ich weiß, warum einige fehl am Platze sind, und ich glaube, ich weiß, wo die sind, die fehlen.«

Als Mayor Rangel zu mir sagte, hier kannst du ohne Uniform erscheinen, du musst in Zivil arbeiten, und als ich ihn mit seiner olivgrünen Jacke sah, mit Rangabzeichen auf den Achselstücken und am Kragen, so beeindruckend, da dachte ich: Das ist ein Witz, dann kann ichs ja auch gleich sein lassen. Denn es war fast so, als wär ich kein Polizist mehr, jetzt, da ich gerade anfing, ein richtiger Polizist zu werden. Als ich nach der Akademie zum ersten Mal in Uniform auf die Straße ging, hab ich mich einerseits geschämt, die Leute schauten mich an, und andererseits hatte ich das Gefühl, jemand zu sein. Die Uniform war knapp geschnitten und ließ mich irgendwie vollständiger aussehen, anders als die andern. Ich glaubte, die Leute würden mich immer so ansehen, ob ich wollte oder nicht, denn jetzt unterschied ich mich von allen andern. Und das gefiel mir und gefiel mir auch wieder nicht. Ein sehr seltsames Gefühl. Als Junge hab ich mich ständig verkleidet, aber weil ich so dünn war, kam es mir nie in den Sinn, Polizist, General oder Kosmonaut zu werden wie andere Jungen. Aber ich verkleidete mich eine Zeit lang als Zorro, dann als Robin Hood und als Pirat mit

Augenklappe. Vielleicht hätte ich besser Schauspieler werden sollen und nicht Polizist. Aber ich bin Polizist geworden, und ehrlich gesagt, glaube ich, dass mich die Uniform von Anfang an fasziniert hat, wirklich. Und ich glaube allen Ernstes, dass ich »Polizist« gespielt hab, jedenfalls bis zu dem Tag, als ich im Streifenwagen der Akademie nach El Moro kam, zu diesem Loch. Als wir aus dem Wagen stiegen, wurden wir von einer Menschenmenge erwartet, ich glaub, das ganze Viertel war da, und alle schauten uns an. Ich rückte mir meine neue Schirmmütze zurecht, die weder meine noch neu war, strich mir die Hose glatt und setzte die dunkle Brille auf. Ich hatte Publikum, ich war wichtig, nicht wahr? Die Frau mit dem Herzanfall war bereits ins Krankenhaus gebracht worden. Es herrschte Totenstille, denn jetzt kamen *wir,* verstehst du? Ein alter, weißhaariger Schwarzer, also, der war uralt, und er war Vorsitzender des Comité des Viertels, und er sagte zu uns: Hier entlang, Genossen, und wir betraten das kleine Häuschen. Das Dach war aus Zinkblech, und die Wand bestand zum Teil aus unverputzten Ziegeln, zum Teil aus Presspappe und wieder Zinkblech. Gleich wenn du reinkommst, fühlst du dich wie Brotteig auf einem Blech, das in den Ofen geschoben wird. Du kapierst nicht, wie es Leute geben kann, die immer noch so leben. Und auf einem Bett lag … Ich bin beinahe ohnmächtig geworden, noch beim Erzählen wird mir schlecht, ich seh sie noch genau vor mir, ich spür sogar noch die Hitze des Backofens. Das Laken war voller Blut, auf dem Boden Blut, an der Wand, und sie lag da, zusammengekrümmt, ohne sich zu bewegen. Sie war tot. Der Stiefvater hatte sie umgebracht, als er versucht hatte, sie zu vergewaltigen. Später hab ich erfahren, dass sie grade mal sieben war. Ich verfluchte die Stunde, in der ich zur Polizei gegangen war, denn, Scheiße noch mal, ich hatte wirklich gedacht, dass so etwas nicht passieren kann. Aber wenn du Polizist bist, lernst du, dass so etwas sehr wohl passieren kann, so was und noch viel Schlimmeres, und dass das deine Arbeit ist. Und dann kommen dir Zweifel, ob du das tun sollst, was sie dir auf der Akademie beibringen, oder ob du deine Pistole rausholen und gleich an Ort und Stelle sechsmal auf den schießen sollst, der das gemacht hat. Ich war drauf und dran, den Dienst zu quittieren, aber dann bin ich doch geblieben. Später wurde ich in die Kripozentrale versetzt, und da hat der Mayor zu mir gesagt: Du kommst jetzt ohne Uniform und arbeitest mit Mario Conde. Ich glaub, von dem Tag an hat es mir Spaß gemacht, Polizist zu sein. Das verstehst du nicht, nein? Auch wenn ich jetzt ohne Uniform auf die Straße geh und die Leute nicht wissen, wer ich bin, das ist mir inzwischen egal, du hast mir dabei geholfen, dass mir das jetzt egal ist, aber mehr noch helfen mir so Leute wie Rafael Morín. Was für ein Typ! Wie zum Teufel kann sich einer wie er einfach nehmen, was mir gehört und dir und dem Alten, der an der Ecke steht und Zeitungen verkauft, und der Frau da, die gleich über die Straße geht und die irgendwann mal sterben wird, ohne zu wissen, was es heißt, ein Auto zu besitzen oder ein schönes Haus oder durch Barcelona zu spazieren oder Parfüm für hundert Dollar zu benutzen, und die gleich vielleicht drei Stunden in der Schlange steht für einen Beutel Kartoffeln, Conde. Wie zum Teufel kann einer so was machen?

»Ihr? Wie gehts, Mario? Kommen Sie rein, Sargento.«

Sie lächelt unsicher. Mario Conde küsst sie auf die Wange wie in alten Zeiten, Manolo gibt ihr die Hand. Sie gehen in den Salon und setzen sich.

»Ist etwas passiert, Mario?«, fragt sie schließlich.

»Einiges, Tamara. In der Firme fehlen Unterlagen, die Rafael belasten könnten.«

Für einen Moment vergisst sie ihre aufdringliche Haarsträhne und reibt sich die Hände. Plötzlich wirkt sie kleiner, schutzlos und unsicher. »Womit?«

»Unterschlagung, Tamara. Deswegen sind wir hier.«

»Aber was hat er denn unterschlagen, Mario?«

»Geld, viel Geld.«

»Großer Gott«, ruft sie aus, und ihre Augen werden feucht. Jetzt fängt sie an zu weinen, denkt El Conde. Schließlich handelt es sich um ihren Mann, nicht? Den Vater ihres Sohnes, nicht? Ihren Verlobten aus der Oberstufe, nicht?

»Ich möchte den Safe in der Bibliothek sehen, Tamara.«

»Den Safe?« Sie ist überrascht.

El Conde ist fast erleichtert. Sie wird nicht weinen. »Ja. Du kennst die Kombination, nicht wahr?«

»Aber in dem Safe befindet sich seit langem nichts mehr. Geld und solche Sachen, meine ich. Soweit ich mich erinnere, sind da nur die Unterlagen von dem Haus und dem Grundstück und die von der Familiengruft.«

»Aber Sie kennen doch die Kombination, oder nicht?«, fragt Manolo mit Nachdruck. Er ist jetzt wieder die geschmeidige, magere Katze mit gesträubtem Fell.

»Nein, aber sie steht in Rafaels Notizbuch, zusammen mit den Telefonnummern.«

»Würden Sie dann bitte den Safe jetzt aufmachen, Genossin?«, befiehlt Manolo. Sie sieht den Teniente an.

»Bitte, Tamara.« Er steht auf.

»Was soll das, Mario?«, fragt sie ihn, doch eigentlich richtet sie die Frage an sich selbst.

Sie führt die beiden Polizisten in die Bibliothek. Vor dem Kamin hockend, stellt sie das Schutzgitter zur Seite. Morgen ist Dreikönige, erinnert sich Mario Conde, und die Heiligen Drei Könige kommen am liebsten durch den Kamin, um ihre Geschenke zu bringen. Dort könnte eins für mich liegen, und das überraschenderweise schon heute. Tamara liest die sechs Ziffern und stellt die Kombination ein. Der Teniente versucht, Manolo über die Schulter zu blicken, um etwas zu sehen. Der Sargento hat sich einen Platz in der ersten Reihe gesichert. Das Schloss dreht sich zum sechsten Mal, nach links, dann öffnet Tamara das Metalltürchen und richtet sich auf.

»Hoffentlich irrst du dich, Mario.«

»Hoffentlich.«

Sie tritt zur Seite. Er kniet sich vor den Kamin und holt einen weißen Umschlag aus dem kalten Eisenbauch. Er richtet sich wieder auf und sieht Tamara an. Er kann nicht anders, ihm tut diese Frau Leid, die sich für ihn ausgezogen und seine Erwartungen nicht erfüllt hat und die er, das spürt er immer deutlicher, besser nicht wieder gesehen hätte. Doch dann öffnet er den Umschlag, zieht ein paar Blätter heraus und liest, während Manolo ungeduldig von einem Bein aufs andere tritt.

»Besser als wir gedacht haben«, sagt der Teniente und schiebt die Papiere in den Umschlag zurück. Tamara reibt sich wieder die Hände, und Manolo kann kaum noch an sich halten. »Maciques hat ein Konto bei der Banco Hispanoamericano und besitzt einen Wagen in Spanien. Hier sind die Kopien.«

Mayor Rangel sah dem wohlriechenden Todeskampf seiner Rey del Mundo zu, so als handelte es sich um den Tod eines Hundes, der einem der beste Freund gewesen ist. Als er den noch brennenden Stummel in den Aschenbecher legte, bedauerte er, die Zigarre nicht besser behandelt zu haben. Während er den Ausführungen des Teniente gelauscht hatte, hatte er exzessiv an ihr gezogen.

»Wers nicht sieht, glaubts nicht«, stellte er fest. Er versuchte, nicht zu dem erlöschenden Rest der Havanna hinzusehen, vielleicht um es nicht zu glauben. »Wie ist das möglich, so viele Ungeheuerlichkeiten auf einmal?«

»Ungeheuerlichkeiten sind in Mode, Chef … War er nicht ein Kader, der vollstes Vertrauen genoss? War er nicht ein Mann mit unabsehbarer Zukunft? War er nicht reiner und heiliger als Weihwasser?«

»Werd jetzt nicht sarkastisch, das erklärt auch nichts …«

»Ich weiß nicht, Chef, warum dich das Fehlen von Kontrolle in einem Unternehmen so erstaunt. Jedes Mal, wenn irgendwo ohne Ankündigung eine Buchprüfung stattfindet, werden Ungeheuerlichkeiten entdeckt, die sich niemand vorstellen konnte und sich niemand erklären kann. Aber es gibt sie einfach. Hast du den Geschäftsführer von Ward schon vergessen, der Millionär geworden ist, oder den von Pío-Pío oder den von …«

»Ist ja gut, Mario, ist ja gut! Aber ich kann doch wohl noch überrascht sein, ja? Unsereiner neigt immer zu der Ansicht, dass die Leute nicht gar so korrupt sind. Wie du schon sagst, Rafael Morín war ein Kader, der vollstes Vertrauen genoss, und da siehst du, was er getrieben hat … Aber lass uns darüber später reden. Was mich im Augenblick interessiert, ist, wo dieser Kerl steckt. Ich will dem Industrieminister den Fall auf dem Silbertablett servieren.«

El Conde betrachtete die ausgetrocknete, unappetitliche Popular mit dem verwischten Markenstempel, dem an beiden Enden ausgefransten Tabak, die schlecht geklebte, in Auflösung begriffene Schachtel. Aber es war seine letzte Zigarette, und als er sie anzündete, spürte er genüsslich die Kraft, die in dem Rauch steckte.

»Brauchst du mehr Leute?«, fragte der Mayor.

»Nein, lass mich nur machen. Schau, alles deutet darauf hin, dass Rafael die Bombe während seiner Reise nach Barcelona jetzt im Januar platzen lassen wollte. Er hatte vor, sich mit der ganzen Kohle aus dem Staub zu machen. Einen Teil davon hat er bereits sicher investiert. Da er wusste, dass seine Abrechnungen in der Firma im Moment nicht überprüft würden, war er sich vielleicht zu sicher und hat mit den kleinen Schweinereien angefangen, mit den Spesen und den Ausgaben für Repräsentation und so. Einfach nur, um noch mehr rauszuschlagen, ja? Einer der Informanten vom Dicken, ich meine von Capitán Contreras, ein gewisser Yayo El Yankee, der sagt, dass ihn das Foto an irgendwen erinnert. Er müsse ihn aber direkt vor sich sehen, um sicher zu sein. Es ist also auch denkbar, dass Rafael Dollars in Pesos umgetauscht hat, für seine Ausgaben hier in Kuba. Und das waren laut Zoilita keine geringen.«

»Und die Grenzpolizei hat sich immer noch nicht gemeldet?«

»Nein, nichts, bis jetzt jedenfalls. Und ich glaube inzwischen, dass da auch nichts mehr kommt. Es erscheint einleuchtender, dass Rafael Ärger gekriegt hat und ins Jenseits befördert wurde ... Auf jeden Fall steckt Maciques dahinter, da bin ich mir sicher. Denn warum sonst hat Rafael die Unterlagen von Maciques bei sich zu Hause aufbewahrt? Wie dem auch sei, so richtig eng wurde es, als er gehört hat, dass die Leute von Mitachi früher als angekündigt kommen wollten. Hier, das Telefax vom Dreißigsten morgens. Das Geschäft schien sie wohl mächtig interessiert zu haben, und bei guten Geschäften vergessen diese Chinesen Silvesterpartys und Weihnachtsbäume. Rafael wusste, dass bei den Gesprächen auch der Vizeminister und vielleicht sogar der Minister und Leute von anderen Unternehmen anwesend sein würden. Ihm war klar, sag ich dir, dass er auffliegen würde, und er hat sich versteckt oder wurde aus dem Verkehr gezogen. So gesehen ist die Möglichkeit, dass er auf illegalem Weg das Land verlassen hat, mehr als eine Möglichkeit. Andererseits jedoch ist es unwahrscheinlich, dass er das Land verlassen hat, sonst hätte man bis hier das Geschrei gehört. Stell dir vor, Chef, ein richtiger Wirtschaftsmagnat aus Kuba! Und wenn ich eins sicher weiß, ganz sicher, dann dass Rafael bestimmt nicht versucht hat, auf einem Floß mit zwei Lastwagenreifen loszupaddeln und seinen Arsch zu riskieren! Er hätte einen sichereren Weg gesucht und gefunden und wär inzwischen schon in Miami … Nein, Rafael Morín ist in Kuba.«

»Und wenn er keinen Staub aufwirbeln wollte, damit sein Guthaben in Spanien nicht eingefroren wird?« Mayor Rangel rieb sich die Augen und zappelte unruhig auf seinem Sessel hin und her, was sonst gar nicht seine Art war.

»Ich glaube, auch wenn er es nicht gewollt hätte, hätte man in Miami Staub aufgewirbelt. Und außerdem hatte er genug Zeit. Er war ein Kader, der größtes Vertrauen genoss, oder?«

»Das sagtest du schon.«

»Schön, er wusste, dass niemand so etwas für möglich halten würde. Jede Bank in Miami hätte ihm das Geld binnen einer halben Stunde auf den Tisch geblättert. Er hat damit gerechnet, dass niemand vor Ablauf von ein paar Tagen Verdacht schöpft und niemand auf den Gedanken kommt, dass ein Mann, der acht- bis zehnmal pro Jahr ins Ausland reist, das Land mit einem Boot verlassen könnte.«

»Ja, ja, so kann es gelaufen sein … Aber die Spesenabrechnungen hat er nicht mitgenommen, die hat Wong gefunden.«

»Ja, und da geht meine Rechnung nicht auf. Ich hatte gedacht, Maciques hätte sie am Einunddreißigsten mittags zu den Unterlagen gegeben, aber am Einunddreißigsten mittags muss Rafael die Abrechnungen noch in der Hand gehabt haben.«

»Übrigens, welche Rolle spielt eigentlich dieser Maciques bei dem Ganzen?«

»Das würde ich auch gerne wissen. Eins ist sicher, der hat nicht nur Dreck am Stecken, der hat sogar in den Haaren Scheiße. Der weiß alles oder zumindest das Wichtigste. Am Dritten nämlich, als Manolo ihn vernommen hat, war er leicht nervös, hat um den heißen Brei rumgeredet, so als wollte er das Gespräch schnell hinter sich bringen. Heute war er wie ausgewechselt. Sehr selbstsicher, als wär nichts passiert. Und warum? Weil er überzeugt davon ist, dass er keine Probleme kriegt, selbst dann nicht, wenn das mit Rafaels manipulierten Spesenabrechnungen auffliegen sollte. Und er konnte sich ja denken, dass wir dahinter kommen würden. Nicht heute, sondern morgen oder übermorgen. Aber was er sich nicht denken konnte, war, dass seine Unterlagen in Rafaels Safe rumlagen. Deshalb war er seit dem Verschwinden seines Chefs so gelassen.«

»Dann sind er und Rafael Morín Freunde?«

»Komplizen, besser gesagt. Überleg mal, Maciques hat etwas mehr als viertausend Dollar auf der Bank, und Rafael Hunderttausende! Da stimmt was nicht. Ich fahr jetzt gleich mit Manolo hin und red mit ihm, vielleicht kriegen wir ja was aus ihm raus.«

Der Mayor stand auf und ging zu dem breiten Fenster seines Büros. Es war gerade mal sechs, und in Havanna wurde es schon dunkel. Von hier oben sah man die Lorbeerbäume aus einer Perspektive, die Mario Conde nicht interessierte. Er zog den Blick aus seinem kleinen Fenster vor und blieb deshalb sitzen.

»Du musst dieses Arschloch finden, Mario, auch wenn er unter der Erde liegt«, sagte der Alte mit seiner fürchterlichsten Stimme, aus dem Bauch heraus. Er hasste solche Situationen. Er kam sich betrogen vor, es ärgerte ihn, dass diese Ungeheuerlichkeiten erst dann auf seinem Tisch landeten, nachdem sie passiert waren. »Ich werd jetzt den Innenminister anrufen, er soll sich um das Geld in Spanien kümmern. Denn das ist mehr deren Problem als unseres …

Aber jetzt sag mir doch mal eins, Mario: Wie konnte ein Mann wie Rafael Morín so etwas tun?«

»Besuch!«, rief Manolo, »ich glaube, wir fangen am besten noch mal von vorne an.«

»Aber was wollen Sie denn hören?«, fragte René Maciques und sah den Teniente an, der sich neben dem Fenster auf einen Stuhl setzte. El Conde zündete sich eine Zigarette an und wechselte mit dem Sargento einen Blick. Los, mach ihm Druck!

»Worüber haben Sie und Morín auf der Party am Einunddreißigsten gesprochen?«

»Das hab ich Ihnen doch schon gesagt! Das Übliche, über die Arbeit, wie gut das Jahr zu Ende gegangen ist, über die Berichte, die wir vorlegen mussten.«

»Und danach haben Sie ihn nicht mehr gesehen?«

»Nein, ich bin vor ihm gegangen.«

»Was wussten Sie über die Betrügereien?«

»Auch das hab ich Ihnen schon gesagt, Sargento. Nichts, ich konnte es mir nicht mal vorstellen. Auch jetzt kann ich es noch kaum glauben. Ich weiß nicht, wie er so was machen konnte.«

»Inwieweit sind Sie verantwortlich für das, was geschehen ist?«

»Ich? Ich? Überhaupt nicht, Sargento, ich bin nur ein einfacher Büroleiter, der nichts zu entscheiden hat.«

Der Teniente drückte seine Zigarette aus, stand auf und näherte sich dem Schreibtisch. »Ich bin ganz gerührt von Ihrer Unschuld, Maciques.«

»Aber ich …«

»Geben Sie sich keine Mühe. Kommt Ihnen das hier bekannt vor?« El Conde zog die beiden Kopien aus dem Umschlag und legte sie vor Maciques auf den Schreibtisch. Der Büroleiter sah nacheinander die beiden Polizisten an, dann beugte er sich vor und verharrte eine Ewigkeit in dieser Haltung. Es schien fast so, als hätte er plötzlich das Lesen verlernt.

»Der Teniente hat Sie was gefragt«, erinnerte ihn Manolo und nahm die Kopien an sich. »Kommt Ihnen das bekannt vor?«

»Wo haben Sie diese Unterlagen gefunden?«

»Wie üblich darf ich auch Sie darauf hinweisen, dass wir es sind, die hier die Fragen stellen ... Aber ich will mal nicht so sein. Sie wurden wirklich gut aufbewahrt, in einem Safe, im Haus von Rafael Morín. Was haben diese Unterlagen zu bedeuten, Maciques?«

Manolo stellte sich zwischen Mann und Schreibtisch.

René Maciques blickte zu ihm auf. Er war jetzt ein verwirrter Mensch, ein melancholischer, gealterter Bibliothekar. Sargento Palacios ließ ihm Zeit. Er wusste, dass dies der entscheidende Moment des Verhörs war, der Moment, in dem der Verhörte sich entscheiden muss, entweder mit der Wahrheit herauszurücken, oder sich an der Lüge festzubeißen. Doch Maciques hatte keine Wahl.

»Rafael hat mir eine Falle gestellt«, versuchte er sich dennoch herauszureden. »Ich weiß nichts von diesen Papieren. Hab sie nie im Leben gesehen. Haben Sie nicht gesagt, dass er unter meinem Namen aufgetreten ist? Das da ist ein weiterer Hinweis darauf.«

»Dann wollte Rafael Morín Ihnen schaden?«

»Sieht ganz danach aus.«

»Maciques, was werden wir in Ihrem Haus finden, wenn wir es durchsuchen?«

»In meinem Haus? ... Nichts. Ganz normal. Unsereiner reist ins Ausland und bringt das eine oder andere mit.«

»Von welchem Geld? Von dem für repräsentative Verpflichtungen?«

»Wie ich Ihnen bereits erklärt habe, sparen wir einen Teil der Spesen.«

»Und wenn ein dickes Geschäft abgeschlossen wird, gibt es dann nicht Geschenke in natura? Einen Wagen zum Beispiel?«

»Ich habe aber keine dicken Geschäfte abgeschlossen.«

»Maciques, wären Sie fähig, einen Menschen umzubringen?«

Der Büroleiter hob wieder den Blick. Seine Augen hatten jeden Glanz verloren. »Was wollen Sie damit sagen?«

»Wären Sie, oder wären Sie nicht?«

»Nein, natürlich nicht.« Zur Bekräftigung schüttelte er den Kopf.

»Was haben Sie am Einunddreißigsten in der Firma gemacht? Und kommen Sie mir nicht wieder mit dem Märchen von der Klimaanlage.«

»Aber was wollen Sie denn hören?«

El Conde trat noch näher an den Schreibtisch. Er stand jetzt direkt vor Maciques. »Schauen Sie, Maciques, ich habe nicht so viel Geduld wie mein Kollege. Ich werde Ihnen jetzt sagen, was ich über Sie denke. Und ich weiß, Sie werden alles abstreiten, aber am Ende werden Sie alles zugeben müssen. Heute, morgen, übermorgen … Sie sind ein Dreckskerl und ein Betrüger wie Ihr Chef, nur vorsichtiger als er, aber weniger mächtig. Wir sind dabei, in Spanien die Rechtsgültigkeit der Unterlagen zu überprüfen, und vielleicht erhalten wir Informationen von der Bank. Aber auf jeden Fall ist die Spur des Privatwagens leichter zu verfolgen, als Sie meinen. Aus irgendeinem Grund – aus welchem, weiß ich noch nicht – hat Rafael die Papiere bei sich zu Hause aufbewahrt. Vielleicht um sich vor Ihnen zu schützen, denn er traute Ihnen zu, dass Sie die Abrechnungen der unrechtmäßig kassierten Spesen und die erhöhten Kosten in seine Akte legen würden. Und eins sag ich Ihnen, Maciques: Rafael wird wieder auftauchen, tot oder lebendig, in Spanien oder in Grönland, ich weiß es nicht, aber er wird auftauchen, und Sie werden reden, aber auch wenn Sie nicht reden, stecken Sie bis zum Hals in der Scheiße, Maciques. Denken Sie an meine Worte. Und damit Ihnen das Denken leichter fällt, werden Sie eine Weile allein sein. Von heute an wohnen Sie in der Zentrale … Sargento, machen Sie die Formulare fertig und beantragen Sie beim Staatsanwalt Untersuchungshaft für den kubanischen Staatsbürger René Maciques. Mit möglicher Verlängerung. Wir sehen uns, Maciques.«

Mario Conde betrachtete die Lorbeerbäume, die am Paseo del Prado standen, in direkter Nähe zum Meer. Und er stellte sich immer dieselbe Frage. Von der Bucht her wehte eine scharfe Brise, die ihn zwang, die Hände in die Taschen seiner Jacke zu stecken. Aber er hatte das Bedürfnis nachzudenken und zu gehen, sich in der Menge zu verlieren, wobei er seine Freude über den Pyrrhussieg zu verbergen suchte, die Frustration eines zufriedenen Polizisten, der die Schlechtigkeit der Welt aufgedeckt hat. Warum hatte Rafael Morín so etwas getan? Warum wollte er mehr, immer mehr, viel mehr? El Conde stand vor dem »Heiratspalast« und betrachtete den schwarzglänzenden 57er Chrysler, der, mit Blumen und Luftballons geschmückt, auf die Frischvermählten wartete, die bereits in den Vierzigern waren und sich doch noch getraut hatten und jetzt auf der Treppe für das obligatorische Hochzeitsfoto lächelten. Er sah die Paare, die trotz der Kälte in der Schlange vor der Pizzeria des Prado ausharrten und sich anständige und unanständige Bemerkungen anhören mussten, weil sie eine Familie gründen wollten; aber sie brauchten die paar Quadratmeter überdachter Wohnfläche, die der Staat ihnen zur Verfügung stellen würde. Mario Conde betrachtete das Papier, das am Stamm eines Lorbeerbaumes hängen geblieben war. Er musterte die beiden aufgetakelten, einsamen Homosexuellen, die zitternd vor Kälte an ihm vorbeigingen und ihn ihrerseits mit unbefangenen und ziemlich eindeutigen Blicken musterten. Er sah den Mulatten, der friedlich an einer Laterne lehnte, sah die perfekten Rastazöpfe, die unter der schwarzen Baskenmütze hervorkamen; wahrscheinlich wartete er auf den erstbesten ansprechbereiten Ausländer, um ihm ein verzweifeltes Geschäft anzubieten, fünf Pesos für einen Dollar, sechs, Mister, sieben, Brother, ich hab auch Haschisch, und das alles nur, um sich die Tore zu der verbotenen Welt des Überflusses zu öffnen. Mario Conde sah die Laterne auf der Straßenseite gegenüber, wo sich die grell geschminkte Blondine totfror, mit aufdringlicher Geilheit im Blick und dem Versprechen, heiß zu sein auch bei Schnee und Eis, mit ihrem leidenschaftlichen Saugmund, die Blondine, für die ein Normalsterblicher aus nationaler Produktion weniger wert war als die Spucke eines Besoffenen, sie wartete auf dieselben Dollars wie ihr Freund, der Mulatte mit der Rastafrisur, nur dass sie eins zu dreißig tauschte: ihren jugendlichen, geübten, wohlduftenden Körper, garantiert ohne Tollwut und andere Krankheiten, für dreißig Dollar, Traum ihrer schlaflosen Nächte, französisch extra, *of course.* Er sah den Jungen auf Rollschuhen über eine Holzkiste springen und in die Dunkelheit davonrollen. Er gelangte zum Parque Central und hätte sich am liebsten in die ewige Diskussion über Baseball eingemischt, die jeden Tag, ob kalt oder heiß, hier geführt wurde, auf der Suche nach einer Erklärung für eine weitere Niederlage dieser verdammten *Industriales.* Die müssen den Arsch zusammenkneifen, hätte er fast geschrien, in Erinnerung an den Dünnen, der nicht mehr dünn war und auch nicht mehr so beweglich, um hier zu sein und selbst zu schreien. Er sah die Lichter des Hotels »Inglaterra« und das Halbdunkel des Teatro García Lorca, die Schlange vor dem Kino Payret, den traurig vor sich hin stinkenden Eingang des Centro Asturiano und die ins Auge springende Hässlichkeit des Häuserblocks Gómez, von dessen Wänden der Putz blätterte. Er nahm den unverwüstlichen Herzschlag einer Stadt wahr, die er besser zu machen versuchte, und dachte an Tamara. Sie wartete auf ihn, und er würde zu ihr gehen, nur um auch ihr diese Frage zu stellen, mehr nicht.

Mehrere Monate später, wenn der Fall Rafael Morín gelöst und zu den Akten gelegt war, wenn René Maciques seine Strafe verbüßte und die schöne Tamara ihn mit ihren immerfeuchten Augen anblickte, würde er sich wieder dieselbe Frage stellen. Er würde sich die traurige Situation von Rafael vorstellen, dem kleinen Wirtschaftsmagnaten in Miami, wo sein Vermögen von fünfhunderttausend Dollar so viel wert war wie ein Lotteriegewinn, von dem er sich nicht einmal das würde kaufen können, was er in Kuba mit seinem Einfluss als glänzender, vollstes Vertrauen genießender Kader auf einer endlosen Karriereleiter erreicht hatte.

Doch heute Abend blieb er nur bei den Fans der *Industriales* stehen und zündete sich eine Zigarette an. Alle waren sich einig, und sie machten sich ihrer kollektiven Wut lauthals Luft, dass der Manager der Mannschaft ein Vollidiot und der Star-*pitcher* ein Traumtänzer sei. Die von früher, ja, wenn die noch dabei wären, Chávez und Urbano, La Guagua und Lazo, die waren gut, erinnerte man sich, und da schob er sich in der Fantasie zwischen zwei riesige, wutschnaubende Schwarze, die ihn argwöhnisch musterten, wo kommt der denn her, und er schrie in die Runde: »Die müssen den Arsch zusammenkneifen!« Und damit ließ er die verblüfften Profikritiker stehen, überquerte bereits die Straße und trat in den Dunstkreis von Gas, getrockneter Pisse und präkolumbischer Kotze vor dem Eingang des Centro Asturiano, wo ein Pärchen versuchte, hinter einer Säule ihr brennendes Verlangen zu stillen, und stand plötzlich vor der verbarrikadierten Tür des ›Floridita‹, *wegen Renovierung geschlossen*, was seine Hoffnungen auf einen doppelten Añejo ohne Eis enttäuschte, getrunken in der für Hemingway reservierten Ecke oder mit dem Rücken an jene unsterbliche Holztheke gelehnt, an der Papa und Ava Gardner sich so skandalträchtig geküsst hatten und an der er, Mario Conde, sich vor vielen Jahren vorgenommen hatte, einen Roman über das Untergründige zu schreiben, und an der er sich jetzt wieder einmal dieselbe Frage gestellt hätte, um sich die einzige Antwort zu geben, die ihn in Frieden weiterleben ließ: weil er schon immer ein Scheißkerl gewesen war. Und warum sonst noch?

»Darf ich Musik auflegen?«

»Nein, jetzt nicht«, sagt sie und legt ihren Kopf auf die Rückenlehne des weichen Sofas. Ihre Augen blicken an die Zimmerdecke, und ihr scheint wieder kalt zu sein. Sie hat die Ärmel ihres weiten Pullovers heruntergezogen und die Arme verschränkt. Er zündet sich eine Zigarette an und lässt das Streichholz in den Murano-Aschenbecher fallen.

»Woran denkst du?«, fragt er sie schließlich und blickt ebenfalls an die Decke. Ein Dach ist ein Dach.

»An das, was geschehen ist, was du mir erzählt hast. Woran sollte ich sonst denken?«

»Hattest du keine Ahnung davon? Wirklich nicht?«

»Was soll ich dazu sagen, Mario?«

»Aber du hättest doch etwas bemerken müssen, Verdacht schöpfen …«

»Welchen Verdacht denn? Dass er die Hi-Fi-Anlage gekauft oder Whisky oder ein Fahrrad für den Jungen mitgebracht hat? Oder ein Kleid für hundertfünfzig Dollar? Ist so etwas verdächtig?«

Er denkt: Das alles ist ganz normal. Für sie war so etwas schon immer ganz normal. Sie ist hier hineingeboren worden, in dieses Haus, in diese Normalität, die einen das Leben mit anderen Augen sehen lässt, schöner und weniger schwer. Und er fragt sich, ob es nicht Tamaras Welt war, die Rafael um den Verstand gebracht hat. Doch er weiß, dass das nicht stimmt.

»Wie geht es jetzt weiter, Mario?« Sie hat sich von der Zimmerdecke abgewendet, setzt sich auf und zieht einen Fuß unter den Oberschenkel. Sie verjagt die hartnäckige Haarsträhne, um ihn anzusehen.

»Als Nächstes muss zweierlei geschehen. Erstens muss Rafael wieder auftauchen, tot oder lebendig, in Kuba oder sonst wo. Und dann muss Maciques uns erzählen, was er weiß. Möglicherweise hilft uns das herauszufinden, wo Rafael sich zurzeit aufhält.«

»Das ist ein Erdbeben.«

»Wie bei einem Erdbeben, ja«, stimmt er ihr zu. »Alles, was nicht sicher ist, stürzt ein. Ich kann verstehen, dass du dich so fühlst. Aber das Schlimmste ist vorbei, glaube ich. Kannst du dir vorstellen, dass Rafael nach Barcelona kommt, das gesamte Geld abhebt und damit verschwindet?«

»Das stelle ich mir schön vor. Wir würden nach Genf gehen und in einem Haus mit Ziegeldach wohnen, auf einem Hügel.«

Sie steht auf und geht in die Küche. Er kann es nicht vermeiden, sieht ihr hinterher, wie immer. Nur dass er diesen Hintern inzwischen unverhüllt gesehen hat. Er hat die Formen dieses fürs Ballett ungeeigneten Körpers nachgezeichnet, hat seine Hände und seinen Mund über ihn wandern lassen. Doch die Erinnerung daran schmerzt ihn wie ein eingewachsener Stachel, den man besser nicht berührt. Ein Haus in Genf? Wieso Genf? Er fährt sich mit den Fingern durchs Haar und denkt, ja, du kriegst so langsam eine Glatze, das hattest du ganz vergessen. Er steht ebenfalls auf, vergisst die beginnende Kahlköpfigkeit, das Haus in Genf und Tamaras Hintern und sucht zwischen den Schallplatten etwas, das ihn wieder aufrichten könnte. Ja, das ist es, denkt er, als er die LP von Sarah Vaughan entdeckt, *Walkman Jazz.* Er legt sie auf den Plattenteller und stellt den Apparat sehr leise ein, damit diese wunderbare schwarze Sängerin *Cheek to Cheek* für ihn singt. Zusammen mit der dunklen, warmen Stimme von Sarah Vaughan kommt Tamara ins Zimmer zurück, zwei Gläser in der Hand.

»Beginnen wir mit der allgemeinen Vernichtung! Rafaels Whiskyvorräte gehen zur Neige«, sagt sie und reicht ihm ein Glas. Sie setzt sich wieder aufs Sofa und trinkt den ersten Schluck. Den Schluck eines trainierten Matrosen.

»Ich weiß, wie du dich fühlen musst. Ist nicht einfach, weder für dich noch für irgendjemand sonst. Aber dich trifft keine Schuld, und mich noch weniger. Trinken wir darauf, dass all das nicht geschehen ist und Rafael der ist, für den ihn alle gehalten haben, und dass ich mit dem Ganzen nichts zu tun habe.«

»Bereust du irgendetwas?«, fragt sie lauernd. Sie hat die nötige Temperatur erreicht und schiebt die Ärmel bis zu den Ellbogen hoch. Wieder trinkt sie einen Schluck.

»Ich bereue nichts. Ich sag das nur wegen dir.«

»Du brauchst nicht für mich zu sprechen. Wenn Rafael das Geld unterschlagen hat, muss er dafür büßen. Niemand hat ihn dazu gezwungen. Ich hab nie etwas von ihm verlangt, das weißt du ganz genau, Mario Conde. Du müsstest mich eigentlich besser kennen. Ich fühle mich in keinster Weise schuldig, und dass ich das alles genossen habe, ist nur normal, das hätte jeder andere ebenso gemacht. Erwarte nicht von mir, dass ich beichte und Buße tue.«

»Ich seh schon, ich kenn dich schlecht.«

Sarah Vaughan singt *Lullaby of Birdland.* Das beste Lied, um sich in die magische Welt von Oz zu flüchten. Doch Tamara ist nicht zu bremsen, und er weiß, es ist besser, dass sie endlich spricht, spricht, spricht …

»Bestimmt hältst du mich für undankbar und wer weiß was sonst noch. Ich müsste dir jetzt widersprechen, dir sagen, dass alles eine Lüge ist und mein Mann zu so was nicht fähig ist, und dann müsste ich anfangen zu weinen, ja? Das ist in solchen Fällen doch üblich, stimmts? Aber ich hab kein dramatisches Talent, ich bin kein leidender Egozentriker wie du. So etwas ist mir fremd … Ich würde das Ganze am liebsten ungeschehen machen, jawohl, aber weißt du, was das ist, ein reines Gewissen?«

»Daran kann ich mich nicht mehr erinnern.«

»Ich aber, falls du das nicht wusstest oder dir was anderes vorgestellt hast. Ich habs dir neulich schon gesagt: Rafael hatte das, was man ihn hat haben lassen oder was ihm zustand oder was weiß ich. Alle Welt wusste, dass er ins Ausland reiste und Sachen mitbrachte, und alles war normal, und er war in Ordnung. Alle Welt wusste das und … Ach, ich will nicht mehr darüber reden. Es sei denn, das hier ist ein Verhör, aber dann sag ich kein Wort mehr, jedenfalls nicht zu dir.«

Er lächelt und geht zum Sofa zurück. Er setzt sich dicht neben sie, ihre Knie berühren sich, und zuerst stellt er es sich nur vor, dann wagt er es: Langsam legt sich seine Hand auf ihren Oberschenkel, er hat Angst, sie könnte sich ihm entziehen, doch der Schenkel bleibt, wo er ist, unter seiner Hand. Er klammert sich an das feste, lebendige Fleisch und spürt ein leichtes Beben, unmerklich unter der Haut. Er sieht ihr in die Augen und sieht den feuchten Glanz, der sich zu einer Träne verdichtet, an Tamaras Wimpern hängt und dann über ihre Nase rinnt. Er weiß, dass er zu allem bereit ist, außer, sie weinen zu sehen. Sie legt den Kopf an seine Schulter, und er weiß, dass sie weint, still und erschöpft, und da fängt sie an zu sprechen, jetzt ohne Zorn in der Stimme.

»Es stimmt, ich hab das kommen sehen. Das oder so etwas Ähnliches. Er war ja mit nichts mehr zufrieden, träumte von mehr, fühlte sich schon als mächtiger Unternehmer. Ich glaube, er hielt sich für den ersten Yuppie Kubas oder so … Und ich hab mich ebenfalls daran gewöhnt, so zu leben, daran, dass es alles gab und alles leicht und bequem war, dass er mit einem Freund geredet hat, damit ich nicht zum Sozialdienst nach Las Tunas musste, und dass wir Urlaub in Varadero machen konnten und all das. Und am Ende hatte ich Angst davor, mein Leben zu ändern, obwohl, ich glaube, ich hab schon lange aufgehört, ihn zu lieben. Wenn er auf Reisen ging, war ich froh, alleine hier im Haus zu sein, mit dem Jungen, ohne darüber nachdenken zu müssen, dass er spät nach Hause kam und mir sagte, er sei müde, und schlafen ging oder sich in der Bibliothek einschloss, um seine Berichte zu schreiben, oder dass er über die schwierige Situation jammerte. Ich weiß auch, dass er sich schon seit einiger Zeit mit Frauen rumgetrieben hat, da konnte er mir nichts vormachen. Aber wie gesagt, ich hatte Angst, meine Ruhe zu verlieren, die ich so sehr liebe. Und was ich mit dir getan habe, hab ich noch mit keinem getan, das musst du nicht denken.«

Er kann ihr Gesicht nicht sehen, doch er weiß, dass sie aufgehört hat zu weinen. Sie trinkt ihr Glas aus, und er tut es ihr nach. Sie steht auf, sagt »Großer Gott« und geht wieder in die Küche. Er spürt in seiner Handfläche Tamaras Wärme. Jetzt weiß er, dass er mit dieser Frau schlafen kann, die ihm siebzehn Jahre lang den Verstand geraubt hat. Er stellt das Glas auf den Tisch, ignoriert die glimmende, qualmende Zigarette in dem Murano-Aschenbecher und legt seine Pistole aufs Sofakissen. Auch ohne sie fühlt er sich gut gerüstet und folgt Tamara in die Küche. Sie steht vor der Anrichte und gießt sich einen weiteren Whisky ein. Er fasst sie um die Taille, zwingt sie, so stehen zu bleiben. Er streichelt die Hüften der desillusionierten Rumbatänzerin, den Bauch, den er bereits kennt, dann ihre Brüste, häufigster Gesprächsstoff der Oberstufe von *La Víbora.* Sie lässt sich streicheln, bis sie es nicht mehr aushalten kann und sich umdreht und ihm ihre Lippen darbietet, ihre

Zunge, ihre Zähne und ihren Speichel, der nach bestem schottischem Whisky schmeckt. Er öffnet den Reißverschluss ihres Pullovers – sie trägt keinen Büstenhalter mehr wie früher –, beißt in die dunklen Brustwarzen, bis sie vor Schmerzen aufschreit, öffnet ihre Hose und lässt sie nach unten gleiten. Bei dem Slip stellt er sich ungeschickt an, wie ein reuiger Sünder kniet er sich vor sie hin, um zuerst ihre Weiblichkeit einzuatmen, sie dann zu küssen und schließlich mit uraltem, nie gestilltem Hunger zu verschlingen.

Mit ungeahnter Kraft hebt er sie hoch und trägt sie zum Tisch, setzt sie auf die Tischplatte und spürt sie, wie er keine andere Frau je zuvor gespürt hat. Sie verdoppeln ihre Lust auf dem Sofa im Salon. Sie verdreifachen sie und ermatten im Bett oben im Schlafzimmer.

4

Er hebt den Deckel der Kaffeekanne an und beobachtet, wie der erste Kaffee des Tages pechschwarz aus dem glühenden Innern der Kanne sprudelt. Langsam besiegt das Tageslicht die Bäume und dringt durch die langen Fenster in die Küche. Er tut vier Löffel Zucker in einen Krug. Der Morgen verspricht Sonne, und er fühlt, dass es heute nicht mehr so kalt werden wird. Er füllt den Kaffee in den Krug, rührt den Zucker um und gießt den Kaffee wieder zurück in die Kanne, wo sich eine dicke, braungelbe Schaumschicht bildet. Dann serviert er sich die erste Tasse, die ihm hilft, besser nachzudenken. Tamara schläft noch, es ist zehn vor sieben. In zehn Minuten wird sie aufstehen, denkt er, während er sich die erste Zigarette anzündet. Ohne diesen Ritus könnte er keinen Tag beginnen. Er denkt an Rufino und daran, was passieren wird, wenn er sich in Tamara verliebt. Er kann es sich nicht vorstellen, schüttelt zur Bekräftigung sogar den Kopf. Ich kanns noch nicht glauben, denkt er und betrachtet seine und ihre Kleidungsstücke, die er über einen Stuhl gelegt hat. Seine männliche Eitelkeit, die Zufriedenheit mit seiner sexuellen Leistung, lässt ihn keinen klaren Gedanken fassen. Er hat Rafael Morín besiegt, das weiß er, und er bedauert, dass er dem Dünnen von diesem vorläufig letzten Teil der Geschichte noch nicht berichten, nicht mit der gelungenen Eroberung und Kolonialisierung prahlen konnte. Er weiß, dass er das nicht tun sollte, aber egal, er muss es ihm erzählen!

»Guten Morgen, Teniente«, sagt sie, und er fällt fast vom Stuhl. In diesem Moment wird ihm klar, dass es passieren kann. Wenn er nicht flüchtet, wird er sich verlieben.

Denn er hat es gerne, wenn ihn der Tag mit einer Frauenstimme begrüßt, und er stellt fest, dass Tamara jetzt noch hübscher aussieht in ihrem halb offenen Morgenmantel, das Gesicht ungeschminkt, mit dem Abdruck einer Kissenfalte, Stirn und Augen von all den hartnäckigen, widerspenstigen, aufdringlichen, frechen, unbezähmbaren Haarsträhnen verdeckt, die Augen gerötet wegen des fehlenden Schlafes; doch er findet sie so perfekt in ihrer Rolle als zufriedene und befriedigte Frau, eine von denen, die es fertig bringen, mit einem Lied auf den Lippen rußgeschwärzte Töpfe zu reinigen. Nun kommt sie zu ihm und küsst ihn auf den Mund, um sich dann, erst dann, nach ihrem Kaffee zu erkundigen. Und ihm wird klar: Entweder er flüchtet, oder er ist verloren.

»Ein Jammer, dass manche Leute arbeiten müssen, nicht wahr?«, sagt sie und versteckt ihr Grinsen in der Tasse.

»Was würde passieren, wenn jetzt dein Mann durch diese Tür käme?«, fragt Mario sie und macht sich auf ein weiteres Geständnis gefasst.

»Ich würde ihm von diesem Kaffee anbieten, und er hätte keine Wahl, er müsste zugeben, dass er wunderbar schmeckt, oder?«

Lächelnd fuhr er in dem überfüllten Bus. Danach ging er sechs Häuserblocks zu Fuß und lächelte noch immer. Er betrat die Zentrale, und alle sahen, dass er lächelte. Er lächelte, als er die Treppe hinaufging und in sein Büro trat. Dort erwartete ihn Sargento Palacios, die Füße auf dem Schreibtisch, vor sich eine Zeitung.

»Was ist denn mit dir los?«, fragte ihn Manolo und nahm die Füße vom Tisch. Er lächelte ebenfalls, in Erwartung guter Nachrichten.

»Nichts, heute ist Dreikönige, und ich krieg bestimmt was geschenkt … Gibts was Neues, Kollege?«

»Ach, ich dachte, du hättest was. Also, was Neues … nichts. Was machen wir mit Maciques?«

»Wir fangen wieder von vorne an. Bis er müde wird. Er ist der Einzige, der müde werden kann. Hast du Patricia gesehen?«

»Nein, aber sie hat eine Nachricht hinterlassen. Sie ist schon in der Firma. Gestern hat sie bis acht gearbeitet, anscheinend hat sie da geschlafen.«

»Hast du dir schon die Berichte angesehen?«

»Nein, noch nicht. Hab mich direkt auf diesen Bericht hier in der Zeitung gestürzt, über Aids. Wirklich ’n Hammer, Conde, nicht mal in Ruhe pimpern kann man mehr.«

Wieder lächelte El Conde. Er hätte stundenlang so weiterlächeln können.

»Na, dann lies dir das mal gut durch«, riet er Manolo. »Ich werd mir die Berichte vornehmen und danach diesen Maciques.«

»Danke, lieber Chef. Möge Gott, dass Ihr stets so gut gelaunt aufwacht!«, entgegnete der Sargento und legte die Füße wieder auf den Tisch.

Der Teniente nahm auch jetzt nicht den Aufzug, und während er die Treppe hinunterlief, dachte er, dass er in Hochform war und zum Schreiben aufgelegt. Er würde eine sehr untergründige Geschichte über ein Dreiecksverhältnis schreiben, in der die Figuren mit wechselnden Rollen eine Geschichte erleben, die sie früher schon einmal erlebt haben. Es sollte eine Geschichte über Liebe und Erinnerungen werden, ohne Gewalt oder Hass, mit normalen Personen und normalen Geschichten. Wie das Leben der Menschen, die er kannte. Man muss nämlich über das schreiben, was man kennt, dachte er in Erinnerung an Hemingway, der nur über Dinge geschrieben hatte, die er kannte, und auch an Miki, der über Dinge schrieb, die ihn interessierten.

Von der Eingangshalle bog er in den Flur ein, in dem sich der Erkennungsdienst befand. Capitán Jorrín kam in diesem Augenblick aus der Abteilung. Er sah müde und verwirrt aus, wie jemand, der gerade eine schwere Krankheit überstanden hat.

»Guten Morgen, Maestro. Was gibts?« Mario reichte ihm die Hand.

»Jetzt haben wir einen, Conde.«

»Wie schön.«

»Nicht so schön. Wir haben ihn die ganze Nacht verhört, aber er behauptet, die Tat alleine begangen zu haben. Du müsstest ihn sehen, ein harter Brocken, und zäh. Tut so, als wär ihm alles scheißegal. Und weißt du, wie alt er ist? Sechzehn, Conde, sechzehn! Ich bin jetzt dreißig Jahre bei der Polizei, aber so etwas kann ich immer noch nicht begreifen. Bin wohl ein hoffnungsloser Fall ... Er gesteht die Tat, sagt, er hätte den Jungen niedergeschlagen, um ihm das Rad zu klauen, und das sagt er so, als würde er über Baseball sprechen. Und mit derselben Ruhe sagt er, er wärs alleine gewesen.«

»Aber er ist kein Kind mehr, Capitán. Wie habt ihr ihn überhaupt geschnappt?«

Jorrín schüttelte den Kopf und fuhr sich mit der Hand übers zerfurchte Gesicht, so als wollte er es glatt streichen.

»Anhand des Phantombildes, das uns der Zeuge geliefert hat. Und dann fuhr er auch noch glücklich und zufrieden mit dem Fahrrad des ermordeten Jungen rum. Weißt du, dass manche Leute so was tun, nur um sich zu beweisen?«

»Hab ich gelesen, ja.«

»Vergiss die Bücher, Conde. Wenn du was lernen willst, komm mit und sieh ihn dir an. Ein Paradebeispiel ... Ich weiß nicht, aber ich glaube, ich muss von hier weg. Es tut mir immer mehr weh und ...«

Jorrín hob zum Abschied leicht die Hand und ging zu den Aufzügen. Mario sah ihm hinterher und dachte, vielleicht hat der alte Wolf ja Recht, dreißig Jahre sind viele Jahre in diesem Beruf. Er stieß die Tür zum Erkennungsdienst auf, verteilte Morgengrüße und Lächeln an die Sekretärinnen und setzte sich vor den Schreibtisch von Dalia Acosta, Sargento und Dienst habender Offizierin der Abteilung. Er fragte sich immer, wie es möglich war, dass so viele Haare auf einem einzigen Frauenkopf Platz fanden.

»Was sagt die Grenzpolizei?«

»Wenig. Bei dem Nordwind springt kaum einer ins Meer. Aber hier, das ist soeben aus La Habana del Este gekommen. Lies mal ...«

El Conde nahm das Computerblatt, das ihm die Kollegin hinhielt, und las unter der Eingangsformel:

Nicht identifizierte Leiche. Vermutlich Mord. Hinweise auf einen Kampf. Vorläufiger Befund des Gerichtsarztes: Zeitpunkt des Todes vor 72 bis 96 Stunden. Gefunden in einem leeren Haus in Brisas del Mar. 05.01.89, 23.00 Uhr.

Er legte das Blatt auf den Schreibtisch. »Wann ist das gekommen, Dalita?«

»Vor zehn Minuten, Teniente.«

»Und warum hast du mich nicht informiert?«

»Ich hab dich sofort angerufen, aber Manolo hat gesagt, du wärst unterwegs hierher.«

»Gibts noch weitere Nachrichten?«

»Dieses Blatt hier, von der Gerichtsmedizin.«

»Gut, ich geb dir beides so schnell wie möglich zurück. Danke.«

Damals lief ich noch in Uniform rum. Ich hatte immer ein Köfferchen bei mir und arbeitete stundenlang im Archiv mit »Felicia«, unserem alten Computer, einem geheimnisvollen und sehr effizienten Schaufenster. Ich trug meine Dienstpistole im Gürtel, aber mit der Uniformmütze konnte ich mich nicht recht anfreunden. Seit ich in einer Zeitschrift gelesen hatte, dass Schirmmützen die Ursache Nummer eins für Kahlköpfigkeit sind, versuchte ich sie so selten wie möglich zu tragen.

Es war fast neun Uhr abends, und ich hatte nur noch einen Wunsch: ins Bett zu fallen. Ich dachte also an mein Bett, während ich zur Bushaltestelle ging, als ich jemand beharrlich hupen hörte. Wie immer verfluchte ich diese Leute, die ständig hupen müssen, und sah mich nach dem Teufel um, der bestimmt zwei Hörner auf dem Kopf und sogar einen Dreizack in den Hand hatte. Ich sah seinen Arm, der mir über dem Autodach zuwinkte. Mir? Ja, mir! Die Windschutzscheibe blendete mich, und außerdem war es dunkel, sodass ich nicht sehen konnte, wer hinter dem Steuer saß. Ich ging hin, weil ich hoffte, mitgenommen zu werden.

Ich hatte ihn seit etwa fünf Jahren nicht mehr gesehen, doch auch nach hundert Jahren noch hätte ich ihn wieder erkannt.

»Mensch, Junge, mir wär fast die Hand abgefallen vom Hupen«, rief er mir zu, lächelnd wie immer. Und ich weiß nicht warum, aber ich lächelte zurück.

»Hey, Rafael«, begrüßte ich ihn und streckte die Hand durchs Fenster. Sein Händedruck war kräftig. »Hab dich ja schon 'ne Ewigkeit nicht mehr gesehen. Und Tamara?«

»Willst du nach Hause?«

»Ja, hab gerade Schluss und ...«

»Los, steig ein, ich bring dich nach La Víbora.«

Ich stieg in den Lada, der nach Leder, Lederfett und vor allem neu roch. Rafael fuhr los. Es war das letzte Mal, dass wir miteinander sprachen.

»Wo arbeitest du jetzt?«, fragte ich ihn, so wie ich alle meine Bekannten frage.

»Ich treib mich immer noch im Industrieministerium rum, mal sehn, was dabei rauskommt«, antwortete er ganz unbekümmert. Seine Stimme klang liebenswürdig und überzeugend, wie immer, wenn er mit Freunden sprach. Anders als die harte und noch überzeugendere Stimme, mit der er sprach, wenn er auf einer Rednerbühne stand.

»Und schon haben sie dich mit einem Auto beglückt, was?«

»Nein, nein, noch nicht, das ist ein Dienstwagen, aber ich benutze ihn, als wärs mein eigener. Jetzt zum Beispiel komm ich gerade aus einer Sitzung in der Handelskammer, und so geht das den ganzen Tag. Sehr anstrengend, die Arbeit ...«

»Und Tamara?«, versuchte ich es noch einmal. So wie nebenbei sagte er, gut, sie habe gerade ihren Sozialdienst drüben in Bejucal abgeleistet, und jetzt arbeite sie in Lawton in einer Klinik, die neu eröffnet worden sei. »Nein, nein, Kinder haben wir noch keine, aber über kurz oder lang bestellen wir eins«, sagte er.

»Und wie gehts dir so?«

Wir überquerten die Agua Dulce. Ich versuchte zu erspähen, welcher Film im Florida gespielt wurde. Ich hätte ihm sagen können, dass es mir nicht besonders gut ging, dass ich Beamter war und Informationen verarbeitete, dass ich nicht wusste, warum ich Maritza geheiratet hatte, dass der Dünne letzten Monat wieder operiert worden war. Aber ich hatte keine Lust dazu.

»Gut, Alter, gut.«

»Du musst mal vorbeikommen, dann trinken wir was zusammen«, schlug er mir an der Ecke 10 de Octubre und Dolores vor. Mir fiel auf, dass Rafael mir noch nie so etwas gesagt hatte. Weder mir noch dem Dünnen oder dem Hasenzahn oder Andrés, keinem von uns. Und als er an der Ampel Ecke Santa Catalina hielt, damit ich aussteigen konnte, brachte ich es fertig, ihm zu antworten:

»Mal sehn, irgendwann mal. Grüß Tamara von mir.«

Wir gaben uns wieder die Hand, und ich sah ihn in die Santa Catalina einbiegen. Der Blinker blinkte, die Hupe hupte zweimal, wie zum Abschied, und weg war er in dem Wagen, der so neu roch. Da dachte ich: Du alter Wichser, dich interessiert doch nur, mich zum Freund zu haben, weil ich Polizist bin, oder? Und ich musste lachen, damals, als ich Rafael Morín zum letzten Mal sah.

Jetzt fehlte seinen Augen der helle Glanz, und es fehlte der pathetische Klang seiner Stimme. Es fehlte der makellose Teint seines frisch rasierten, gebadeten, wachen Gesichts. Es fehlte das unvermeidliche, selbstsichere Lächeln, das Licht und Sympathien verbreitete. Das Gesicht sah dicker aus, violett, kränklich, und sein kastanienbraunes Haar schrie nach einem Kamm.

»Das ist er«, bestätigte El Conde, und der Gerichtsarzt bedeckte das Gesicht wieder mit dem Laken. Wie der Vorhang, der nach dem letzten Akt eines langweiligen, gefühlsarmen Stückes fällt, dachte Mario.

»Ach, da ist ja mein Freund Conde«, rief der Mann, der das Büro betrat. Und Mario dachte: Der ist ja schwärzer als die Sünde.

Teniente Raúl Booz grinste, und seine weißen Pferdezähne brachten ein wenig Licht in das blauschwarze Gesicht. Niemand hätte behaupten können, er wäre größer als zwei Meter oder schwerer als dreihundert Pfund, aber El Conde wurde schon bei seinem bloßen Anblick nervös. Wie kann er nur so groß und so schwarz sein, fragte er sich und stand auf, um Teniente Booz die Hand zu drücken.

»Sargento Palacios kennst du ja bereits, oder?«

»Ja, ja«, bestätigte Booz und schenkte auch Manolo sein breites Grinsen. Dann machte er es sich auf dem Sofa bequem, das die gesamte Wand des Büros einnahm. »Du warst es also, der diesen Rodríguez gesucht hat?«, fragte er Mario.

El Conde nickte und erzählte ihm die Geschichte von Rafael Moríns Verschwinden.

»Hier hast du ihn, Bruder, sauber verpackt. Wird wohl der schwerste Fall deines Lebens. Hier«, und er reichte seinem Kollegen die Akte, die er neben sich aufs Sofa gelegt hatte. »Unter seinen Fingernägeln haben wir ein Haar gefunden, mit etwas Kopfhaut. Vermutlich von dem Mann, der ihn ermordet hat.«

»Und was sagt die Autopsie, Teniente?«

»Klar wie Quellwasser. Er starb am Abend des Ersten oder in der Nacht zum Zweiten. Der Arzt ist sich nicht ganz sicher, die Kälte hat die Leiche gut konserviert. Deshalb hat man sie auch nicht gleich gefunden. Der zweite und der dritte Halswirbel sind gebrochen, und das Knochenmark ist beschädigt, was zum Tod geführt hat. Es wurde auch eine Hirnquetschung festgestellt, aber das war nicht die Todesursache.«

»Aber wie kann das passiert sein, Teniente?«, fragte Manolo dazwischen, ohne einen Blick auf die Akte zu werfen, die Mario Conde ihm hinhielt.

Teniente Booz, Chef der Kripo von La Habana del Este, betrachtete seine Fingernägel, bevor er antwortete: »Gestern Abend gegen zehn Uhr hat eine Frau auf dem Kommissariat in Guanabo angerufen und gesagt, aus einem leer stehenden Haus in Brisas del Mar komme ein seltsamer Geruch und das Schloss an der Hintertür wär aufgebrochen. Da draußen gibt es nur zwei Häuser, das von der Frau und ein anderes, zwanzig Meter weiter, das im Winter leer steht. Die Kollegen von Guanabo sind hingefahren und haben die Leiche im Bad gefunden. Alles deutet darauf hin, dass der Mann mit dem Kopf auf den Badewannenrand gefallen ist, aber der Schlag war so heftig, dass man ein bloßes Ausrutschen ausschließen kann, Palacios. Er wurde gestoßen, und vorher hat es einen Kampf gegeben, vielleicht nur einen sehr kurzen, bei dem das Opfer den Mörder gekratzt und ihm das Haar samt Kopfhaut ausgerissen hat. Es stammt von einem Weißen, etwa vierzig Jahre alt, zwischen 1,65 und 1,70 groß, schwarzes Haar übrigens ... Das muss euch für den Anfang reichen.«

»Besser gesagt, fürs Ende, Teniente«, sagte Mario.

»Da gibt es aber noch ein Problem. Auch wenn der Mord nicht geplant war, hinterher ist etwas sehr Merkwürdiges passiert. Der

Mörder hat das Opfer entkleidet und dann die Kleider mitgenommen. Und da ist da noch die Sache mit dem Köfferchen oder einer Ledertasche. Auch die ist nicht gefunden worden, aber der Tote hat Spuren von Leder an beiden Händen, also hatte er kurz vor dem Kampf so was bei sich. Die Tasche muss ziemlich schwer gewesen sein, denn er hat sie abwechselnd in beiden Händen getragen.«

»Und gibts noch weitere Spuren? Von Autos oder so?«

»Nichts. Die Fingerabdrücke stammen von dem Toten, und zwar an der aufgebrochenen Tür, in der Küche, an einem Sessel im Salon und im Bad. Sieht so aus, als hätte er auf jemanden gewartet, höchstwahrscheinlich auf seinen Mörder. Wir haben die nähere Umgebung durchkämmt, aber weder die Tasche noch die Kleidung des Toten wurde gefunden. Ist der Fall ein Dreikönigsgeschenk, ja oder nein?«

»Und wie fändest du das, Booz, wenn ich dich in zwei Stunden anrufe, um dir mitzuteilen, dass der Mörder René Maciques heißt?«, entgegnete El Conde. Er stand auf und steckte die Pistole, die sich unbedingt befreien wollte, in den Gürtel zurück.

Mario Conde dachte daran, sich eine Zigarette anzuzünden, tat es dann aber nicht. Stattdessen nahm er seinen Kugelschreiber und fing an, mit dem Verschluss zu spielen. Das monotone Klicken hallte in dem Büro wie Pistolenschüsse wider.

»Und, Maciques?«, fragte Manolo, und Maciques hob den Kopf.

Er ist ein Chamäleon, dachte El Conde. Maciques glich jetzt nicht mehr dem energiegeladenen Conférencier des ersten Treffens, auch nicht dem peniblen Bibliothekar vom Tag der Tonbandaufzeichnung. Ein Tag ohne Rasierapparat hatte genügt, den Büroleiter in den Prototyp eines Vagabunden zu verwandeln, und das Zittern seiner Hände ließ an einen furchtbar kalten, verheerenden Winter denken.

»Es war seine Schuld«, begann Maciques und versuchte sich auf seinem Stuhl aufzurichten. »Er hat alles eingefädelt, als er wusste, dass er auffliegen würde. Zu dem Übrigen kann ich nichts sagen.«

»Doch, Maciques, ich glaube, Sie können«, widersprach Manolo.

»Ich meine, ich kann es mir nicht erklären … Er kam am Abend des Dreißigsten zu mir, um mir zu sagen, dass die Leute von Mitachi früher als vorgesehen kommen würden und er dadurch in Schwierigkeiten geraten könnte. Ich wusste nicht, von welchen Schwierigkeiten er redete, konnte es mir aber vorstellen. Irgendein Problem mit den Geldern. Dann sagte er mir, er müsste das Land verlassen. Ich hab ihm davon abgeraten, das wär Irrsinn, hab ich gesagt, und außerdem nicht so einfach. Doch, hat er gesagt, es wär ganz einfach, mit einem Motorboot, er hätte zehntausend Pesos und etwas über zweitausend Dollar, damit könnte er einen Bootsführer bezahlen, ich sollte einen auftreiben. Und dann hat er mich mit dem Bankkonto in Spanien und mit dem Auto erpresst. Keine Ahnung, wie er sich die Kopien der Papiere besorgen konnte, jedenfalls hatte er sie. Nein, nein, das mit dem Auto musste er sich wohl vorher schon überlegt haben. Er hatte es geschenkt bekommen und dann mir geschenkt. Ich habs natürlich gleich verkauft, es war mir zu heiß … Ich hab ihm noch einmal klargemacht, dass es ein Irrsinn wär, das Land illegal zu verlassen, und hab ihm vorgeworfen, dass er ein schmutziges Spiel mit mir spielte. Darauf hat er mir gesagt, ich sollte das Boot besorgen, dann könnte ich alles andere vergessen. Aber ehrlich gesagt, ich hab nicht mal den Versuch gemacht, ein Motorboot aufzutreiben. Hab nur daran gedacht, wie ich an diese Kopien rankommen konnte.«

»Indem Sie ihn umbrachten, Maciques?«

Der Mann schüttelte den Kopf. Eine unwillkürliche, heftige Bewegung wie das Zittern seiner Hände.

»Nein, Sargento, ich suchte nach einem anderen Ausweg … Aber um Zeit zu gewinnen, hab ich ihm gesagt, ich hätte einen Bootsführer für den Ersten angeheuert, vor Tagesanbruch. Das wär die beste Zeit für eine Flucht, hab ich ihm erklärt. Der Mann hätte eine Lizenz für Hochseefischerei, wir müssten um vier Uhr früh in Guanabo sein. Sie hätten Rafael auf der Party sehen müssen! Selbstsicherer und ausgelassener denn je, hatte wohl das Gefühl, schon nicht mehr in Kuba zu sein. Dieser Scheißtyp, mein Gott, seien Sie froh, dass Sie ihn nicht gekannt haben … Wenn ich es mir jetzt überlege, glaube ich, ich hätte das Ganze von Anfang an nicht zulassen dürfen. Aber wissen Sie, was es heißt, Angst zu haben? Angst, alles zu verlieren und vielleicht ins Gefängnis zu wandern, nie mehr ein normales Leben führen zu können? Das ist der Grund, warum ich mitgemacht habe. Nach der Party hab ich ihn von zu Hause abgeholt und nach Guanabo gebracht. Ich hab den Wagen in der Nähe der Pizzeria Veneciana abgestellt, gleich neben dem Fluss, und ich hab gesagt, ich wollte mit dem Mann erst mal alleine sprechen. Ich bin zum Strand runtergegangen und eine Weile dort geblieben. Dann bin ich zu Morín zurückgegangen, und als ich ihm sagte, dass er noch bis zum Abend warten müsste, ist er völlig ausgerastet. So hatte ich ihn noch nie erlebt, er schrie mich an, ich wär ein Vollidiot und was weiß ich nicht noch alles. Ich könnte froh sein, dass er abhauen müsste, sonst würde er mich fertig machen, und in dem Stil gings weiter. Dann hab ich ihn zu dem Haus gefahren. Ich wusste, dass es im Winter leer steht. Ein Freund von mir mietet es immer im September. Wir gehen also da rein, und ich sag zu ihm, er müsste bis zum Abend dort warten. Dann bin ich wieder zurück nach Havanna gefahren.«

»Und was haben Sie da gedacht, Maciques?«

»Gedacht? … Nichts. Daran, was ich am Abend vorhatte und dann auch gemacht habe. Zu ihm gehen und ihm sagen, dass alles vorbereitet ist. Dann wollte ich ihm den Koffer mit den Kopien abnehmen und ihm sagen, er sollte sich selbst ein Boot suchen. Aber wissen Sie, was er mir als Erstes gesagt hat, als ich ankam? Er würde mir aus Miami schreiben, wo er die Papiere versteckt hätte, sie wären an einem sicheren Ort, wo niemand sie finden würde. Jetzt war ich es, der ausgerastet ist. Ich hab ihm alles an den Kopf geworfen, ihm gesagt, was ich schon seit langem von ihm halte. Daraufhin hat er mich geschlagen, aber nicht richtig, nur so mit der flachen Hand, hier über dem Ohr hat er mich getroffen. Da hab ich ihn geschubst, und er ist mit dem Hinterkopf auf den Rand der Badewanne geknallt ... Das war alles.« Maciques zog den Kopf zwischen die Schultern.

»Und Sie haben die Spesenabrechnung von Panama und alles andere in seine Akte gelegt, stimmts?«

»Ich musste mich doch schützen, oder? Ich hab geahnt, dass er eine Schweinerei gegen mich vorhatte, und da musste ich mich irgendwie verteidigen. So ein Dreckskerl«, fügte er mit letzter Kraft hinzu.

»Und Sie haben allen Ernstes geglaubt, Sie kämen da wieder raus, Maciques?«, fragte der Teniente und stand auf. Einen Moment lang hatte er gedacht, dass einem dieser plötzlich gealterte, am Boden zerstörte Mann Leid tun könne, doch nur einen Moment lang. Das Bild des ruinierten Mannes konnte das Gefühl des Abscheus, das die ganze Geschichte in ihm erweckte, nicht verdrängen. »Nun, da haben Sie falsch gedacht. Weil Sie genauso sind wie ihr verstorbener Chef, Maciques. Dieselbe Scheiße aus demselben Scheißhaus. Und die Angst, die Sie hatten, können Sie behalten. Für Sie ist die Geschichte nämlich noch lange nicht zu Ende.« Er warf Sargento Palacios einen Blick zu und verließ das Büro. Seine Kopfschmerzen begannen wieder hinter den Augen. Bösartig und hartnäckig wanderten sie über die Stirn.

Es fehlt ein kleiner Spatz, dachte er. Tags zuvor hatte er ihn in dem Nest in der Astgabel des Lorbeerbaums gesehen, und jetzt lagen da nur noch ein paar Federn in dem geflochtenen Stroh. Er kann bestimmt noch nicht fliegen, sagte er sich, wenn er aus dem Nest gefallen ist, ist er verloren, bei den Katzen aus der Küche hat er keine Chance. Er hoffte, dass der kleine Spatz vielleicht doch schon fliegen konnte. Die Kälte hatte nachgelassen, und eine rötliche Sonne verschwand hinter den Häusern in Richtung Meer. Ein wunderschöner Tag, um fliegen zu lernen.

»Nach wie vielen Tagen fangen Spatzen an zu fliegen, Manolo?«

Der Sargento legte die Akte mit den letzten Berichten und den von Maciques unterschriebenen Aussagen zur Seite und sah den Teniente an.

»Sag mal, Conde, was ist heute mit dir los? Wie soll ich das denn wissen? Bin ich etwa 'n Spatz ...«

»Ist ja gut, Junge.« Mario streckte den Zeigefinger in seine Richtung aus. »Reg dich nicht gleich auf. Du stellst manchmal auch so blöde Fragen ... Los, mach die Sachen fertig, damit wir zum Alten gehen können.«

»Apropos, meinst du, der gibt uns die freien Tage, die uns zustehen?«

El Conde saß hinter seinem Schreibtisch und rieb sich die Augen. Die Kopfschmerzen waren nur noch eine böse Erinnerung, aber er fühlte sich erschöpft und kriegte so langsam Hunger. Doch erst mal wollte er den Fall Rafael Morín abschließen. Es ärgerte ihn, dass er die wahren Möglichkeiten dieses Mannes unterschätzt hatte, der sich ohne Luft zu holen vom Parteifunktionär zum Privatunternehmer, vom untadeligen Kader zum Sünder gewandelt hatte, der mit einem einzigen Schlag getötet worden war und so viele Fragen hinterließ. Als hätte er ihm eins auswischen wollen.

»Lass uns warten, bis Patricia in der Firma fertig ist. Morgen früh krieg ich ihren Bericht, hat sie gesagt, und dann marschieren wir mit der kompletten Akte zum Alten. Doch, ich glaube, er wird uns ein paar Tage freigeben. Ich hätts nötig. Und du auch, glaub ich. Übrigens, wie siehts mit Vilma aus?«

»Gut, gut, sie hat sich wieder eingekriegt.«

»Gott sei Dank! Wenn dich eine Frau zappeln lässt, bist du nämlich nicht zu genießen. Na ja, egal, das hier ist so gut wie erledigt, und vielleicht muss ich dein Gesicht in den nächsten Wochen nicht sehen … Sag mal, wer hat eigentlich Rafaels Mutter und Tamara benachrichtigt?«

»Der Mayor hat den Industrieminister angerufen.«

»Die Mutter tut mir Leid.«

»Die Frau etwa nicht? Willst du nicht zu ihr gehen und sie trösten?«

»Leck mich doch am Arsch«, sagte Mario, doch er lächelte dabei.

»Sag mal, Conde, wie fühlst du dich, wenn du einen Fall wie diesen abschließt?«

Der Teniente streckt beide Arme vor, die Handflächen nach oben.

»So, Manolo, mit leeren Händen. Die Katastrophe war bereits eingetreten.«

Sie sahen sich an. Als der Teniente seinem Kollegen gerade eine Zigarette anbot, wurde die Tür geöffnet, und sie sahen eine Zigarre hereinkommen und dahinter einen Mann.

»Ausgezeichnete Arbeit mit diesem Maciques, Sargento«, sagte Mayor Rangel und lehnte sich gegen die Tür. »Und du hast dich mal wieder selbst übertroffen, Mario … Was war dieser Rafael Morín eigentlich für ein Mensch?«

El Conde sah wieder Manolo an. Er wusste nicht, ob der Alte eine Antwort hören wollte oder die Frage nur laut in den Raum stellte. Es kam höchst selten vor, dass man Mayor Rangel außerhalb seines Büros sah und in diesem ratlosen Ton reden hörte. Die beiden zogen es vor zu schweigen.

»Wann hab ich morgen den Abschlussbericht?«

»Um zehn?«

»Um neun. Patricia beendet ihre Arbeit in der Firma heute Nachmittag. Alles andere ist Sache unserer Wirtschaftsabteilung. Da kann noch allerhand ans Tageslicht kommen. Also, morgen früh um neun. Danach verschwindet ihr beide und kommt nicht vor Freitag zurück. Es sei denn, ich rufe euch vorher an … Und morgen schlag ich wegen dieser Geschichte einen Krach, der sich gewaschen hat! Mir reichts so langsam mit den losen Sitten und der Korruption, schließlich müssen wir am Ende immer die Kastanien aus dem Feuer holen!« Seine Stimme klang wie die eines viel größeren und jüngeren Mannes. Eine Stimme, die es gewohnt ist, zu fordern und zu protestieren. Der Mayor sah die makellose Asche seiner Zigarre und dann seine beiden Untergebenen an. »Und dann heißt es immer, die Verbrecher! Waisenknaben sind das im Vergleich zu Typen wie Morín und Maciques! Ich weiß nicht, was für Folgen das Ganze haben wird, auf allen Ebenen, aber ich will Köpfe rollen sehen … Ein angesehener Firmenchef unterschlägt tausende von Dollars! Ich begreif das nicht, ich begreif das einfach nicht.« Er öffnete die Tür und spazierte hinter seiner Zigarre hinaus. »Morgen um neun marschier ich los, mit dem Bericht unterm Arm …«

»Nein, fang nicht wieder damit an!«, flehte Manolo. »Guck mal, es ist nicht mehr so kalt, und morgen müssen wir früh antreten, um den Bericht fertig zu machen. Der Fall ist nämlich noch nicht abgeschlossen.« Manolo ließ den Motor an, und Mario Conde murmelte: Wer sich mit Kindern einlässt …

»Was hat diese Frau mit dir gemacht, Manolo?«, fragte er. »Du scheißt dich ja vor ihr in die Hose.«

Der Wagen fuhr vom Parkplatz der Zentrale, und noch immer schüttelte Manolo den Kopf. »Vergiss es, und hör auf, mir Komplexe einzureden. Nicht ein Glas, basta! Ich fahr zu Vilma, und du kannst machen, wozu du Lust hast. Morgen früh um sechs hol ich dich ab … Außerdem, wenn ich erst anfange zu trinken, hör ich nicht mehr auf, und dann fangen wir an, uns zu streiten … Also, wo soll ich dich absetzen?«

El Conde grinste. Der ist nicht zu retten, dachte er und drehte die Scheibe herunter. Die Kälte hatte eindeutig nachgelassen. Der Abend lag friedlich vor ihnen, fast alles war möglich. Er wollte etwas trinken, und Manolo wollte zu Vilma. Zwei legitime Wünsche. Immerhin war der Fall Rafael Morín abgeschlossen, jedenfalls für die Polizei. Mario fühlte sich leer. Ihn erwarteten zwei Tage Urlaub, mit denen er wieder nichts anzufangen wusste. Schon seit langem brachte er nicht mehr den Mut auf, sich vor die Schreibmaschine zu setzen – vielleicht würde er es nie wieder tun –, um einen der Romane zu beginnen, die zu schreiben er sich vor vielen, vielen Jahren vorgenommen hatte. Die Einsamkeit zu Hause, die feindselige Ruhe deprimierten ihn. Das mit Tamara, er wusste es, war bestimmt nur ein flüchtiges Abenteuer, das sehr bald mit dem Alltag zweier völlig unterschiedlicher Leben, zweier Welten, die nebeneinander bestehen, aber nur schwer miteinander zu vereinbaren waren, kollidieren würde. Und in der Bibliothek des alten Valdemira, dachte er, könnte ich vielleicht da meinen Roman schreiben?

»Lass uns beim Beerdigungsinstitut in der Santa Catalina vorbeifahren. Rafaels Leiche müsste inzwischen angekommen sein.«

»Wozu, Conde?«, fuhr Manolo auf. Totenwachen waren ihm schon immer zuwider gewesen, und er hatte keine Lust, sich jetzt so was anzutun.

»Wozu? Weiß ich nicht. Es muss nicht für alles ein Wozu geben, oder? Ich möchte nur ein paar Minuten vor seinem Sarg stehen.«

»In Ordnung, Mario. Aber das gehört nicht zu unserer Arbeit, ja? Also, ich lass dich raus und fahr weiter. Morgen früh um sechs.«

Der Wagen fuhr über die Calzada de Santa Catalina. El Conde sah Leute für Coca-Cola anstehen, sah die frisch renovierte Pension mit ihrer Neonreklame (zwei rote Herzen, durchbohrt von einem grünen Pfeil der Hoffnung) und ein Pärchen, das gerade hineinging. Er sah die ungeduldig wartende Menschenmenge an der Bushaltestelle, die Kinoreklame und den Autofahrer, der einem anderen »Du Arsch!« zurief, weil der ihn rechts überholte. Niemand macht sich Gedanken über den Tod, dachte er, und deshalb können wir weiterleben, weiterlieben, herumrennen, arbeiten, schimpfen und beleidigen, essen, ja, auch töten und denken. Und dann sah er das Haus der Zwillingsschwestern hinter der Hecke und den Skulpturen, mit seinen schwarz glänzenden Fensterflächen auf der weißen Fassade und seinem plötzlich veränderten Schicksal. Aus diesem Haus war Rafael Morín getreten, um alles auf eine Karte zu setzen und für immer sein blendendes, selbstsicheres Lächeln zu verlieren.

»Dann also um sechs«, sagte er, als sie das Beerdigungsinstitut erreichten. Vor dem Eingang stand niemand. Möglicherweise hatte die Gerichtsmedizin die Leiche seines ehemaligen Mitschülers noch nicht freigegeben. »Und pass auf, dass du sie nicht schwängerst.«

»Nein, nein, sag so was nicht, ich will mir das Leben nicht unnötig schwer machen.« Lächelnd drückte Manolo die Hand, die sein Chef ihm reichte.

»Spiel hier nicht den wilden Mann. Die Vilma hat dich ganz schön am Wickel.«

»Ja, und?« Sargento Palacios lachte, legte den Gang ein und gab Gas. Eines Tages rast er sich zu Tode, dachte Mario Conde.

Er stieg die kurze Treppe zum Eingang hinauf. Auf der Tafel stand nur ein Name: Rafael Morín Rodríguez, Saal D. Es war kein guter Tag zum Sterben, der Leichenbestatter hatte nicht viel zu tun. Mario ging zum Saal D, traute sich aber nicht hinein. Der süßliche Friedhofsblumenduft, der sich in die Wände eingefressen hatte, schlug ihm auf den Magen. Er setzte sich in einen der Sessel im Flur, neben den Standaschenbecher und das öffentliche Telefon, und zündete sich eine Zigarette an. Sie schmeckte nach feuchtem Gras. Da drin lag Rafael Morín, tot und fertig zum Vergessen. Es würde eine todtraurige Beerdigung geben. Keiner seiner Freunde vom Silvesterabend und vom Aufsichtsrat und von den Auslandsreisen würde kommen. Der Mann war in mehrerer Hinsicht ein Aussätziger. Vielleicht wollte nicht mal seine Frau auf dem Friedhof dabei sein. Die Wege seiner früheren Freunde aus der Oberstufe hatten sich so weit von seinem entfernt, dass sie wohl erst Monate später von seinem Tod erfahren würden, zweifelnd, ungläubig. El Conde stellte sich die Beerdigung unter anderen Umständen vor: den Saal voller Menschen und Kränze, das Bedauern über den Verlust eines so herausragenden, so jungen Kaders, die Trauerrede, bewegend und überladen mit großartigen, schmerzerfüllten Adjektiven. Er warf die Kippe in den Aschenbecher und trat vor die Tür von Saal D. Wie ein Wilddieb näherte er sein Gesicht der Scheibe und blickte in den fast leeren Raum. Genauso hatte er es sich vorgestellt: Rafaels Mutter, ein Taschentuch vor Mund und Nase, weinend, umgeben von ihren Nachbarinnen, unter ihnen die beiden Frauen, die am Sonntagmorgen im Waschraum gewesen waren; eine hielt der alten Frau die Hand und flüsterte ihr etwas ins Ohr. Für sie alle war Rafaels Unglück irgendwie ihr eigenes Unglück, das Ende eines tragischen Schicksals, das der Junge herauszufordern versucht hatte. Tamara saß ihrer Schwiegermutter gegenüber, er sah nur halb ihren Rücken und das widerspenstige krause Haar. Ihre Schultern zuckten nicht, vielleicht verdrückte sie ein paar stille Tränen. Zwei Stühle von ihr entfernt saß, ebenfalls mit dem Rücken zur Tür, eine weitere Frau, die er zu erkennen versuchte. Sie schien jung zu sein, der Haarschnitt ließ ihren Nacken frei, sie saß aufrecht, mit geraden Schultern, und die Haut ihrer Arme war glatt. Da blickte sie zur Seite, zu Tamara hin, und er konnte ihr Gesicht im Profil sehen. Es war Zaida. Ihre unbedingte Treue zum Toten verdiente Anerkennung. Sieben Frauen, nur eine davon eine Arbeitskollegin. Und vorne der fest verschlossene Sarg auf grauem Stoff, ungewohnt nackt ohne die Blumen, die man normalerweise bei einer Totenwache erwartet. Es wird eine todtraurige Beerdigung, dachte er wieder und ging hinaus.

Draußen auf der Straße tastete er in seiner Jackentasche nach der Zigarettenschachtel. Er hatte großen Durst. Während er noch eine Lücke im Straßenverkehr suchte, sah er auf der anderen Seite Miki Cara de Jeva. Er hätte gerne gewusst, warum das »Mädchengesicht« an der Totenwache teilnehmen wollte. Doch dann hatte er das Gefühl, dass es für heute genug war, und beschleunigte seinen Schritt. Als er in eine Seitenstraße einbog, summte er, ohne es zu wollen, *Strawberry Fields forever …*

Der dünne Carlos sah sein Glas an, als verstünde er nicht, warum es leer war. So ein Gesicht machte er immer nach dem vierten oder fünften Glas. Mario Conde musste grinsen. Eine halbe Flasche Rum hatten sie bereits geleert, aber ihre Traurigkeit konnten sie damit nicht vertreiben. Der Dünne hatte seinen Freund gebeten, ihn zum Beerdigungsinstitut zu fahren, doch der hatte sich geweigert. Was hast du da zu suchen, du Aasgeier, schimpfte er mit ihm. Daraufhin hatte Carlos ihm verboten, den Kassettenrecorder anzustellen. Wie alle, die wissen, dass sie bald sterben müssen, hatte der Dünne Ehrfurcht vor dem Tod. Die beiden beschlossen, ihre schlechten Erinnerungen und die bösen und auch die traurigen Gedanken im Rum zu ertränken. Aber diese Scheißgedanken können schwimmen, dachte Mario.

»Und wie gehts jetzt mit Tamara weiter, du?«, fragte der Dünne, als sein Glas wieder das richtige Gewicht hatte.

»Weiß ich nicht, Bär, weiß ich nicht. Das kann nicht gut gehen. Ich hab Angst, mich zu verlieben.«

»Warum, du, warum?«

»Wegen dem, was danach kommt. Ich leide nicht gerne, also leide ich im Voraus, und damit hat sichs dann.«

»Ich hab dir schon immer gesagt, du bist ein Leidwesen.«

»Es ist nicht so einfach, wirklich nicht«, entgegnete Mario. Er trank sein Glas aus und stellte es auf das Tischchen. »Ich muss gehen, morgen soll der Abschlussbericht fertig sein.«

»Du lässt mich mit einem halben Liter alleine? Und das Essen? Willst du, dass die arme Josefina böse wird? Nein, Bruder, nein, hinterher muss ich mir anhören, dass du nicht genug isst, dass du immer dünner wirst und ich der Böse bin, der dich zum Trinken verführt, und dass du besser auf dich aufpassen musst und wann du endlich ein nettes Mädchen heiratest, hör dir das an, und wann du Kinder kriegst. Das halte ich heute nicht mehr aus, du, mein Tag ist sowieso schon im Arsch.«

Mario lachte, aber eigentlich war ihm zum Weinen zu Mute. Er sah über den Kopf seines Freundes hinweg auf die Wand, und da sah er das verblasste Poster von den Rolling Stones und Mick Jagger mit seinem Pferdegebiss; daneben das Foto, das am fünfzehnten Geburtstag der Schwester vom Hasenzahn aufgenommen worden war: Pancho lächelte, der Hasenzahn versuchte nicht zu lächeln, und der Dünne – für die Party extra sorgfältig gekämmt, den Pony, den er in der Schule scheiteln musste, bis über die Brauen und die halb geschlossenen Augen – hatte seinen Arm um die Schultern des wie üblich erschreckt dreinblickenden Mario Conde gelegt, Brüder seit immer und auf ewig. Er sah die Blechmedaillen, die der Dünne gesammelt hatte, als er noch dünn und Baseballspieler gewesen war; das fast nicht mehr zu sehende Etikett von Havana Club, das irgendjemand vor vielen Jahren bei einem viel beachteten Besäufnis auf den Spiegel geklebt hatte und das der Dünne für immer dort kleben lassen wollte. Es war auch eine traurige Wand.

»Hast du dir mal überlegt, Dünner, warum wir Freunde sind?«

»Weil ich dir in der Oberstufe mal ein Messer ausgeliehen habe. Hör mal, du, hör auf zu grübeln, das Leben ist, wie es ist, scheiß was drauf!«

»Es könnte aber auch anders sein.«

»Dummes Zeug, Alter, alles dummes Zeug. Das sind Ammenmärchen. Lass mich damit zufrieden, verdammt noch mal ... Ich will dir mal was sagen: Manche Leute sind dafür geboren, dass ihnen Blumentöpfe auf den Kopf fallen ... oder Kugeln in den Rücken geschossen werden, die einem das Licht ausblasen. Was nicht zu ändern ist, ist nun mal nicht zu ändern. Verschon mich damit. Gib mir lieber noch 'n Schluck, komm.«

»Irgendwann schreib ich darüber, das schwör ich dir«, sagte Mario und goss das Glas seines Freundes randvoll.

»Ganz genau, das solltest du tun, darüber schreiben, nicht quatschen. Wenn du das nächste Mal darüber sprechen willst, reichst dus mir schriftlich rein, klar?«

»Eines schönen Tages schieß ich dich auf den Mond, Dünner.«

»He, was soll das denn jetzt?«

Mario Conde sah sein Glas an und setzte dabei das gleiche Gesicht auf wie Carlos, so als wollte er sagen: Wieso ist das denn leer? Aber er sagte es nicht.

»Ach, nichts, vergiss es.« Er winkte ab. Ihm ging durch den Kopf, dass er eines gar nicht schönen Tages nicht mehr mit dem Dünnen würde reden können, ihn »Bruder« nennen, »Bär«, »Tiger«, »Alter«, dass er ihm nicht mehr würde erklären können, dass es das Schwierigste auf der Welt war, zu leben.

»Sag mal, du, wo hat der andere am Ende eigentlich den Koffer mit dem Geld gelassen?«

»Er hat Schiss gekriegt und ihn ins Meer geworfen.«

»Mit den ganzen Scheinen?«

»Mit den ganzen Scheinen. Sagt er jedenfalls.«

»So 'n Scheiß, was?«

»So 'n Scheiß, ja. Hör mal, ich fühl mich ganz komisch. Erst wollte ich Rafael finden, tot oder lebendig, das war mir schon fast egal. Jetzt hab ich ihn gefunden, und ich würde ihn am liebsten wieder verschwinden lassen. Ich will nicht an ihn denken, aber ich krieg ihn einfach nicht aus dem Kopf. Und ich fürchte, das dauert noch 'ne ganze Weile ... Wie Tamara sich wohl fühlt, hm?«

»Komm, leg Musik auf«, schlug der Dünne vor, »jetzt kannst du Musik machen, wenn du willst.«

»Was möchtest du hören?«

»Die Beatles?«

»Chicago?«

»Fórmula V?«

»Los Pasos?«

»Credence?«

»Okay, Credence.«

Sie lauschten der satten Stimme von John Fogerty und den Gitarren von Credence Clearwater Revival.

»Das ist immer noch die beste Version von *Proud Mary.*«

»Kein Thema.«

»Der singt wie 'n Schwarzer, hör dir das an.«

»Scheiße, der singt wie 'n Gott.«

»Kommt, Jungs, der Mensch lebt nicht von Musik allein«, rief Josefina von der Tür aus. »Wir essen.«

Sie band sich die Schürze ab, und Mario Conde fragte sich, wie oft er diesen Lockruf der Wildnis wohl noch vernehmen würde, der sie drei um den außergewöhnlichen Tisch versammelte, den zu decken Josefina jeden Tag so große Anstrengung kostete. Ohne sie wird das Leben noch schwieriger werden, dachte er.

»Welches Menü erwartet uns?«, fragte er und nahm seinen Platz hinter dem Rollstuhl ein.

»Kabeljau auf baskische Art, Reis, polnische Suppe mit Champignons, verfeinert mit Mangold, Innereien vom Huhn in Tomatensoße, gebackene Bananenscheiben und gemischter Salat: Kopfsalat, Kresse und Radieschen.«

»Wo hast du das alles her, Jose?«

»Frag lieber nicht, Condesito. Kommt, gebt mir auch 'n Schluck Rum. Mir ist heute so danach, ich weiß nicht, irgendwie fühl ich mich glücklich.«

»Für dich, Jose.« Mario schob sein Glas zu ihr rüber und dachte: Scheiße, wie lieb ich sie hab.

Dies ist ein leeres Zimmer, sagte er laut und atmete den intensiven Geruch der Einsamkeit tief ein. Und das da ist ein leeres Bett, dachte er und betrachtete die geheimnisvollen Formen der zerwühlten Laken, die glatt zu streichen niemand sich die Mühe machte. Er knipste das Licht an, und die Einsamkeit sprang ihm in die Augen. Rufino drehte in dem runden Aquarium wie wild seine Runden. Werd mir nur nicht müde, Rufino, sagte er zu dem Kampffisch und begann sich auszuziehen. Er legte das Jackett über den Stuhl, warf das Hemd aufs Bett, legte die Pistole auf das Jackett, und nachdem er die Schuhe abgestreift hatte, zog er die Jeans aus und ließ sie auf dem Boden liegen.

Er ging in die Küche und löffelte die letzten Kaffeereste, die er in einem Tütchen gefunden hatte, in die gusseiserne Kanne. Er spülte die Thermoskanne aus, nachdem er den abgestandenen Kaffee weggeschüttet hatte, den er am Morgen eines, wie ihm schien, lange vergangenen Tages dort vergessen hatte. Da entdeckte er in der dunklen Fensterscheibe sein Spiegelbild und nutzte die Gelegenheit, um wieder einmal den Beginn seiner Kahlköpfigkeit zu begutachten. Dann öffnete er das Fenster und sah in die nächtliche Stille hinaus. Es wäre eine ideale Nacht, dachte er, um sich unter die Straßenlaterne an der Ecke zu hocken und ein paar Partien Domino zu spielen, eingehüllt in einen schützenden Nebel aus billigem Rum. Nur dass sich seit langem schon niemand mehr, nicht mal in einer Nacht wie dieser, dort niederließ, um Domino zu spielen und billigen Rum zu trinken. Wir sind nicht mal mehr uns selbst ähnlich, dachte er, denn wir, die von früher, werden nie wieder dieselben sein. Er fragte sich, wann er wohl Tamara anrufen würde. Die Einsamkeit bringt mich um. Er tat Zucker in den Kaffee, goss sich eine riesige Morgentasse ein und zündete sich die unvermeidliche Zigarette an.

Er ging ins Zimmer zurück, setzte sich aufs Bett und starrte Rufino an. Der Kampffisch hatte aufgehört, seine Runden zu drehen, und schien ihn ebenfalls anzustarren.

»Morgen kriegst du Futter«, sagte er zu ihm.

Er stellte die Tasse auf das Nachttischchen, das Spuren von anderen abgestellten Tassen aufwies, und ging zu dem Stapel von Büchern, die auf einem Hocker darauf warteten, gelesen zu werden. Er fuhr mit dem Finger über die Buchrücken, auf der Suche nach einem Titel oder einem Autor, für den er sich hätte begeistern können. Auf halbem Weg hielt er inne. Er streckte die Hand zum Regal aus und nahm das einzige Buch heraus, auf dem sich nie Staub ansammelte. »Es muss sehr untergründig und berührend sein«, sagte er laut zu sich. Und er las die Geschichte von dem Mann, der alle Geheimnisse des Bananenfisches kennt und sich vielleicht deshalb umbringt. Danach schlief er mit dem Gedanken ein, dass die Geschichte wegen des genial friedvollen Selbstmords eine Geschichte voller Untergründigkeit war.

Mantilla, Juli 1990 – Januar 1991

Leonardo Padura

Eigentlich hatte der 1955 in Havanna geborene Autor Leonardo Padura seine Karriere als Journalist begonnen: Nach dem Abschluss des Lateinamerikanistik-Studiums in Havanna schrieb er zunächst für die Zeitschrift *El Caimán Barbudo*. Drei Jahre später wurde er wegen »ideologischer Probleme« strafversetzt zur Zeitung *Juventud Rebelde*. Bald gehörten seine Reportagen zu den meistgelesenen in Kuba, vielleicht auch deshalb, weil er sich nicht scheute, auch entlegene und unbequeme Themen aufzugreifen. Nach 1989 folgten sechs Jahre als Chefredakteur bei der Kulturzeitschrift *La Gaceta de Cuba*.

Die Kriminalromane seines »Havanna-Quartetts« sind für Leonardo Padura denn auch nur ein Vorwand, um von der kubanischen Gesellschaft zu erzählen, und das Gewissen seiner Generation einer Prüfung zu unterziehen. Vor dem »Havanna-Quartett«, das ihn international bekannt machte, veröffentlichte Padura einen Roman sowie mehrere Bücher mit Erzählungen und Reportagen, für die er in Kuba verschiedene Preise erhielt. Das »Havanna-Quartett« wurde sowohl in Kuba als auch international ausgezeichnet, unter anderem mit dem Premio de América insular y de la Guayana, dem Premio Internacional de Novela Negra, dem Premio Hammett und dem Premio Café de Gijón.

Bibliografie

Romane und Erzählungen:

Das »Havanna-Quartett«: *Pasado perfecto* (1991; dt. *Ein perfektes Leben*, 2003); *Vientos de cuaresma* (1994; dt. *Handel der Gefühle*, in Vorbereitung); *Máscaras* (1997; dt. *Labyrinth der Masken*, in Vorb.); *Paisaje de otoño* (1998; dt. *Das Meer der Illusionen*, in Vorb.).

Weitere Werke: *Fiebre de caballos* (Roman, 1988); *Según pasan los años* (Erzählungen, 1989); *El cazador* (Erzählungen, 1990); *La puerta de Alcalá y otras cacerías* (Erzählungen, 1998); *La novela de mi vida* (Roman, 2002).

Literaturwissenschaft, Essays, Reportagen: *Con la espada y con la pluma: Comentarios al Inca Garcilaso* (1984); *Colón, Carpentier, la mano, el arpa y la sombra* (1987); *Lo real maravilloso: creación y realidad* (1989); *El alma en el terreno* (Interviews, zusammen mit Raúl Arce, 1989); *Un camino de medio siglo: Carpentier y la narrativa de lo real maravilloso* (1994); *El viaje más largo* (Reportagen, 1994); *Los rostros de la salsa* (Interviews, 1997); *Modernidad, posmodernidad y novela policial* (2000).

Der Übersetzer

Hans-Joachim Hartstein, geboren 1949, studierte Romanistik in Köln und Münster und übersetzt seit 1980 französisch- und spanischsprachige Literatur. Seit 1988 ist er zudem Lehrbeauftragter an der Universität Düsseldorf am Institut für Literaturübersetzer. 1989 war er Stipendiat des Freundeskreises literarischer und wissenschaftlicher Übersetzer. Zu den von ihm übersetzten Autorinnen und Autoren gehören Georges Simenon, Léo Malet, Luis Goytisolo, Juan Madrid, Marina Mayoral und Ernesto Che Guevara.

»In Kuba geht alles einen anderen Gang«

Interview mit Leonardo Padura, von Gerardo Soler Cedré

Beginnen wir am Anfang: Wann hast du festgestellt, dass du dich der Literatur widmen, also Schriftsteller sein willst? Und in welchem Moment hast du dir gesagt: »Mensch, ich bin Schriftsteller!«?

Ehrlich gesagt ist mir weder das eine noch das andere passiert. In beiden Fällen ist die Überzeugung allmählich entstanden. Es hat mich einiges gekostet, mich selbst davon zu überzeugen, dass ich ein Schriftsteller bin. Aber es gab Momente, Ereignisse und Entscheidungen, die mich Stück für Stück näher an die Literatur gebracht haben. Der erste war vielleicht in der Oberstufe, als ich anfing, die Bücher, die im Literaturprogramm vorgesehen waren, ganz zu lesen, anstatt ausschließlich die Heftchen mit dem Titel »Der Autor und sein Werk«. Danach kam die Entscheidung, Literatur an der Universität zu studieren, und ich glaube, dass dies ein zweiter Schritt war, er geschah quasi gleichzeitig mit der Erkenntnis, dass ich als Baseballspieler keine Zukunft haben würde. Außerdem wollte ich wie meine Studienkollegen anfangen zu schreiben: reine Konkurrenz und Eigensinn. Am Ende kamen einige schreckliche Erzählungen heraus und verschiedene Reportagen, die ich in Zeitschriften publizieren konnte. Als ich schon für *El Caimán Barbudo* arbeitete, las ich *Frühstück bei Tiffany* von Truman Capote, und es gefiel mir so sehr, wirklich so sehr, dass ich beschloss, so einen Roman zu schreiben. Das Ergebnis ist *Fiebre de caballos.* Als ich das beendet hatte, fühlte ich, dass ich mehr oder weniger so etwas wie ein Schriftsteller war.

Hattest du nie Interesse an einer akademischen Karriere? Dich professionell der Erforschung und der Lehre der Literatur zu widmen?

Die Wahrheit ist: Nein. Es macht mir keinen Spaß, Lehrer zu sein, unter anderem, weil ich kein gutes Gedächtnis habe und auch kein guter Redner bin.

Was die Forschung betrifft, habe ich immer die Freiheit vorgezogen, meine eigenen Interessen zu verfolgen, was an der Universität unmöglich ist.

In anderen Interviews hat man viel über deine journalistische Arbeit beim Caimán Barbudo, *bei der* Juventud Rebelde *und* La Gaceta de Cuba *gesprochen. Trotzdem möchte ich gerne fragen, was jede einzelne Zeitung oder Zeitschrift zu deiner Ausbildung beigetragen hat, und ob es eine gibt, bei der du gerne geblieben wärst.*

Als ich Anfang der Achtzigerjahre für den *Caimán* gearbeitet habe, dachte ich, das ist das Paradies und dass ich noch für diese Zeitung schreibe, wenn ich in Rente gehe. Ich hatte gute Kollegen, hatte Zeit, ein wenig Literatur zu schreiben und genoss den Einfluss, den der *Caimán* seinerzeit hatte. Außerdem lernte ich in kürzester Zeit fast alle Schriftsteller, Maler und Theaterleute Kubas kennen. Aber die Wahrheit ist, dass in diesem Paradies fast alles verboten war, man arbeitete dort ständig unter Spannung, unter dem Druck der politischen, ideologischen bis hin zur polizeilichen Zensur. 1983 zeigte man mir die rote Karte, und ich wurde zur *Juventud Rebelde* strafversetzt, mit dem Etikett »ideologische Probleme«. Aber die mich bestrafen wollten, taten mir den größten Gefallen meines Lebens: Sie zwangen mich dazu, journalistisches Schreiben zu lernen – ich hatte keinerlei Ahnung vom Journalismus. Ich lernte es so schnell, dass ich nach weniger als sechs Monaten schon zur »Spezialgruppe« am Sonntag gehörte, wo ich lange Reportagen machte und schreiben konnte – das musst du mir glauben –, was ich wollte. Hier begann ein äußerst wichtiger Moment meiner Ausbildung. Während ich das Land kennen lernte, seine Geschichte und seine vergessenen Persönlichkeiten erforschte, indem ich mich in die verstaubten Ecken der Erinnerung begab – das chinesische Viertel, Yarini, Angerona, die Geschichte von Bacardi, die von der Jungfrau de la Caridad del Cobre –, lernte ich, wie ein Schriftsteller zu schreiben, denn ich machte das Experiment, publizistische wie literarische Texte zu verfassen.

Gehörst du zu jenen Autoren, die an Inspiration glauben? Musst du motiviert sein, um zu schreiben? Wie sieht der Schreibprozess bei Leonardo Padura aus?

Na ja, zunächst brauche ich eine Idee, und die erscheint auf verschiedene Arten, obwohl sie meistens beim Lesen auftaucht. Dann beginnt das Schreiben, was das Unterhaltsamste ist, denn ich plane nichts voraus, sondern ich entdecke die Geschichte während ich sie schreibe. Das ist besonders angenehm bei den Romanen mit Conde, denn ich habe sie immer geschrieben, ohne vorab den Mörder zu kennen. So stellen also Conde und ich eine Art Nachforschung an, bis wir am Ende einen Mörder haben. Und dann gehe ich bereits zur schrecklichsten Stufe über: diese geschriebene Geschichte in Literatur zu verwandeln. Ich mache fünf, sechs oder wer weiß wie viele Versionen, bis ich glaube, dass ich nichts mehr daran verbessern kann. Und natürlich brauche ich für die verschiedenen Versionen Leser. Sie sind für mich äußerst wichtig, denn sie haben den Abstand, zu dem ich selbst nicht mehr in der Lage bin.

Gehen wir zu deinen Romanen über: Du bist ein Schriftsteller, dem es gelingt, den Leser von Anfang bis Ende zu fesseln. Wie erklärst du dir das? Eine Frage der Technik? Literarischer Trick? Zufall?

Das habe ich während meiner Ausbildung im Journalismus gelernt: Man kann in einer Zeitung nicht eine Geschichte von zwei Seiten erzählen – insbesondere wenn es eine Serie ist –, ohne ein Moment zu haben, das den Leser fesselt. Und auf gewisse Weise muss die Literatur dasselbe machen. Denn ich schreibe, damit man mich liest, und wenn ich es nicht schaffe, den Leser zu fesseln, dann gelingt mir überhaupt nichts. Ich denke, dass verschiedene Elemente dieses Problem beeinflussen – technische, argumentative usw. –, aber vor allem das Ziel, ernsthaft zu sprechen, von ernsten Dingen, ohne dass man dafür den Leser allein auf weiter Flur lassen muss. Der Schriftsteller muss immer Verstehensbrücken bauen, und selbst wenn ich mir das nicht vornehme, baue ich doch immer diese Brücken.

Es gibt Schriftsteller, die bestimmte Manien haben, wenn es ums Schreiben geht. Zum Beispiel: Mempo Giardinelli schreibt nackt und mit einem Handtuch um den Hals, um sich den Schweiß abzuwischen; José Agustín kann auf der Schreibmaschine und dem Computer schreiben, aber Fiktion ausschließlich mit der Hand. Hast du irgendeine Obsession, wenn es ums Schreiben geht?

Ich weiß nicht, ob das Manien oder Bedürfnisse sind, aber ich kann ausschließlich in Mantilla schreiben, in meinem Haus, morgens, mit Kaffee, Zigaretten, meinem Hund und, seit wir zusammenleben, mit meiner Frau. Es darf weder zu kalt noch zu heiß sein, noch kann ich Musik ertragen. Und um zu schreiben – schreiben im Sinne des zweiten Moments, von dem ich vorher sprach – muss ich Autoren lesen, die mich literarisch provozieren: Vargas Llosa, Cabrera Infante, Vázquez Montalbán, Updike, García Márquez, Fernando del Paso, Truman Capote … und natürlich Salinger. Abgesehen davon schreibe ich von 7.30 bis 13.00 Uhr, dann höre ich auf, weil ich dann nichts mehr zustande bringe. Und ich versuche, jeden Tag zu schreiben, von Sonntag zu Sonntag.

Bist du in Kuba für die Gesamtheit deines Werkes bekannt oder lediglich für die Kriminalromane?

In Kuba geht alles einen anderen Gang, denn weil es keinen Buchmarkt gibt, sind die Wege zum Leser unvorhersehbar. Aber ich glaube jedenfalls, dass sowohl meine Arbeit als Journalist als auch meine Romane bei vielen Lesern bekannt sind. Das wird mir fast täglich neu bestätigt, insbesondere für Conde und die Kriminalromane sowie für die alten Reportagen in *Juventud Rebelde*. Trotzdem erscheint es mir zu einfach, mich als »Kriminalschriftsteller« abzustempeln, denn es ist doch allen klar, dass das nicht stimmt. Ich bin ein Lügner, und wenn ich Kriminalgeschichten schreibe, dann lüge ich, weil es mir um andere Wahrheiten geht, zu denen ich gelangen will. Tatsache ist, dass ich nicht in Kriminalliteraturverlagen publiziere, weder innerhalb noch außerhalb Kubas.

Was sind deiner Meinung nach die Vor- und Nachteile der Literaturförderung in Kuba? Gibt es ein System, und wie beeinflusst es den Prozess der Herstellung eines Buches?

Natürlich gibt es kein Förderprogramm, auch wenn in den letzten Jahren viel darüber geredet worden ist. Politische, wirtschaftliche und kulturelle Gründe haben eine Förderung von kubanischen Autoren immer wieder zum Scheitern gebracht. Sie leben und arbeiten auf der Insel, manchmal ohne die geringste Anerkennung ihrer Arbeit. Weißt du zum Beispiel, dass der beste Biograf der letzten Jahre, Urbano Martínez Carmenate, der viele Preise gewonnen hat, nicht einmal einen Computer zum Arbeiten hat? Oder dass Jorge Luis Hernández seinen Beruf als Schriftsteller praktisch aufgeben musste, als er sein eigenes Haus baute? Ich könnte dir unzählige solcher Beispiele von guten Autoren nennen, denen keinerlei Anerkennung widerfährt. Andererseits könnte ich von zahlreichen schlechten Autoren erzählen – ich werde es natürlich nicht machen –, die als das Nonplusultra der Literatur gelten, mit öffentlicher Anerkennung, Rezensionen, Reisen ins Ausland zu Buchmessen, auf denen sie kein einziges Buch vorstellen usw.

Ich möchte dich jetzt bitten, kurz zu antworten, welche Rolle die folgenden Dinge in deinem Leben spielen:

Baseball:
Muss ich dir erst erklären, dass es im Leben nichts Aufregenderes als ein gutes Baseballspiel gibt, egal, ob es in Lateinamerika ist, in einem Yankee-Stadion oder in irgendeiner Nebenstraße? Der Ball, das Spielen mit dem Ball, den Ball zu lieben, das sind für mich Geschenke des Lebens.

Mantilla:
Das ist meine Heimat. Schrecklich, aber wahr: Ich bin aus Mantilla, und das prägt mich mehr, als Kubaner oder Habanero zu sein, im Guten wie im Schlechten.

Journalismus:
Ein Laster. Deshalb bin ich immer noch dabei, obwohl ich kaum mehr Zeit dafür habe. Vor ein paar Monaten habe ich eine Geschichte an *Juventud Rebelde* geschickt, also an die Zeitung, für die ich über Jahre gearbeitet habe. Sie haben mir nicht einmal geantwortet, dass sie es nicht haben wollen. Absolut nichts.

Freundschaft:
Ein Segen. Gute Freunde zu haben, sie zu sehen und zu lieben, die Freundschaft zu erhalten, das ist viel wert. Sie zu verlieren ist, als ob man dir etwas abtrennt. Tragisch ist es, wenn sie weit entfernt leben.

Lucía Lopez Coll:

Sie ist mein Gegenstück. Wir sind seit zweiundzwanzig Jahren zusammen, wir haben also fast unser ganzes erwachsenes Leben gemeinsam verbracht. Wir sind das Ergebnis eines langen Zusammenlebens. Ohne Lucía wäre ich bestimmt nicht der, der ich heute bin.

Heute sieht man dich als einen erfolgreichen Schriftsteller an. Mempo Giardinelli hat einmal zu Ciro Bianchi über den Erfolg gesagt: »Der Erfolg ist Schwachsinn. Was wirklich zählt, ist, dass der Schriftsteller sich selbst überwindet und dass es ihm gelingt, seine Zeit zu erfassen, und zwar nicht in einem dokumentierenden, sondern einem erklärenden Sinn.« Was denkst du vom Erfolg? Bist du derselben Meinung?

In gewisser Weise bin ich auch dieser Auffassung, denn der Erfolg ist eine Lüge. Wie viele erfolgreiche Autoren gibt es heute in Spanien, die reinen Müll schreiben. Und wie viele gibt es in Kuba, die keinen Erfolg haben, aber hervorragende Schriftsteller sind. Der Erfolg ist trügerisch, und wenn du mir sagst, ich bin ein erfolgreicher Schriftsteller, dann werde ich aufmerksam: Sechs- oder siebentausend Exemplare in Spanien, Frankreich oder Italien zu verkaufen ist nichts, wenn man bedenkt, dass Schriftsteller wie García Márquez, Vázquez Montalbán oder Vargas Llosa – um mal ein paar richtige zu nennen – eine viertel Million verkaufen. Wirklich wichtig ist, meiner Meinung nach, dass man sich selbst gegenüber Erfolg hat: dass man seine Fantasien besiegt, seine Ängste, seine Beschränktheit und seine Unfähigkeit, die Vereinfachung und die Selbstzensur. Dass man schreibt, was einen selbst zufrieden stellt, denn das ist das Beste, was man schreiben kann. Das habe ich immer so gehalten: *Fiebre de caballos* war 1984 mein bester Roman, Besseres hätte ich damals nicht schreiben können. Dasselbe gilt auch für *Ein perfektes Leben* von 91, für *Labyrinth der Masken* von 95 oder jetzt für *La novela de mi vida*. In jedem von ihnen versuche ich den Schriftsteller zu überwinden, der ich bis dahin gewesen bin. In jedem versuche ich so ehrlich wie möglich einen Teil der Wirklichkeit zu schildern und über meine Gegenwart sowie über meine Vergangenheit ohne Hemmungen nachzudenken. Und wenn es die Leute dann auch noch lesen und es ihnen auf irgendeine Weise beim Einschlafen, Nachdenken oder Zeitvertreiben hilft, oder sogar dabei, besser zu sein – was auch immer –, also wenn es ihnen irgendwie hilft, dann verdoppelt sich der Erfolg.

Bist du bisher mit deinem Leben zufrieden? Was würdest du machen oder nicht mehr machen, was bleibt dir noch zu tun, oder was konntest du nie tun?

Es gibt schon eine Menge Dinge, mit denen ich wirklich unzufrieden bin: dass ich nicht tanzen kann, obwohl mir die kubanische Musik so gut gefällt. Niemals in Lateinamerika gespielt zu haben, wovon ich so oft geträumt habe. Nicht *Ulysses* von James Joyce gelesen zu haben – es muss ein großartiges Buch sein, alle sagen es. Dass ich nicht eine Zeit lang in Paris, Barcelona, Neapel oder Lissabon gelebt habe oder dass ich nie ein Konzert der Beatles gesehen habe. Dass ich nicht in der Lage bin, das Rauchen zu lassen. Dass ich nie einen Roman wie *Gespräch in der »Kathedrale«* geschrieben habe. Oder dass ich es nicht schaffe, einfach mit offenem Hemd, den Anhänger auf der Brust und das Bierchen in der Hand, in der Straße herumzustehen und auf alles zu scheißen, wie es so viele in diesem Land tun. Aber es gibt auch einige wenige nicht zu verachtende Dinge, mit denen ich wirklich zufrieden bin: Ich habe nie jemanden verraten, niemanden bewusst verletzt. Ich habe ein gute Familie und eine gute Frau, und ich mag mein Haus, meinen Hund und mein Viertel. Ich habe einige Bücher geschrieben, die mir und auch anderen gefallen; und einmal, als ich fünfzehn Jahre alt war, habe ich einen Schlag bis an die Anzeigentafel des Stadions »Rafael Conte« gehauen, dort, mitten in unserem Zentralpark … Ansonsten habe ich getan, was in meinen Kräften stand, manchmal sogar, was ich wollte, und ich bereue nichts, denn ich schäme mich für nichts. Und das ist gut, oder?

(Erschienen in *La Letra del Escriba,* Havanna, Februar 2001)

Leonarda Padura
Das Havanna-Quartett

Mario Conde, der belesene und melancholische Polizist aus Havanna, erkundet den kubanischen Alltag.

Ein perfektes Leben *Das Havanna-Quartett: »Winter«*
ISBN 3-293-00315-X. Im Juli 2003 erschienen
Das Leben des hohen Wirtschaftsfunktionärs und vorbildlichen Genossen Rafael Morín war nur scheinbar perfekt. Mario Conde muss sich der verlorenen Liebe zu Tamara stellen – und gleichzeitig den Träumen und Illusionen seiner eigenen Generation.

Handel der Gefühle *Das Havanna-Quartett: »Frühling«*
ISBN 3-293-00322-2. Erscheint Frühjahr 2004
Mario Conde dringt ein in eine Welt der Vetternwirtschaft, der Drogen und des Betrugs. Und er verliebt sich leidenschaftlich in die schöne, jazzbegeisterte Karina, ohne etwas vom tragischen Ausgang dieser Liebesgeschichte zu ahnen.

Labyrinth der Masken *Das Havanna-Quartett: »Sommer«*
ISBN 3-293-00323-0. Erscheint Herbst 2004
Der exzentrische, homosexuelle Marqués – kultiviert, intelligent und mit feiner Ironie begabt – lebt geächet in einem zerfallenden Haus. Er führt Mario Conde in eine düstere Welt ein, in der jedermann die ganze Wahrheit über den ermordeten Transvestiten Alexis Arayán zu kennen scheint.

Das Meer der Illusionen *Das Havanna-Quartett: »Herbst«*
ISBN 3-293-00324-9. Erscheint Frühjahr 2005
Miguel Forcade Mier, seit 1978 in Miami im Exil, wird kurz nach seiner Rückkehr nach Kuba ermordet aufgefunden. Nach der Revolution war er mit der Enteignung des Kunstbesitzes der kubanischen Bourgeoisie beauftragt und schaffte sich zahlreiche Feinde. Die Ermittlungen werfen Mario Conde aus der Bahn.

Bestellen Sie unseren kostenlosen Verlagsprospekt:
Unionsverlag, CH-8027 Zürich, mail@unionsverlag.ch